mtb

Zum Buch:

Eis, Sandburgen, Wattwanderungen – Melanie verbindet nur die schönsten Erinnerungen mit den Nordseeferien bei ihrer Tante. Trotzdem ist sie überrascht, dass diese ihr nach ihrem Tod ihren gesamten Besitz vermacht. Dazu gehören nicht nur das Haus und die Kunsthandlung, sondern auch der quirlige Welpe Schoki. Nun muss Melanie sich entscheiden: Will sie wirklich ihr vertrautes Leben zurücklassen und für immer in diesem Küstennest leben? Einen Sommer will sie sich Zeit nehmen, diese Entscheidung zu treffen.
Doch dabei haben der gut aussehende Nachlassverwalter Alex und das vierbeinige Temperamentsbündel auch ein Wörtchen mitzureden …

Ein Roman voller Sommer, Sonne, Sand und Welpe

Zur Autorin:

Seit Petra Schier 2003 ihr Fernstudium in Geschichte und Literatur abschloss, arbeitet sie als freie Autorin. Neben ihren zauberhaften Weihnachtsromanen schreibt sie auch historische Romane. Sie lebt heute mit ihrem Mann und einem Deutschen Schäferhund in einem kleinen Ort in der Eifel.
Internetseite der Autorin: www.petra-schier.de

Lieferbare Titel:

Kleines Hundeherz sucht großes Glück

Petra Schier

Körbchen mit Meerblick

Roman

mtb

MIRA® TASCHENBUCH
Band 25938
1. Auflage: Juli 2016

MIRA® TASCHENBÜCHER
erscheinen in der HarperCollins Germany GmbH,
Valentinskamp 24, 20354 Hamburg
Geschäftsführer: Thomas Beckmann

Deutsche Erstveröffentlichung

Konzeption/Reihengestaltung: fredebold&partner GmbH, Köln
Umschlaggestaltung: Büropecher, Köln
Redaktion: Christiane Branscheid
Titelabbildung: Thinkstock / Getty Images, München /
StevanZZ; vendula plackova
Autorenfoto: © Uschi Blech
Satz: GGP Media GmbH, Pößneck
Druck und Bindearbeiten: GGP Media GmbH, Pößneck
Printed in Germany
Dieses Buch wurde auf FSC®-zertifiziertem Papier gedruckt.
ISBN 978-3-95649-576-2

www.harpercollins.de

KAPITEL 1

Mein Frauchen ist fort. So richtig fort. Für immer. Nicht bloß kurz zum Einkaufen oder zum Milchholen bei den Nachbarn. Fort. Sie kommt nicht wieder zurück.

Ich vermisse sie. Wie schön wäre es, wenn sie jetzt bei mir wäre, mit mir spielen oder kuscheln würde. Aber sie kommt nicht zurück. Männer in schwarzen Anzügen haben sie weggebracht, in einer braunen Holzkiste.

Und ich? Ich bin jetzt bei Christina zu Besuch. Ich mag sie, und hier gibt es immer viele andere Hunde, die bei ihr zu Gast sind. So wie Zora und Benni, die beiden Golden Retriever. Ganz viele Menschen, die alle nett zu mir sind.

Nur ein Frauchen habe ich jetzt nicht mehr. Dabei hätte ich so gerne wieder eins. Vielleicht darf ich bei Chris und Zora und Benni bleiben. Das würde mir gefallen, auch wenn ich dann lauter Kommandos lernen muss. Sitz *geht ja noch und* Platz *und* Komm her. *Chris bringt fremden Hunden auch noch lauter andere Sachen bei. Benni kann zum Beispiel tanzen, was witzig aussieht, und Zora ist gut im Finden von Sachen.*

Vielleicht macht das ja sogar Spaß, aber bei meinem Frauchen Sybilla musste ich so was nie machen. Dafür hat sie mir Bällchen geworfen und mich zum Schwimmen mit ans Wasser genommen. Und im Watt haben wir tolle Spaziergänge gemacht. Da kann man auch wunderbar buddeln. Ich liebe es zu buddeln. Sybilla mochte das nicht ganz so. Sie hat immer geschimpft, wenn ich von oben bis unten mit Matsch verschmiert war. Trotzdem ist sie immer wieder mit mir hingegangen.

Wenn ich es mir aussuchen dürfte, würde ich gerne ein Frauchen haben, das mit mir ans Meer geht. Und ins Watt. Die mit mir herumtobt und Quatsch macht und eben einfach mein absoluter Lieblingsmensch ist. Versteht ihr das?

Vielleicht erfüllt sich mein Traum ja. Sybilla hat immer gesagt, das Wünsche sich erfüllen. Kommt Zeit, kommt Rat, hat sie auch immer gesagt. Na ja, vielleicht gilt das ja auch für mein neues Frauchen. Drückt mir die Daumen. Und die Pfoten. Das soll ja Glück bringen.

KAPITEL 2

Melanie? Ich habe dir einen Salat und einen Frischkäsebagel mitgebracht." Edith Grün hatte die Glastür zum Büro mit dem Ellenbogen aufgestoßen und stellte nun eine weiße Papiertüte mit dem Essen auf Melanies Schreibtisch ab, bevor sie ihr eigenes Mittagessen auszupacken begann.

Melanie nickte ihr zu und hob kurz die Hand. Sie hatte den Telefonhörer zwischen Ohr und Schulter geklemmt und tippte eine E-Mail, während sie der Stimme am anderen Ende der Leitung lauschte. „Ja, genau. Nein, das ist nicht akzeptabel. Wir haben die Scharniere bereits vor zehn Tagen in Auftrag gegeben." – „Das mag ja sein, aber bei Ihnen ist anscheinend immer Urlaubszeit. Zumindest immer dann, wenn nicht gerade Grippezeit ist. Wir benötigen die Lieferung bis zum zwanzigsten, andernfalls stornieren wir die Bestellung und werden uns einen anderen Lieferanten … Was? Ja, selbstverständlich auch für alle zukünftigen Aufträge." – „Ich schicke Ihnen die Aufstellung samt aller Maßangaben sofort per E-Mail, nur für den Fall, dass Sie die Daten Ihres Kollegen nicht finden sollten." Oder wollen, dachte sie mit einem grimmigen Stirnrunzeln. „Danke sehr, Herr Lotbrink. Ich erwarte die Bestätigung über den Erhalt der Mail innerhalb einer Stunde. Und eine pünktliche Lieferung." – „Das ist nicht mein Problem, Herr Lotbrink. Sie wissen so gut wie ich, dass es auch noch andere Anbieter für maßgefertigte Scharniere gibt. Guten Tag." Melanie beendete das Gespräch, tippte einen letzten Satz in das Mailformular und klickte auf Senden. Dann atmete sie tief durch und lehnte sich erleichtert auf ihrem Stuhl zurück.

„Schon wieder Lieferprobleme bei den Scharnieren?" Edith warf ihr einen mitfühlenden Blick zu. „Du solltest dem Chef nahelegen, die Zusammenarbeit mit Lotbrink zu beenden."

„Das habe ich soeben getan." Melanie lächelte schmal. „Und ich habe auch schon einen Ersatz gefunden. Das Angebot der neuen Zulieferfirma liegt mir bereits vor. Trotzdem soll Lotbrink nicht meinen, wir würden ihn aus der Sache so einfach herauslassen." Sie schnüffelte. „Hm, das riecht lecker. Ist die Hähnchenbrust etwa noch warm?"

„Was dachtest du denn? Olivier hat den Salat ganz frisch zubereitet. Selbst der Bagel kam gerade aus dem Ofen. Also iss jetzt und vergiss mal für eine halbe Stunde die Arbeit."

„Zwanzig Minuten, höchstens. Ich muss noch eine Aufstellung über die neuen Angebote für Türbeschläge ..."

„Mittagspause, Melanie!" Edith hob mahnend den Zeigefinger. „Schalt mal einen Gang runter."

„Aber die neue Produktlinie kann nicht starten, wenn ich nicht ..."

„Melanie." Streng schüttelte Edith den Kopf. „Du bist vielleicht die Chefeinkäuferin von Brungsdahl Möbel, aber deshalb hängt das Schicksal der Firma nicht davon ab, dass du auf deine Pausen verzichtest." Sie klappte den Behälter mit ihrem Salat auf und griff nach der Plastikgabel. „Oder überhaupt auf deine Freizeit. Wie lange warst du gestern noch im Büro? Dein Überstundenkonto muss doch schon beinahe explodieren. Mich wundert, dass Brungsdahl senior das mitmacht."

Melanie zuckte die Achseln. „Der Junior hat darauf bestanden, dass alle Bestellungen für die kommenden Projekte Punkt für Punkt überprüft und mit der Arbeitsvorbereitung abgestimmt werden. Das hat nun mal gedauert. Seit die neue Abteilung für Büromöbel so richtig läuft, kommen fast täglich neue Bestellungen rein. Meistens von großen Unternehmen. Ich kann verstehen, dass der Chef alles reibungslos abgewickelt sehen will."

„Aber nicht auf Kosten deiner dir zustehenden Freizeit." Kopfschüttelnd machte Edith sich über ihren Salat her. „Ein bisschen Privatleben braucht der Mensch schließlich auch."

Melanie dachte an ihre kleine Zweizimmerwohnung im fünften Stock eines Neubaus am Rand von Köln-Nippes, in der nichts als ihre von Brungsdahl gefertigten Designermöbel sie erwarteten. „Ich habe keine Zeit für ein Privatleben."

„Sag ich doch!“ Edith hatte mit halb vollem Mund gesprochen. „Entschuldige, ich habe einen Riesenhunger. Du solltest mal wieder unter Leute gehen. Wann hattest du zuletzt ein Date? Und damit meine ich nicht die Geschäftsessen, zu denen dich Brungsdahl junior dauernd einlädt, um dir noch mehr Arbeit schmackhaft zu machen. Der Mann ist ein Sklaventreiber im Armanianzug.“

Melanie, deren letzte Verabredung mit einem Mann fast auf den Tag genau zehn Monate zurücklag, widmete sich nun demonstrativ ebenfalls ihrem Salat und dem verführerisch duftenden Bagel. „Ich konzentriere mich im Moment lieber auf meinen Beruf, das weißt du doch, Edith.“

„Das ist doch Quatsch und bloß eine Ausrede, weil du zwei- oder dreimal Pech hattest und die Typen, mit denen du ausgegangen bist, nur auf einen One-Night-Stand aus waren. Nicht alle Männer sind so.“

Darauf antwortete Melanie nichts. Ihre Kollegin war seit drei Jahren glücklich mit ihrem Traummann verheiratet und glaubte fest an die große Liebe und Happy Ends. Ihr konnte sie doch nicht erzählen, dass sie selbst dieses „Pech“, wie Edith es nannte, ganz bewusst provoziert hatte. Melanie suchte sich immer nur solche Männer für ihre gelegentlichen Dates aus, die an einer festen Beziehung nicht interessiert waren. Das war sie selbst nämlich ebenfalls nicht. Ihr ruhiges, geregeltes und von ihrer Arbeit bestimmtes Leben reichte ihr vollkommen aus. Sie war zufrieden mit sich und allem, was sie bisher erreicht hatte. Mehr brauchte und wollte sie nicht.

„Da fällt mir gerade ein …“ In der Hoffnung, damit vom Thema abzulenken, griff sie nach ihrer silbernen Umhängetasche, die sie im untersten Schubfach an ihrem Schreibtisch verstaut hatte. „Ich muss unbedingt noch meine Post durchsehen. Gestern war es schon so spät, dass ich sie nicht mehr aus dem Briefkasten geholt habe. Deshalb habe ich sie heute früh eingesteckt, um sie mir in einer ruhigen Minute anzusehen. Ist aber wahrscheinlich sowieso alles nur Werbung.“

„Siehst du, nicht mal für deine Post hast du genügend Zeit. Du solltest wirklich mal Urlaub machen und dich entspannen."

„Glaub mir, ich bin entspannt." In Melanies Nacken zwickte ein Muskel, als sie zwischen zwei Bekleidungsprospekten eine Ansichtskarte aus Italien entdeckte – in der Handschrift ihrer Mutter. „Es geht mir gut."

„Es könnte dir noch viel besser gehen, wenn du mal ein bisschen Spaß hättest." Edith redete weiter, doch ihre Stimme wurde für Melanie zu einem leisen Hintergrundrauschen. Ihre Mutter, Silvana Brenner-Costales war mit ihrem neuen Ehemann auf einer Rundreise durch Europa. Die aktuelle Station schien Florenz zu sein. Ehemann Nummer drei, dachte Melanie und spürte, wie sich in ihrem Magen ein kleiner harter Knoten bildete. Von den „Zwischenmännern", wie sie sie heimlich nannte, ganz zu schweigen. Von ihnen hatte es im Lauf der Jahre mindestens ein Dutzend gegeben, eher noch mehr. Irgendwann hatte Melanie aufgehört zu zählen.

All diese Männer hatten etwas gemeinsam: Sie waren gut aussehend, wohlhabend und großzügig. Zumindest so lange, wie sie ihren Spaß mit Silvana hatten. Oder umgekehrt. War die erste Euphorie vorbei, folgte eine kurze Zeit des Liebeskummers, bis ihre Mutter sich aufraffte, eine neue Frisur ausprobierte, die Besitzer einiger teurer Bekleidungshäuser um einen bedeutsamen Betrag reicher machte und sich einen neuen Beau angelte.

Zur Ehe hatten sich nur wenige von ihnen verleiten lassen. Der Mann der Stunde war Marcos Costales, halb Deutscher, halb Spanier, der sein Geld mit der Fertigung von Tuning-Teilen für Autos verdiente. Seine Firma gehörte europaweit zu den führenden Unternehmen in dieser Sparte. Er hatte bei der Hochzeit vor knapp drei Monaten durchaus glücklich gewirkt, so als glaube er tatsächlich an die große Liebe und das Glück mit Silvana.

Auch Silvana hatte mit dem Riesenklunker an ihrem Ringfinger wie verrückt um die Wette gestrahlt. Melanie hatte pflichtschuldig so getan, als freue sie sich mit ihr, wohl wissend, dass die rosarote Brille wie üblich nur allzu rasch beschlagen würde. Noch schien es allerdings nicht so weit zu sein, denn Silvana hatte in ihrer schwungvollen Handschrift eine überschwängliche Kurzbeschreibung des romantischen Städtetrips gezeichnet. Melanie konnte nicht anders als die Augen verdrehen. Sie hatte schon vor langer Zeit aufgehört, sich zu wünschen, ihre Mutter würde endlich den richtigen Mann finden. Den einen, mit dem sie zusammen alt werden würde. Im Grunde hatte sie diesen Wunsch bereits vor so vielen Jahren begraben, dass sie sich kaum noch daran erinnern konnte, ihn jemals gehegt zu haben.

Rasch legte sie die Ansichtskarte beiseite und sortierte weitere Werbeblättchen aus. Schließlich stieß sie noch auf einen Brief ihres Vermieters, in dem ihr mitgeteilt wurde, dass die Mietnebenkosten ab dem Herbst lediglich um ein Prozent steigen würden und nicht, wie ursprünglich erwartet, um fünf Prozent. „Na fein", murmelte sie vor sich hin und runzelte die Stirn, als sie den letzten Umschlag öffnete. Er kam von einer Anwalts- und Notariatskanzlei in Lichterhaven. Als sie den Namen der kleinen Stadt an der Nordseeküste las, beschleunigte sich unwillkürlich ihr Puls. Sie hatte eine Großtante in Lichterhaven. Sybilla. Ein Brief vom Notar konnte nur bedeuten …

„Oh." Als sie das mehrseitige Schreiben auseinanderfaltete und die ersten Zeilen las, weiteten sich ihre Augen. „Oh, mein Gott."

„Hm, was meinst du?" Edith, die gerade die inzwischen leere Styroporbox samt Besteck in den Papierkorb verfrachtet hatte, hob überrascht den Kopf. „Stimmt etwas nicht, Melanie? Du bist ja ganz blass geworden."

Melanie hörte ihre Kollegin näherkommen, konnte ihren Blick jedoch nicht von dem Brief lösen. „Das … ist …"

„Was denn um Himmels willen? Ist jemand gestorben?" Besorgt legte Edith ihr eine Hand auf die Schulter.

„Meine Großtante Sybilla. Sie war vierundachtzig."

„Oh, das tut mir leid. Standet ihr euch nahe?"

Melanie spürte, wie sich der Druck von Ediths Hand mitfühlend verstärkte. Ihr Herz klopfte noch immer unnatürlich schnell. „Ja. Nein. Ich habe sie schon seit gut zwanzig Jahren nicht mehr gesehen. Früher waren wir manchmal in den Sommerferien bei ihr zu Besuch." Wie aus weiter Ferne vernahm sie ihr eigenes kindliches Lachen, meinte, Möwen kreischen zu hören und das schlickige Watt unter den nackten Füßen zu spüren. Und an noch etwas erinnerte sie sich ganz unwillkürlich: Wattwurmkekse. Tante Sybilla hatte sie selbst erfunden und ihnen diesen nicht ganz schmeichelhaften Namen gegeben, weil die Plätzchen ein wenig so aussahen wie die Hinterlassenschaften, die die Wattwürmer bei Ebbe auf dem Watt hinterließen. Melanie hatte unzählige dieser Häufchen mit den Zehen zerdrückt und ihren Spaß daran gehabt. Und sie hatte die Wattwurmkekse geliebt.

„Tante Sybilla hat mich als Haupterbin eingesetzt." Melanie kam ihre eigene Stimme merkwürdig fremd und fern vor. „Der Brief hier kommt von ihrem Nachlassverwalter. Er bittet mich um Stellungnahme innerhalb von sechs Wochen, ob ich das Erbe annehmen will oder nicht."

„Was hast du denn geerbt?" Mit unverhohlener Neugier ließ Edith sich auf der Schreibtischkante nieder. „Ein bisschen Geld? Oder doch nur alte Nippsachen? Das ist mir vor Jahren passiert. Meine Nachbarin, du erinnerst dich vielleicht, dass ich dir von ihr erzählt habe? Ich habe mich immer ein bisschen um sie gekümmert, und als Dank hat sie mich als Alleinerbin eingesetzt, weil sie ja keine Familie hatte. Am Ende lief es darauf hinaus, dass ich bloß ihre Wohnung auflösen durfte und den ganzen alten Kram verkauft habe. Na ja, was sich noch verkaufen ließ. Nach Abzug aller Kosten sind gerade mal knapp zweitausend Euro übrig geblieben. Aber ein ziemlicher Aufwand war es. Wenn es so was ist, überleg es dir gut. Der Aufwand lohnt sich oft nicht. Oder hatte sie womöglich sogar Schulden? Dann musst du das Erbe nicht antreten, weißt du. Auch wenn sie noch so lieb und nett war ..."

„Sie hatte keine Schulden." Mit aller Kraft versuchte Melanie, den Kloß in ihrem Hals hinunterzuschlucken. Sie zwang sich, auch noch die zweite Seite des Schreibens zu überfliegen. „Anscheinend habe ich ihr Haus in Lichterhaven geerbt."

„Wo ist das denn? Klingt so nordisch."

„Das ist ein kleines verschlafenes Städtchen direkt an der Nordseeküste. Nicht allzu weit von Cuxhaven entfernt."

„Wow, ein Haus am Meer!"

„Und ihr Geschäft dort. Sie führte eine kleine Handlung für Kunsthandwerk. Der Anwalt schreibt, sie hätte bis ganz kurz vor ihrem Tod noch täglich selbst dort gearbeitet. Offenbar ist sie einfach eines Morgens nicht mehr aufgewacht."

„Ein seliger Tod." Edith räusperte sich leise. „Und du hast jetzt das Geschäft an der Backe? Das kannst du bestimmt leicht verkaufen. Das Haus würde ich aber an deiner Stelle behalten. Wer hat schon ein Haus direkt am Meer? Dann hast du auch vielleicht eher einen Grund, mal Urlaub zu machen. Oder du vermietest es an Touristen."

„Mhm, ja, du hast sicher recht. Ich muss mich so bald wie möglich darum küm..." Als sie den nächsten Absatz las, verstummte Melanie erschrocken. „Ach, du liebe Zeit!"

„Was denn? Hatte sie auch noch ein Milliönchen irgendwo versteckt?" Edith lachte, wurde aber gleich wieder ernst. „Anscheinend nicht. Ist doch ein Haken an der Sache? Lass mich raten: Haus und Laden sind überschuldet."

„Nein, nein." Ungläubig und nicht sicher, ob sie lachen oder fluchen sollte, starrte Melanie auf den Brief. „Offenbar habe ich nicht nur Haus und Geschäft geerbt, sondern auch einen Hund."

„Pfff, was?"

„Der Nachlassverwalter schreibt, es sei ein zehn Monate alter Labrador, den Tante Sybilla vor einem halben Jahr bei sich aufgenommen hat. Sie hat wohl gleich in das Testament aufnehmen lassen, dass ich als Haupterbin auch für das Viech verantwortlich sei."

„Viech? Na, hör mal! So ein süßer kleiner Wauwau." Edith konnte ein Glucksen nicht unterdrücken. „Du und ein Hund? Das passt ja wie die Faust aufs Auge. Ich stelle mir gerade vor, wie er überall auf deinen Designermöbeln seine Haare verteilt. Und auf deinem teuren Teppich und in deinem Bett ..."

„Hör auf! Ich werde selbstverständlich keinesfalls den Hund hierherholen." Melanie rieb sich mit der flachen Hand über die Stirn, hinter der es leicht zu pochen begonnen hatte. „Das wird auch gar nicht nötig sein. Hier steht, dass ich das Erbe nur antreten kann, wenn ich vorher ein Jahr lang in Tante Sybillas Haus gewohnt und ihr Geschäft geführt habe."

„Was?" Edith rutschte von der Schreibtischkante herunter und schnappte sich den Brief. Mit großen Augen las sie selbst, was der Notar und Anwalt der Verstorbenen, Dr. Alexander Messner, über das Erbe geschrieben hatte. „Das ist ja unerhört! Gegen so etwas muss man doch angehen können. Nichts gegen deine Tante, aber kann es sein, dass sie nicht mehr ... du weißt schon, alle Tassen im Schrank hatte? Was willst du denn jetzt machen?"

„Ich weiß es nicht." Ratlos nahm Melanie ihr den Brief wieder aus der Hand.

„Du kannst jedenfalls nicht einfach alles stehen und liegen lassen und ein ganzes Jahr in irgend so ein Kaff an der Küste ziehen. Ich meine, Urlaub am Meer und so ist ja ganz nett, aber das hier? Das klingt ja fast wie Erpressung. Überleg dir genau, was du tust, Melanie. Vielleicht solltest du mal hinfahren und das vor Ort klären. Möglicherweise kann man ja wirklich dagegen angehen. Wenn deine Tante nicht mehr ganz richtig im Kopf war, als sie das Testament verfasst hat, lässt sich bestimmt was machen."

„Ja." Melanie packte den Brief wieder zurück in ihre Tasche. „Vielleicht sollte ich das tun. Aber jetzt ruft die Arbeit. Ich habe viel zu tun und ..."

„Aber du hast noch immer nichts gegessen."

„Doch, habe ich." Melanie deutete auf den angebissenen Bagel und die zu einem Drittel geleerte Salatbox.

Edith verdrehte vielsagend die Augen und kehrte an ihren eigenen Schreibtisch zurück. „Das kann nicht gesund sein."

„Es geht mir gut, keine Sorge. Nach dieser Nachricht ist mir sowieso der Appetit vergangen. Ich esse den Salat einfach heute Abend." Mit wenigen Handgriffen hatte Melanie ihre Tischplatte von allen Überresten des Essens und der Post befreit und griff nach dem Telefon. Gleichzeitig öffnete sie ihr E-Mail-Programm und einige Dateien, die sie gleich benötigen würde. Alle Gedanken an Tante Sybilla, Wattwurmkekse und diese ungeheuerliche Erbschaft verbannte sie rigoros in den hintersten Winkel ihres Gehirns. Dass ihre Großtante sie als Haupterbin eingesetzt hatte, kam ihr vor wie eine Ohrfeige. Sie hatte sich seit zwanzig Jahren nicht mehr bei ihr gemeldet, und jetzt das. Sie konnte jetzt nicht darüber nachdenken. Sie wollte es nicht. Es gab Wichtigeres zu tun. Ihre Arbeit hatte Vorrang vor dem Testament einer vermutlich verwirrten alten Dame.

Entschlossen starrte Melanie auf ihren Computerbildschirm und wählte blind die Nummer des Unternehmens, mit dem sie die nächsten Verhandlungen führen musste. Das dumpfe Gefühl der Trauer, das sich unbarmherzig in ihre Magengrube eingeschlichen hatte, ignorierte sie hartnäckig.

KAPITEL 3

Sie kommt also hierher?" Anke Messner saß vor einer großen Schüssel voll Erdbeeren, die sie eine nach der anderen klein schnitt und in den Topf auf ihrem Schoß fallen ließ. Sie wollte Marmelade kochen. Ihr Mann Arno saß mit seinen Eltern am großen Küchentisch und spielte Karten.

Alexander Messner saß ebenfalls mit seinem Vater und den Großeltern in der Küche, beteiligte sich jedoch nicht am Spiel, sondern hatte sich bequem auf seinem Stuhl zurückgelehnt und die langen Beine ausgestreckt. Einen Arm hatte er auf die Rückenlehne der Eckbank hinter seiner Großmutter gelegt. Immer wieder schielte er in ihre Karten und amüsierte sich heimlich über die Dreistigkeit, mit der sie schummelte. „Sie will am späten Nachmittag hier sein. Offenbar hat sie sich kurzfristig zwei oder drei Tage Urlaub genommen. Genaueres weiß ich auch nicht. Sie hat mit Elvira telefoniert."

„Deine Sekretärin ist Gold wert, weißt du das? Ohne sie wärst du aufgeschmissen." Sein Großvater Norbert sah kurz von seinen Karten auf, um ihm einen langen, bedeutungsvollen Blick zuzuwerfen. „Sie hat schon bei deinem Vater gelernt, als er die Kanzlei noch geführt hat."

„Ich weiß, Opa. Sie ist eine sehr gute Anwalts- und Notargehilfin." Alexander wusste bereits, was jetzt unweigerlich folgen würde, und unterdrückte ein Schmunzeln.

„Zu meiner Zeit hätt' ich sonst was für so eine gute Sekretärin gegeben, Junge. Das kannst du mir glauben."

„Du hattest mich, war ich etwa nicht gut?" Der Kopf seiner Großmutter ruckte hoch, und sie sah ihren Ehemann empört an.

„Das ist doch was anderes. Ich meine vor dir. Da hatte ich nur solche unfähigen Tippsen. Hübsch anzusehen, aber hohl im Kopf wie ein leeres Bierfass. Deshalb hab ich mir dich ja auch gleich geschnappt, als ich gemerkt hab, dass du was Besonderes bist."

Evelyne Messners Blick wurde sogleich wieder weich. „Du bist ein Charmeur. Schon immer gewesen."

„Und du schummelst schon wieder, Mutti." Arno klopfte protestierend mit dem Zeigefinger auf die Tischplatte. „Wie kann es sein, dass du jetzt eine Karosieben legst?"

„Ich schummele nie. Ich spiele nur ein bisschen kreativer als ihr alle."

„Kreativ nennst du das? Mutti, du hast das Wort Schummeln erfunden!"

Evelyne lächelte sichtlich geschmeichelt.

„Wie auch immer." Ohne sich vom Spiel ablenken zu lassen, redete Norbert weiter. „Zu meiner Zeit hat man sich als kluger Mann so ein Goldstück geangelt."

„Opa, ich hab dir doch schon mehrmals gesagt, dass ich mir Elvira nicht angeln könnte, selbst wenn ich es wollte. Sie ist lesbisch und lebt seit fünf Jahren mit ihrer festen Freundin zusammen."

„Lesbisch, ach was. So ein neumodischer Schnickschnack."

„Das ist überhaupt nichts Neumodisches." Evelyne legte ihre letzte Karte ab und strahlte. „Gewonnen!"

„Du bist unmöglich, Mutti." Kopfschüttelnd, jedoch mit einem nachsichtigen Lächeln, sammelte Arno die Karten ein und mischte sie neu.

„Sprich nicht so mit deiner Mutter!" Norbert hob in einer gespielten Drohung den Zeigefinger.

„Was wollte ich gerade sagen?" Als ihr Sohn die Karten neu zu verteilen begann, schenkte Evelyne sich ein Glas Wasser ein. „Ach ja. Norbert, du erinnerst dich doch an die alte Gerberin Sophie, die drüben am anderen Ortsende mit ihrem Vater gewirtschaftet hat? Die war auch lesbisch. Damals hat man nur nicht darüber gesprochen, aber es wussten doch alle, dass sie und ihre Magd … na, du weißt schon. Die beiden waren unzertrennlich bis ins hohe Alter. Sind sogar nur ein paar Wochen nacheinander gestorben."

„Ja, ja, schon gut. Aber ist es vielleicht einzusehen, dass so ein nettes Frauchen nix mit Männern zu tun haben will?" Norbert schüttelte verständnislos den Kopf. „Die alte Sophie, ja, da kann man es noch verstehen. Die war nicht mal besonders schön. Aber die Elvira ..."

„Es ist nun mal so, wie es ist, Opa." Alexander grinste. „Außerdem ist sie sowieso nicht mein Typ. Mal ganz abgesehen davon, dass ich sie schon seit dem Sandkasten kenne."

„Na, das ist doch wohl nichts Schlimmes. Schau mich und deine Großmutter an."

„Nein, schlimm ist das natürlich nicht, aber mir fehlt da doch ein bisschen der Zauber des Neuen."

„Der nutzt sich auch bald ab."

„Norbert, nun lass den Jungen doch mal in Ruhe." Anke warf ihrem Schwiegervater einen mahnenden Blick zu, während sie den Kochtopf mit den klein geschnittenen Erdbeeren auf den Herd stellte. „Er hat doch nun wirklich oft genug erklärt, dass aus ihm und Elvira nichts werden kann. Ich mag ihre Freundin übrigens sehr gern. Tina ist eine ganz liebe und hilfsbereite Person. Gönn ihnen doch ihr Glück."

„Hab ich etwa gesagt, dass ich es ihnen nicht gönne?" Stirnrunzelnd musterte Norbert die Karten, die sein Sohn ihm ausgeteilt hatte. „Sag mal, hast du überhaupt richtig gemischt? Das ist ja grauenhaft. Mit dem Blatt kann man doch überhaupt nix anfangen. Höchstens sich den Allerwertesten abwischen."

„Norbert, ich bitte dich!" Evelyne funkelte ihn strafend an.

Anke nahm den Faden von vorher wieder auf. „Melanie Brenner kommt also heute Nachmittag an. Das arme Mädchen, dann wird sie aber ziemlich erschöpft sein nach der langen Zugfahrt."

„Ich glaube, sie kommt mit dem Auto."

„O je, noch schlimmer!" Evelyne sortierte ihre Karten nach Farben. „Woher kommt sie noch mal? Aus Köln? Wir waren vor ein paar Jahren mal dort in einem Konzert. Erinnerst du dich noch, Norbert? Die Fahrt hat sich ewig hingezogen. Und überall diese Baustellen auf der Autobahn. Schrecklich! Du solltest sie hierher einladen, Alexander, damit sie sich bei einem guten Kaffee oder Tee und einem Stück Hefekuchen erholen kann."

„Na, wir wollen sie doch nicht gleich mit einer Überdosis der Messner-Familie erschrecken." Alexander lachte. „Sie ist eine Klientin wie jede andere auch. Also werde ich sie ganz normal in meiner Kanzlei empfangen."

„Aber wir kannten sie schon, als sie noch ein Kind war. Vielleicht freut sie sich über ein bisschen Familienanschluss."

„Wenn sie den hätte haben wollen, wäre sie in den letzten zwanzig Jahren mal bei Sybilla aufgetaucht." Norbert stieß einen zischenden Laut aus, als seine Frau ihre erste Karte ablegte. „Du willst mich wohl vergackeiern?"

„Entschuldigt mich, ich muss mich jetzt auf den Weg zur Kanzlei machen. Ich habe noch einiges vorzubereiten."

„Grüß das Mädchen ganz herzlich von uns, Alex." Seine Mutter ließ von den Erdbeeren ab und gab ihm einen raschen Kuss auf die Wange.

„Mama, das Mädchen ist fast dreißig und damit lange erwachsen, und vielleicht erinnert sie sich gar nicht mehr an uns."

„Sicher tut sie das. Sie war als Kind immer gerne hier. Außer, wenn du sie und Christina beim Spielen geärgert hast, zusammen mit deinem unsäglichen Freund Lars." Anke lachte bei der Erinnerung. „Wenn ich es recht bedenke, ist es vielleicht gar nicht so gut, dass ausgerechnet du als Nachlassverwalter eingesetzt worden bist. Wenn sie dir die Streiche von damals noch übel nimmt, ist sie vielleicht schneller wieder zurück in Köln, als wir gucken können."

Auch Alexander lachte. „Wenn sie sich heute noch deswegen aufregt, wäre sie aber kein großer Verlust für uns, meinst du nicht?"

„Kann schon sein. Grüß sie trotzdem von uns und lade sie ein, uns zu besuchen, bevor sie wieder zurückfährt. Ich sterbe vor Neugier, was aus dem kleinen blonden Mädchen geworden ist."

„Wir werden sehen." Alexander schnappte sich sein graues Jackett von der Stuhllehne und zog es über.

„Also zu meiner Zeit hat man nicht bloß halbe Anzüge in der Kanzlei getragen", moserte sein Großvater. „Jeans und Jackett, ein Wunder, dass dir die Klienten nicht reihenweise davonlaufen."

„Vadder, lass den Alex mal machen." Arno legte bedächtig eine Karte ab, woraufhin seine Mutter einen fauchenden Laut ausstieß.

„Jetzt schummelst du aber!"

„Tu ich nicht. Du hast bloß nicht aufgepasst."

„Trotzdem sollte der Junge sich ordentlich kleiden", beharrte Norbert.

„Das tut er doch. Die Zeiten haben sich eben geändert."

„Das tun sie ständig. Aber als Anwalt sollte man immer darauf bedacht sein …"

Alexander lächelte seiner Mutter noch einmal zu und ergriff die Flucht.

***

Langsam steuerte Melanie ihr weißes Sportcoupé durch das Küstenstädtchen. Seit sie das Ortsschild von Lichterhaven passiert hatte, spürte sie ein beständiges Gefühl des Wiedererkennens, das sich jedoch mit einem Anflug von Fremdheit zu einer unbehaglichen Mischung verknäuelte. Vieles erkannte sie wieder, einiges hatte sich jedoch auch stark verändert. Neue Häuser waren gebaut und einige Straßen neu angelegt worden. Je näher sie dem Ortskern kam, desto vertrauter erschien ihr die Umgebung, wohl hauptsächlich, weil im historischen Stadtkern kaum Veränderungen an der Bausubstanz vorgenommen werden konnten.

Bei ihren Recherchen im Internet hatte sie bereits herausgefunden, dass aus dem verschlafenen Örtchen in den vergangenen beiden Jahrzehnten ein quirliger, moderner Touristenort geworden war. Hotels waren gebaut worden, ebenso ein großes Meerwasserwellenbad mit riesigem Außenbereich. Es gab geführte Ausflüge zu Wasser und zu Land und selbstverständlich auch Fahrten nach Helgoland, Sylt und zu anderen Inseln. Angeboten wurden auch Wanderungen und Kutschfahrten ins Watt, vielfältige kulturelle Veranstaltungen, und sogar zwei Kurkliniken gab es irgendwo am Ortsrand. Jetzt, Anfang Juni, begann gerade die Sommersaison. Die Ferien standen in mehreren Bundesländern kurz bevor und Lichterhaven hatte sich bereits für den Ansturm der Touristen herausgeputzt. Die üppigen Blumenkästen und Rabatten an fast allen Häusern und die gepflegten und mit Liebe dekorierten Gärten und Hauseingänge erinnerten Melanie eher an Werbeprospekte über die Alpenregion. Verkehrsinseln und öffentliche Plätze leuchteten ebenfalls in den herrlich bunten Farben der von Landschaftsgärtnern sorgfältig aufeinander abgestimmten Sommerblumen in Kübeln und Beeten. Dazwischen fanden sich immer wieder maritime Motive wie eine große muschelförmige Schaukel auf dem Spielplatz, ein restaurierter Kutter aus dem achtzehnten Jahrhundert mitten auf dem Markt oder *Watti Wattwurm*, eine lustige Comicfigur, an die Melanie sich sogar noch aus ihren Kindertagen erinnerte. Die Figur war zwar über die Jahre sichtlich modernisiert worden, diente aber offenbar nach wie vor als Maskottchen des Fremdenverkehrsvereins und fand sich auf Touristenführern und Wegweisern ebenso wie auf der Homepage des Ortes und auf Broschüren.

Melanie, die ihre letzte Pause kurz nach Hannover gemacht hatte, atmete auf, als ihr Navi verkündete, sie sei an ihrem Ziel angekommen. Glücklicherweise fand sie direkt vor der *Anwalts- und Notariatskanzlei Dr. Alexander Messner* einen Parkplatz, gleich neben einem großen anthrazitfarbenen SUV. Einen Moment lang schloss sie die Augen, um sich zu sammeln, dann klappte sie die Sonnenblende herunter und betrachtete sich kritisch im Spiegel. Ein bisschen blass wirkte sie, was hauptsächlich am fehlenden Schlaf lag. Die letzten beiden Tage hatte sie ständig hin und her überlegt, was sie wegen der Erbschaft unternehmen sollte. Schließlich hatte sie sich den Freitag freigenommen und mit der Sekretärin des Nachlassverwalters einen Termin ausgemacht. Längstens bis Sonntag würde sie bleiben und dann wieder nach Köln zurückfahren.

Nachdem sie ihr Make-up ein wenig aufgefrischt hatte, nahm sie ihren dunkelblauen Blazer vom Beifahrersitz und stieg aus dem Wagen. Sogleich wurde sie von einer kräftigen Windbö erfasst, die ihr sorgfältig frisiertes Haar völlig durcheinanderbrachte. Rasch schlüpfte sie in den Blazer, denn die Luft war kühl, gerade einmal sechzehn Grad, wie ihr eine Anzeige unter dem Logo der gegenüberliegenden Sparkasse mitteilte, und nicht so sommerlich wie noch in Köln. Der Wind trieb Wolken über den Himmel, die die Sonne immer nur für wenige Sekunden hervorblitzen ließen.

Als sie sich an die steife Brise gewöhnt hatte und ihr Gesicht dem kühlen Luftstrom entgegenhielt, überkam sie eine Gänsehaut und gleichzeitig ein lang vergessenes Gefühl des Erkennens. Sie roch das Meer. Den salzig-würzigen Duft der Nordsee, den sie als Kind geliebt hatte.

Als Kind, ermahnte sie sich. Sie war lange nicht hier gewesen und hatte auch kein Bedürfnis danach verspürt. Und sie wollte ganz sicher nicht sentimental werden.

Jetzt sah Melanie sich erst einmal neugierig um. Sie befand sich in einer Seitenstraße des historischen Stadtkerns von Lichterhaven. Das Anwalts- und Notariatsbüro befand sich in einem hübsch restaurierten, reetgedeckten Fachwerkgebäude. Neben dem Eingang befand sich eine Messingplakette, auf der vermerkt war, dass das Haus ursprünglich im Jahr 1545 erbaut und nach einer Sturmflut 1817 wiederaufgebaut und teilweise erweitert worden war. Noch wesentlich später, so mutmaßte Melanie, hatte man die Eingangstür vergrößert und an den heutigen Standard angepasst.

Sie war eine gute halbe Stunde zu früh, also beschloss sie, sich ein wenig die Füße zu vertreten. Nachdem sie sich kurz orientiert hatte, schlug sie die Richtung ein, in der sie die Lichterhavener Hauptstraße und das Stadtzentrum vermutete, an dessen oberem Ende mit dem Marktplatz sie eben schon vorbeigefahren war. Die Hauptstraße mit ihren vielfältigen Geschäften, Restaurants und Cafés und einigen ebenfalls geschäftstüchtig genutzten Seitengassen führte geradewegs hinunter zum Hafen und von dort aus am Deich entlang zum Schwimmbad und weiter zum Badestrand mit seinen bunten Strandkörben. So weit kam Melanie jedoch nicht. Ein kurzes Stück vom Hafen entfernt blieb sie wie angewurzelt stehen. Unbewusst hatte sie den Weg zur Kunsthandlung ihrer Großtante eingeschlagen. Sie spürte einen Kloß im Hals, als sie das hölzerne, schon leicht verwitterte Schild mit der geschwungenen Aufschrift *Sybillas Schatztruhe* erblickte. Gitter waren vor die beiden Schaufenster und die gläserne Eingangstür gezogen worden, um das hübsche und teilweise sogar wertvolle Kunsthandwerk vor Einbrechern zu schützen. An der Tür hing ein laminiertes Schild, das potenzielle Kunden darüber informierte, die Kunsthandlung sei aufgrund eines Todesfalles vorläufig geschlossen.

Melanie trat näher an die Tür heran und versuchte, im Inneren des Geschäfts etwas zu erkennen. Sie sah gedrechselte Möbel auf der einen Seite, hübsche hölzerne und tönerne Vasen und Schüsseln in Regalen sowie weitere Ausstellungsstücke in Vitrinen und auf einem großen dunklen Tisch. Der wenige übrige Platz an den Wänden war mit zahlreichen Bildern behängt. Der Eingangstür gegenüber befand sich ein glänzender altmodischer Tresen aus ebenfalls dunklem Holz mit einer modernen Registrierkasse darauf.

Selbstverständlich war sie als Kind mehrmals hier gewesen, doch seltsamerweise verband sie mit dem Geschäft nur wenige Erinnerungen. Vielleicht lag es daran, dass sich die Einrichtung bis auf den Verkaufstresen sehr verändert hatte, möglicherweise auch daran, dass die Fassade – einst weiß – mittlerweile in einem warmen, sonnigen Gelbton gestrichen war. Vielleicht war es auch eine Mischung aus beidem, die Melanie das Gefühl gab, ein vollkommen fremdes Haus anzusehen.

„Wollten Sie in den Laden?“ Eine junge Frau von höchstens Mitte zwanzig trat neben sie und hielt dabei ihre krausen blonden Locken mit der Hand im Nacken zusammen, damit der Wind sie ihr nicht ins Gesicht blies. „Da haben Sie aber Pech. Die alte Sybilla ist vor zwei Wochen verstorben. Sie hat ihr Geschäft ihrer Großnichte vererbt, aber die stammt nicht von hier, deshalb ist es ungewiss, was aus der Kunsthandlung wird. Schade, wenn Sie mich fragen, denn Sybilla hatte immer so schöne Sachen in ihrer kleinen *Schatztruhe*. Ich habe es geliebt, bei ihr zu stöbern. Sie war so eine nette Frau, wir vermissen sie alle.“

Melanie schluckte und sah die junge Frau unsicher von der Seite an, beschloss dann aber, sich nicht zu erkennen zu geben. Offenbar war der Tod ihrer Großtante Stadtgespräch, und sie wollte ganz sicher nicht zum Ziel von Tratsch und Mutmaßungen werden.

„Sie sind bestimmt auf Urlaub hier, nicht wahr?“ Die blonde junge Frau lächelte sie offen und herzlich an.

„Mhm, ja, so was in der Art.“

„Das freut mich. Ich wünsche Ihnen einen schönen Aufenthalt bei uns in Lichterhaven. Und falls Sie Hunger haben sollten, empfehle ich Ihnen das Restaurant *Seemöwe* drüben hinter dem Deich. Da kann man nicht nur ausgezeichnet essen, sondern hat auch noch einen fantastischen Blick aufs Meer.“ Sie deutete nach links zu einem Gebäude, das sich noch in Sichtweite, aber auf der anderen Seite des Deiches befand, und offenbar teilweise von Pfeilern abgestützt, über dem Wasser gebaut worden war. „Oder wenn Ihnen das jetzt zu weit ist, können Sie auch ins Café *Möwennest* gehen, das ist gleich unten am Hafen. Ich bin auf dem Weg dorthin. In den Semesterferien helfe ich dort beim Kellnern und verdiene mir das Geld, das ich bisher immer so gerne für Sybillas Schnickschnack ausgegeben habe. Ich heiße übrigens Luisa. Wenn Sie ins *Möwennest* oder die *Seemöwe* kommen, berufen Sie sich auf mich, dann kriegen Sie einen besonders schönen Platz. Aber jetzt muss ich los. Auf Wiedersehen!" Sie hob die Hand zum Gruß und war bereits weitergewirbelt, bevor Melanie etwas erwidern konnte. Der weiter auffrischende Wind blies Luisas schlanke Gestalt geradezu vor sich her.

Kurz blickte Melanie ihr nach und wandte sich dann wieder dem verschlossenen Geschäft ihrer Großtante zu. Sie wusste nicht einmal, wo sich der Friedhof befand. Danach musste sie unbedingt den Anwalt fragen, beschloss sie und machte sich auf den Weg zurück zur Kanzlei. Zwar war sie noch immer viel zu früh, doch bei dem Anwalt gab es bestimmt einen Wartebereich, in dem sie sich angenehmer die Zeit vertreiben konnte als hier draußen im aufkommenden Sturm.

Als sie die ersten Regentropfen auf der Haut spürte, beschleunigte sie ihren Schritt, den Kopf gesenkt. So achtete sie nicht darauf, was um sie herum vor sich ging, prallte auf dem Gehweg vor der Kanzlei mit einem hochgewachsenen Mann zusammen und fand sich einen Moment später Halt suchend an dessen breiter Brust wieder.

„Hoppla. Sie haben es aber eilig." Seine Stimme war angenehm dunkel und von einem heiteren Lachen eingefärbt. Er hatte sie reflexartig an den Oberarmen gefasst, damit sie nicht hinfiel.

„Entschuldigung, ich wollte …" Was Melanie gewollt hatte, entfiel ihr für einen Moment, als sie den Kopf hob und dem intensiven Blick aus haselnussbraunen Augen begegnete. Erst nach einem weiteren Atemzug nahm sie das Gesicht wahr, das zu den Augen gehörte. Markante Wangen- und Kinnlinie, gerade Nase, ein lächelnder, sinnlicher Mund. Der leichte Bartschatten verriet, dass ihr Gegenüber sich höchstens jeden zweiten Tag die Mühe machte, sich zu rasieren. Das hellbraune Haar reichte ihm bis an die Schultern, war jedoch im Nacken zu einem gepflegten Zopf zurückgebunden.

„Ich nehme an, Sie wollen zu mir." Seine Stimme verriet noch immer seine Erheiterung. „Und da ich heute Nachmittag nur einen Termin habe, gehe ich davon aus, dass Sie Melanie Brenner aus Köln sind." Er ließ ihre Arme los und streckte stattdessen die rechte Hand aus. „Alexander Messner."

„Guten Tag, Herr Dr. Messner." Mechanisch ergriff Melanie seine Hand und spürte eine nicht unangenehme, aber dennoch leicht verstörende Wärme von seinem Händedruck ausgehen, von der sie das Gefühl hatte, dass sie sich über ihren gesamten Arm ausbreitete. „Tut mir leid, dass ich Sie angerempelt habe. Der Regen … Ich habe nicht aufgepasst, wohin ich laufe."

„Jetzt, wo Sie es erwähnen. Wir sollten wohl besser hineingehen, bevor aus den wenigen Tropfen ein richtiger Schauer wird. So was geht hier in Sekundenschnelle." Er schloss die Tür auf und ließ ihr den Vortritt.

Kaum war die Tür hinter ihnen ins Schloss gefallen, als von draußen auch schon das heftige Rauschen des Regens zu vernehmen war, der sich wie ein Wasserfall über der Stadt ergoss. „Sehen Sie, gerade noch rechtzeitig." Er deutete auf eine offene Tür, die in ein Vorzimmer führte. „Hier entlang bitte. Hallo, Elvira, irgendwelche Anrufe?"

Eine Frau Anfang dreißig mit langem schwarzem Pferdeschwanz und wachen grauen Augen saß hinter dem Schreibtisch im Vorzimmer, auf dem Kopf ein schmales Headset. Als sie Alexander Messner sah, zog sie es sofort von den Ohren und schaltete das Diktiergerät aus, an das die Kopfhörer angeschlossen waren. „Frau Geeswein hat wegen eines neuen Termins angefragt. Ich habe sie auf zwei Uhr am kommenden Dienstagnachmittag gelegt. Und Hinnerk kommt morgen früh vorbei, um sich die kaputte Dachrinne anzusehen."

„Morgen? Am Samstag?"

„Er meinte, anders hätte er keine Zeit."

„Wie immer. Sonst noch etwas?"

„Nein, alles ruhig." Elviras Blick ruhte freundlich und mit einer Spur Neugier auf Melanie. „Sie müssen Frau Brenner sein. Herzlich willkommen in Lichterhaven. Und mein Beileid. Wir alle kannten Ihre Großtante gut."

„Danke." Melanies Stimme klang ein wenig spröde, was hauptsächlich daran lag, dass nicht nur Elviras, sondern auch Alexander Messners Blick aufmerksam auf ihr ruhte und sie nervös machte.

„Kommen Sie in mein Büro und setzen Sie sich. Elvira, bitte keine Störungen."

„Geht klar, Boss." Die Anwaltsgehilfin grinste schalkhaft. „Soll ich euch einen Kaffee bringen?"

„Ja, bitte. Für Sie auch, Frau Brenner?" Während er sprach, geleitete Messner sie zu einem der beiden Besuchersessel vor seinem Schreibtisch. „Oder lieber einen Tee?"

„Kaffee wäre gut, danke." Sie ließ sich auf dem bequemen Ledersessel nieder und beobachtete, wie der Anwalt um den Schreibtisch herumging und sich auf seinem Platz niederließ. Erst jetzt fiel ihr auf, dass er für einen Anwalt vergleichsweise salopp gekleidet war. Eng sitzende, leicht verwaschene Bluejeans, die seine schmalen Hüften und die kräftigen Beine hervorragend zur Geltung brachten. Dazu ein schlichtes weißes Hemd, dessen oberste zwei Knöpfe geöffnet waren, und ein graues, offenbar maßgeschneidertes Jackett. Dennoch wirkte er nicht fehl am Platz, sondern, im Gegenteil, ganz in seinem Element.

Das Büro war mit schlichten, zweckmäßigen Möbeln eingerichtet, die sich dem Stil des alten Hauses unterordneten und ihn gleichzeitig unterstrichen. Dunkles Holz kontrastierte mit cremefarbenen Wänden und einigen Kunstdrucken mit maritimen Motiven. Alles wirkte sehr ruhig, geschäftsmäßig und männlich. Selbst die beiden langblättrigen Grünpflanzen neben dem Fenster untermauerten diese Atmosphäre noch, anstatt sie aufzuweichen.

„Auch ich möchte Ihnen mein Beileid zu Ihrem Verlust aussprechen." Messner griff nach einem Stapel Papiere, der bereits für den Termin bereitlag, und blätterte nachlässig darin, jedoch ohne hinzusehen.

Elvira betrat den Raum und stellte zwei Tassen Kaffee, Milch und Zucker auf den Tisch.

„Danke." Messner nickte ihr freundlich zu und wartete, bis sie die Tür hinter sich geschlossen hatte, bevor er weitersprach. „Soweit ich die Angelegenheit überblicke, sind Sie hier, um in Erfahrung zu bringen, ob Ihre Großtante vor ihrem Tod meschugge gewesen ist, nicht wahr?"

„Wie bitte?" Verblüfft über die drastische Wortwahl, richtete Melanie sich auf.

„Und Sie möchten herausfinden, ob die Bestimmungen des Testaments anfechtbar sind."

„Ich … Nun ja." Sie hob die Schultern leicht an. „Ich habe mich gefragt, warum Tante Sybilla mich zur Haupterbin einsetzt und dann solche unmöglichen Bedingungen daran knüpft."

„Ob sie unmöglich sind, ist Ermessenssache, würde ich sagen."

„Nach meinem Ermessen sind sie unmöglich." Melanie verschränkte die Arme vor der Brust. „Wie konnte sie glauben, dass ich jemals darauf eingehen würde? Ich führe mein Leben in Köln, habe einen Beruf, eine gute Arbeitsstelle. Mein Lebensmittelpunkt ist dort. Was in aller Welt soll ich mit ihrem Haus und vor allen Dingen dem Geschäft?"

„Sie meinen hier am Ende der Welt?" Er blickte sie wieder so intensiv an, dass ihr Herzschlag leicht aus dem Takt geriet und sie den Eindruck hatte, er könne ihre Gedanken lesen.

„Das auch. Verzeihen Sie, aber das alles ist mir einfach unverständlich. Sybilla kann unmöglich erwartet haben, dass ich alles stehen und liegen lasse und hierher ziehe, nur um ihr Erbe anzutreten. Ich kann schließlich nicht einfach ein Jahr lang mein Leben auf Pause schalten."

„Ich glaube auch nicht, dass sie das im Sinn hatte. Vielmehr wollte sie Ihnen wohl ermöglichen, sich innerhalb des Jahres, das sie als Frist gesetzt hat, mit dem Ort und dem Geschäft auseinanderzusetzen und es hinterher dauerhaft zu übernehmen."

„Was aber nicht geschehen wird."

„Nein?"

„Selbstverständlich nicht. Ich kann nicht einfach …"

„... alle Brücken hinter sich abbrechen? Das ist natürlich verständlich. Sicher haben Sie Familie und Freunde in Köln."

Melanie biss sich auf die Zunge, um nicht voreilig zu antworten. Der springende Punkt war, dass sie keine nennenswerte Familie besaß, weder in Köln noch anderswo. Und Freunde? Gute Bekannte und Arbeitskollegen, das ja. Auf Freundschaften hatte sie nie viel Wert gelegt. In ihrer Kindheit und Jugend war sie mit ihrer Mutter zu oft von Ort zu Ort gezogen, um dauerhafte Freundschaften schließen zu können, und inzwischen war sie so sehr daran gewöhnt, mit sich allein zu sein, dass sie sich gar keine Mühe mehr machte, Menschen näher kennenzulernen. Das, was sie mit Edith verband, kam einer Freundschaft vermutlich am nächsten, obwohl sie sich nie außerhalb der Arbeit trafen und Zeit miteinander verbrachten. Doch das war ganz allein ihre Sache und ging den Anwalt nichts an.

Fakt war nur leider, dass ihre Lebenssituation im Grunde jedes Argument gegen einen Ortswechsel entkräftete. Oder fast jedes. Immerhin hatte sie sich ihre derzeitige Stellung bei Brungsdahl mühsam erkämpft und war nicht gewillt, sie so einfach aufzugeben. Ihr Job vereinte alles, was sie liebte und brauchte: Zahlen, Fakten, geschäftsmäßiger und zivilisierter Umgang mit Menschen. Mehr wollte sie nicht. Alles andere überforderte sie. Wenn sie ehrlich mit sich war, wusste sie, dass sie nicht gut in zwischenmenschlichen Beziehungen war. Aber sie hatte ihr Bedürfnis danach irgendwo auf dem Weg zum Erwachsenendasein aufgegeben. Menschen waren unberechenbar, unzuverlässig, emotional. Damit konnte sie nichts anfangen. Sie stand ja schon der Flatterhaftigkeit und den Flausen ihrer Mutter meist hilflos gegenüber. Diese hatte kaum jemals Rücksicht darauf genommen, wie es ihrer Tochter gerade ging. Materiell hatte es Melanie nie an Zuwendung gefehlt, doch emotional hatte sie früh gelernt, sich auszuklinken. Das gefühlsmäßige Auf und Ab ihrer Mutter war für Melanie stets mit Instabilität, häufigen Ortswechseln und einer ständigen Unsicherheit verbunden.

Silvana Brenner, oder Brenner-Costales, wie sie ja inzwischen hieß, hatte ihre Tochter nie mit Absicht verletzt oder vernachlässigt. Sie war einfach immer so sehr damit beschäftigt gewesen, ihre eigenen Bedürfnisse zu befriedigen, dass ihr gar nicht aufgefallen war, wie sehr sie ihre Tochter damit belastete. Melanies einzige Fluchtmöglichkeit vor den Gefühlsausbrüchen ihrer Mutter war es, ihre eigenen Emotionen zu unterdrücken und eine Distanz zu den Menschen aufzubauen, die sie umgaben.

Ehe sich das Schweigen zwischen ihnen ausweiten konnte, änderte Melanie entschlossen den Fokus des Gesprächs. „Welche Möglichkeiten sehen Sie, gegen die testamentarischen Bestimmungen vorzugehen?"

„Ganz offen gesprochen?" Messner faltete die Hände vor sich auf dem Tisch. „Keine. Ihre Großtante war zum Zeitpunkt der Niederschrift des Testaments bei voller körperlicher und geistiger Gesundheit. Das war sie übrigens bis zu ihrem Todestag. Wie ich Ihnen bereits schrieb, hat sie sogar noch täglich für mehrere Stunden in ihrer Kunsthandlung gearbeitet. Es gibt keinerlei Anlass, ihre Entscheidungen infrage zu stellen." Er raschelte mit den Papieren, wieder ohne einen Blick hineinzuwerfen. „Wie Sie meinem Schreiben sicher ebenfalls entnommen haben, gibt es eine weitere Nebenerbin. Frau Deana Holthusen hat seit achtzehn Jahren Ihre Großtante bei der Führung des Geschäfts unterstützt. Sie erhält einige Sammlerstücke aus dem Laden sowie eine Summe von zwanzigtausend Euro. Details habe ich mit ihr noch nicht besprochen, da sie verständlicherweise im Augenblick nicht in der Lage ist, sich über die Erbschaft Gedanken zu machen."

„Nicht?"

„Sie trauert, Frau Brenner."

Melanie spürte eine unangenehme Wärme in ihre Wangen steigen. Verlegen senkte sie den Blick. „Natürlich." Sie kam sich furchtbar unsensibel vor. „Sie sehen also keine Chance, aus der Sache herauszukommen?"

„Keine, die vor einem deutschen Gericht auch nur die Spur

von Gehör finden würde. Wenn Sie mit den Bestimmungen nicht einverstanden sind, bleibt Ihnen lediglich die Möglichkeit, das gesamte Erbe auszuschlagen. Ich empfehle Ihnen aber dringend, diese Entscheidung nicht übers Knie zu brechen. Sehen Sie sich Geschäft und Haus zunächst genau an, werfen Sie einen Blick in die Geschäftsbücher und nicht zuletzt …" Er musterte sie eingehend. „Überlegen Sie sich, warum Ihre Großtante Sie als Erbin eingesetzt hat. Das geschah sicher nicht aus einer Laune heraus. Sie müssen Ihr viel bedeutet haben."

Und doch war der Kontakt zwanzig Jahre lang vollkommen abgebrochen. „Ich kannte meine Großtante eigentlich kaum. Das letzte Mal, als ich hier zu Besuch gewesen bin, war ich zehn Jahre alt."

„Ich weiß. Und ziemlich schüchtern. Außer, wenn es darum ging, Sybillas Wattwurmkekse zu erbetteln."

Erstaunt sah Melanie ihn an. „Woher …?"

„Wir sind uns damals schon das eine oder andere Mal begegnet. Nicht immer zu Ihrem Vergnügen – oder eigentlich müsste ich zu deinem Vergnügen sagen, da wir uns ja schon so lange kennen. Du hast zwei Sommer lang ständig mit meiner Schwester Christina zusammengehangen. Wie zwei Kletten wart ihr."

„Christina?" Melanie schluckte, als die Erinnerung an die Oberfläche spülte. „Christina Messner. Dann sind Sie … ich meine, dann bist du …?"

„Alex. Der böse große Bruder, der die nervigen Mädchen mit Vorliebe getriezt hat." Er lachte. „Meistens gemeinsam mit meinem Kumpel Lars. Wir waren eine Landplage, nicht nur euch gegenüber."

Leicht verunsichert musterte Melanie den breitschultrigen, gut aussehenden Mann, der ihr so selbstsicher gegenübersaß. Seine Augen funkelten schalkhaft, und vielleicht war es dieses mutwillige Blitzen, das das Bild des frechen, halbwüchsigen Jungen vor ihrem inneren Auge aufsteigen ließ. Von diesem schlaksigen Fünfzehnjährigen war allerdings nicht mehr allzu viel zu sehen. „Das ist ja eine Überraschung." Die Worte klangen lahm in ihren Ohren, doch wie sollte sie darauf reagieren? Der nervtötende und für sie als kleines Mädchen manchmal sogar Furcht einflößende Junge, der sie abends auf dem Heimweg vom Strand erschreckt hatte, indem er schreiend hinter einem Gebüsch hervorsprang, und der sie und ihre Freundin mit Wasserpistolen gejagt oder sie mit Erbsen aus selbst gebastelten Steinschleudern beschossen hatte, saß ihr hier gegenüber. Und er war heute nicht nur ein attraktiver und anziehender Mann, sondern noch dazu ein respektabler Anwalt und Notar und zu allem Überfluss der Nachlassverwalter ihrer Großtante.

Die Erinnerungen an den Jungen, der nichts anderes im Kopf hatte, als sie und seine Schwester zu ärgern, ließen sich mit seinem heutigen Auftreten und der charismatischen Aura, die er ausstrahlte, nur schwer vereinbaren.

„Darf ich dir einen Vorschlag machen?" Wie selbstverständlich blieb er beim vertraulichen Du. „Sieh dir das Geschäft und das Haus in Ruhe an. Ich nehme an, du hast ein Hotelzimmer gebucht, aber wenn du möchtest, kannst du auch im Haus übernachten. Denk über die Möglichkeiten nach, die sich dir hier bieten."

„Es bieten sich hier keinerlei Möglichkeiten für mich. Zumindest keine, die ich je in Betracht ziehen würde." Im Augenblick wäre sie am liebsten meilenweit von hier entfernt gewesen. Die plötzliche Vertraulichkeit, mit der er sie ansprach, ließ sie die Stacheln hochstellen. Sie war ganz sicher nicht hierhergekommen, um alte Freundschaften – Bekanntschaften, korrigierte sie sich im Geiste, schließlich konnte man bei ihnen beiden nun wirklich nicht von Freundschaft sprechen – neu aufzuwärmen. Er hatte sie gehänselt, und sie war beständig auf der Hut oder sogar auf der Flucht vor ihm und seinem grässlichen Freund gewesen. „Lebt Ihr ... dein Freund auch noch in der Stadt?"

„Lars?" Alex trank einen Schluck von seinem Kaffee. Seine Miene hatte sich eine Spur verfinstert. „Nein. Er ist vor Jahren fortgegangen." Es schien, als wolle er noch etwas hinzufügen;

er schwieg dann aber doch. Ob es irgendeinen Vorfall gegeben hatte, der diese ehemals so gute Freundschaft hatte zu Bruch gehen lassen?, überlegte Melanie kurz. Nein, das ging sie absolut nichts an.

Sie räusperte sich verlegen und nahm ebenfalls einen Schluck vom Kaffee. „Ich würde mir das Haus sehr gerne ansehen. Das Geschäft natürlich auch."

„Wann fährst du wieder zurück nach Köln?"

„Am Sonntag."

Alex nickte nachdenklich. „Vielleicht solltest du das noch einmal überdenken und dir mehr Zeit für die Entscheidung nehmen. Gib deiner Großtante eine Chance, Melanie. Sie hatte mit dem Testament etwas im Sinn."

„Sie kannte mich doch genauso wenig wie ich sie."

„Vielleicht hat sie das anders gesehen."

„Ich werde nicht einfach so für ein Jahr ins Nirgendwo ziehen."

„Wenn man aus der Großstadt kommt, kann einem ein kleiner Ort wie unserer sicherlich wie nirgendwo vorkommen, aber ... Vielleicht solltest du nicht nur deiner Tante, sondern auch Lichterhaven eine Chance geben, bevor du dich entscheidest. Und es muss ja nicht gleich ein Jahr sein. Du hast sechs Wochen Zeit, dich zu entscheiden." Er erhob sich und holte einen Schlüsselbund aus dem obersten Schubfach des Schrankes neben der Tür. „Lass uns gehen. Was willst du zuerst sehen, den Laden oder das Haus?"

***

Da er näher lag, hatte Melanie sich für den Laden als erste Station entschieden. Der Regenguss war tatsächlich nur ein heftiger Schauer gewesen, der Wind jagte allerdings weiterhin dunkle Wolken über den Himmel. Da die Lichterhavener Hauptstraße zur Fußgängerzone umfunktioniert worden war, ließen sie für den kurzen Weg die Autos stehen. Alexander schloss zuerst die

Schutzgitter, dann die Tür zu *Sybillas Schatztruhe* auf und ließ Melanie den Vortritt. Dabei bemühte er sich, ihr nicht zu nahe zu kommen. Schon ihr kleiner Zusammenstoß hatte ihn ein wenig aus dem Konzept gebracht. Er war auf ein Wiedersehen eingestellt gewesen, nicht jedoch darauf, dass die Frau, zu der sich das schüchterne kleine Mädchen von damals entwickelt hatte, genau sein Typ sein würde. Mehr noch: Sie war heiß! Die Anziehung, die er praktisch auf den ersten Blick verspürt hatte, ließ seinen Hormonhaushalt geradezu kopfstehen.

Schüchtern schien sie mittlerweile nicht mehr zu sein, oder vielleicht versteckte sie diesen Wesenszug auch nur hinter der kühlen Reserviertheit, die so gar nicht zu ihrem äußeren Erscheinungsbild passte. Sie faszinierte ihn. Das seidige honigblonde Haar fiel ihr in weichen Wellen auf die Schultern und umrahmte ein hübsches Gesicht mit hohen Wangenknochen und blaugrauen Augen, die nur sehr dezent mit Mascara betont wurden. Auch sonst trug sie nur wenig Make-up, das sie bei ihrem reinen Teint vermutlich nicht nötig hatte.

Der schmal geschnittene dunkelblaue Hosenanzug brachte ihre schlanke, jedoch unmissverständlich weibliche Figur äußerst gut zur Geltung. Der Blazer über ihrem cremefarbenen Shirt saß gerade knapp genug, um seine Fantasie anzuregen. Schon versuchte er, sich vorzustellen, wie sie wohl ohne die Kleider aussehen mochte. Als ihm bewusst wurde, in welche Richtung seine Gedanken wanderten, rief er sich streng zur Ordnung und versuchte, sich auf seine Aufgabe als Nachlassverwalter zu konzentrieren. „Der Laden wurde vor zehn Jahren renoviert und vor fünf Jahren noch einmal von außen neu gestrichen. Wie du siehst, haben wir nach dem Tod deiner Großtante hier nichts verändert. Lediglich die letzte Abrechnung hat Deana noch gemacht und das Geld zur Bank gebracht. Im Obergeschoss gibt es eine kleine Wohnung. Sybilla hat dort ihre Büroräume eingerichtet und ein Lager sowie eine kleine Küche und ein Bad.“ Er ging voraus und zeigte ihr die Räumlichkeiten im ersten Stock. Alles war noch genau so, wie Sybilla es hinterlassen hatte. Das Büro war ein wenig unordentlich, in der kleinen Küche standen Tassen und eine Teekanne umgedreht neben der Spüle, wo sie wohl zum Abtropfen abgestellt worden waren. Die Luft roch ein wenig abgestanden, weil seit zwei Wochen nicht gelüftet worden war.

Melanie sah sich überall nur kurz um, so als könne sie sich nicht durchringen, alles genauer in Augenschein zu nehmen. Als sie in den Verkaufsraum zurückkehrten, legte Alex einen zweiten Schlüsselbund auf den Verkaufstresen. „Die Schlüssel gehören dir. Wenn du dich näher umsehen und mit den Geschäftsbüchern befassen möchtest, kannst du das jederzeit tun. Ein Hausschlüssel befindet sich ebenfalls am Bund. Ich habe die Schüssel beschriftet, damit du dich leichter zurechtfindest."

„Danke." Melanie, die schweigend im Laden umhergewandert war, kehrte zum Tresen zurück und nahm die Schlüssel, drehte sie aber nur zögernd zwischen den Fingern. „Es ist ein schöner Laden."

„Da hast du recht. Er strahlt Sybillas Persönlichkeit aus. Sie hatte ein ausgezeichnetes Verhältnis zu den lokalen und regionalen Künstlern und Kunsthandwerkern. Hin und wieder hat sie sogar kleine Ausstellungen organisiert und Lesungen. Sie war ein aktiver und wichtiger Teil der Gemeinschaft hier im Ort. Wir werden sie sehr vermissen. Das tun wir jetzt schon."

„Ich kann mich nur noch bruchstückhaft an sie erinnern."

Alex wollte schon fragen, warum sie so lange Zeit nicht mehr hier gewesen war, doch er hielt sich zurück. Es ging ihn nichts an, und Melanie sah nicht so aus, als wolle sie darüber sprechen. Er wusste nicht, wie sie es anstellte, doch alles an ihr wirkte plötzlich abwehrend, obgleich sie keine Miene verzogen hatte.

Sie umrundete den Tisch mit den kleineren Ausstellungsstücken und betrachtete einige der Bilder an der Wand. „Die Künstler, deren Sachen hier verkauft wurden, stammen alle aus der Gegend?"

„Die meisten, soweit ich weiß. Deana wird dir darüber sicher mehr sagen können. Ich kann sie anrufen, wenn du willst."

„Nein." Melanies Kopf hatte sich ruckartig zu ihm herumgedreht. Sie räusperte sich, dennoch klang ihre Stimme belegt. „Nein, lass nur. Das muss heute nicht mehr sein. Ich möchte sie nicht stören. Bestimmt war sie mit Tante Sybilla gut befreundet und ... Vielleicht ein andermal. Ich würde jetzt gerne das Haus sehen. Ist es weit bis dorthin? Hier hat sich vieles sehr verändert, ich habe keine Ahnung mehr, wie ich dort hinkomme."

„Es sind nur ein paar Minuten mit dem Auto bis an den Stadtrand. Wenn du willst, fahre ich dir voraus."

***

Die Erinnerung war in dem Moment wieder vollkommen klar, als sie um die lang gezogene Kurve bog und vor der Zufahrt zu Sybillas Grundstück anhielt. Ein klassisches Fachwerkhaus, reetgedeckt wie fast alle Häuser in der Gegend. Man sah ihm an, dass es innerhalb der vergangenen zehn Jahre von Grund auf renoviert worden sein musste. Dennoch hatte es seinen ursprünglichen Charme nicht verloren. Es stand inmitten eines üppigen Gartens, in dem der falsche Jasmin gerade zu blühen begannen und mit den Blüten der Margeriten um die Wette leuchteten. Auf der Rückseite des Hauses, so erinnerte Melanie sich, wuchs der im Sommer weiß blühende Knöterich über die Wände und das Dach des Schuppens. Die Clematis, die sich dazwischengeschlungen hatten, würde im Juli und August ein Meer von bunten Farbtupfern liefern, ebenso wie die Hundsrose, die als dichte Hecke am hüfthohen Zaun wuchs, der das Grundstück umgab.

Sybilla hatte stets einen bunten Kräutergarten gepflegt, der von Lavendelstauden begrenzt und am hinteren Ende von einem in vollem Grün stehenden Flieder beschattet wurde. Letzterer war zwar offensichtlich regelmäßig zurückgeschnitten worden, hatte aber in den vergangenen beiden Jahrzehnten dennoch einen beeindruckenden Umfang erreicht.

Auch an Gemüsebeete, Beerensträucher und Obstbäume konnte Melanie sich erinnern. Ohne weiter auf Alexander zu achten, ging sie um das Haus herum und wurde nicht enttäuscht. Zwar sprießte an einigen Stellen das erste Unkraut, und die Vogelmiere hatte um die Heidelbeer- und Johannisbeersträucher bereits dichte Polster gebildet, doch ansonsten sah alles noch fast genauso aus wie damals, als sie mit ihrer Mutter die Sommerferien hier verbracht hatte. Sogar an den inzwischen mit Moos und Flechten bewachsenen steinernen Drachen, der das mit einem Brett abgedeckte Wasserfass bewachte, konnte sie sich erinnern. Lediglich das Fass war wohl irgendwann erneuert worden.

Die Wege zwischen den Beeten waren teilweise mit Natursteinen befestigt, zum Teil aber auch dick mit Rindenmulch bedeckt. Der würzige Geruch stieg ihr in die Nase und ließ erneut Erinnerungen in ihr aufsteigen – Bilder, wie sie ihrer Großtante geholfen hatte, frische, knackige Möhren aus der lockeren Erde zu ziehen. Sie hatten sie im Wasserfass gewaschen und dann jeder gleich eine der köstlichen Rübchen an Ort und Stelle geknabbert.

Melanie schluckte. Fast konnte sie den frischen, leicht erdigen Geschmack auf der Zunge spüren. Entschlossen, sich davon nicht beeindrucken zu lassen, sah sie sich weiter um. Am Haus vorbei konnte sie auf der gegenüberliegenden Straßenseite auf eine Wiese sehen, auf der Pferde weideten. Dahinter begann der Wald. Etwa zweihundert Meter hinter dem Zaun auf der rückwärtigen Seite des Gartens erhob sich der Deich, der den Ort vor dem Meer schützte.

Sie befanden sich am äußersten nordöstlichen Rand von Lichterhaven, am Ende des Kastanienwegs. Die nächsten Nachbarn befanden sich etwa hundert Meter weiter in Richtung des Ortes. Alle Häuser hier draußen waren von großzügigen Gärten umgeben, schmiegten sich teilweise an den Waldrand und besaßen nicht selten auch Nebengebäude und Stallungen.

Leichte Panik stieg in Melanie auf. Was sollte sie hier? Mitten auf dem platten Land! Zwischen Pferden, Schafen und Kühen – bestimmt gab es hier irgendwo Kühe. Sie wusste noch, dass Sybilla immer aus der Nachbarschaft ganz frische Milch und Eier fürs Frühstück geholt hatte.

„Sybillas Haus ist eines der hübschesten weit und breit", sagte Alex hinter ihr. Er war unbemerkt näher gekommen und, nur wenige Schritte von ihr entfernt, stehen geblieben.

Sie konnte seinen intensiven Blick geradezu spüren. Langsam drehte sie sich zu ihm um. „Es liegt sehr idyllisch."

Er lächelte. „Mit anderen Worten, du fühlst dich hier draußen noch mehr am Arsch der Welt als vorhin bei mir in der Kanzlei. Für jemanden, der aus der Großstadt kommt, sicher nicht ungewöhnlich. Als Kind warst du aber gerne hier, oder nicht? Zumindest, solange ich dich in Ruhe gelassen habe."

„Damals war ich neun oder zehn Jahre alt. In dem Alter kommt einem ein Urlaub hier wie das reinste Abenteuer vor."

„Und heute nicht mehr?" Sein Lächeln vertiefte sich noch eine Spur, was merkwürdige Dinge mit ihrem Magen anstellte.

Sie wurde den Eindruck nicht los, dass sie einige abenteuerliche Erfahrungen machen könnte, wenn sie sich noch länger in seiner direkten Nähe aufhielt. „Ich würde mich gerne drinnen kurz umsehen, bevor ich ins Hotel fahre."

„Du willst nicht hier übernachten? Theoretisch gehört das Haus dir."

„Wenn ich auf die Bedingungen des Testaments eingehe. Was ich nicht vorhabe." Sie wollte lieber objektiv bleiben und sich nicht von Erinnerungen beeinflussen lassen. Im Hotel zu übernachten kam ihr da wesentlich klüger vor.

Sie schloss die weiß gestrichene Haustür mit dem Schlüssel auf, den Alex mit einem Schildchen mit entsprechender Aufschrift gekennzeichnet hatte. Die Luft war auch hier leicht abgestanden, jedoch vermischt mit würzigem Kräuteraroma und einer Duftnote, die sie sofort wieder in ihre Kindheit zurückversetzte. Rosen und Nelken und ein Hauch von Gebäck. Unwillkürlich sah Melanie das Gesicht ihrer Großtante vor sich, lächelnd, gütig, aber auch entschlossen. Sybilla hatte ihr Leben gelebt, wie es ihr gefiel.

Melanie hatte einen Sommer mit ihrer Mutter hier verbracht, nachdem deren erste Ehe in die Brüche gegangen und sie von heftigem Liebeskummer niedergedrückt worden war. Melanie konnte sich an den Mann kaum noch erinnern. Er war nicht ihr Vater gewesen; den hatte sie nie kennengelernt. Wie auch, wenn selbst ihre Mutter nicht mit Sicherheit sagen konnte, wer für die Zeugung verantwortlich war? Über dieses unglückliche Detail ihrer Entstehung hatte Melanie in ihrer Kindheit und auch noch als Teenager immer tunlichst geschwiegen. Manchmal hatte sie auch gelogen und Geschichten erfunden von einem Vater, der die Familie nach ihrer Geburt verlassen hatte oder der gar gestorben war. Alles war besser gewesen, als zugeben zu müssen, dass ihre Mutter es mit der Monogamie, zumindest eine Zeit lang, nicht so genau genommen hatte und nun nicht mehr sagen konnte, wer der Vater ihres Kindes war. Sie hatte es auch nie herausfinden wollen. Stattdessen war sie entschlossen gewesen, das kleine Mädchen allein aufzuziehen. Zumindest so lange, bis sie sich einen passenden, wundervollen Ehemann geangelt hatte. Darauf wartete Melanie bis heute. Selbst bei der jetzigen dritten Ehe ihrer Mutter war sie sich relativ sicher, dass die Geschichte wie alle zuvor einen natürlichen Tod sterben würde. Früher oder später. Nach Melanies Erfahrung eher früher.

Den Sommer darauf waren sie erneut hergekommen, weil Silvana sich in den Kopf gesetzt hatte, hier an der Küste gäbe es jede Menge gut aussehender Singlemänner, die kennenzulernen sich lohnen könnte. Sie hatte Melanie praktisch in Sybillas Obhut abgeladen und war tagtäglich auf „Raubzug“ gegangen, wie sie es scherzhaft genannt hatte. Eine Weile hatten sie daraufhin bei einem netten Mann namens Toni aus Hamburg gelebt. Er hatte damals an einer Tagung in Cuxhaven teilgenommen und sich seine Freizeit mit Ausflügen nach Lichterhaven versüßt. Hier hatte ihre Mutter ihn kennengelernt. Als diese Beziehung gescheitert war, hatte Silvana alle Brücken abgebrochen und war mit Melanie nach Berlin geflohen. So waren sie im Lauf der Jahre von Stadt zu Stadt gezogen, jedoch nie an die Nordseeküste zurückgekehrt.

Melanie konnte sich nicht erinnern, dass Silvana jemals wieder Kontakt zu Sybilla aufgenommen hatte. Nicht aus Bosheit, nein, ganz sicher nicht. Melanie sprach es eher einer notorischen Gedankenlosigkeit zu, die ihre Mutter ihren Mitmenschen gegenüber an den Tag legte. Aus den Augen, aus dem Sinn, nach dieser Regel hatte Silvana beinahe ihr gesamtes Leben verbracht.

Zu sehr war Melanie damit beschäftigt gewesen, sich ständig an neue Lebensumstände zu gewöhnen, als dass sie Zeit gehabt hätte, darüber nachzudenken, wie es ihrer Großtante wohl ging. Und als sie endlich alt genug gewesen war, um die Lebensweise ihrer Mutter ernsthaft infrage zu stellen, war Sybilla längst zu einer dunklen Erinnerung verblasst. Außerdem hatte sie in der Zwischenzeit gelernt, dass es einfacher war, wenn sie erst gar keine emotionalen Bindungen aufbaute, die sie ohnehin kurz darauf wieder verlieren würde. Und so hatte auch sie keinen Kontakt zu Sybilla gesucht.

Aufmerksam sah Melanie sich in der kleinen Diele um, von der aus man in die Küche, ein winziges Gästebad und ein Wohnzimmer gelangte. Eine Treppe aus dunklem Holz führte zu den oberen Wohnräumen. Sie meinte, sich zu erinnern, dass es dort zwei Schlafzimmer und ein Bad gab. Das Haus war nicht sehr groß; der Platz reichte für eine Person oder auch zwei. Eine ganze Familie hingegen würde es schwer haben, sich hier auszubreiten.

Überall konnte man Sybillas Vorliebe für dunkles Kirschholz erkennen, das einen sehr angenehmen Kontrast zu den cremefarbenen oder hellgelben Tapeten bildete. Die große Wohnküche war hingegen ganz in cremeweißem Landhausstil gehalten. Die Oberflächen waren glänzend sauber, aber überall deutlich abgenutzt. Hier hatte sich offenbar überhaupt nichts verändert, und es sah alles so aus, als würde ihre Großtante im nächsten

Moment durch die Hintertür aus dem Garten hereinkommen, um sich einen Tee aufzubrühen. Früchtetee hatte sie immer bevorzugt. Oder Pfefferminztee aus ihrer selbst gezogenen Minze mit einer Spur Zitronenverbene. Letztere kümmerte jetzt in einem kleinen Gewürzspalier am Fenster neben vertrockneter Petersilie und strohigem Schnittlauch vor sich hin.

Ohne darüber nachzudenken, füllte Melanie die Tasse, die auf der Spüle stand, mit Wasser und goss die Verbene.

„Deana kommt alle paar Tage hier vorbei, um die Post hereinzuholen und nach dem Rechten zu sehen." Erneut trat Alex hinter sie, hielt jedoch glücklicherweise einen respektablen Abstand und blickte zum Fenster hinaus auf den frühlingshaften Vorgarten. „Du solltest dich vermutlich darum kümmern, dass verschiedene Abonnements für Zeitungen und Zeitschriften abbestellt werden."

„Ja, das muss ich wohl." Melanie ging weiter ins Wohnzimmer und betrachtete mit einem Anflug von Traurigkeit die weichen dunkelbraunen Ledermöbel und den Couchtisch, auf dem Gartenzeitschriften und Magazine über Kunsthandwerk verstreut lagen. Über einer der Sessellehnen hing eine hellgraue Strickjacke.

Alex räusperte sich verhalten. „Wenn du möchtest, lasse ich dich alleine. Ich lege dir meine Karte mit meiner Privatnummer auf den Küchentisch. Falls etwas sein sollte, kannst du mich jederzeit anrufen."

Abwesend nickte Melanie, den Blick noch immer auf die Strickjacke geheftet. „Danke." Dann fiel ihr ein, was sie noch hatte fragen wollen. Rasch dreht sie sich um. „Alex?"

„Ja?" Er war bereits halb zur Tür hinaus.

„Wo ist … Ich meine, ich weiß gar nicht, wo Tante Sybilla begraben liegt." Sie verschränkte die Hände ineinander, um ihr aufkommendes Unwohlsein nicht zu zeigen.

„Auf dem Gemeindefriedhof hinter der Kirche. Fahr einfach in Richtung Ortsmitte und dann kurz vor der großen Kreuzung mit den drei Kastanien nach rechts. Der Friedhof ist ausgeschildert. Sybilla liegt im alten Bereich hinten links, da gibt es ein Familiengrab."

„Tatsächlich?" Davon hatte Melanie nie zuvor gehört.

„Die Grabstätte existiert schon seit über zweihundert Jahren. Über die Grabpflege brauchst du dir übrigens keine Gedanken zu machen. Dafür hat Sybilla bereits für die nächsten zehn Jahre im Voraus bezahlt."

„Ach, du liebe Zeit!"

„Sie wollte es so und hat genaue Anweisungen gegeben, wann welche Blumen gepflanzt werden sollen. Der Gemeindearbeiter wird sich darum kümmern." Alex lächelte. „Sybilla hatte schon immer ihren eigenen Kopf." Erneut wandte er sich dem Ausgang zu. „Ich lasse dich jetzt allein. Gib dem Haus eine Chance, Melanie. Und deiner Großtante. Man sieht sich."

Bevor Melanie etwas einfiel, das sie hätte erwidern können, war er bereits zur Tür hinaus. Augenblicke später hörte sie den Motor seines SUV anspringen. Der Wagen entfernte sich rasch. Still trat Melanie an eines der großen Wohnzimmerfenster und blickte hinaus auf den Garten, die gedrungenen Obstbäume, den hölzernen Zaun, der stellenweise von Schlingpflanzen überwuchert war, und schließlich auf die Wiesen und den Deich in der Ferne. In ihrer Brust hatte sich ein Klumpen gebildet, der ihr die Luft abdrückte.

Und plötzlich fiel ihr ein: Sie hatte ganz vergessen, Alex nach dem Hund zu fragen! Er hatte ihn mit keiner Silbe erwähnt, deshalb war er ihr vollkommen entfallen. Wo das Tier wohl untergebracht worden war? Vielleicht bei dieser Deana, von der Alex gesprochen hatte. Die schien sich ja offenbar hier um alles Wichtige zu kümmern. Der Gedanke hätte Melanie erleichtern sollen, doch im Augenblick spürte sie nichts als bleierne Müdigkeit und eine diffuse Traurigkeit. Das Wetter trug nicht dazu bei, ihre Stimmung aufzuhellen. Die Wolken hatten sich wieder verdichtet, und es regnete erneut. Der Wind rüttelte am Haus und pfiff hohl durch den Schornstein. Es war so dunkel geworden, dass Melanie schon das Licht einschalten wollte.

Stattdessen setzte sie sich auf die Couch gegenüber einem großen Flachbildschirm, schlüpfte aus den Schuhen und legte die Füße hoch.

Nachdenklich starrte sie auf die Zeitschriften auf dem Couchtisch. Schließlich zog sie die weiche Wolldecke, die über der Lehne hing, über sich und ließ ihren Kopf auf eines der Sofakissen sinken. Die Decke roch ebenso nach Rosen und Nelken, wie es Tante Sybilla immer getan hatte. Der Duft war gleichermaßen tröstlich wie verstörend. Melanie schloss die Augen. Sie musste sich bloß ein wenig ausruhen. Die lange Autofahrt steckte ihr in den Knochen. Nur ein paar Minuten, dann würde sie den Rest des Hauses inspizieren und danach ins Hotel fahren.

Kaum hatte sie diesen Beschluss gefasst, als sie auch schon eingeschlafen war.

KAPITEL 4

Als Melanie erwachte, ging der Nachmittag bereits allmählich in den Abend über. Noch immer prasselte Regen auf das Dach des kleinen Hauses und wurde vom Sturm gegen die Fensterscheiben gepeitscht. Ihre Glieder fühlten sich schwer an wie Blei. Einen Moment blieb sie reglos liegen und lauschte den Naturgewalten und dem leisen Ticken der Wanduhr. Ihr Magen machte sich bemerkbar. Seit ihrer Rast bei Hannover hatte sie nichts mehr gegessen. Also raffte sie sich schließlich doch auf und warf einen Blick in den großen Kühlschrank. Darin befand sich allerdings nicht viel mehr als ein angebrochenes Glas selbst gekochte Marmelade, eine ganze Salami und ein halbes Pfund Butter. Alle übrigen Vorräte hatte Deana vermutlich mitgenommen oder entsorgt. Der Gefrierschrank hingegen war gut gefüllt mit säuberlich beschrifteten Tüten und Tupperdosen voller Gemüse und Beeren aus Sybillas Garten und portionsweise eingefrorenen Suppen, Fleisch oder Nudelgerichten. Offenbar hatte ihre Großtante gerne größere Mengen auf Vorrat gekocht.

Da Melanie nirgends eine Mikrowelle entdecken konnte, holte sie einen Topf aus einem der Küchenschränke und setzte etwas Wasser auf. Dann legte sie einen der Beutel mit der Aufschrift *Rindfleischeintopf* hinein, damit die Suppe langsam auftauen konnte. Die Wartezeit nutzte sie, um sich im Obergeschoss umzusehen. Dort gab es zwei etwa gleichgroße Zimmer, von denen das zur Straße hin offensichtlich Sybillas Schlafzimmer gewesen war, das andere hatte sie als Bügel- und Gästezimmer benutzt. Über das französische Bett war eine geblümte Tagesdecke gebreitet, das Bügelbrett stand aufgeklappt und eine ziemlich neu aussehende Dampfstation war darauf aufgebaut. Jemand hatte das Kabel sorgsam aufgerollt und an einem Haken neben der Station aufgehängt; ein Korb mit Wäsche stand daneben. Alles im Haus wirkte so, als sei Tante Sybilla nur eben zur Tür hinausgegangen, um eine kurze Besorgung zu erledigen.

Im Schlafzimmer ihrer Großtante war das Bett abgezogen. Kissen und Decke lagen ordentlich aufeinandergestapelt am Fußende. Der Gedanke, dass Sybilla in diesem Bett, auf dieser Matratze gestorben war, verursachte Melanie eine Gänsehaut. Selbst wenn sie gewollt hätte, wäre es ihr unmöglich gewesen hier zu übernachten. Dabei war es ein wunderschönes Bett. Etwa einen Meter sechzig breit und aus dunklem Kirschholz gefertigt, wie die Möbel im Erdgeschoss. Kopf- und Fußteil waren mit geschnitzten Ranken und Blüten verziert. Ein wenig altmodisch vielleicht, aber irgendwie romantisch. Dabei hätte Melanie sich nie als Romantikerin bezeichnet. Im Gegenteil. Romantik beinhaltete Emotionen, Gefühle.

Seufzend machte sie sich auf den Rückweg in die Küche, leerte das Wasser aus dem Kochtopf und füllte stattdessen die nun angetaute Suppe hinein. Es dauerte nur wenige Minuten, bis der Eintopf heiß war und verführerisch duftete. Sie ließ sich an dem quadratischen Küchentisch nieder und genoss die würzige Suppe. Dennoch fühlte sie sich noch immer müde und wie erschlagen. Das Wissen, dass ihre Großtante die köstliche Suppe vor Kurzem noch selbst zubereitet hatte, und das genau hier in dieser gemütlichen Küche, ließ einen erneuten Anflug von Traurigkeit in ihr aufsteigen. Die Aussicht, sich jetzt noch auf den Weg durch den Regen zum Hotel zu machen, verlor von Minute zu Minute ihren Reiz.

Als Melanie den Teller geleert hatte, hatte sie einen Entschluss gefasst. Sie zog ihr Handy aus der Hosentasche und wählte die Nummer des Hotels in der Stadt, um ihr Zimmer zu stornieren.

***

Das Zwitschern eines Vogels direkt vor dem Fenster weckte Melanie am folgenden Morgen. Sie hatte sich bis zur Nasenspitze unter die bauschige Daunendecke auf dem Gästebett ihrer Großtante gekuschelt und blinzelte irritiert. Ein Sonnenstrahl schien ihr genau ins Gesicht. Rasch rückte sie ein wenig zur Seite, um dem unbarmherzigen Licht zu entgehen. Dabei fiel ihr Blick auf den altmodischen Wecker, der auf dem Nachttisch stand und ihr mitteilte, dass es bereits halb acht war. So lange schlief sie selten, aber schließlich waren die vergangenen Tage von Schlafmangel geprägt und die Reise anstrengend gewesen. Kein Wunder, dass sie das ausnahmsweise einmal nachholen musste.

Worüber sie lieber nicht nachdachte, waren die ziemlich eindeutigen Träume, an die sie sich allzu lebhaft erinnerte und in denen der Nachlassverwalter ihrer Tante eine nicht zu unterschätzende Rolle gespielt hatte. So intensiv wie in ihrer Traumwelt hatte sie sich lange nicht mehr mit einem Mann befasst. Und selbst wenn – eine derart irritierende Anziehung hatte sie in keiner ihrer real existierenden Affären erlebt. Vielleicht lag es an dem ungewohnten Klima hier an der Küste, dass ihr Kopf verrückt spielte und ihre Hormone aus dem Gleichgewicht geraten waren. Möglicherweise konnte man auch den hohen Gehalt an Jod in der Luft dafür verantwortlich machen. Oder den Sturm.

Der hatte sich allerdings im Lauf der Nacht gelegt. Die Sonne schien jetzt so strahlend und zugleich weich, wie es nur im Juni möglich war. Als Melanie schließlich widerstrebend aufstand, sah sie durch das Fenster einen klaren Himmel in kitschigem Postkartenblau, über den nur vereinzelte Schäfchenwolken zogen. An den Blättern der Bäume und Büsche konnte sie erkennen, dass nur eine bestenfalls leichte Brise die Luft bewegte.

Nach einer raschen Dusche bereitete sie sich ein improvisiertes Frühstück zu. In einem der Schränke hatte sie neben Mehl, Zucker, Reis, Konserven und ein paar anderen haltbaren Lebensmitteln einige Scheiben Knäckebrot gefunden. Da sie so gut wie nie ausgiebig frühstückte, reichten ihr die knusprigen Brotscheiben, bestrichen mit Butter, vollkommen aus. Kaffee konnte sie nirgendwo finden, also hatte sie sich eine Tasse Früchtetee dazu gekocht.

Während sie noch darüber nachdachte, wie sie den Tag verbringen sollte und ob es sinnvoller war, zuerst die Schränke im

Haus durchzusehen oder die Geschäftsbücher im Laden, hörte sie vor der Haustür eine weibliche Stimme, und Augenblicke später klopfte es.

Als Melanie die Tür öffnete, sah sie sich einer schlanken, grazilen Frau gegenüber. Die wirren braunen Locken hatte sie im Nacken zu einem dicken Zopf gebunden, aus dem sich allerdings ein paar Strähnen gelöst hatten, die ihr ebenmäßiges Gesicht umspielten. Ein Paar wache braune Augen blitzten ihr fröhlich entgegen.

„Guten Morgen, Mel. Ich darf dich doch so nennen, oder? So habe ich dich früher auch immer gerufen, weil wir es cool fanden. Erinnerst du dich? Mel und Chris?“ Ehe Melanie sich versah, war sie von der Frau in eine feste Umarmung gezogen worden. „Herzlich willkommen in Lichterhaven. Und mein Beileid. Wir sind alle traurig über Sybillas Tod.“

„Äh, danke.“ Vorsichtig löste sie sich von ihrem Gegenüber und trat einen Schritt zurück. Erst jetzt hörte sie das mehrstimmige Hecheln und sah die drei Hunde, die aufgeregt durch den Vorgarten stromerten und alles beschnüffelten. Argwöhnisch hielt sie ein Auge auf die Vierbeiner. Mit Hunden hatte sie sonst nie Kontakt. „Du bist also Christina?“ Sie hatte nicht damit gerechnet, so rasch eine weitere Bekannte aus ihrer Kindheit zu treffen. Schon gar nicht so früh am Morgen.

„Die bin ich. Und schau mal, wen ich dir mitgebracht habe. Zora, Benni, Sitz!“ Christina machte eine Handbewegung in Richtung der Hunde, woraufhin zwei davon sich auf ihre Hinterteile sinken ließen. „Und bleibt.“ Der zweite Befehl wurde von einer weiteren Geste begleitet. „Schoki, komm her. Nicht buddeln! Entschuldige, Mel, die Kleine ist noch im Training. Aber sie scheint ihren eigenen Kopf zu haben. Sybilla war nie sehr konsequent, und das hat Schoki gnadenlos ausgenutzt. Die Süße.“

Melanies Augen weiteten sich, als ein offenbar bereits ausgewachsener, schokoladenbrauner Labrador wie ein Blitz auf sie zurannte, schlitternd vor ihr zum Stehen kam und sie, aufgeregt mit dem Schwanz wedelnd, beschnüffelte. Sie blieb stocksteif stehen.

Hallo! Du bist also Mel? Du siehst nett aus und riechst angenehm.

„Ach, du liebe Zeit, hast du etwa Angst vor Hunden?" Mit einem flinken Griff hatte Christina die Hündin am Halsband gefasst und zog sie zurück. „Sitz, Schoki! Ganz ruhig." Ob die letzten Worte an Melanie oder den Hund gerichtet waren, war nicht ganz auszumachen. „Sorry, du hättest etwas sagen sollen. Ich kann die Hunde rüber in den Schuppen bringen, wenn dir das lieber ist."

„Äh, nein, schon gut." Melanie versuchte, sich zu entspannen. „Ich bin Hunde nur nicht gewohnt."

„Aber Angst hast du keine?"

„Das weiß ich nicht genau. Ich glaube nicht. Solange sie mich nicht beißen wollen."

Christina lachte. „Keine Sorge, weder Benni noch Zora haben so etwas im Sinn. Allerdings sind sie auch gut erzogen. Schoki will dich bloß kennenlernen. Halt ihr deine Hand hin, damit sie daran schnüffeln und deinen Geruch kennenlernen kann."

„Okay." Vorsichtig streckte Melanie ihre Hand in Richtung des Labradors aus und spürte im nächsten Moment dessen feuchtkalte Nase an ihren Fingern.

Hm, o ja, du riechst wirklich gut. Ich mag dich.

Schoki wedelte so heftig mit dem Schwanz, dass ihr ganzes Hinterteil in Bewegung geriet. Schon schleckte sie Melanie begeistert über den Handrücken.

Christina zog sie sanft zurück, lachte aber noch immer. „Sie mag dich. Das ist schon mal ein guter Anfang. Wenn du möchtest, streichele sie ein bisschen, aber beug dich dabei nicht über sie. Das könnte sie erschrecken. Streichele sie am Hals, hinter den Ohren oder am Rücken. Wenn du dich traust, kannst du dich dabei auch hinhocken. Aber nur, wenn du standfest bist. Die Kleine hat ganz schön Kraft und sogar meinen Bruder schon mal umgeworfen."

Nur aus Versehen, ehrlich!

„Also ... ich glaube, ich bleibe lieber stehen.“ Zaghaft berührte Melanie den Hund am Hals. Das schokobraune Fell war weicher als gedacht. Schoki drückte sich begeistert gegen ihre Beine und rieb ihren Kopf an ihrem Knie.

Ah, schön. Lass uns kuscheln!

„Liebe auf den ersten Blick, würde ich sagen.“

Melanie teilte das Gefühl nicht ganz, dazu war sie viel zu unsicher in Gegenwart der Hündin. „Möchtest du hereinkommen?“

„Gerne. Die Hunde können ja solange hier draußen bleiben.“

„Hast du keine Angst, dass sie weglaufen?“

„Ach was, das Gartentor ist doch zu. Und selbst wenn irgendwo ein Loch im Zaun ist, würden Zora und Benni sich nicht weit entfernen. Und Schoki bleibt immer dort, wo die beiden sind. Hast du vielleicht einen Kaffee da? Ich brauche morgens immer ein paar Tassen, bevor ich so richtig auf Touren komme. Nur war heute schon so viel bei uns los, dass ich nicht dazu gekommen bin.“

„Leider habe ich nur Tee gefunden.“

„Tee ist auch gut. Zumindest wird er mir ein bisschen helfen, über den Koffeinmangel hinwegzutäuschen.“

Christina gab den Hunden noch ein paar Kommandos und folgte Melanie dann in die Küche. Melanie setzte den altmodisch aussehenden Wasserkessel erneut auf den Herd, und in kürzester Zeit konnte sie weiteren Tee aufgießen. Christina hatte in der Zwischenzeit eine Tasse aus dem Hängeschrank über der Anrichte genommen und sich an den Tisch gesetzt. Man merkte ihr an, dass sie sich im Haus auskannte. Vermutlich war sie oft hier zu Besuch gewesen.

„Ich habe Sybilla mindestens einmal pro Woche besucht.“ Mit erkennbar wehmütiger Miene sah sie sich in der Küche um. „Manchmal habe ich ihr auch im Garten geholfen, zusammen mit meiner Schwester. Erinnerst du dich noch an Luisa? Sie war damals, als du hier zu Besuch warst, noch im Kindergarten.“

„Nicht so wirklich." Melanie musste an die Begegnung vom gestrigen Tag denken. „Hat Luisa lange blonde Locken?"

„Ja, warum?"

„Dann bin ich ihr, glaube ich, gestern begegnet. Vor Tante Sybillas Laden. Sie hat mir ein Restaurant empfohlen. Und ein Café."

„Die *Seemöwe* und das *Möwennest*?" Mit einem dankbaren Nicken nahm Christina die Teekanne entgegen und goss sich ein. „Dann war es bestimmt meine Schwester. Sie studiert Tiermedizin in Hannover und hat seit Kurzem Semesterferien. Dann arbeitet sie immer im *Möwennest* als Bedienung. Manchmal auch abends in der *Seemöwe*, wenn sie das Geld braucht oder Not am Mann ist. Der Inhaber der beiden Lokale ist einer ihrer ehemaligen Klassenkameraden, der das Geschäft erst vor zwei Jahren von seinem Vater übernommen hat. Anfangs haben alle gedacht, dass für so einen jungen Kerl die Verantwortung für zwei Restaurants viel zu groß sei, aber er macht sich ausgesprochen gut. Sein Vater hilft nur noch ab und zu einmal aus. Er hatte eine schwere Herzoperation und muss seitdem kürzertreten. Kai hat sich deshalb wirklich reingehängt, und bisher läuft es gut, soweit man hört. Die *Seemöwe* ist zumindest an den Wochenenden so gut wie immer ausgebucht, sogar in der Nebensaison. Und das *Möwennest* war schon immer ein Treffpunkt nicht nur für Touristen, sondern auch für Einheimische." Sie trank einen Schluck und nickte anerkennend. „Sybillas Lieblingsfrüchtetee. Ich habe inzwischen auch einen Vorrat davon zu Hause. Aber nun erzähl mal, was machst du beruflich? Du bist noch Single, oder?"

„Ja, bin ich." Und das würde auch so bleiben, daran bestand kein Zweifel. „Ich arbeite als Chefeinkäuferin bei *Brungsdahl Möbel*, das ist eine große Firma in Köln, die ..."

„Bei Brungsdahl arbeitest du? Wow, von denen habe ich mir mal einen Katalog kommen lassen, weil ich auf der Suche nach schönen, maßgearbeiteten Büromöbeln war. Aber du liebe Zeit, ich hätte mir gerade mal *einen* Rollcontainer oder *einen* Tisch leisten können. Ihr habt ganz schön happige Preise. Wenn eure Sachen auch zugegebenermaßen wunderschön sind."

„Danke." Melanie lächelte erfreut.

„Du bist da Chefeinkäuferin? Für Einzelteile, Holz und so?"

„Ja, für alle Materialien, die wir verarbeiten."

„Und die Arbeit macht dir Spaß?"

„O ja, sie ist sehr interessant."

„Kann ich mir kaum vorstellen." Christina schüttelte sich. „Immer nur im Büro, irgendwelche Bestellungen aufgeben und verhandeln und so. Das ist nicht meine Welt."

„Es sind ja nicht irgendwelche Bestellungen. Ich bin dafür verantwortlich, dass wir bei Brungsdahl stets nur die allerbesten Materialien verarbeiten und dass alles rechtzeitig für unsere Aufträge eingekauft und geliefert wird. Ich führe Verhandlungen mit den Zulieferern, erstelle Kostenpläne ..."

„Ich sag ja, es ist grässlich!" Lachend hob Christina erneut ihre Tasse an die Lippen. „Aber mich konntest du in der Schule schon mit allem verjagen, was irgendwie mit Zahlen zu tun hatte. Zwar muss ich mit meiner Hundeschule auch Rechnungen stellen und so, aber es hält sich in überschaubaren Grenzen."

„Hundeschule?" Überrascht hob Melanie den Kopf.

„Ja, ich habe vor anderthalb Jahren die erste Hundeschule in Lichterhaven eröffnet. Am liebsten würde ich auch noch eine Hundepension anschließen, aber das schaffe ich nicht alleine. Erfreulicherweise wächst mir die Arbeit nämlich inzwischen hin und wieder über den Kopf. Die nächste Hundeschule ist relativ weit weg, und die Lichterhavener haben offenbar nur darauf gewartet, dass ich hier eine eröffne."

„Das klingt ja spannend." Und so fern von allem, womit Melanie normalerweise zu tun hatte.

„Das ist es auch. Hunde sind faszinierende Tiere und unsere besten Freunde. Ich habe sie schon immer geliebt und arbeite fast lieber mit ihnen als mit ihren Herrchen und Frauchen. Na ja, zumindest, wenn es unbelehrbare Zweibeiner sind. Zum Glück sind die meisten hier durchaus lernfähig und nett."

„Du bildest also nicht nur die Hunde aus, sondern deren Halter gleich mit."

„O ja, das ist ganz wichtig. Schließlich muss der Besitzer dann mit dem Hund nicht nur auskommen, sondern sich auch als Rudelführer verhalten. Außerdem ist eine solche Ausbildung auch für die Bindung sehr förderlich und wichtig. Ich habe mich allerdings auch im Bereich Therapiebegleithunde weitergebildet und werde demnächst noch weitere Lehrgänge in diese Richtung absolvieren. Mittlerweile darf ich schon Schulbegleithunde ausbilden und auch Therapiebegleithunde für ADHS-Patienten und Epileptiker. Irgendwann will ich das auch auf Blindenhunde ausweiten."

„Liebe Güte, und ich dachte, in einer Hundeschule lernen die Tiere Sitz und Platz und so was." Melanie war beeindruckt von der Leidenschaft, mit der Christina von ihrem Beruf sprach.

„Das gehört zum Grundgehorsam. Damit fangen wir an, und viele Hunde kommen auch nicht darüber hinaus. Vielleicht mal abgesehen von ein bisschen Hundesport. Ist auch nicht weiter schlimm, Hauptsache, sie kommen mit ihren Herrchen und Frauchen und deren Umfeld ohne Probleme klar ... und umgekehrt. Aber wirklich interessant für mich wird es erst bei Hunden, die für eine spezielle Aufgabe ausgebildet werden sollen. Ich bin auch schon mit den Jagdreviermeistern der Umgebung im Gespräch, weil ich gerne auch irgendwann einen Kollegen einstellen möchte, der sich mit der Ausbildung von Jagdhunden auskennt."

„Da hast du ja einiges vor."

„Das alles wollte ich schon immer." Christina grinste. „Na ja, damals, als wir zusammen gespielt haben, träumte ich noch davon, Tierärztin werden. Wie vermutlich jedes zweite Mädchen aus meiner Klasse. Aber dann habe ich herausgefunden, dass man da lauter Sachen lernen muss, die ich entsetzlich finde. Vor allem entsetzlich langweilig. Luisa hingegen ist begeistert von ihrem Studium. Ich bin sicher, dass sie mal eine ganz ausgezeichnete Tierärztin wird. Wir überlegen schon, ob sie ihre

Praxis dann gleich in der Nähe meiner Hundeschule einrichten soll. Das wäre doch irgendwie praktisch. Vielleicht wird daraus mal ein Tierausbildungs-, Heil- und Therapiezentrum. Das wäre wirklich mein Traum."

Da konnte Melanie nicht mithalten. Ihr Job war nie eine Herzensangelegenheit gewesen, sondern das, was sie einfach besonders gut konnte. Sie hatte hart gearbeitet, um ihre jetzige Position zu erreichen, aber die Begeisterung, die Christina an den Tag legte, war ihr fremd. Vielleicht, weil sie weniger emotional veranlagt war und ihren Beruf nicht als Berufung ansah. Die Frau, die ihr gerade gegenübersaß, tat das aber ganz eindeutig. Vorsichtig wechselte Melanie das Thema. „Bei so viel Engagement bleibt für eine Familie bestimmt wenig Zeit."

„Wenig? Gar keine!" Christina lachte auf. „Aber ehrlich gesagt lege ich es jetzt auch nicht wirklich darauf an. Ich möchte zwar irgendwann mal eine Familie, aber ich will auch tun und lassen können, wonach mir der Sinn steht. Abgesehen davon sehen die meisten Männer, denen ich bisher begegnet bin, meinen Beruf und vor allem die Hunde irgendwann als Konkurrenz an oder sogar als Bedrohung. Darauf kann ich gut verzichten. Wenn ein Mann meine Liebe für die Tiere nicht verkraftet, soll er bleiben, wo er ist." Sie trank ihren Tee aus und stellte die Tasse geräuschvoll auf den Tisch, wie um ihre Aussage zu untermalen. „Aber mal etwas ganz anderes. Dein Chef, dieser Brungsdahl …"

„Peter Brungsdahl?"

„Ja, der. Hat der nicht einen berühmten Bruder? Einen Künstler und Bildhauer? Ich meine, mich zu erinnern, dass Sybilla sogar schon mal Sachen von ihm verkauft hat. Wie sie daran gekommen ist, weiß der Himmel, denn er stellt sogar in Berlin, Paris und London seine Werke aus. In großen Galerien wohlgemerkt. Ben Brungsdahl, so heißt er!"

„Hm, ja, kann sein. Mein Chef spricht nicht oft über Privates." Tatsächlich hatte Melanie sich mit dem jüngeren Bruder ihres Chefs nie weiter befasst, obwohl sie ihm sogar schon einmal begegnet war. „Ich habe ihn mal getroffen. Das war auf der Jubiläumsfeier anlässlich des 75-jährigen Bestehens der Firma. Ben Brungsdahl hat eine Skulptur aus Holz für unser Foyer angefertigt und zusammen mit seinem Bruder und seinem Vater enthüllt."

„Wie toll! Ich liebe seine Werke, wenn ich sie mir auch niemals leisten könnte. Jedenfalls nicht die großen. Sybilla ist irgendwie an eine Steinskulptur von abstrakten Schlittenhunden gekommen. Die ist nicht größer als meine Hand und hat mich trotzdem mehr als ein halbes Monatseinkommen gekostet. Und das war, glaube ich, schon ein Schnäppchen. Aber ich konnte einfach nicht widerstehen. Wenn du magst, zeige ich sie dir bei Gelegenheit. Sie steht in meinem Büro auf dem Schreibtisch." Kurz hob Christina den Kopf, als von draußen Hundegebell ertönte. „Erwartest du Besuch?"

„Nein, gar nicht." Melanie ging zum Fenster, konnte aber weder die Hunde noch einen etwaigen Besucher draußen sehen. „Woher wusstest du, dass ich hier übernachtet habe? Ich hatte ursprünglich ein Hotelzimmer in der Stadt gebucht."

„Ich habe gestern Abend auf meinem letzten Spaziergang mit den Hunden Licht hier im Haus gesehen und Zwei und Zwei zusammengezählt. Und da Alex mir erzählt hat, dass du vorhast, nur bis Sonntag zu bleiben, wollte ich die Gelegenheit gleich beim Schopf packen. Vor allen Dingen, weil Schoki ja derzeit bei mir zu Gast ist und wir noch nicht wissen, ob du sie übernehmen willst."

„Nein!" Melanie hatte reflexartig beide Hände gehoben und senkte sie rasch wieder, als sie Christinas leicht befremdeten Blick auffing. „Tut mir leid, ich kann den Hund nicht nehmen. Ich arbeite bis zu zehn Stunden am Tag und habe nur eine kleine Wohnung. Außerdem weiß ich gar nicht, was ich mit einem Hund anfangen soll." Und mit dem gesamten Erbe, fügte sie in Gedanken hinzu.

„Das ist wirklich schade. Schoki schien dich ja gleich zu mögen. Aber wenn deine Situation es nicht zulässt …"

„Tut sie nicht." Melanie war versucht, ein „Leider" anzufügen, unterließ es dann jedoch. Sie wollte nichts vorheucheln, was sie nicht empfand.

Wieder wurde Gebell von draußen her laut, dann klopfte es an der Haustür. Gleichzeitig hörte man ein mädchenhaftes Kichern. Als Melanie die Tür öffnete, sah sie sich einem großen Korb gegenüber, der frisches Brot, Kuchen, eine Flasche Milch, ein Glas mit buntem Schraubverschluss und der Aufschrift Salz und einen Zehnerkarton Eier enthielt. Gehalten wurde der Korb von einer Frau mit blonder Kurzhaarfrisur und blauen Augen in einem herzförmigen Gesicht, die sie freundlich anstrahlten. Hinter ihr hockten zwei Mädchen von vielleicht zehn und zwölf Jahren am Boden und balgten mit den Hunden.

„Guten Morgen!" Die Besucherin stellte den Korb ab und streckte Melanie die rechte Hand entgegen. „Ich bin Elke Dennersen von nebenan. Na ja, genau genommen ist nebenan vielleicht ein bisschen weit gefasst. Ich wohne die Straße runter auf dem großen Hof rechter Hand. Das da am Boden sind Lynn und Celeste, meine beiden Töchter. Ich wollte Sie gerne hier begrüßen und Ihnen ein kleines Willkommensgeschenk bringen. Bestimmt ist es schwer für Sie nach dem Tod Ihrer Tante. Nein, Großtante, nicht wahr? Mein herzlichstes Beileid. Meine Schwiegermutter hat mir erzählt, dass Sie als Kind manchmal in den Ferien hier waren und die frischen Eier von unseren Hühnern so gerne mochten. Und da Sie bestimmt noch nicht eingekauft haben, wenn Sie gestern erst angekommen sind, dachte ich, ein paar Vorräte schaden sicher nicht. Die Flasche Milch sollten Sie gleich in den Kühlschrank stellen. Sie ist ganz frisch von heute Morgen. Wir zapfen immer ein bisschen für uns und unsere Urlaubsgäste in den beiden Ferienwohnungen ab, bevor der Milchwagen kommt. Das Brot habe ich gestern Abend frisch gebacken und ebenso den Gugelhupf. Wenn Sie mögen, können Sie jederzeit zu uns rüberkommen und sich mehr Eier holen. Oder auch Fleisch. Wir haben Schwein, Rind und Pute im Angebot. Vor Sankt Martin und Weihnachten auch

Enten und Gänse, aber da sollten Sie vorbestellen." Sie lachte fröhlich. „Was rede ich da, ich bin die reinste Werbemaschine. Aber von nichts kommt schließlich nichts, und bei uns kriegen Sie das beste Fleisch weit und breit, mal abgesehen vom Metzger im Ort, den wir nämlich beliefern, und unsere Eier sind von den glücklichsten Hühnern im gesamten Landkreis. Wir haben nur hundert und werden auch nicht mehr anschaffen, damit wir keine Platzprobleme kriegen. Falls es Sie interessiert, können Sie sich unsere Tiere gerne ansehen. Wir legen viel Wert auf möglichst artgerechte und medikamentenfreie Haltung."

„Wir haben neue Ferkelchen, die machen auf der großen Wiese manchmal Wettrennen. Das ist lustig", fügte das jüngere der beiden Mädchen hinzu und lachte, als Schoki versuchte, ihr übers Gesicht zu lecken.

„Danke, das ist sehr freundlich von Ihnen." Vollkommen verblüfft starrte Melanie auf den Korb zu ihren Füßen und sah dann wieder Elke Dennersen an. „Das wäre aber nicht nötig gewesen. Ich bleibe nur bis morgen und ..."

„Was, nur bis morgen? Ich dachte, Sie hätten das Haus und das Geschäft geerbt. Überlegen Sie es sich noch mal. Hier ist es wunderschön. Als ich vor fünfzehn Jahren herkam und meinen Bruno kennengelernt habe, war es innerhalb von wenigen Tagen um mich geschehen. Nirgendwo ist es schöner als in Lichterhaven, glauben Sie mir. Ich kann das beurteilen, ich war nämlich mal Flugbegleiterin und habe die halbe Welt gesehen. Aber hier ist jetzt mein Zuhause, und vielleicht wird es das für Sie ja auch noch. Jetzt muss ich allerdings wieder los, wir erwarten nämlich noch den Tierarzt und den Klauenschneider für unsere Kühe. Lynnie, Celeste, steht aus dem Matsch auf. Schaut euch nur mal an, wie ihr ausseht! Die reinsten Schlammspringer!"

„Schon gut, Mama." – „Aber die Hunde sind so süß, Mama!" Die beiden Mädchen kicherten, weil sie gleichzeitig gesprochen hatten, erhoben sich trotzdem brav und winkten Melanie zu, bevor sie durch das Törchen auf die Straße liefen. Elke folgte ihnen, drehte sich aber noch einmal um, um die Gartenpforte zu schließen. Mit einer Hand tätschelte sie Schoki, die ihr neugierig gefolgt war. „Nehmen Sie den Hund mit, wenn Sie wieder fahren? Sybilla lag die Kleine so sehr am Herzen. Sie hat sie aus einem regelrechten Saustall von einer Bruchbude gerettet, wussten Sie das? Die Kleine war total krank und abgemagert, aber sehen Sie sie sich jetzt an. Einen schöneren Labrador habe ich meiner Lebtage nicht gesehen. Also machen Sie es gut, vielleicht sehen wir uns ja noch. Und geben Sie Lichterhaven eine Chance. Sybilla hat dieses Fleckchen Erde geliebt. Ich bin sicher, sie hatte gute Gründe, es Ihnen zu vererben. Bis bald! Lynnie, Celeste, ab die Post. Ihr müsst noch den Kaninchenstall ausmisten." Winkend und schwatzend entfernten sich die drei Besucher und ließen Melanie einigermaßen verblüfft und etwas nachdenklich zurück. Plötzlich fiel ihr ein, dass Christina noch immer in der Küche saß, also nahm sie den Korb rasch mit hinein.

„Das war Elke, nicht wahr?" Christina schob ihr Smartphone, auf dem sie offenbar gerade eine Nachricht gelesen hatte, zurück in die Tasche ihrer Jeans. „Ah, ein Begrüßungskorb. So was macht sie gerne. Sie ist eine wirklich gute Seele, was das angeht. Aber nimm dich in Acht, die Frau weiß immer alles über jeden. Keine Ahnung, wie sie das anstellt. Man sollte ja meinen, dass sie mit dem Hof und all den Tieren und vier Kindern anderes zu tun hat. Aber irgendwie finden alle Informationen und sogar schwer gehütete Geheimnisse früher oder später ihren Weg zu Elke Dennersen. Meistens früher." Lächelnd erhob sie sich. „Ich schätze, ich habe dir jetzt genug deiner Zeit gestohlen. Du hast bestimmt einiges zu tun. Schoki nehme ich einstweilen wieder mit, aber du musst bald eine Entscheidung treffen, was du mir ihr machen willst. Ich kann gerne versuchen, sie an eine nette Familie zu vermitteln. Aber da sie zu deinem Erbe gehört, solltest du dich vielleicht auch noch mal mit Alex deswegen absprechen." Sie hob lauschend den Kopf, denn schon wieder bellten die Hunde. Gleichzeitig wurden Motorengeräusche laut. „Wenn man vom Teufel spricht."

„Was meinst du?“ Verwundert lauschte auch Melanie dem Motor, der direkt vor ihrem Haus verstummte.

„Das ist Alex’ Wagen. Seinen SUV erkenne ich immer sofort am Geräusch.“

„Tatsächlich.“ Melanie schluckte unbehaglich. Auf einen Besuch des Anwalts war sie noch weniger eingestellt als auf den von Christina.

„Ihr habt bestimmt noch wichtige Dinge wegen der Erbschaft zu klären, also mache ich mich dann mal wieder auf die Socken. Hab sowieso noch einiges für den Unterordnungskurs vorzubereiten, der in zwei Stunden anfängt.“ Während sie sprach, stellte Christina die Teetasse in die Spüle und machte sich auf den Weg zur Tür. Als sie sie öffnete, stand Alex vor ihr, der gerade hatte anklopfen wollen. Die Hunde sprangen fröhlich um ihn herum, und vor allem Schoki versuchte, ihn zum Spielen zu animieren.

Alex! Wie schön, dass du da bist. Willst du ein bisschen toben?

Doch der tätschelte ihr nur beschwichtigend den Kopf und wandte sich seiner Schwester zu, die gerade aus der Tür trat.

„Hallo, Alex.“ Christina knuffte ihn leicht in die Seite und schob sich an ihm vorbei nach draußen. „Machst du etwa Überstunden? Ich dachte, Anwälte müssten samstags nicht ran.“ Sie zwinkerte ihm fröhlich zu.

„Keine Ahnung, wer dir diesen Unsinn erzählt hat.“ Grinsend knuffte Alex zurück und wich dann Schoki aus, die jetzt versuchte, an ihm hochzuspringen.

„Hey, Schoki, Schluss damit.“ Christina klatschte in die Hände, um die Aufmerksamkeit des jungen Hundes auf sich zu lenken. Kurz winkte sie Melanie noch einmal zu, die ihr bis an die Tür gefolgt war. „Wir sehen uns. Komm, Schoki, wir können nicht hierbleiben.“

Wirklich nicht?

Die Hündin hatte, als sie Melanie entdeckte, alles andere vergessen und war erneut wie ein Blitz auf sie zugerannt, um sie noch einmal zu begrüßen und ihre Hände abzuschlecken. Erst auf Christinas dritten Ruf wandte sie sich zögernd ab und trottete zu den beiden anderen Hunden hinüber, die bereits am Straßenrand neben ihrer Herrin warteten.

Schade. Na gut, ich komme ja schon.

„Da scheinst du ja bereits einen weiteren Fan gewonnen zu haben." Alex folgte seiner Schwester und den Hunden kurz mit dem Blick und wandte sich dann Melanie zu. Sein Lächeln trieb ihren Puls leicht in die Höhe.

„Warum einen *weiteren* Fan?" Ihre Stimme klang belegt, deshalb räusperte sie sich unterdrückt. Bei seinem Anblick war der Traum von vergangener Nacht wieder vor ihrem inneren Auge aufgetaucht. Verlegen wandte sie sich um. „Komm doch herein. Hier scheint ja eh niemand darauf zu kommen, seinen Besuch vorher anzukündigen."

„Gewöhn dich schon mal daran. Nur für den Fall, dass du dich doch dafür entscheidest, hierzubleiben. In Lichterhaven sind wir eine recht kleine und überschaubare Gemeinschaft, und jeder kennt jeden. Natürlich weiß auch jeder alles über alle. Oder zumindest fast. Kleinstadt halt. Unangemeldete Besuche sind hier an der Tagesordnung. Wie hast du geschlafen? Sybilla hat immer davon geschwärmt, dass man bei Flut das Plätschern der Wellen hören kann."

„Gestern war nicht gerade ein Wetter, das mich dazu verleitet hätte, eines der Fenster zu öffnen."

„Nein, stimmt, das war ein ziemlicher Sturm. Nichts Gefährliches, aber zum Einstand für dich schon recht ordentlich." Er setzte sich in der Küche unaufgefordert auf den Stuhl, den vorher seine Schwester mit Beschlag belegt hatte. „Apropos hübsch." Er wartete, bis sie eine Tasse aus dem Schrank geholt und sich ihm gegenüber gesetzt hatte. Bevor sie nach der Teekanne greifen konnte, hatte er sie schon genommen und goss sich von der nur noch leicht dampfenden Flüssigkeit ein. „Trägst du deine Haare immer so offen? Falls nicht, solltest du das unbedingt zukünftig tun. Mir gefällt, wie sie sich um dein Gesicht schmiegen. Das bringt mich zur Antwort auf deine Frage eben.

Schoki mag dir bereits verfallen sein, aber ich habe dich zuerst gesehen. Und damit bin ich auch dein erster Fan." Er zwinkerte ihr vergnügt zu. „Nachdem ich eine Nacht lang darüber nachgedacht habe, woran das liegt, bin ich zu dem Schluss gekommen, dass ich das nur herausfinden kann, wenn ich dich ein bisschen näher kennenlerne. Das wiederum geht am besten, wenn du nicht gleich morgen wieder von hier flüchtest. Also schätze ich, ich muss dich irgendwie dazu überreden, deinen Aufenthalt hier auszudehnen."

„Alex, ich will nicht ..."

„Am Arsch der Welt versauern, schon klar. Aber es ist ein verdammt schöner Arsch, wenn man ihn mal näher betrachtet. Also dachte ich, ich lade dich zu einem kleinen Rundgang durch die Stadt ein. Bei der Gelegenheit kann ich dir auch den Friedhof zeigen. Ich muss nur gegen zehn kurz mal zur Kanzlei, weil Hinnerk sich die kaputte Dachrinne ansehen will. Das dauert aber nicht lange, und danach könnten wir im *Möwennest* einen Happen essen."

Warum redeten die Menschen hier nur so viel? Melanie umfasste ihre Teetasse, obwohl sie inzwischen leer war, und versuchte, möglichst nicht in Alexanders Augen zu sehen. Auf solche eindeutigen Avancen war sie nicht vorbereitet. Und sie hatte ganz sicher nicht vor, darauf einzugehen. „Eigentlich hatte ich vor, mir heute Vormittag Tante Sybillas Schränke anzusehen und ihre Papiere und ..."

„Das läuft doch alles nicht weg. Wir haben heute einmalig schönes Wetter, das muss man ausnutzen. Und bevor du dir noch weitere Ausreden einfallen lässt – wir müssen auch noch ein paar Details klären. Zum Beispiel, was aus Schoki werden soll."

Melanies Finger verkrampften sich ein wenig. „Ausreden?"

Er schmunzelte. „Ich sehe dir an, dass du nach Ausflüchten suchst und mich wieder loswerden willst. Wie es das Schicksal oder besser Sybillas Testament aber nun mal will, bin ich für ihren Nachlass zuständig, bis du weißt, was du willst. Also gehe ich dir ein wenig auf die Nerven. Aber keine Angst, so schlimm wie damals treibe ich es nicht. In der Öffentlichkeit bin ich absolut zahm und ein Gentleman."

Melanie verkniff sich die Frage, was er denn außerhalb der Öffentlichkeit war. Wenn sie ehrlich war, wollte sie dieses Thema lieber nicht weiter vertiefen. Seine Gegenwart machte sie nervös genug, auch ohne dass sie auf seinen herausfordernden Tonfall einging.

„Komm schon, Melanie. Schau dir den Ort mit mir zusammen an. Oder hast du Angst, dass Lichterhaven dir doch gefallen könnte?"

„Das ist ja wohl Unsinn. Weshalb sollte ich davor Angst haben?"

„Ja, eben. Also los. Aber nimm eine Jacke mit, nur zur Sicherheit."

KAPITEL 5

Schade. Ich würde so gerne in meinem alten Zuhause bleiben. Bei Christina oder ihren Eltern ist es ja ganz okay, und ich mag Benni und Zora und all die anderen Hunde in der Hundeschule, aber trotzdem. Außerdem möchte ich so gerne wieder ans Meer. Da ist es so toll, aber Christina hat dazu irgendwie keine Lust. Warum darf ich nicht wieder nach Hause? Da wohnt doch jetzt die nette Mel. Christina hat gesagt, dass sie jetzt mein neues Frauchen ist, ich habe es genau gehört, aber anscheinend will sie mich nicht haben. Sonst hätte ich doch dortbleiben dürfen. Wenn es nach mir ginge, würde ich sofort umkehren und zu ihr laufen. Zu Hause ist es so schön! Ich hatte meine eigenen Schlafplätze, na ja, wenn ich nicht gerade bei Sybilla am Fußende geschlafen habe. Und einen Garten, ein richtig schönes kleines Revier. Ich will dahin zurück!

Leider ruft Christina mich dauernd. Ich muss ihr wohl folgen, auch wenn ich viel lieber umkehren würde. Hoffentlich kommen wir bald noch mal her, dann kann ich Mel besser kennenlernen. Und sie mich auch. Vielleicht mag sie mich dann ja doch. Das wäre so schön!

***

Eigentlich hatte er nur kurz nachsehen wollen, wie es Melanie ging, und nicht gleich mit der Tür ins Haus fallen, aber als er sie mit leicht gestresster Miene in der Tür stehen sah, hatte er seine Pläne für den Vormittag sofort umgeschmissen und auf sein Bauchgefühl gehört. Melanie fühlte sich sichtlich unwohl, wenn sie nach außen hin auch ruhig und höflich blieb. Doch an ihren Augen konnte er erkennen, dass sie nach Distanz suchte. Etwas, das man in Lichterhaven nirgends fand, selbst wenn man sich anstrengte. Es reizte ihn herauszufinden, welche Knöpfe man bei ihr drücken musste, um sie dazu zu bewegen, sich zu entspannen.

Die Begegnung mit Schoki hatte dazu offenbar nicht beigetragen. Er hatte damit gerechnet, dass seine Schwester heute hier mit dem Hund auftauchen würde. Melanie anscheinend überhaupt nicht. Jetzt saß sie auf dem Beifahrersitz seines SUV und hatte die Hände fest über ihrer kleinen blauen Handtasche verschränkt. Sie trug eine schmal geschnittene blaue Stoffhose, die ihre langen Beine äußerst gut in Szene setzte, und eine eng anliegende rosafarbene Bluse, an der nur der oberste Knopf geöffnet war. Er ertappte sich bei dem Gedanken, dass er nichts dagegen hätte, wenn sie ihm ein wenig mehr Einblick gewähren würde, aber er rief sich gleich wieder zur Ordnung. Er hatte sie praktisch genötigt, mit ihm zu fahren, er wollte sein Glück lieber erst einmal nicht überstrapazieren.

Die halbe Nacht hatte er damit zugebracht, über sie nachzudenken. Ihre distanzierte Art reizte ihn, sie herauszufordern und zu sehen, was hinter der Mauer aus Unnahbarkeit wohl zu entdecken war. Selbstverständlich spielte auch die mehr als eindeutige Anziehung, die er in ihrer Gegenwart verspürte, eine nicht geringe Rolle bei seinen Überlegungen. Sie war es, die ihn schließlich dazu gebracht hatte, dass er gleich heute Vormittag noch einmal zu Melanie gefahren war. Er wollte sehen, ob er sich auch heute noch so magnetisch zu ihr hingezogen fühlte.

Die Frage konnte er mit einem eindeutigen Ja beantworten. Ob sie so nervös war, weil sie etwas Ähnliches spürte? Sie blickte angestrengt geradeaus und vermied es, ihm in die Augen zu sehen. Hochinteressant.

„Ich würde gerne zuerst zum Friedhof fahren und Tante Sybillas Grab besuchen, wenn es dir nichts ausmacht."

„Nicht das Geringste." Er setzte den Blinker und bog bei den drei Kastanien rechts ab. Schon wenig später ließ er den Wagen auf dem leeren Parkplatz vor dem Gemeindefriedhof ausrollen. „Euer Familiengrab liegt hinten links. Du erkennst es an der weißen Engelsfigur. Die hat Sybilla selbst ausgesucht, als Bertram gestorben ist."

„Bertram?“ Fragend sah sie ihn von der Seite an, während sie zwischen den gepflegten und mit bunten Blumen bepflanzten Gräbern hindurchgingen.

„Sybillas Lebensgefährte. Kanntest du ihn nicht?“

„Ich wusste überhaupt nicht, dass sie mit einem Mann zusammen gewesen ist. Als ich bei ihr zu Besuch war, lebte sie allein.“

„Damals war er schon tot. Sie war fünf- oder sechsundzwanzig Jahre lang mit ihm zusammen. Ich glaube, seit sie etwa Mitte dreißig war. Er war fünfzehn Jahre älter als sie, und soweit ich weiß, waren sie sehr glücklich. Er ist an einem Herzinfarkt gestorben, wann genau, weiß ich nicht. Aber es steht auf dem Grabstein.“ Inzwischen hatten sie die Grabstätte erreicht. Man sah, dass das Beet erst vor Kurzem wieder frisch angelegt worden war. Ein großer Grabstein trug mehrere Namen der Familie, die Melanie allesamt noch nie gehört hatte. Rechts neben dem Grabstein stand ein fast mannshoher steinerner Engel, der mit gütigem Lächeln über die Toten zu wachen schien.

Alex sah, wie Melanie leicht schauderte und sich über die Oberarme rieb. „Er ist sechs Jahre vor meinem ersten Besuch hier gestorben“, murmelte sie. „Sybilla hat ihn nie erwähnt.“

„Vielleicht dachte sie, dass so etwas ein kleines Mädchen nicht interessiert.“

„Ja, wahrscheinlich. Aber es gab auch keine Bilder von ihm im Haus. Glaube ich zumindest.“

„Wie es damals war, weiß ich nicht, aber inzwischen hängen ein paar Fotos von ihm in ihrem Büro und im Wohnzimmer. Wahrscheinlich sind sie dir nur nicht aufgefallen. Du warst gestern ziemlich erschöpft, schätze ich.“

„Hat man mir das angesehen?“ Zum ersten Mal lächelte sie leicht, was zur Folge hatte, dass sich Alex’ Magen ein wenig verkrampfte. Ihr Lächeln hatte eindeutig eine gefährliche Wirkung auf ihn. Vielleicht war es ganz gut, dass sie damit so sparsam umging. Er zwang sich, seinen Blick nicht zu lange auf ihren weichen Lippen ruhen zu lassen, sondern wandte sich wieder der Grabstätte zu.

„Nach der langen Fahrt war das nicht schwer zu erraten. Und die Sache mit den Testamentsbedingungen hat dich sicher auch sehr belastet."

„Das tut sie immer noch." Melanie ging in die Hocke und strich mit den Fingerspitzen über die pinkfarbenen Blüten der späten Azaleen, die auf der anderen Seite neben dem Grabstein gepflanzt worden waren. Bald würden sie von blauen Hortensien und gelben Tagetes abgelöst werden. Die Auswahl der einjährigen Blumen und mehrjährigen Stauden, die auf dem Grab gepflanzt worden waren, stellte sicher, dass vom frühen Frühjahr bis zum Herbst immer wieder neue Farbtupfer für Abwechslung sorgen würden. „Als Kind habe ich Sybilla sehr gern gehabt, glaube ich."

„Glaubst du?" Aufmerksam beobachtete er ihr Gesicht, das jedoch im Augenblick keinerlei Gefühlsregung zeigte.

„Es ist schon lange her. Ich kann mich nur noch an Bruchstücke erinnern."

„Und jetzt ist sie dir vollkommen fremd, und du weißt nicht, wie du dich verhalten sollst, stimmt's? Alle Welt drückt dir ihr Beileid aus, aber du weißt wahrscheinlich nicht mal, ob du um sie trauerst oder nicht."

Mit einem Ruck hob Melanie den Kopf und richtete sich wieder auf. „Woher …"

Er lächelte ihr zu. „Du warst zwanzig Jahre lang nicht hier und hattest keinen Kontakt zu Sybilla. Wie solltest du eine Beziehung zu ihr haben?"

„Warum hat sie ausgerechnet mir ihren gesamten Besitz vermacht? Ihren Lebenstraum. Das war ihr Laden ja wohl, oder?"

„So kann man sagen. Ich weiß es nicht. Viele Verwandte hatte sie ja nicht."

„Aber was ist mit ihren Freunden hier? Sie hätte dieser, wie heißt sie noch mal, dieser Deana ja den Laden vermachen können. Wäre das nicht gerechter gewesen? Du hast gesagt, die Frau habe viele Jahre für Tante Sybilla gearbeitet."

„Für sie und mit ihr, ja. Aber mach dir keine Sorgen, Deana ist dir deshalb nicht böse. Du solltest dich mal mit ihr unterhalten. Sie kannte Sybilla mit am besten von allen Leuten hier. Vielleicht kann sie dir Antworten geben."

„Vielleicht sollte ich das tun."

„Ich habe gestern erfahren, dass sie bis kommenden Mittwoch oder Donnerstag zu ihrer Cousine nach Dänemark gefahren ist."

Melanie kräuselte die Lippen. „War das ein Wink mit dem Zaunpfahl?"

„Was meinst du?" Er stellte sich ahnungslos.

„Du willst mich davon überzeugen, dass ich das Erbe annehme. Das geht aber nicht. Ich kann in Köln nicht alles aufgeben und hier in die Einöde ziehen. Entschuldige, ich will dich oder Lichterhaven nicht beleidigen, aber ... Ich hätte ja nicht mal einen Job."

„Du hättest einen gut gehenden Laden."

„Ich habe keine Ahnung von Kunsthandwerk."

„Man kann alles lernen."

„Ich bin nicht gut mit ... Ich bin Einkäuferin, nicht Verkäuferin."

„Wäre der Unterschied wirklich so groß?"

Darauf antwortete sie nicht, sondern verschränkte die Arme vor der Brust. Alex musterte sie eingehend und kam zu dem Schluss, dass sein erster Eindruck ihn nicht getäuscht hatte. Sie war noch immer schüchtern, verbarg dies aber so gut es ging hinter der Maske aus Unnahbarkeit. „Ich sage ja nicht, dass du gleich hierher umziehen sollst. Aber wäre es so schlimm, dir ein wenig Zeit zu nehmen und den Ort näher kennenzulernen? Du hast noch knapp sechs Wochen Zeit, deine Entscheidung zu überdenken. Ich fände es ratsam, wenn du zumindest einen Teil dieser Zeit hier verbringen würdest. Aus der Ferne wirst du kaum herausfinden können, was Sybilla sich dabei gedacht hat, ihr Testament so zu verfassen."

„Die Sommerferien stehen vor der Tür. Da kann ich nicht so

einfach Urlaub machen. Die Mitarbeiter mit Kindern haben immer Vorrang."

„In Nordrhein-Westfalen dauert es noch mehr als vier Wochen bis zum Ferienbeginn." Er zwinkerte ihr zu in der Hoffnung, sie würde noch einmal lächeln. Doch sie drehte nur verlegen den Kopf zur Seite.

„Aber so kurzfristig ..." Sie schüttelte den Kopf. „Das geht nicht."

„Das kannst du erst mit Sicherheit sagen, wenn du gefragt hast. Glaubst du, dein Chef würde kein Verständnis für deine Situation aufbringen?"

„Er wäre sicher nicht erfreut, wenn er erführe, dass ich Urlaub haben will, um mir darüber klarzuwerden, ob ich den Job bei ihm kündigen soll."

„Dann sag ihm das nicht."

„Das werde ich auch nicht, weil ich gar nicht vorhabe zu kündigen." Abrupt drehte sie sich um und entfernte sich ein paar Schritte von ihm. Sie hatte die Schultern hochgezogen und wirkte so verkrampft, dass er sie am liebsten an sich gezogen und mit unfairen Mitteln auf andere Gedanken gebracht hätte.

„Komm, lass uns in die Stadt fahren." Es war nicht leicht, doch er schaffte es, an ihr vorbeizugehen, ohne sie zu berühren. „Es ist fast zehn Uhr."

„Du hast einen Termin."

„Mit Hinnerk wegen der Dachrinne am Kanzleigebäude."

„Ich will dich wirklich nicht aufhalten. Ich kann auch zu Fuß zurückgehen."

„Wirst du aber nicht. Komm schon, das hier war erst die erste Station auf unserer kleinen Stadtführung."

***

Knapp zwei Stunden später betraten Melanie und Alex das *Café Möwennest* am Hafen. Es war ganz im Stil einer Hafentaverne aus dem 18. oder 19. Jahrhundert eingerichtet. Den Namen verdankte es vermutlich den beiden ausgestopften Möwen, die in einem Nest über dem Tresen thronten. Die Hälfte der zwölf Tische war bereits von Gästen besetzt, und auf den meisten anderen konnte Melanie Reserviert-Schildchen erkennen. Alex steuerte auf den letzten freien Tisch an einem der Fenster zu. Kaum hatte er ihn erreicht, als die blonde junge Frau von gestern von irgendwoher auf ihn zugeschossen kam und ihn umarmte. „Hey, Alex, wie schön, dass du auch mal herkommst. Und in Begleitung. Setzt euch, ich bringe euch gleich die Karten." Sie musterte Melanie, und ihre Augen weiteten sich eine Spur. „Das ist ja ein Ding! Wir kennen uns ja schon von gestern. Sie sind also Alex' neue Freundin?"

„Wie bitte?" Melanie blieb für eine Sekunde die Luft weg.

„Das hat Hinnerk mir zumindest vorhin erzählt, als ich ihm begegnet bin. Er meinte, mein Bruder habe sich ein nettes Frauchen aus der Großstadt geangelt."

„Das ist ein Missverständnis ..."

„Luisa, das ist Melanie Brenner, Sybillas Großnichte und meine Klientin." Alex warf seiner Schwester einen strengen Blick zu.

„Hinnerk meinte, ihr gäbet ein schönes Paar ab."

„Hinnerk redet viel, wenn der Tag lang ist."

Luisa zuckte lediglich unbekümmert mit den Schultern. „Aber aus der Großstadt kommen Sie, das sieht man Ihnen an. Köln, nicht wahr?"

Melanie nickte.

„Tut mir leid wegen Sybilla. Wenn ich gestern schon gewusst hätte, wer Sie sind, hätte ich Ihnen gleich mein Beileid ausgesprochen."

„Schon gut, woher hätten Sie es wissen sollen? Ich habe ja keinen Stempelabdruck auf der Stirn, auf dem steht, dass ich mit ihr verwandt bin."

„Aber Sie hätten ruhig was sagen können."

„Wolltest du uns nicht die Karte bringen?" Alex lehnte sich

in seinem Stuhl zurück und trommelte mit den Fingern demonstrativ auf die Tischplatte. Die Geste hätte ungeduldig wirken können, hätte er nicht gleichzeitig seiner Schwester ein breites Grinsen zugeworfen.

„Bin ja schon unterwegs." Luisa grinste zurück und verschwand hinter der Theke. Augenblicke später legte sie zwei ledergebundene Karten auf den Tisch. „Ich kann den Möweneistee empfehlen, falls ihr Lust habt. Melanie – ich darf doch Melanie sagen? –, das ist eine Eigenkreation des Hauses und sehr zu empfehlen."

„Klingt gut." Alex nickte. „Den nehme ich. Melanie?"

„Ja, wenn es eine Spezialität des Hauses ist, sollte ich ihn wohl mal versuchen."

„Gute Wahl. Bin gleich wieder da." Luisa wirbelte zum nächsten Tisch und kurz darauf in die Küche, um die Bestellungen weiterzugeben.

Melanie studierte die Karte und stellte fest, dass ein Gericht verlockender klang als das nächste. „Da hat man ja die Qual der Wahl."

„Für den Anfang empfehle ich dir die bunte Matjesplatte mit Bratkartoffeln. Die ist legendär. Das Rezept stammt angeblich noch von Kais Urgroßmutter."

„Kai ist der Inhaber dieses Lokals?"

„Genau. Ich nehme an, Christina hat dir schon ein bisschen was darüber erzählt?"

Melanie nickte und war froh, dass das Gespräch sich nach wie vor auf unverfänglicher Ebene abspielte. Während der letzten beiden Stunden hatte Alex ihr eine beeindruckende Stadtführung geboten und ihr dabei eine Menge historischer Details über Lichterhaven erzählt. Hin und wieder hatte er sie dabei so merkwürdig eindringlich angesehen, und sie musste sich eingestehen, dass die Anziehung, die sie gestern ihm gegenüber verspürt hatte, heute nicht im Mindesten nachgelassen hatte. Die ganze Zeit über hatte sie versucht, es zu überspielen, und war ständig bemüht, ihm nicht allzu nahe zu kommen. Komplikationen solcher Art konnte sie im Augenblick überhaupt nicht gebrauchen.

Zu ihrer Erleichterung hatte er es bei diesen wenigen Blicken belassen. Blicken, die sie allerdings ahnen ließen, dass er das Knistern zwischen ihnen sehr wohl ebenfalls wahrnahm und vermutlich nur auf eine Gelegenheit wartete, es zu verstärken. Noch gab er ihr jedoch genügend Freiraum, um ihm auszuweichen. Sie konnte nur hoffen, dass es auch so blieb. Wenn sie ihm deutlich klarmachte, dass sie nicht an ihm interessiert war, ließ er sie sicher in Ruhe.

Problematisch an der Sache war bloß, dass sie ihn durchaus interessant fand. Er war intelligent, besaß Humor und sah gut aus. Höllisch gut. Für einen Anwalt besaß er eindeutig viel zu breite Schultern und zu muskulöse Arme, deren untere Hälfte sie bewundern konnte, seit er seine Hemdsärmel bis zum Ellenbogen hochgekrempelt hatte. Offenbar trieb er irgendeinen Sport oder Krafttraining. Anders war sein gestählter Körper nicht zu erklären.

Nun saß er ihr ziemlich nah gegenüber. Ihre Knie berührten sich beinahe unter dem kleinen Bistrotisch. Sie hätte vielleicht doch nicht seinem Vorschlag zustimmen sollen, hier zu essen. Zwar knurrte ihr Magen, aber ein Krabbenbrötchen an einem der Stände hier am Hafen hätte es vielleicht auch getan und nicht diese plötzliche Nähe provoziert.

„Hier ist euer Tee. Habt ihr euch schon was Leckeres ausgesucht?" Von Melanie unbemerkt, war Luisa wieder an den Tisch getreten und stellte zwei hohe Gläser mit Eistee vor ihnen ab.

Melanie wurde bewusst, dass sie offenbar mehrere Minuten in die Karte gestarrt hatte, ohne sie wirklich zu lesen. Verlegen begegnete sie Alex' amüsiertem Blick.

Er hatte seine Karte längst zugeklappt. „Wir nehmen beide den bunten Matjesteller und als Dessert die Karamellcreme."

Normalerweise sprach Melanie lieber für sich selbst, doch irgendwie hatte es ihr die Sprache verschlagen, deshalb nickte sie nur zustimmend und hoffte, dass ihr Gehirn allmählich wieder in Schwung kam. Derart vor sich hinzuträumen war nicht nur unhöflich, sondern auch noch peinlich.

„Kommt sofort, nur ein paar Minuten." Rasch schnappte Luisa sich die beiden Karten und ging durch den Raum, um weitere Bestellungen aufzunehmen und bei einer Familie zu kassieren, deren quengelnde Kleinkinder einen Mittagsschlaf dringend nötig hatten.

Melanie räusperte sich. „Wegen des Hundes ..."

Alex sah sie aufmerksam an. „Schoki."

„Ja. Christina meinte, sie könnte sie an eine nette Familie vermitteln."

„Willst du das denn?"

„Es wäre das Sinnvollste. Ich kann sie nicht zu mir nach Köln nehmen."

„Nein, das wäre unvernünftig." Er lächelte, und ihr Herz schien einen Moment auszusetzen. „Sie ist eine sehr liebe und anhängliche Hündin."

„Das sagt deine Schwester auch. Ich habe von Hunden keine Ahnung."

„Auch etwas, das man lernen kann. Wenn man will."

„Wozu sollte ich das wollen?" Sie fühlte sich von seinen dauernden Andeutungen unter Druck gesetzt. „Hör zu, ich will nicht unhöflich sein ..."

„Warum nicht?" Er legte den Kopf ein wenig schräg. „Ich gehe dir auf die Nerven, das hatte ich dir ja schon angekündigt. Wenn es dir reicht, darfst du mir das ruhig ins Gesicht sagen."

Sie atmete tief ein. „Okay, es reicht, Alex. Ich will nicht hierher ziehen und ich will auch keinen Hund adoptieren, den ich vermutlich innerhalb von wenigen Tagen verhungern lassen oder zum Weglaufen animieren würde."

„Warum glaubst du, dass du dich nicht um einen Hund kümmern könntest?"

„Weil ich noch nie ein Haustier hatte und auch noch nie eins haben wollte." Zumindest nicht, seit sie ein kleines Mädchen gewesen war. „Ich arbeite mindestens zehn Stunden am Tag. Ein Hund würde sich bei mir zu Tode langweilen. Und abhauen."

„Hunde sind sehr anpassungsfähig. Und wenn ein Hund dich liebt, bleibt er an deiner Seite. Ein Leben lang."

Ein Leben lang. Das bedeutete wohl mindestens zehn oder zwölf Jahre bei einem Hund. Melanie hatte noch nie eine Beziehung gehabt, die so lange hielt, nicht mal eine Freundschaft. Jemanden, selbst ein Tier, derart lange bei sich zu haben, war für sie unvorstellbar.

„Aber vielleicht bin ich nicht so anpassungsfähig." Sie erschrak, als sie merkte, dass sie laut ausgesprochen hatte, was ihr durch den Kopf gegangen war.

Alex ging mit einem Lächeln darüber hinweg. „Da kommt unser Essen. Wenn du Lust hast, können wir gleich noch über den Deich gehen. Die Flut kommt, also hast du die Möglichkeit, unsere größte Attraktion zu sehen."

„Eure größte Attraktion?"

„Das Meer. Danke, Luisa, das sieht ausgesprochen lecker aus." Er nickte seiner Schwester zu, die rasch weitereilte, weil inzwischen alle Tische besetzt waren und mehrere Gäste darauf warteten, bedient zu werden. „Bisher hast du noch keinen Tropfen Wasser gesehen, oder?"

„Nein, wenn man mal vom Regen absieht. Ich habe mir auch keinen Gezeitenkalender besorgt."

„Brauchst du nicht. Sybilla dürfte irgendwo einen aufgehängt haben."

„Ich habe nicht darauf geachtet." Sie hatte auf gar nichts wirklich geachtet. Melanie stocherte in ihren Bratkartoffeln herum. Gestern war sie zu müde gewesen und heute hatte sie kaum Zeit gehabt, sich im Haus richtig umzusehen. Ein wenig unangenehm war es ihr auch, dort zu wohnen. Sie kam sich wie ein Eindringling vor, obwohl ihre Großtante es ja nicht anders gewollt hatte.

Entschlossen, sich erst einmal keine weiteren Gedanken darüber zu machen, probierte sie von ihrem Fisch und den Kartoffeln und hätte beinahe genießerisch die Augen verdreht.

„Gut, nicht wahr?“ Alex hatte sich bereits ein gutes Drittel seiner Portion einverleibt. „So was bekommst du nirgendwo sonst.“

„Ich habe noch nie so guten Matjeshering gegessen.“

„Weil er hier an der Küste so frisch ist wie nirgends sonst. Und Kais Familienrezept ist noch dazu unschlagbar. Deshalb servieren sie dieses Gericht sogar drüben in der *Seemöwe*, obwohl die Karte dort ansonsten ein wenig gehobener ist.“

„Gehobener?“

„Sie servieren auf Leinentischdecken. Servietten, Kerzenschein. Und so weiter.“

„Aha.“

„Vielleicht sollte ich dich mal dorthin einladen.“

Melanie hielt mitten in der Bewegung inne, dann ließ sie langsam ihre Gabel sinken. „Ein Date meinst du?“

„So könnte man es nennen.“

„Lieber nicht.“

„Hast du noch immer Angst, ich könnte mir die Maske herunterreißen und wieder zu dem nervtötenden Teenager werden, der dich ständig geärgert hat?“

„Ich habe keine Angst.“ Doch, hatte sie. Dass nämlich der Gedanke an ein Date mit diesem Mann ihr zu verlockend erscheinen könnte. „Ich will nur keine Komplikationen. Außerdem fahre ich morgen schon wieder zurück.“

„Was den heutigen Abend als meine einzige und letzte Chance ausweist.“ Unvermittelt legte er eine Hand auf ihren Arm und lachte leise, als sie sich ihm reflexartig wieder entzog. „Aber ich sehe schon, du willst es mir nicht leicht machen. Also vertagen wir die Idee vorerst. Diese Remoulade ist übrigens auch ein Geheimrezept, mit dem Kai seine Gäste süchtig macht.“

Um ihre Hände zu beschäftigen, hatte Melanie gerade davon gekostet. „Vermutlich gibt es niemanden, der nicht ein zweites Mal herkommt, oder?“

„Einmal *Möwennest*, immer *Möwennest*, würde ich sagen.“

Eine Weile widmeten sie sich schweigend dem Essen. Je mehr sich ihr Magen füllte, desto ruhiger wurde Melanie. Die größte

Nervosität war verflogen, und sie atmete ein wenig auf. Vielleicht war sie nur so gestresst gewesen, weil sie zu wenig gefrühstückt hatte. Alex ging schließlich dazu über, ihr noch mehr über die Historie von Lichterhaven zu erzählen. Sie bewunderte ihn dafür, dass er sich so gut auskannte. Er gab Anekdoten und kurze Geschichten aus vier oder fünf Jahrhunderten zum Besten, ohne auch nur ein Mal über die korrekte Jahreszahl oder irgendwelche Namen nachzudenken. Damit brachte er sie dazu, sich noch weiter zu entspannen.

Als das Dessert serviert wurde, unterbrach sie ihn schließlich. „Woher weißt du das alles? Hast du neben Jura auch noch die Geschichte von Lichterhaven studiert?"

„Nicht an der Uni, aber privat. Die Geschichte unserer Stadt hat mich schon immer interessiert. Außerdem sitze ich im Komitee für das historische Altstadtfest, das alljährlich im August stattfindet. Dieses Jahr ist das 14. Jahrhundert unser Motto. Und die Piraten natürlich."

„Gab es denn in Lichterhaven Piraten?"

„O ja, natürlich. Im 14. und 15. Jahrhundert hauptsächlich die Likedeeler und Vitalienbrüder. Störtebeker war einer der Bekanntesten von ihnen. Aber auch in späteren Jahrhunderten hatte die Hanse immer wieder mit Freibeutern zu kämpfen. Die wurden außerdem auch von diversen Herrschern mit Kaperbriefen ausgestattet, hauptsächlich in Kriegszeiten."

„Und ihr feiert die Geschichte der Piraten?"

„Wir erinnern an frühere Jahrhunderte, und die Piraterie gehört nun mal dazu. Du solltest mich mal in meinem Seeräuberkostüm sehen."

Darauf verzichtete sie lieber, denn unzweifelhaft würde er in solch einem Aufzug umwerfend attraktiv aussehen. Allein beim Gedanken daran war ihre Nervosität sofort wieder da.

Er schien es zu bemerken, denn er zwinkerte ihr vielsagend zu. „Du würdest dich als Piratenbraut sicher auch ganz gut machen."

„Mit Schwert und Augenklappe?“ Nun musste sie trotz ihres unruhigen Herzschlags doch schmunzeln. Sie war schon nicht besonders erpicht auf den alljährlichen Kölner Karnevalstrubel und hatte sich noch nie gern verkleidet.

„In deinem Fall vielleicht eher ein feiner kleiner Dolch. Und bloß keine Augenklappe. Es wäre zu schade, wenn man auf den Anblick deiner Augen verzichten müsste.“ Er fing ihren Blick auf und hielt ihn so lange fest, bis sie sich verlegen räusperte. Lächelnd lehnte er sich auf seinem Stuhl zurück. „Aber ein Dreispitz würde dir bestimmt gut stehen.“

„Du machst dich über mich lustig.“

„Nein, gar nicht. Falls du dich dazu durchringen würdest, hierzubleiben, hätte ich noch einen Platz im Komitee frei.“

„Alex …“

„Schon gut, du reist morgen wieder ab.“ Er winkte seiner Schwester. „Bring mir bitte die Rechnung.“

„Ich kann für mich selbst zahlen.“

„Ich bezweifle nicht, dass du das kannst, aber dieses Essen geht auf mich.“ Er hatte bereits seine Brieftasche gezückt und achtete gar nicht weiter auf ihren Protest.

Nur wenig später standen sie wieder auf der belebten Lichterhavener Hauptstraße. Hier in der direkten Nachbarschaft zum Hafen tummelten sich besonders viele Touristen mit zum Fotografieren gezückten Kameras und Smartphones. Kinder wuselten um ihre Eltern herum, Möwen schossen im Tiefflug über die Köpfe der Menschen hinweg und stürzten sich in halsbrecherischen Kapriolen auf fallen gelassenes Essen. Die Luft war angenehm warm und roch nach einem Gemisch aus Meerwasser, gebratenem Fisch und frischen Waffeln, die vor einem der Cafés in der Nähe unter freiem Himmel gebacken wurden. Um den Verkaufstresen einer Eisdiele hatte sich eine Menschentraube gebildet.

Alex übernahm die Führung. Er bahnte sich einen Weg links am Hafen vorbei bis zu einem Weg, der auf den grasbewachsenen Deich zuführte. Es gab eine schmale asphaltierte Straße, die auf dieser Seite daran entlangführte. Etwa alle hundert Meter führten Stufen nach oben. Melanie folgte Alex eine der Treppen hinauf und hielt für einen Moment den Atem an, als sie von der Kuppe des Deichs auf die Nordsee hinausblickte. Hier oben ging ein leichtes Lüftchen, jedoch so sanft und warm, dass es sich kaum mit den scharfen Winden vergleichen ließ, an die sie sich aus ihrer Kindheit noch so gut erinnerte. Als Kind hatte sie oft sogar im Sommer einen Anorak mit Kapuze getragen, wenn sie hier heraufgekommen war oder direkt am Wasser gespielt hatte. Sicherlich hatte es auch damals warme Tage gegeben, an denen sie dann im Watt oder sogar im flachen Wasser gespielt hatte, aber mit der Nordsee verband sie dennoch hauptsächlich eine steife Brise.

„Wir haben wirklich Glück mit dem Wetter." Sachte legte Alex seine Hand an ihren Rücken und führte sie nach rechts.

Unter seiner Berührung zuckte sie unwillkürlich zusammen. Sogleich zog er seine Hand zurück, doch die Hitze, die seine Berührung durch den dünnen Stoff ihrer Bluse hindurch ausgelöst hatte, spürte sie weiterhin.

„Sollen wir hier oben ein Stück laufen, oder möchtest du lieber näher ans Wasser?"

Melanie hatte sich bereits den Stufen zugewandt und drehte sich auf Alex Frage hin noch einmal kurz um, bevor sie dem Bohlenweg an den Liegewiesen vorbei folgte, bis er sich im feinen Sand verlor. An dieser Stelle blieb sie stehen und sog tief die würzige Luft ein. Der Blick auf die See war atemberaubend schön. Das sonst eher graue Meer glitzerte im Schein der Junisonne. Noch war die Flut nicht auf ihrem Höchststand. Man konnte die Priele und Furchen erkennen und die kleinen Pflanzen, die hier und da aus dem wie in Wellen liegenden feuchten Sand aufragten. Alle paar Hundert Meter waren Wasserhähne aufgestellt, damit sich die Wattwanderer nach ihrem Ausflug Stiefel oder nackte Füße reinigen konnten. Melanie erinnerte sich, dass sie und Christina sich mit dem Wasser auch abgekühlt hatten, bevor sie sich in die Fluten gestürzt hatten.

In der Ferne sah man Fischkutter auf Lichterhaven zusteuern. Noch weiter draußen zog ein Ausflugsschiff vorbei.

Rechter Hand war in einiger Entfernung ein Leuchtturm auszumachen, ein Stück davor war das moderne Meerwasserwellenbad gebaut worden. Das Gebäude war ganz in Blau und Hellgrau gehalten und schmiegte sich mit seiner wellenähnlichen Bauweise ausgezeichnet an die Küste. Der Außenbereich war durch Glaswände abgetrennt und auch davon umgeben. Selbst von hier konnte sie das Gewusel im Wasser erkennen, das ihr zeigte, wie beliebt das Bad war.

„Das Wasser ist beheizt. Man kann sogar im Winter draußen schwimmen.“ Alex war neben ihr stehen geblieben. „Es gibt eine Schleuse von drinnen nach draußen. Vor allem die Kinder und Jugendlichen lieben das Schwimmbad.“

„Das kann ich mir vorstellen. Es ist noch recht neu, oder? Ich kann mich gar nicht erinnern, was dort früher gestanden hat.“

„Gar nichts. Da war nur freies Feld und ein alter Spielplatz. Einer meiner ehemaligen Klassenkameraden hat das Grundstück vor fünf Jahren gekauft und vor drei Jahren das Wellenbad gebaut.“

„Ein mutiger Schritt, aber offenbar eine lukrative Investition. Es scheint, als hätte er einen Glücksgriff getan.“

„Wie man’s nimmt. Er ist vor zwei Jahren bei einem Autounfall ums Leben gekommen. Seine Witwe führt das Geschäft jetzt weiter. Anfangs hatte sie es sehr schwer, mit ihren beiden kleinen Kindern.“

„Das tut mir leid.“ Betroffen blickte Melanie auf das moderne und belebte Schwimmbad.

„Er hat nicht einmal die Fertigstellung des Bades erlebt. Bei der Eröffnung ist Martina beinahe zusammengebrochen. Aber inzwischen hat sie sich wieder ganz gut gefangen und tut alles, um den Tourismus in Lichterhaven anzukurbeln. Sie ist eine gute Geschäftsfrau. Besser als sie vermutlich selbst gedacht hätte.“

Bewegt von dieser traurigen Geschichte, wandte Melanie sich wieder dem Anblick der Nordsee zu. Dann ließ sie ihren Blick über den Strand und die dahinter sanft ansteigenden Liegewiesen schweifen. „Waren die Strandkörbe früher nicht mal grün und weiß gestreift?"

„Ja, zumindest an diesem Abschnitt. Aber bereits vor etwa zehn Jahren wurden von der Stadt die blauen und gelben Strandkörbe angeschafft. Da hinten bei der *Seemöwe* siehst du rote, die gehören zu einem Hotel, dort ist ein Privatstrand. Der Uferweg ist zwar öffentlich, aber die Liegeplätze sind für die Hotelgäste reserviert. Noch ein Stück weiter hinter der *Seemöwe* baut die Stadt gerade an einer Art Sandinsel, die über einen Steg und über einen erhöhten Sandweg zu erreichen ist. Ab kommendem Jahr können die Touristen dann auch dort am Sandstrand liegen und in speziell abgesteckten Bereichen im Meer baden. Wenn wir den Weg links entlanggehen und die *Seemöwe* umrunden, kannst du die Bagger beobachten."

„Lichterhaven hat sich ganz schön verändert in den letzten zwanzig Jahren."

„Wir hatten kaum eine andere Wahl. Fischfang und Tourismus sind die Hauptarbeitgeber hier in der Gegend. Die Stadt wäre ausgestorben, wenn wir nicht einen Gang zugelegt hätten." Mit der rechten Hand beschattete Alex seine Augen und blickte hinüber zum Leuchtturm. „Möchtest du noch ein Stück spazieren gehen?"

„Nein, ich gehe jetzt zurück. Zu Fuß, du brauchst mich nicht zu fahren. Ich habe heute schon genug von deiner Zeit in Anspruch genommen. Außerdem möchte ich ein bisschen allein sein." Sie spürte seinen Blick fragend auf sich ruhen, doch schließlich sah sie aus den Augenwinkeln, wie er nickte.

„Wie du willst. Aber ich sage es noch einmal: Überleg dir gut, ob du dir nicht doch ein bisschen mehr Zeit geben willst. Deine Tante Sybilla hat es schließlich so gewollt."

„Fragt sich nur warum."

„Vielleicht findest du es heraus."

KAPITEL 6

Bis zum Sonntagabend hatte Melanie keine Antworten gefunden. Sie war den restlichen Samstag im Haus ihrer Großtante umhergewandert, hatte in Schränke und Schubladen geschaut, sich die Akten im Laden angesehen und so einen Überblick über die positive finanzielle Lage des Ladens gewonnen. Auch die Bilder von Bertram und Sybilla hatte sie inzwischen an den Wohnzimmerwänden entdeckt und lange betrachtet. Das war ein Teil des Lebens ihrer Großtante, der ihr vollkommen unbekannt war und wohl auch immer bleiben würde.

Nun saß sie wieder in ihrer kleinen Wohnung in Köln-Nippes auf einem ihrer Küchenstühle und blickte aus dem Fenster auf die Fassaden der gegenüberliegenden Gebäude. Auf dem Schoß balancierte sie eine Keksdose, die sie kurz vor ihrer Abfahrt in einem von Sybillas Küchenschränken entdeckt hatte. Sie hatte sie spontan mitgenommen, nachdem sie den Deckel gelüftet und den Inhalt erkannt hatte. Wattwurmkekse. Die letzten, die Sybilla gebacken hatte. Schon der Duft beim Öffnen des Deckels hatte Melanie augenblicklich in ihre Kindheit zurückversetzt. Probiert hatte sie bisher noch keines der Plätzchen. Sie schob es immer wieder auf, nicht ganz sicher, wovor sie sich fürchtete. Schließlich waren es bloß Kekse.

Entschlossen, sich nicht länger vor sich selbst lächerlich zu machen, lüftete sie den Deckel der rechteckigen, mit Rosenblüten bedruckten Dose erneut und nahm einen der Kekse in die Hand. Sie sahen den Hinterlassenschaften der Wattwürmer wirklich ausgesprochen ähnlich. Der Duft, der ihr in die Nase stieg, war süß-würzig, jedoch nicht unbedingt weihnachtlich. Sybilla hatte diese Kekse das ganze Jahr über gebacken und zu Tee, Milch oder Kakao serviert. Melanie erinnerte sich an die selbst gemachte warme Vanillemilch, die sie als Kind geliebt hatte. Dazu hatten die Kekse ganz besonders lecker geschmeckt.

Ratlos blickte sie auf das Plätzchen in ihrer Hand, dann hob sie es an die Lippen und biss schließlich hinein. Als die Erinnerungen sie überschwemmten, schloss sie für einen Moment die Augen. Hinter ihren geschlossenen Lidern sah sie sich selbst als kleines Mädchen an Sybillas Küchentisch sitzen und einen Wattwurmkeks in die warme Milch tunken. Sie sah sich beim Spielen im Garten und am Ufer der Nordsee. Als sie die Augen wieder öffnete, waren im Gebäude gegenüber die ersten Lichter angegangen. Es dämmerte, doch hier in der Stadt merkte man nicht, dass das Leben dadurch wesentlich ruhiger wurde. Als sie das Fenster auf Kipp stellte, drang das stete Rauschen des Verkehrs zu ihr herauf, hin und wieder durchdrungen von lautem Hupen. Irgendwo in der Ferne heulte die Sirene eines Krankenwagens. Die Luft war warm und dickflüssig wie Sirup und roch nach … nichts. Hier oben im fünften Stock waren die Abgase von der Straße kaum noch zu bemerken. Doch auch sonst konnte sie keinerlei Gerüche wahrnehmen, außer wenn der Nachbar schräg unter ihr an seinem offenen Fenster rauchte und der Wind ungünstig stand. Heute ging überhaupt kein Wind.

Sie hatte sich noch nie nach Ruhe und Abgeschiedenheit gesehnt, deshalb verunsicherte sie dieses Gefühl, das zwar nur ganz leise, aber nachdrücklich in ihr aufstieg. So ein Unsinn! Sie war ein Großstadtmensch durch und durch. In Lichterhaven würde sie ganz schnell eingehen wie eine Blume ohne Wasser. Nicht einmal ihren Urlaub verbrachte sie an Orten wie dieser kleinen Stadt an der Küste, sondern meistens hier in Köln. Ab und zu hatte sie sich auch zu einem Städtekurztrip durchgerungen, um ein wenig Kultur zu tanken, ein Musical anzusehen oder dergleichen. Sie konnte sich nicht einmal ansatzweise vorstellen, wie sich das Leben in einer Kleinstadt anfühlte. Aber das brauchte sie ja auch nicht, denn nie und nimmer würde sie sich darauf einlassen. Auch wenn das bedeutete, dass sie den letzten Willen ihrer Großtante missachtete und ihr Erbe an eine wohltätige Einrichtung fallen würde. Welche, hatte Alex gar nicht erwähnt.

Ohne dass Melanie wirklich bewusst gehandelt hatte, waren drei weitere Wattwurmkekse in ihrem Mund verschwunden. Als sie es bemerkte, schloss sie schnell die Keksdose und stellte sie auf die Anrichte. Es war gut, dass sie morgen wieder ganz normal zur Arbeit gehen konnte. Das würde sie auf andere Gedanken bringen. Im Lauf der Woche würde sie dann Alex eine E-Mail schreiben und ihm ihre Entscheidung mitteilen.

***

Sie war verrückt geworden. Vollkommen durchgeknallt. Nicht mehr ganz klar im Oberstübchen. Ächzend und fluchend zog und zerrte Melanie an einer der beiden Matratzen, die sie schon von Köln aus online bestellt hatte. Warum gehörte zur Lieferung nicht auch der Service, die verfluchten Biester bis an ihren Bestimmungsort zu tragen? Sie war am heutigen Freitagmittag gerade rechtzeitig in Lichterhaven eingetroffen, um die Lieferung in Empfang zu nehmen. Ihre Taschen und Koffer warteten noch in ihrem Wagen darauf, ebenfalls ins Haus geschleppt zu werden.

„Komm schon, nur noch vier Stufen“, presste sie zwischen zusammengebissenen Zähnen hervor und zerrte erneut an der schweren Matratze. Diese hatte sich allerdings an einer Stufe verhakt und weigerte sich standhaft, Melanies Ansinnen zu folgen.

„Mel, bist du das?“ Christinas Stimme schallte durch die offen stehende Haustür. „Halt, Schoki, langsam! Nicht die Treppe rauf … Oh, Mist.“

Mel ist wieder da! Mel ist wieder da!

„Scheiße!“ Melanie entglitt die Matratze, als die schokoladenbraune Hündin wie wild geworden die Treppe heraufgeschossen kam und sie mit freudigem Bellen begrüßte und ansprang. Die Matratze rutschte ein gutes Stück die Stufen hinab und legte sich dann quer über die Treppe. Schoki stieß ein empörtes Bellen aus und raste bis ganz nach oben.

Wau, was ist das denn für ein Ungetüm? Willst du mich etwa unter dir begraben, du Riesending?

„Tut mir leid." Christina lachte. „Die Kleine war schon nicht mehr zu halten, als sie bemerkt hat, dass die Tür hier offen steht. Kann ich dir helfen? Schoki, komm hierher und sitz! Hast du denn gar keinen Benimm gelernt?"

Tut mir leid, ich habe mich nur so gefreut, Mel wiederzusehen. Sie riecht noch immer so angenehm! Aber dieses Ding hier ist mir ein bisschen unheimlich. Was macht das auf der Treppe?

Die Labradorhündin musterte die Matratze misstrauisch, dann wischte sie im Eiltempo darunter hindurch und setzte sich hechelnd neben Christina. Dabei wedelte sie weiterhin heftig mit der Rute und blickte immer wieder zu Melanie hoch, die erneut versuchte, der Matratze Herr zu werden.

Möchtest du mich nicht begrüßen? Ich freue mich so, dich zu sehen, Mel! Lass doch das komische Ding und streichle mich lieber!

„Das wäre sehr nett von dir. Die verflixte Matratze muss nach oben ins Schlafzimmer."

„Und die andere vermutlich auch, die draußen an der Hauswand lehnt." Umstandslos war Christina nähergekommen und packte mit an. Mit vereinten Kräften hatten sie die schwere Fracht rasch in Sybillas ehemaliges Schlafzimmer getragen.

Während sie auch noch die zweite Matratze hinaufbeförderten und die beiden alten Exemplare hinabtrugen, wuselte Schoki immer wieder zwischen ihnen herum, schnüffelte hier und da und schien sich zu freuen, in ihrem alten Zuhause zu sein.

Hach, ist das schön hier. Kann ich nicht hierbleiben? Mel?

„Ich dachte, du wolltest nicht mehr herkommen."

Melanie rieb sich mit dem Handrücken ein paar Haarsträhnen aus dem Gesicht. „Das hatte ich auch nicht vor. Aber dann … Ich konnte nicht einfach Tante Sybillas letzten Wunsch ignorieren. Außerdem hat mein Chef darauf bestanden, dass ich längst überfälligen Urlaub nehme und dazu noch etliche Überstunden abbaue."

„Und wie lange bleibst du nun hier?"

„Sechs Wochen. Ich weiß selbst nicht, was mich geritten hat, aber vielleicht tut mir die Seeluft ja gut."

„Ganz bestimmt wird sie das." Christina trat auf sie zu und umarmte sie herzlich. „Ich freue mich, dass du dich entschieden hast, Lichterhaven eine Chance zu geben. Wer weiß, vielleicht gefällt es dir ja am Ende doch hier. Ganz sicher gibt es schlimmere Orte, an denen man wohnen könnte."

„Mag sein, aber ich bin in großen Städten aufgewachsen und habe nie woanders gelebt. Ganz zu schweigen davon, dass ich meinen Job nicht aufgeben möchte."

„Apropos Job, Deana wird sicherlich wissen wollen, ob du den Laden vorläufig geschlossen halten willst."

„Das weiß ich noch nicht. Wenn sie alleine zurechtkommt, wäre es vielleicht ganz sinnvoll, wenn sie die vorhandenen Waren noch abverkauft."

„Du könntest ihr ja dabei helfen."

„Ich habe keinerlei Erfahrung mit dem Verkauf von Kunsthandwerk."

„Und außerdem hast du Urlaub." Christina lächelte ihr zu. „Dein Auto sieht ziemlich überladen aus. Sollen wir die Sachen gemeinsam reintragen?"

„Du bist sicher nicht hergekommen, damit ich dich als Packesel missbrauche."

„Nein, aber es macht mir nichts aus. Was willst du mit den alten Matratzen machen? Zum Sperrmüll geben?"

„Das war mein Plan."

„Ich könnte auch Alex Bescheid geben. Er hat einen Anhänger und kann sie rüber zur Kreisdeponie bringen."

„Das ist wirklich nicht nötig!" Melanie schloss ihren Wagen auf und hob zwei große Reisetaschen, die sie mit dem Inhalt ihres Kleiderschranks gefüllt hatte, aus dem Kofferraum. „Der Sperrmüll wird doch direkt vor der Haustür abgeholt. Ich will niemandem Umstände machen."

„War nur ein Angebot." Auch Christina nahm eine Reisetasche und die Kühlbox mit den Lebensmitteln aus Melanies Kühlschrank. „Ich habe auch noch einiges an Krempel, der auf die Deponie gehört. Wir könnten zwei Fliegen mit einer Klappe schlagen." Sie stellte die Box in der Küche ab und trug die Tasche mit Schwung die Stufen hinauf. Schoki flitzte an ihr vorbei und war mit einem Satz auf der neuen Matratze.

Jaa, hier war immer mein Platz!

„Hey, runter da!" Mit energischer Geste scheuchte Christina die Hündin vom Bett herunter. „Du wohnst nicht hier, und auf dem Bett hast du schon mal gar nichts zu suchen."

Och, warum denn? Darf ich wirklich nicht? Wie schade.

Fast ein wenig beleidigt huschte Schoki die Treppe hinab und verschwand in der Küche.

„Was meinst du, Mel, hättest du Lust, deinen Urlaubsbeginn ein bisschen zu feiern? Wir grillen heute Abend. Du bist herzlich eingeladen, dich uns anzuschließen."

„Grillen?"

„Ja, es gibt jede Menge Fleisch, Salate und Bier."

„Ich weiß nicht." Mit solch einer Einladung hatte Melanie nicht gerechnet. Schon gar nicht zwanzig Minuten nach ihrer Ankunft hier. Während sie hintereinander wieder nach unten gingen und Melanie begann, die Lebensmittel aus der Kühlbox in den großen Kühlschrank zu verfrachten, fragte sie Christina: „Wer ist denn *wir*? Ich meine, ich kann doch nicht einfach so bei deinen Freunden auftauchen und …"

„Bei meiner Familie. Und doch, selbstverständlich kannst du. Meine Eltern werden da sein, meine Großeltern auch, meine Schwester, sobald ihre Schicht im *Möwennest* zu Ende ist, und Alex sicher auch. Also kennst du im Grunde fast alle der Anwesenden noch von früher. Außerdem kommen wahrscheinlich die Nachbarn mit Kind und Kegel, meine Onkels und Tanten mit Familien, soweit sie Zeit haben. Wir machen solche Grillfeste ungefähr einmal im Monat. Jedenfalls von Mai bis September. Bei Regen quetschen wir uns in den Schuppen, und bei gutem Wetter belagern wir den Garten meiner Eltern. Jeder bringt was Gutes zu essen mit, aber keine Sorge, von dieser Pflicht bist du entbunden, weil du ja gerade erst angekommen bist und dich erst mal einleben musst."

Melanie wand sich innerlich. „Ich weiß nicht. In so einer Runde gehöre ich doch nun wirklich nicht dazu. Alle werden sich wundern, was ich dort zu suchen habe."

„Überhaupt nicht!" Energisch schüttelte Christina den Kopf, sodass ihr dicker lockiger Pferdeschwanz hin und her wirbelte. „Im Gegenteil! Alle werden sich freuen, dich wiederzusehen. Oder kennenzulernen. Schließlich war Sybilla ein fester und wichtiger Bestandteil dieser Grillabende. Komm schon, es wird bestimmt lustig. Um sieben geht es los. Das Haus ist ganz leicht zu finden. Einfach einmal quer durch Lichterhaven. Es liegt nah am Waldrand. Erinnerst du dich noch?"

„Vage."

„Waldstraße sechzehn. Das Haus mit der rot gestrichenen Tür und den dazu passenden Fensterläden. Eine Idee meiner Mutter. Ich finde es klasse. So kann niemand die Adresse verfehlen. Und es sieht zu jeder Jahreszeit fröhlich aus. Also abgemacht?"

„Mal sehen. Ich habe hier noch so viel zu tun." Am liebsten hätte sie rundheraus abgelehnt, doch so unhöflich wollte sie nicht sein. Vielleicht konnte sie sich später herausreden, dass sie am Abend einfach zu erschöpft war. Immerhin war sie sehr früh aus Köln losgefahren und musste sich jetzt ums Auspacken, Einrichten und noch einiges mehr kümmern. Einkaufen zum Beispiel würde sie auch noch müssen, wenn sie sich nicht nur von den eingefrorenen Vorräten ihrer Großtante ernähren wollte.

„Leider muss ich jetzt wieder los." Mit einem kurzen Händeklatschen machte Christina Schoki auf sich aufmerksam, die sich inzwischen unter dem Küchentisch zusammengerollt hatte und ein kleines Nickerchen hielt. „Ich habe in einer halben Stunde einen Welpenspielkurs. Komm, Schoki, da darfst du ausnahmsweise mitmachen. Sozusagen als gutes Vorbild."

Welpenspielkurs? Da kommen ganz viele kleine Freunde von mir! Ich bin dabei. Freudig wedelnd sprang Schoki auf und umtänzelte Christina. Dann ging sie zu Melanie und stupste sie an. *Oder darf ich hierbleiben? Das wäre sogar noch besser.*

„Schoki mag dich, Mel."

„Ja, sieht so aus." Vorsichtig hielt Melanie der Hündin ihre Hand hin, die daraufhin eifrig darüber leckte. „Ich habe leider so gar keinen Draht zu Tieren."

„Das denkst du nur. Hunde sind sehr feinfühlige Wesen. Wenn Schoki beschlossen hat, dass sie dich mag, wird sie gute Gründe dafür haben."

Die habe ich auch! Mel riecht gut. Und sie wohnt in meinem Zuhause. Und überhaupt will ich hierbleiben!

„Also bis später dann, Mel. Denk daran, neunzehn Uhr. Wenn du zu spät kommst, musst du ewig warten, bis du deine erste Portion Fleisch bekommst. Die hungrige Horde ist da unbarmherzig." Noch einmal klatschte Christina in die Hände. „Komm, Schoki, wir machen uns auf den Weg."

Wenn es sein muss. Bis bald, Mel!

Schoki schmiegte sich noch einmal an Melanies Beine und wuselte dann Christina hinterher. Melanie sah den beiden einen langen Moment nach und kam sich vor, als sei gerade ein Wirbelwind durch das Haus gefegt. Christina hatte so eine quirlige Art, und auch die Hündin schien sich davon gerne anstecken zu lassen. Trotzdem kam es nicht infrage, heute zu diesem Grillfest zu gehen. Sie wollte hier keine persönlichen Bindungen eingehen, und eine Einladung zu so einer Familienfeier würde ganz bestimmt genau dazu führen. Das konnte nur schiefgehen.

Sie hatte mit sich gehadert, und die Entscheidung, doch den Sommer in Lichterhaven zu verbringen, war schließlich rein aus der Vernunft heraus gefallen. Es musste vieles geregelt werden, und sie war in einer besseren Position, wenn sie den Ort, das Geschäft und auch das Haus besser kennenlernte. Dass sie außerdem ein schlechtes Gewissen Sybilla gegenüber verspürt hatte, darüber dachte sie lieber nicht nach. Auf jeden Fall hatte sie sich geschworen, dass sie jegliche Entscheidungen, die ihr Erbe angingen, nur mit dem Kopf treffen würde. Alles andere passte auch überhaupt nicht zu ihr.

Was auf keinen Fall eine Rolle gespielt hatte, als sie bei Herrn Brungsdahl angefragt hatte, ob sie noch vor den Sommerferien ihren Jahresurlaub nehmen könne, waren die vielen Kindheitserinnerungen, die in den letzten Tagen über sie hereingebrochen waren. Wenn sie es jetzt hinter sich brachte, wäre sie auch während der Ferienzeit wieder voll einsatzfähig. Er hatte ihr sofort zugestimmt und offenbar nur darauf gewartet, dass sie den längst fälligen Urlaub nahm. Sogar ein bisschen gescholten hatte er sie, dass sie ihren Urlaub immer so lange vor sich herschob. Dann hatte er sie noch beinahe genötigt, die Überstunden des vergangenen halben Jahres abzubauen, damit er nicht gezwungen war, sie ihr auszuzahlen. Er schätzte sie und ihren Einsatz für die Firma, das wusste sie. Nicht von ungefähr hatte er sie noch vor ihrem dreißigsten Geburtstag auf einen Posten befördert, der eigentlich älteren Kollegen zugestanden hätte. Doch was die Freizeit seiner Angestellten anging, hatte er inzwischen offenbar die Einstellung seines Vaters übernommen. Er mochte ein Sklaventreiber sein, aber wirklich ausbeuten würde er niemanden.

Nun lagen also sechs ganze Wochen vor ihr, von denen sie nicht wusste, wie sie sie füllen sollte. Fünf davon mussten ausreichen, um sich über die Testamentsbedingungen klarzuwerden oder vielmehr darüber, ob sie sie akzeptieren würde. Ziemlich wahrscheinlich würde sie das nicht tun. Sie konnte sich nicht vorstellen, dass sich an dieser Einstellung auch nur das Geringste ändern würde. Es gab einfach keinen Anlass dazu. Nichts, davon war sie überzeugt, konnte ihr hier in diesem Küstennest so wichtig sein, dass sie dafür ihr Leben und ihren Job in Köln aufgeben würde.

KAPITEL 7

Hm, was mache ich denn jetzt? Chris ist mit den Kleinen so beschäftigt, und bei den Übungen soll ich nicht dauernd dazwischenhüpfen. Mir ist langweilig. Ob ich wohl großen Ärger bekomme, wenn ich spazieren gehe? Nur so ein bisschen rund um die Hundeschule. Zora und Benni sind ja leider auch nicht hier, sondern zu Hause, bei Chris' Eltern. Ich könnte sie besuchen gehen, aber das ist doch ziemlich weit von hier.

Nicht ganz so fern ist mein Zuhause. Und Mel. Ob sie jetzt da ist? Heute Mittag war es so schön, sie wiederzusehen. Vielleicht sollte ich sie mal schnell besuchen. Es sind ja nur ein paar Minuten Weg von hier. Mal schauen … nein, Chris sieht gerade nicht her. Und sonst auch niemand. Oder wird sie böse, wenn ich allein losziehe? Ach was, ist ja nicht weit. Ich geh einfach mal hin, und wenn Mel nicht zu Hause ist, kehre ich eben wieder um. Oder ich warte dort auf sie. Ja genau, das ist sogar noch besser. Ich warte auf sie.

***

Stöhnend reckte Melanie sich ein wenig im Autositz, bevor sie ausstieg und den Kofferraum öffnete, um ihre Einkäufe herauszuheben. Zumindest gab es am Südrand von Lichterhaven ein ganz ordentliches Gewerbegebiet, in dem auch ein großer Supermarkt und mehrere Discounter angesiedelt waren. So hatte sie problemlos ihre Einkäufe für die nächsten Tage erledigen können. Inzwischen ging es bereits auf halb sieben zu, und in ihrem Hinterkopf trieb sich Christinas Stimme herum, die sie drängte, an dem Grillfest ihrer Familie teilzunehmen. Aber das würde sie nicht tun. Sie war viel zu erschöpft, redete sie sich ein. Ihre Kräfte würden gerade noch reichen, um die Lebensmittel ins Haus und die Speisekammer oder den Kühlschrank zu verfrachten. Danach würde sie sich ein heißes

Bad gönnen und sich mit einem Buch auf der Couch zusammenrollen.

Hallo, Mel, schön, dass du endlich hier bist. Ich warte schon ganz schrecklich lange auf dich. Jedenfalls hat es sich ganz lange angefühlt, aber jetzt bist du ja da. Was hast du denn da mitgebracht? In den Körben riecht es sehr lecker. Hm, frisches Brot und Wurst und irgendwas mit … Schokolade!

„Ach, du liebe Zeit!“ Erschrocken wich Melanie zurück, als Schoki von der Haustür aus auf sie zugerannt kam und sie überschwänglich begrüßte. „Was machst du denn hier? Christina?“ Suchend sah sie sich um, konnte aber niemanden entdecken.

Chris ist nicht hier. Ich bin alleine gekommen, um dich zu besuchen. Freust du dich?

Aufgeregt sprang Schoki um Melanie herum und wedelte wie verrückt mit dem Schwanz.

„Bist du etwa allein hergekommen?“

Sieht man doch.

„Was willst du denn hier?“

Na, dich sehen, was sonst? So schwer ist das doch nicht zu verstehen. Ich wohne hier. Oder habe hier gewohnt. Darf ich wieder hier einziehen?

Ratlos blickte Melanie auf die Hündin hinab. „Bist du Christina ausgebüxt?“

So was in der Art, ja. Wenn man es genau nimmt.

„O Mann, was mache ich denn jetzt?“

Wie wäre es, wenn du mir eins von diesen süßen Brötchen geben würdest? Oder ein Stück Schokolade. Oder von der Wurst, da sage ich auch nicht Nein.

„He he, das ist nicht für dich!“ Erschrocken hob Melanie den Korb mit der Wurst und dem Brot etwas höher, als Schoki vorwitzig versuchte, mit der Schnauze hineinzukommen.

Bist du sicher? Da ist doch so viel, das reicht auch für uns beide.

„Ich rufe jetzt Christina an und sage ihr, dass sie dich abholen soll.“ Eilig trug Melanie ihre Einkäufe in die Küche und stellte sie sicherheitshalber auf dem Tisch ab, um Schoki nicht erst in Versuchung zu bringen. Dann zog sie ihr Handy aus der Tasche. Mist, sie hatte gar nicht Christinas Nummer. Also schnappte sie sich ihr Tablet und suchte im Online-Telefonbuch nach dem entsprechenden Eintrag. Sie fand die Nummer der Hundeschule, jedoch keinen Eintrag einer privaten Nummer.

Unter der Geschäftsnummer meldete sich nur der Anrufbeantworter. Melanie sprach eine kurze Nachricht darauf, vermutete aber, dass Christina längst auf der Suche nach Schoki war. Falls sie schon bemerkt hatte, dass die Hündin ausgerissen war. Während sie überlegte, was sie jetzt am besten tun sollte, packte sie rasch ihre Einkäufe aus und verteilte sie auf Kühl- und Vorratsschrank.

Vielleicht war es am besten, wenn sie Schoki zur Hundeschule brachte. Vielleicht war dort jemand, der sie in Empfang nehmen konnte. Oder sie hatte Glück und traf dort oder unterwegs auf Christina. Aber wie sollte sie es anstellen, dass die Hündin mit ihr kam? Ob sie ihr gehorchen würde?

„Hör mal, Schoki …“

Ja, Mel? Sollen wir spielen?

„Oh, nein, bitte nicht anspringen!“ Hastig wehrte sie die Hündin ab, die mit freundlichem Bellen um sie herumhüpfte. Zumindest hoffte sie, dass das Gebell friedfertig war. Es hörte sich nicht bösartig an. „Du musst zurück nach Hause.“

Ich wäre gerne wieder hier zu Hause.

„Ähm, kommst du mit mir mit, wenn ich rüber zum Auto gehe?“

Was meinst du denn? Soll ich mitkommen? Gerne! Oh, fahren wir Auto? Das mag ich.

Kaum hatte Melanie die Tür geöffnet und den Fahrersitz nach vorne geklappt, als Schoki auch schon mit einem Satz auf die Rückbank sprang. Melanie atmete auf und warf rasch die Autotür zu. Dann ging sie noch einmal zurück ins Haus und schnappte sich ihr Handy, das sie beinahe vergessen hätte. Sie schloss die Tür ab und setzte sich hinter das Steuer ihres Wagens.

Sofort erschien über ihrer rechten Schulter Schokis Kopf. Die kalte Nase der Hündin streifte ihr Ohr, dann spürte sie eine nasse Zunge an ihrer Schläfe.

„Igitt, stopp, aufhören! Komm ja nicht auf die Idee, über den Sitz nach vorne zu klettern. Und gewaschen hatte ich mich eigentlich schon."

Ich wollte dir nur mal ein Küsschen geben. Christina findet das immer ganz toll.

Da Schoki offenbar nicht vorhatte, durch das Auto zu toben, startete Melanie den Motor und fuhr langsam an. Sie wusste nicht genau, wo die Hundeschule sich befand, doch Alex hatte ihr den Weg vergangenes Wochenende beschrieben, also versuchte sie ihr Glück in der Richtung, in der sie sie vermutete. Schwierig war es tatsächlich nicht, das Gelände zu finden. Das Gebäude, in dem sich neben dem Büro wohl auch Seminarräume befanden, war jedoch abgeschlossen. Anscheinend war Christina schon aufgebrochen, um Schoki zu suchen. Fragte sich nur, wohin sie gegangen oder gefahren sein könnte.

Melanie entschied, dass sie den Hund am besten zu Christinas Eltern brachte. Die hatten sicher auch eine Handynummer, unter der ihre Tochter erreichbar war. Vielleicht begegnete sie ihr auch auf dem Weg dorthin. Also gab Melanie rasch die Adresse in ihr Navigationsgerät ein und fuhr die kurze Strecke durch den Ort bis zur Waldstraße. Als sie in den Weg einbog, der zum Haus der Familie Messner führte, entdeckte sie Christina, die heftig gestikulierend mit einer älteren Frau sprach, die dem Aussehen nach nur ihre Mutter sein konnte. Zumindest sahen sich die beiden Frauen von den Gesichtszügen her sehr ähnlich.

Als Schoki Christina sah, bellte sie und sprang aufgeregt auf der Rückbank hin und her.

Da ist ja Chris! Darf ich raus und sie begrüßen?

Melanie bremste vorsichtig und fuhr rechts an den Straßenrand. Dann stieg sie rasch aus und ließ die Hündin aus dem Auto, bevor sie noch etwas kaputtmachte. Mit Freudengebell raste Schoki auf Christina zu, die ihr überrascht entgegenblickte und sie dann sichtlich erleichtert in Empfang nahm und streichelte. Als Melanie näherkam, richtete sie sich wieder auf. „Mel! Mensch, das hätte ich mir ja denken können, dass Schoki zu dir läuft. Oder hast du sie irgendwo aufgelesen?"

„Nein, sie stand vor meiner Tür, als ich vorhin vom Einkaufen kam."

„Klar, sie hält das Haus immer noch für ihr Revier. Ich war total erschrocken, als sie plötzlich verschwunden war." Kopfschüttelnd blickte Christina auf den Hund hinab. „Du bist mir vielleicht eine!"

Was denn? Ich war doch nur mal kurz bei Mel zu Besuch.

„Ich dachte erst, dass sie runter an den Strand gelaufen ist. Sie liebt nämlich den Hundestrand und das Wasser. Sybilla hat sie da immer laufen und spielen lassen. Als ich sie dort nicht gefunden habe, bin ich hierhergekommen. Schoki weiß, dass Zora und Benni hier wohnen, und es hätte auch sein können, dass sie die beiden sucht. Aber auf das Offensichtliche bin ich nicht gekommen." Lachend schlug sie sich gegen die Stirn. „Dabei war es so naheliegend."

„Sie sind also Melanie Brenner? Freut mich." Christinas Mutter war nähergekommen und streckte Melanie die rechte Hand entgegen. „Erinnern Sie sich noch an mich? Ich bin Christinas Mutter."

„Ja, ganz dunkel. Freut mich, Frau Messner." Melanie schüttelte kurz ihre Hand.

„Nennen Sie mich bitte Anke, das tun alle. Wir sind hier nicht so förmlich. Danke, dass Sie Schoki hergebracht haben. Mein armes Mädchen war schon ganz außer sich." Liebevoll legte Anke ihrer Tochter einen Arm um die Hüfte und drückte sie an sich. „Dabei kennt jeder hier im Ort Schoki und hätte sie schon wieder sicher zurückgebracht."

„Nicht jeder, Mama!"

„Na, wie auch immer, es ist ja noch mal gutgegangen. Und nun kommen Sie, Melanie. Die Männer haben den Grill bereits angeschmissen und bis auf Onkel Bernd und Tante Therese sind schon alle da."

„Die beiden sind doch immer zu spät." Christina grinste.

Melanie wehrte rasch ab. „Nein, nein, ich wollte nur den Hund zurückbringen. Ich fahre gleich wieder ..."

„Aber nicht doch! Christina hat mir schon erzählt, dass sie Sie eingeladen hat. Ich finde die Idee ganz toll. So kriegen Sie gleich ein bisschen Familienanschluss und fühlen sich nicht so einsam hier in Lichterhaven."

„Aber ..."

„Komm schon, alle sind bereits ganz wild darauf, dich kennenzulernen, Mel."

Auch das noch. Melanie stöhnte innerlich auf, doch Christina hatte sich bereits bei ihr untergehakt und zog sie einfach mit sich auf ihr Elternhaus zu. Sie betraten es allerdings nicht, sondern gingen rechts auf einem Natursteinweg bis hinter das Haus, wo sich ein großer Garten mit Blumen- und Gemüsebeeten rund um eine fast quadratische Rasenfläche befand. Tische und Bänke waren aufgebaut worden und einige davon bereits besetzt. Doch die meisten Gäste, es schienen fast dreißig Personen zu sein, standen oder liefen noch herum. Einige Frauen waren dabei, Besteck und Servietten auf den Tischen zu verteilen. An dem großen Holzkohlegrill standen mehrere hochgewachsene Männer verschiedenen Alters. Einer von ihnen war Alex, heute in lässigen Bluejeans, dunkelgrauen Sneakers und einem schwarzen T-Shirt, das keinen Zweifel über seinen muskulösen Oberkörper aufkommen ließ. Er trug eine graue Schürze mit dem leuchtend roten Schriftzug *Hohepriester des Grills*. Das hätte lächerlich wirken können, war aber im Gegenteil so sexy, dass Melanie rasch wegschaute, bevor er auf sie aufmerksam wurde.

Kinder und Teenager wuselten lachend und kreischend umher und lieferten sich eine Schlacht mit Furcht einflößend aussehenden Wasserpistolen. Dazwischen sprangen und rannten mehrere Hunde umher: ein Dackel, Benni und Zora, die beiden

Golden Retriever, ein Schäferhund und eine struppige kniehohe Promenadenmischung. Schoki stürzte sich mit begeistertem Gebell in die Menge.

Wau, toll, alle meine Freunde sind hier. Lasst uns spielen!

Melanie nahm alles etwas atemlos in sich auf. Die einzigen Festlichkeiten, die sie pflichtgemäß alljährlich aufsuchte, waren die Betriebsfeiern bei Brungsdahl, und da ging es weit förmlicher zu als hier. Sie war noch nie ein Partytier gewesen und fühlte sich sofort fehl am Platz.

Christina schien das entweder nicht zu bemerken oder einfach zu ignorieren. Sie ergriff Melanies Hand und zog sie einfach mit sich. „Komm, du musst meinen Vater kennenlernen und den Rest der Familie. Ach, und da sind ja auch Tante Therese und Onkel Bernd. Vor Therese musst du dich in Acht nehmen. Sie wird dir das Ohr abkauen wegen ihrer Häkelarbeiten und dich beknien, sie im Laden zu verkaufen. Aber im Vertrauen: Sybilla hatte gute Gründe, sich immer wieder neue Ausreden einfallen zu lassen." Sie zwinkerte Melanie vielsagend zu.

Schon waren sie beim Grill angekommen, dem Ort, den Melanie eigentlich hatte meiden wollen. Christina umarmte einen grauhaarigen Mann mit Brille, der ebenso hochgewachsen und breitschultrig wie Alex war. So wie Christina ihrer Mutter war Alex seinem Vater wie aus dem Gesicht geschnitten. „Hallo, Papa, habt ihr schon ein paar Steaks zu Steinkohle verbrannt?"

Arno Messner lachte und drückte seine Tochter an sich. „Warum schmiert mir das nur jeder immer wieder aufs Brot? Das ist nur ein einziges Mal passiert – vor fünf Jahren."

„Vor sechs." Christina wandte sich Melanie zu. „Papa, das ist Melanie Brenner, Sybillas Großnichte. Melanie, an meinen Vater erinnerst du dich vielleicht auch noch."

„Nicht wirklich." Melanie schüttelte die große Hand des noch immer attraktiven Mannes. „Ich bin Ihnen nicht sehr oft begegnet, oder?"

„Nein, damals habe ich viel Zeit in der Kanzlei verbracht. Nett, Sie kennenzulernen. Möchten Sie lieber ein Steak oder ein Würstchen? Oder gehören Sie etwa zur Fischfraktion?"

„Ich weiß nicht." Sollte sie zugeben, dass sie zuletzt während ihrer Schulzeit an einem Grillfest teilgenommen hatte?

„Ich grille dir eins meiner Spezialsteaks." Alex war an ihrer Seite aufgetaucht und lächelte sie vieldeutig an. „Die Marinade ist mein Geheimrezept. Ich hoffe, du magst Bärlauch."

„Ich glaube schon."

„Also gut, dann schnapp dir schon mal einen Teller und bedien dich am Salat. Ich bringe dir das Steak in ein paar Minuten an den Tisch." Schon wandte er sich wieder dem Grill zu.

Melanie war überrascht, dass er nicht weiter auf ihre Anwesenheit einging, aber auch froh, dass seine Aufmerksamkeit sich anderen Dingen zugewandt hatte. Schon die wenigen Augenblicke in seiner direkten Nähe hatten ihr leicht nervöses Herzklopfen beschert. Sie ärgerte sich über diese alberne, teenagerhafte Reaktion auf ihn, deshalb folgte sie rasch Christina, die sich bereits in Richtung des Tisches aufgemacht hatte, auf dem wie auf einem Büffet Brot, Brötchen und Salate aufgebaut worden waren. Dort angekommen, musste Melanie weitere Hände schütteln und Beileidsbekundungen entgegennehmen. Als sie schließlich neben Christina an einem der Tische saß, vor sich einen Teller mit verschiedenen Salatkreationen, schwirrte ihr bereits der Kopf vor lauter Namen und Gesichtern.

„Sie haben ja noch gar nichts zu trinken." Arno blieb neben ihr stehen, ein Tablett mit Steaks und Würstchen in der Hand, von dem er den am Tisch Sitzenden auf Wunsch Stücke reichte. „Was darf es denn sein? Bier, Wein, Cola oder Eistee? Wasser haben wir bestimmt auch."

„Mir bitte einen Eistee, Papa." Christina hielt ihm ihren Teller hin und er legte ein Würstchen darauf.

Melanie nickte. „Äh, ja, dann nehme ich auch einen."

„Gute Wahl! Kommt sofort." Schon war Arno weitergegangen. Es dauerte nur Augenblicke, bis er zwei große Gläser Eistee vor ihnen abstellte. In seinem Windschatten folgte Alex, der eine Flasche alkoholfreies Bier unter den Arm geklemmt hatte und zwei Teller vor sich her balancierte. Beide stellte er rasch auf dem Tisch ab und ließ sich Melanie gegenüber nieder. „Hier ist dein Steak. Ich hoffe, du magst es medium. Gut durch gibt es bei mir nicht."

„Alex ist unser Steak-Guru." Christina kicherte. „Komm bloß nie auf die Idee, dich mit ihm auf eine Diskussion zu diesem Thema einzulassen. Er hat immer recht. Aber dafür schmecken seine Steaks auch wirklich göttlich."

„Und warum isst du dann ein Würstchen?" Er deutete mit gespielt beleidigter Miene auf ihren Teller.

„Zum Aufwärmen, nur zum Aufwärmen."

Melanie hörte eine Weile still dem Geplänkel der Geschwister zu und probierte zuerst von den Salaten, dann von dem Steak. Alles schmeckte ausgezeichnet und so ganz anders als alles, was man im Supermarkt zu kaufen bekam. Selbst gemacht, dachte sie. Dazu nahm sie selbst sich nicht sehr oft Zeit. Für eine Person lohnte es sich ja auch kaum, regelmäßig zu kochen.

„Sybilla kam übrigens auch oft zu unseren Grillfesten." Christina nahm einen großen Schluck von ihrem Eistee. „Sie hat meistens irgendwas Leckeres zum Nachtisch mitgebracht. Ihr Rezeptfundus in dieser Hinsicht war riesig … und sündhaft. Als Kinder haben wir uns meistens um die Reste in den Schüsseln geprügelt. Weißt du noch, Alex?"

„Klar, wie könnte ich das vergessen? Du hast unfair gekämpft wie ein Mädchen."

„Ich bin ja auch ein Mädchen." Lachend streckte Christina ihm die Zunge heraus und fing sich dafür von einer vorübergehenden älteren Dame einen empörten, wenn auch liebevollen Rüffel ein. Offenbar handelte es sich um Christinas und Alexanders Großmutter, die mit zwei voll gefüllten Tellern auf dem Weg zu einem der anderen Tische war. Neugierig blickte Melanie ihr nach und beobachtete, wie sie sich neben einen alten Herrn im grauen Anzug setzte, der so offensichtlich Arnos

Vater war, dass sie verblüfft die Luft einsog. Die Natur hatte in der männlichen Linie der Familie Messner nicht mit Attraktivität gespart, das stand fest. Christinas Großvater musste schon über achtzig sein, doch noch immer strahlte er eine Vitalität aus, die manch jüngerem Mann fehlte. Und er war eine noch ältere Ausgabe von Arno und Alex, wenn auch nicht ganz so breitschultrig.

„Du bist also doch zurückgekommen."

Erschrocken zuckte Melanie zusammen. Sie war vollkommen in ihre Betrachtungen vertieft gewesen und hatte nicht bemerkt, dass Christina inzwischen in ein Gespräch mit ihrer Sitznachbarin verwickelt worden war. Alex hingegen hatte seinen Blick eindringlich auf sie gerichtet. Eine Hitzewelle erfasste sie. Verlegen räusperte sie sich. „Nach reiflicher Überlegung erschien es mir angebracht."

„Eine gute Entscheidung. Sechs Wochen, nicht wahr?"

„Woher weißt du ...?"

„Christina." Er lächelte. „Sie hat mir vorhin davon erzählt, als ich kurz bei ihr vorbeigefahren bin. Ich kann die alten Matratzen übrigens gerne kommende Woche mit zur Deponie nehmen."

„Das ist nicht nötig. Den Sperrmüll kann ich doch abholen lassen."

„Ich verlange auch keine Gegenleistung, falls du das befürchtest." Sein Lächeln vertiefte sich.

„Ich befürchte gar nichts."

„Gut. Obwohl, wenn ich es recht bedenke, sollte ich mir das mit der Gegenleistung vielleicht noch mal überlegen." Er streckte die rechte Hand aus und zupfte an einer ihrer blonden Haarsträhnen. Fast wäre sie zurückgezuckt. Erst im letzten Moment bemerkte sie den Marienkäfer, der sich offenbar in ihrem Haar verfangen hatte und den Alex nun auf seinem Daumen krabbeln ließ. „Ich werde wohl noch mal eingehend darüber nachdenken. Wenn mir eine angemessene Bezahlung einfällt, lasse ich es dich wissen."

„Bezahlung?“

Er widmete sich wieder seinem Steak. „Nun ja, vielleicht nicht unbedingt in bar.“

Ihr Herzschlag geriet aus dem Takt. „Flirtest du etwa mit mir?“

Langsam hob er den Kopf. In seinen Augen funkelte es amüsiert. „Würdest du darauf eingehen?“

„Nein.“

„Schade. Dann muss ich mir wohl etwas mehr Mühe geben.“

„Untersteh dich. Ich kann solche Komplikationen jetzt nicht gebrauchen.“

„Ich auch nicht, aber was soll’s? Wann kann man Komplikationen schon brauchen? Aber man könnte es auch als Herausforderung ansehen, und einer solchen bin ich noch nie aus dem Weg gegangen.“

„Ich schon.“ Verzweifelt versuchte sie, sich auf das Essen zu konzentrieren und nicht auf das Kribbeln in ihrer Magengrube.

„Warum? Was kann schlimmstenfalls passieren?“

„Darüber denke ich lieber gar nicht erst nach.“

„Jetzt machst du mich wirklich neugierig. Welcher Idiot hat dir denn das Herz gebrochen, dass du glaubst, dich in deinem Schneckenhaus verkriechen zu müssen?“

„Niemand.“ Sie ließ Messer und Gabel auf den Teller sinken. „Ich lasse es gar nicht so weit kommen.“

„Aha.“ Seine Miene wurde wieder eine Spur ernster. „Vermeidungstaktik. Noch eine Herausforderung mehr.“

„Hör auf damit, Alex.“ Allmählich wurde sie gereizt. „Ich bin lediglich hier, um mir über mein Erbe Gedanken zu machen, und nicht, um … um …“

„Ein bisschen Spaß zu haben? Wäre das so schrecklich?“

Ihr Mund war plötzlich ganz trocken. „Du bist der Testamentsvollstrecker. Sorgst du dich nicht, es könnte ein seltsames Bild abgeben, wenn du und ich …“ Ihr wurde heiß. „Vergiss es. Es wird sowieso nicht dazu kommen.“

„Dessen bin ich mir jetzt gar nicht mehr so sicher.“ Diesmal war sein Tonfall vollkommen ernst, und als sie ihn ansah, wirkte sein Blick dunkel und eindringlich.

Sie schluckte erneut. „Dazu gehören immer noch zwei."

„O ja, das will ich hoffen." Unvermittelt wechselte er wieder zu einem leichten, fröhlichen Ton. „Wo wäre auch sonst der Spaß an der Sache?" Er legte sein Besteck auf den leeren Teller und öffnete mit einem auf dem Tisch bereitliegenden Flaschenöffner sein Bier.

„Alkoholfrei, Alex?" Endlich wandte sich Christina wieder dem Gespräch zu. „Sag bloß, du bist heute zum Fahrdienst verdonnert worden."

„Einer muss es ja tun."

„Dabei wollte Kalle dich schon beim letzten Mal zum Wetttrinken herausfordern."

Alex lachte schallend. „Kalle ist gerade süße achtzehn und verträgt nicht mehr als ein Katzenjunges. Ihn werde ich vermutlich als Erstes nach Hause kutschieren dürfen. Seinen Autoschlüssel hat Mama vorhin schon einkassiert. Nur zur Sicherheit."

„Er wird aber keine Ruhe geben. Du kennst ihn doch."

„Ach was, ich zögere es hinaus, bis er dreißig ist. Dann kämpfen wir vielleicht auf Augenhöhe."

Wieder entspann sich ein gutmütiges Geplänkel zwischen den Geschwistern, bis Alex schließlich zurück an den Grill gerufen wurde. Kaum hatte er seinen Sitzplatz geräumt, als sich auch schon seine Großeltern an den Tisch setzten. Beide hatten ihre Gläser und Teller mitgebracht und wollten sich offenbar mit ihrer Enkeltochter unterhalten. Melanie hätte sich am liebsten unsichtbar gemacht.

„Oma, Opa, darf ich euch Melanie vorstellen?"

„Ach, dachte ich mir doch, dass Sie das sind." Norbert Messner schüttelte ihr quer über den Tisch die Hand und musterte sie dabei aus klugen braunen Augen, die ähnlich schalkhaft funkelten wie die seines Enkelsohnes. „Sie sehen Sybilla ähnlich, zumindest um die Augen herum."

„Also ich weiß nicht, wo du das sehen willst." Seine Frau musterte Melanie, dann schüttelte sie den Kopf. „Ich kann keine Ähnlichkeit erkennen."

„Doch, doch, schau nur genau hin. Um die Augen herum hat sie den gleichen energischen Ausdruck wie Sybilla. Sind Sie auch so stur wie ihre Tante, Melanie? Sybilla konnte manchmal eigensinnig sein wie ein Esel, aber meistens im besten Sinne. Wenn sie sich etwas in den Kopf gesetzt hatte, dann hat sie es auch durchgesetzt. Wenn Sie den Laden übernehmen, werden Sie ein gutes Maß an Einsatzbereitschaft und Durchsetzungsvermögen brauchen. So ein Geschäft führt sich nicht von selbst, da steckt Herzblut drin."

„Aber Norbert, du weißt doch noch gar nicht, ob Melanie überhaupt vorhat, den Laden weiterzuführen. Sie könnte sich ja auch anders entscheiden."

„Warum sollte sie? Gibt es etwa einen schöneren Ort als Lichterhaven? Und Sybilla hat ihr Haus und Laden ja nicht aus Jux und Tollerei vermacht. Da wird sie schon gute Gründe gehabt haben."

„Die hatte sie bestimmt." Beschwichtigend legte Evelyne Messner ihrem Mann eine Hand auf den Arm. „Aber trotzdem stelle ich es mir nicht leicht vor, jetzt in Melanies Schuhen zu stecken. Nicht wahr, meine Liebe, Sie müssen vollkommen vor den Kopf gestoßen sein. Sybilla war schon immer für Überraschungen gut. Wir haben alle gedacht, dass sie ihren Laden mal an Deana vererbt, obwohl die immer schon gesagt hat, dass sie das gar nicht möchte. Die beiden waren so gut befreundet, und Deana wollte nie den Eindruck erwecken, sie wolle Sybilla womöglich ausnehmen. Hat sie ja auch nicht getan. Ich bin sicher, die beiden haben oft darüber gesprochen, was aus dem Laden werden soll."

„Ich habe Deana bisher noch gar nicht kennengelernt." Melanie spielte mit ihrem halbvollen Glas herum. „Vielleicht sollte ich mich einmal mit ihr treffen. Wegen des Ladens."

„Das sollten Sie unbedingt tun. Leider ist sie noch nicht aus Dänemark zurück. Sie wollte nur bis Donnerstag bleiben, aber ihre Cousine hat sich das Bein gebrochen und braucht etwas Hilfe im Haushalt, bis ihr Mann von seiner Geschäftsreise zurückkommt. Und die hat sich jetzt leider verzögert, aber am Sonntag oder Montag ist er wieder da. Sobald das der Fall ist, sollten Sie sie besuchen, Melanie. Sie wird sich sehr darüber freuen, Sie kennenzulernen. Sybilla hat ihr wohl viel von Ihnen erzählt."

„Tatsächlich?" Verblüfft hob Melanie den Kopf. „Sie hat über mich gesprochen? Aber ich bin zwanzig Jahre nicht hier gewesen und habe mich auch nie gemeldet."

„Dennoch hat Sybilla Sie nie vergessen, Schätzchen." Evelyne lächelte ihr warm zu. „Ich weiß noch, dass sie sich damals wie verrückt gefreut hat, als sie erfuhr, dass Sie und Ihre Mutter sie besuchen wollten. Sie hat von Ihnen immer von ihrem kleinen Mädchen, ihrer *lütten Deern* gesprochen."

Melanie schluckte und starrte auf die Tischplatte mit der blendend weißen Papiertischdecke. *Lütte Deern*, so hatte Sybilla sie tatsächlich immer genannt. Wie hatte sie das bloß vergessen können?

Plötzlich spürte sie die knochige Hand der alten Dame auf ihrer. „Sie hat es Ihnen nicht übel genommen, dass Sie nie wieder Kontakt aufgenommen haben. Sybilla wusste, dass Sie und Ihre Mutter viel umhergezogen sind und dass Sie Ihr eigenes Leben gelebt haben. Sie wäre die Letzte gewesen, die das nicht verstanden hätte."

„Na, zumindest hat sie Sie jetzt zurück nach Lichterhaven gelockt." Norbert nahm einen Schluck aus seinem Bierglas und wischte sich mit einer knappen Geste etwas Schaum von der Oberlippe. „Werden Sie Ihr Erbe annehmen, Melanie, und ihr damit ihren letzten Wunsch erfüllen?"

„Norbert!" Mit einem strengen Kopfschütteln stieß Evelyne ihm den Ellenbogen in die Rippen, doch er achtete gar nicht darauf. Stattdessen suchte er hartnäckig Melanies Blick.

Nervös strich sie sich eine Haarsträhne hinters Ohr. „Das weiß ich noch nicht. Ich bin hergekommen, um mir darüber klar zu werden, wie es weitergehen soll. Aber ich will ganz ehrlich sein, Herr Messner. Mein Lebensmittelpunkt ist in Köln. Dort habe ich eine gute Arbeitsstelle und … und …"

„Familie?"

„Nein, das nicht."

„Aber sicher viele gute Freunde, nicht wahr?" Erneut tätschelte Evelyne ihre Hand.

Melanie zögerte mit ihrer Antwort darauf. „Ich bin eher das, was man eine Einzelgängerin nennt. Trotzdem – oder gerade deswegen – möchte ich an meiner Lebenssituation nichts ändern. Mein Leben ist so, wie ich es mir erarbeitet habe, und ich mag es, wie es ist. Ich werde einige Wochen hier in Lichterhaven bleiben, um alles Nötige zu klären und zu regeln, aber ich habe nicht vor, alles, was ich in Köln habe, aufzugeben."

„Alles, was Sie haben?" Norbert warf ihr einen abschätzenden Blick zu. „Und was soll das sein? Nur Ihren Job? Ist das nicht ein bisschen wenig? Keine Familie, keine Freunde. Mich würde an solch einem Ort nichts halten."

„Aber jeder Mensch ist anders." Wieder legte Evelyne besänftigend eine Hand auf seinen Arm. „Zerbrich dir doch nicht den Kopf des armen Mädchens. Sie wird schon wissen, was für sie das Beste ist."

„Sie hat aber auch eine Verpflichtung gegenüber ihrer Großtante." Norbert ließ sich nicht beirren. „Wollen Sie ihren letzten Willen wirklich ignorieren, Melanie? Sie sehen gar nicht aus wie ein Mensch, dem solche Dinge egal sind."

Melanie verschränkte die Arme vor der Brust. „Ich bin ja hier, weil ich mir darüber Gedanken machen will. Aber Sie müssen auch verstehen, dass ich nicht mein Leben über den Haufen werfen kann, nur weil eine Frau, die ich zum letzten Mal gesehen habe, als ich neun oder zehn Jahre alt war, mich in ihr Testament eingesetzt hat." Ihre Stimme war schärfer geworden als beabsichtigt. Verlegen sah sie zur Seite. Sie war hier zu Gast, da war es ausgesprochen unhöflich, mit den Eltern der Gastgeber in Streit zu geraten.

„Das verstehen wir sogar ausgesprochen gut." Evelyne beugte sich ein wenig zu ihr hinüber. „Mein Mann tut das auch, ganz bestimmt. Er streitet sich bloß gerne und will Sie ein bisschen provozieren. Lassen Sie sich davon nicht ins Bockshorn jagen."

„Ich streite nicht, ich diskutiere." In Norberts Augen glitzerte es lebhaft. „Schauen Sie nicht so verschreckt drein, Melanie. Ich sage immer, was ich denke. Und im Augenblick finde ich, dass Sie die nächste Zeit wirklich zum intensiven Nachdenken nutzen sollten. Wir kannten Sybilla gut. Sie hat Sie geliebt, auch wenn sie Sie nur zwei Sommer lang bei sich haben durfte. Beziehen Sie das in Ihre Erwägungen mit ein, das empfehle ich Ihnen dringend."

„Nun lass das arme Mädchen doch endlich in Ruhe, Norbert." Tadelnd schüttelte Evelyne erneut den Kopf, dann lächelte sie Melanie milde zu. „Ich glaube, Sybilla wollte Ihnen mit Haus und Laden ein Zuhause schenken. Sie hat immer davon gesprochen, dass es für ein Kind schlimm sein muss, ständig von Stadt zu Stadt zu ziehen. Sagen Sie, war es wirklich so schlimm? Sind Sie als Kind oft umgezogen?"

Melanie hob die Schultern. „Ich kannte es nicht anders. Auf diese Weise bin ich früh selbstständig geworden. Meine Mutter … hält es nie lange an einem Ort aus. Auch heute noch nicht."

„Ich erinnere mich an sie." Evelyne reichte ihrem Mann ihr leeres Glas. „Mein Lieber, würdest du mir bitte noch ein Glas Wein holen? Für Sie auch noch etwas, Melanie? Einen Eistee? Bitte, Norbert."

„Die Getränke kann ich doch holen", mischte Christina sich hastig ein, doch Evelyne hielt sie zurück.

„Nichts da, dein Großvater soll sich ruhig ein bisschen bewegen, damit die alten Knochen nicht einrosten. Das sagt sein Arzt auch ständig."

„Schon gut, schon gut. Bin schon unterwegs." Norbert Messner griff nach den leeren Gläsern und machte sich auf den Weg.

Kaum war er fort, als Evelyne schon weitersprach. „Ihre Mutter war damals eine sehr schöne Frau, Melanie. Sie sehen ihr ähnlich, aber Ihre Gesichtszüge sind weicher, ruhiger. Silvana war immer ein wenig greller, fröhlicher, aufgedrehter als der Durchschnitt. Manch einer nannte sie auch, nun ja …"

„Schrill?" Das war das Wort, das Melanie meist als Erstes einfiel, wenn sie an ihre Mutter dachte.

Evelyne lächelte. „Sie haben sie sehr gern."

„Sie ist meine Mutter."

„Das ist noch kein Grund für Zuneigung. Doch in Ihrem Fall spüre ich ganz deutlich, dass Sie Ihre Mutter lieben. Aber wahrscheinlich ist es nicht einfach, mit einem Menschen wie ihr auszukommen. Ist sie denn inzwischen verheiratet?"

„Ja, seit Kurzem."

„Ah, wie schön."

„Zum dritten Mal."

„Oh." Evelyne hob die Augenbrauen, dann lachte sie. „Na ja, manchmal braucht es vielleicht mehrere Anläufe, um durchs richtige Ziel zu kommen."

Darauf ging Melanie nicht ein. Sie bezweifelte stark, dass es für ihre Mutter so etwas wie ein richtiges Ziel – oder den richtigen Mann – überhaupt gab.

Als Norbert wenig später mit den Getränken zurückkehrte, hatte er mehrere Frauen und Männer im Schlepptau. Einige waren offenbar Nachbarn, die anderen Verwandte. Alle gesellten sich mit an den Tisch, und innerhalb weniger Augenblicke herrschte ein buntes Gewirr aus Stimmen und Gelächter.

Zunächst versuchte Melanie noch, den Gesprächen zu folgen, doch da es gleichzeitig um mindestens vier oder fünf verschiedene Themen ging, in die sie noch dazu nicht eingeweiht war, verlor sie bald den Faden und überlegte, ob es sehr unhöflich wäre, wenn sie einfach aufstehen und gehen würde. Ehe sie jedoch zu einer Entscheidung gelangen konnte, spürte sie plötzlich etwas Warmes, Weiches an ihrem Bein, dann eine feuchte Zunge und die kalte Nase von Schoki an ihrer Hand. Überrascht sah sie auf die Hündin hinab.

Hallo, Mel. Ich wollte mal sehen, wie es dir geht. Ich habe ganz viel gespielt, aber jetzt bin ich ein bisschen müde. Magst du mich streicheln?

„Nun sieh sich einer die Kleine an!“ Entzückt deutete Christina auf Schoki, sodass alle zu ihr hinsahen.

Was ist denn? Schoki setzte sich hin und blickte neugierig von einem zum anderen. *Ich wollte nur mal Mel zeigen, dass ich sie mag.*

„Also, Mel, wenn das nicht Liebe auf den ersten Blick ist, weiß ich es auch nicht.“ Lachend beugte sich Christina vor und kraulte Schoki hinter den Ohren. „So anhänglich war sie bisher nur bei Sybilla.“

„Wir Menschen denken immer, dass wir uns unsere Haustiere aussuchen.“ Norbert betrachtete die Hündin eingehend. „Aber in Wahrheit ist es genau umgekehrt. Sie suchen sich ihren Menschen aus.“

Da hast du vollkommen recht.

Peinlich berührt blickte Melanie auf die Hündin und tätschelte sie unbeholfen am Kopf und am Nacken. Wieder spürte sie, wie weich das kurze Fell sich unter ihren Fingern lockte. „Ich habe gar nichts gemacht. Sie scheint einfach nur …“

„Dich zu mögen.“ Christina nickte zustimmend. „Das ist unübersehbar.“

Klar mag ich Mel. Und wie!

„Sie haben keine Haustiere, oder?“ Norbert schnippte mit dem Finger, um Schokis Aufmerksamkeit zu erlangen. Plötzlich hatte er von irgendwoher einen kleinen blauen Ball hervorgeholt und warf ihn mit Schwung quer über den Rasen.

Oh, Bällchen spielen! Das macht Spaß.

Schoki bellte entzückt und rannte los.

Melanie sah ihr kurz hinterher. „Nein. Dafür habe ich weder Zeit noch Platz.“

„Aha." Schon war Schoki zurück, und ohne weiter auf Melanies Aussage einzugehen, nahm Norbert der Hündin den Ball wieder ab, den sie bereits wieder herbeigebracht hatte, und warf ihn erneut. Diesmal waren auch Benni und Zora auf das Spiel aufmerksam geworden und sausten ebenfalls los. Schoki erreichte den Ball zuerst, doch die beiden Golden Retriever versuchten, ihn ihr wieder abzujagen. Ein paar Kinder mischten sich in das Getobe mit ein, und die Erwachsenen lachten vergnügt über das Chaos. Sogleich drehte sich das Gespräch um Haustiere und die diversen Abenteuer, die die Kinder mit den Vierbeinern schon erlebt hatten.

Sogar Melanie musste hin und wieder schmunzeln oder sogar lachen über die Anekdoten, die zum Besten gegeben wurden. Sie bemerkte kaum, wie die Zeit verflog. Als sie auf ihre Armbanduhr blickte, erschrak sie, denn es war bereits kurz nach zehn. Unwillkürlich ließ sie ihren Blick über die anderen Tische wandern, bis sie unweit des Grills in einem Gartenstuhl Alex fand, der mit mehreren jüngeren Männern in ein Gespräch verwickelt war. Er hielt ein kleines Mädchen auf dem Schoß, das vielleicht vier oder fünf Jahre alt war und tief und fest schlief. Auf seinen ausgestreckten Beinen saßen zwei grau getigerte Katzen und dösten. Der Anblick war derart ungewöhnlich, dass Melanie unwillkürlich die Stirn runzelte.

Genau in diesem Moment blickte Alex zu ihr herüber und lächelte leicht. Sofort schoss ihr Puls in unangemessene Höhen, und sie befürchtete, dass sie rot wurde. Rasch wandte sie den Blick ab und räusperte sich. „Ich glaube, für mich wird es allmählich Zeit. Ich bin heute Morgen sehr früh aufgestanden und hatte eine lange Fahrt …"

„Du liebe Zeit, ist es schon so spät?" Anke, die sich im Verlauf des Abends mit an den Tisch gesellt hatte, blickte auf ihre Armbanduhr. „Sie müssen einen furchtbar anstrengenden Tag hinter sich haben, Melanie. Bestimmt sind Sie hundemüde. Ein Wunder, dass Sie überhaupt so lange durchgehalten haben. Fahren Sie nach Hause und schlafen Sie sich gründlich aus."

Ringsum wurde zustimmend gemurmelt und freundliche Ratschläge erteilt, wie sie es am besten schaffen würde, morgen wieder vollkommen erholt und fit für den Tag zu sein. Daraus entspann sich rasch eine Diskussion darüber, ob man besser bei geschlossenem oder geöffnetem Fenster schlafen solle.

Christina schmunzelte. „Verdrück dich am besten einfach. Die merken sowieso nichts, wenn sie sich die Köpfe heißreden. Es ist schön, dass du hergekommen bist. Und danke noch mal für Schoki. Das nächste Mal weiß ich dann ja, wo ich sie suchen muss."

„Schon gut." Melanie lächelte ein wenig gequält. Sie spürte jetzt allmählich die Überanstrengung. Mit so vielen Menschen, die noch dazu ständig alle gleichzeitig redeten, war sie schon lange nicht mehr zusammengetroffen. Wenn sie es sich recht überlegte, konnte sie sich nicht erinnern, dass das überhaupt schon einmal der Fall gewesen war. Sie brauchte dringend Ruhe und Abstand. „Danke für die Einladung, Christina. Es war ein sehr netter Abend."

„Na ja, zumindest der größte Teil. Tut mir leid, dass Opa dich so in die Zange genommen hat. Aber so ist er nun mal. Er meint es nicht böse."

„Ist ja nicht schlimm." In Wahrheit nagten die Worte des alten Mannes noch immer an ihr, doch darüber wollte sie heute Abend nicht mehr nachdenken. Dazu war sie einfach zu erschöpft.

KAPITEL 8

Alex beobachtete, wie Melanie sich von der versammelten Truppe am Tisch mit kurzen Worten verabschiedete. Christina hielt Schoki am Halsband fest, die entschlossen zu sein schien, sich an Melanies Fersen zu heften, und empört heulte, als ihr das verwehrt wurde. Vorsichtig bewegte er die Beine, auf denen es sich die beiden Katzen seiner Mutter gemütlich gemacht hatten. Die beiden Stubentiger maunzten und trollten sich in Richtung Terrasse. Das kleine Mädchen in seinem Arm war seine jüngste Cousine Kim. Er reichte ihren vom Schlaf schweren Körper an ihren Bruder Kalle weiter, der zwar die Augen verdrehte, die Kleine aber trotzdem pflichtbewusst auf seinen Schoß nahm.

Kim murmelte etwas im Traum und schlang ihre Ärmchen um den Hals ihres Bruders. Alex zwinkerte ihm zu und erhob sich.

Er hatte Melanie den ganzen Abend in Ruhe, jedoch nicht aus den Augen gelassen. Dass sie nun aber verschwand, ohne dass er ein paar Augenblicke allein mit ihr verbracht hatte, kam nicht infrage.

Kurz bevor sie ihr Auto erreicht hatte, holte er sie ein. „Na, ergreifst du die Flucht?"

Sie hatte die Arme vor der Brust verschränkt und drehte sich abrupt zu ihm um. Ihr Gesicht wirkte blass, ihr Mund leicht verkniffen. „Es ist spät."

„Zweifelsohne." Er blieb zunächst in gebührendem Abstand zu ihr stehen, damit sie sich nicht bedrängt fühlte. Offenbar hatte der Abend mit seiner Familie sie angestrengt. Sie schien nur noch davonlaufen zu wollen. „Zumindest hast du die Feuerprobe bestanden."

„Feuerprobe?" Sie machte einen halben Schritt rückwärts und stieß mit dem Rücken gegen die Fahrertür ihres Wagens.

„Wer es auf Anhieb mehrere Stunden mit meiner Familie aushält, ohne irre zu werden, verdient einen Orden. Beim nächsten Mal wirst du sicher dazu verdonnert, deinen Beitrag zum Büffet zu leisten."

„Beim nächsten Mal?"

„Aber ja, du gehörst als Sybillas Großnichte so gut wie zur Familie. Meine Leute mochten dich. Zwei gute Gründe, dich wieder einzuladen."

„Dein Großvater mag mich nicht."

„Wie kommst du denn darauf?"

Sie zog den Kopf zwischen die Schultern. „Vergiss es. Ich muss jetzt los."

Bevor sie sich umdrehen und die Tür öffnen konnte, trat er nah an sie heran und hielt sie an der Schulter fest. Hitze breitete sich von seiner Hand über seinen Arm aus. Er spürte, wie sie sich unter seiner Berührung versteifte, und sah, wie sie schluckte. Spannend. Sie spürte die plötzliche Anziehung also auch. „Warum glaubst du, dass mein Opa dich nicht leiden kann? Soweit ich sehen konnte, habt ihr euch gut unterhalten."

Sie wich seinem Blick aus. „Er hat mir praktisch vorgeworfen, Tante Sybillas letzten Willen mit Füßen zu treten."

„Er mochte sie gern. Die beiden sind praktisch miteinander aufgewachsen. Mit Bertram hat er sich ebenfalls gut verstanden. Sie sind oft zusammen Fischen gegangen. Er trauert um eine gute Freundin. Meine Oma übrigens auch. Sie hat mit Sybilla einmal im Monat das örtliche Kaffeekränzchen für Senioren besucht."

Melanie senkte sichtlich betroffen den Kopf. „Ich weiß ja, dass ihr sie alle sehr gut kanntet. Ich bin nicht gut in solchen Dingen. Ich hätte nicht so harsch reagieren dürfen."

„Hey." Vorsichtig berührte er sie am Kinn und hob ihren Kopf an, bis er ihr in die Augen sehen konnte. „Niemand verurteilt dich dafür, dass du dein Erbe nicht sofort mit Jubelschreien annimmst. Wenn Opa dich ein bisschen getriezt hat, dann weil ihm viel an Sybilla lag. Aber ich bin ganz sicher, dass er dich nicht ärgern oder beleidigen wollte. Er sagt immer, was er denkt. Das kann manchmal ziemlich hart sein, aber er meint es nicht böse."

„Das hat deine Großmutter auch gesagt. Trotzdem hätte ich nicht so respektlos reagieren dürfen. Ich habe einfach nicht bedacht, dass die Leute hier so sehr um Sybilla trauern. Ich stand ihr einfach nicht nahe und weiß so gut wie nichts über ihr Leben hier."

Wieder sah er, dass sie hart schluckte. Der Vorgang wiederholte sich, als er sachte mit dem Daumen über ihr Kinn streichelte. Sein Blick richtete sich unwillkürlich auf ihre Lippen, und das Bedürfnis, sie zu küssen, das er schon seit dem ersten Zusammentreffen mit ihr mehr oder weniger unterschwellig verspürt hatte, wurde beinahe übermächtig. „Ich bin sicher, dass du gar nicht fähig bist, respektlos zu reagieren." Er lächelte leicht. „Dazu bist du zu gut erzogen. Was auch immer du zu Opa gesagt hast, er nimmt es dir nicht übel. Andernfalls hätte er es dir laut und deutlich ins Gesicht gesagt."

„Ich muss jetzt wirklich fahren. Es ist spät, und ich will nicht, dass …"

„Was? Dass der Abend womöglich eine angenehme Wendung nehmen könnte? Darauf hatte ich es nämlich angelegt. Du wirkst so gestresst, als hättest du an einer Marathonkonferenz über Gehirnchirurgie teilgenommen, bei der du alle Vorträge wörtlich auswendig zu lernen hast. Entspann dich ein bisschen. Niemand will dir etwas Böses."

„Nein, aber ich bin solche … Familientreffen nicht gewohnt. Ich bin Familien nicht gewohnt."

„Weil du selbst keine hast."

„Ich bin gerne für mich."

„Ständig?" Er fuhr fort, sanft ihre Wange zu streicheln, obgleich sie sich dabei noch mehr versteifte. Ihr Atem ging immer flacher.

„Die meiste Zeit. Auf der Arbeit habe ich genügend Gesellschaft."

„Und wenn dir privat nach … Gesellschaft zumute ist?"

Sie umfasste seine Hand und schob sie mit Bestimmtheit fort. „Das ist nur selten der Fall."

„Nehmen wir an, heute wäre so ein Fall."
„Ist es aber nicht."
„Ganz sicher?"
„Alex …"
Ehe sie protestieren konnte, hatte er sie an sich gezogen und seinen Mund auf ihre allzu verführerischen Lippen gesenkt. Die erste kurze Berührung löste einen regelrechten Stromschlag aus. Er hörte, wie sie einen überraschten Laut ausstieß, und verstärkte den Druck seiner Lippen. Sie schmeckte herrlich weiblich, und sein Blut geriet stärker in Wallung als geplant.

War Melanie im ersten Moment noch in Abwehrhaltung gewesen, so änderte sich dies innerhalb eines Wimpernschlags, und das wortwörtlich. Ihre Lider schlossen sich, und sie erwiderte den Kuss unerwartet hungrig. Mit beiden Händen umfasste sie seine Schultern, als suche sie nach etwas Halt.

Er drängte sie gegen die Wagentür und umfasste ihr Gesicht, ließ seine Finger über ihr Gesicht und dann in ihr weiches, honigblondes Haar gleiten. Sein Körper hatte rasch ein Eigenleben entwickelt, und er tat nichts, um seine Erregung vor ihr zu verbergen. Ihre weichen Rundungen schmiegten sich passgenau an seine harten Muskeln.

Ihr Mund öffnete sich leicht, als sie nach Atem rang. Dieser Einladung konnte er nicht widerstehen. Obwohl er sich damit von jeglichem zivilisierten Verhalten meilenweit entfernte, ließ er seine Zunge forschend über ihre Unterlippe wandern und die ihre suchen. Ein weiterer Stromstoß durchzuckte ihn, und das Bedürfnis, ihr die hübsche blaue Bluse, die sandfarbene enge Hose und alles, was sich darunter befinden mochte, vom Leib zu reißen, vertrieb jeden anderen Gedanken erbarmungslos aus seinem Gehirn.

„Mel." Nur mit Mühe löste er seine Lippen von ihrem Mund und bemühte sich, wieder zu Atem zu kommen.

Als sich ihre Augen öffneten, waren ihre Pupillen geweitet und ihr Blick dunkel und verhangen. „Das ist keine gute Idee."

Ihre Stimme klang belegt, und sie versuchte, sich von ihm zu lösen, doch er hielt sie fest an sich gedrückt.

„Findest du? Ich hatte den Eindruck, dass die Idee bei uns beiden durchaus Anklang gefunden hat."

„Nein, ich … ich kann heute nicht mehr denken, Alex."

Er lachte rau. „Ich glaube nicht, dass wir groß denken müssen, um zu wissen, was als Nächstes kommt."

Sie legte ihm die Hände auf die Brust und schob ihn energisch ein Stück von sich. „Du verstehst das nicht. Solche Entscheidungen fälle ich nicht spontan mitten auf der Straße."

„Sondern?"

„Sondern mit dem Kopf. Wenn ich etwas mit einem Mann anfange, wäge ich das Für und Wider ab, und wenn das Für überwiegt, stimme ich einem Date zu …"

Immer noch lachend, zog er sie an sich und küsste sie erneut. Sofort war die Hitze zwischen ihnen wieder da. Ein erotischer Laut drang aus ihrer Kehle, der irgendwo zwischen Stöhnen und Schnurren lag. Sein Hirn drohte sich erneut komplett abzuschalten. Gerade noch schaffte er es, sich von ihr zu lösen. „Mir scheint, du solltest diesmal eine Ausnahme machen."

„Auf gar keinen Fall." Energisch schüttelte sie den Kopf. „Ich fahre jetzt." An ihrem Hals pochte deutlich sichtbar eine Ader und verriet, wie aufgewühlt sie war. Dennoch wandte sie sich ab, schloss die Autotür auf und schob sich rasch auf den Fahrersitz.

Ehe sie die Tür zuziehen konnte, beugte er sich zu ihr hinab. „Du kennst sicher den Spruch, dass aufgeschoben nicht aufgehoben ist?"

„Auf Wiedersehen, Alex." Mit einem Ruck zog sie die Tür ins Schloss und startete den Motor.

Alex trat zwei Schritte zurück und sah zu, wie sie den Wagen wendete und davonfuhr. Zufrieden, einen ersten Blick hinter Melanies sorgfältig polierte Fassade geworfen zu haben, und gleichzeitig hochgradig sexuell frustriert, ging er auf sein Elternhaus zu. Gegen den Frust hätte vielleicht geholfen, sich zu betrinken, doch das fiel leider aus, da er ja zum Fahrdienst eingeteilt war und sicherlich in Kürze die ersten Familienmitglieder nach Hause bringen musste. Also blieb ihm wohl nur, sich zu überlegen, wie er Melanie davon überzeugen konnte, ihren Kopf einmal für eine oder zwei Stunden auszuschalten.

***

Melanies Atem ging erst wieder einigermaßen normal, als sie Sybillas Haus erreichte. Dennoch blieb sie noch minutenlang hinter dem Steuer sitzen, die Hände an ihre heißen Wangen gelegt, und durchlebte Alex' Küsse wieder und wieder. Was war bloß in sie gefahren? Sie hätte ihn sofort in seine Schranken verweisen müssen; stattdessen hatte sie sich ihm praktisch in die Arme geworfen. In zugegebenermaßen ausgesprochen starke, männliche Arme, und er wusste ganz offensichtlich, was er tat. Allein beim Gedanken daran, was er mit seinen Händen noch alles anstellen könnte, beschleunigte sich ihr Herzschlag wieder bedenklich.

Vermutlich war es besser, wenn sie Alex in nächster Zeit aus dem Weg ging, damit sie sich beide wieder etwas abkühlten. Er war wahnsinnig attraktiv, und es war sinnlos zu leugnen, dass sie sich wie magnetisch von ihm angezogen fühlte. Ob es allerdings vernünftig wäre, sich auf eine Affäre mit ihm einzulassen, musste sie dennoch erst gründlich bedenken. Ganz gleich, was er davon halten mochte – sie fällte solche Entscheidungen mit dem Kopf. Spontane Anziehung und Emotionen waren kein Maßstab für sie. Was das anging, hatte sie im Leben ihrer Mutter genügend abschreckendes Anschauungsmaterial bekommen.

Als sie schließlich das Haus betrat, umfing sie der noch immer allgegenwärtige Duft nach Rosen und Nelken. Er schien in dem alten Gemäuer und den Möbeln fest verhaftet zu sein und wirkte seltsam tröstlich auf Melanies aufgewühlte Nerven.

Langsam ging sie ins Wohnzimmer zu der kleinen Fotowand neben dem Fenster. Bilder von Sybilla und Bertram, Sybilla und verschiedenen Gemeindemitgliedern, auch mit Alex, Luisa und Christina. Und ja, sogar ein Foto von Sybilla mit ihr, als sie ihren ersten Sommer hier verbracht hatte. Es zeigte sie beide auf dem alten Spielplatz, dort, wo jetzt das neue Wellenbad stand. Melanie saß auf einer Schaukel, die aus einem großen Traktorreifen gebaut worden war, und strahlte in die Kamera. Sybilla stand daneben und winkte fröhlich. Wer das Bild wohl geschossen hatte? Ihre Mutter? Ein Spaziergänger? Sie erinnerte sich nicht.

Je länger sie das Bild betrachtete, desto intensiver meinte sie, den Duft ihrer Großtante wahrzunehmen. Fast so, als hülle er sie ein wie eine warme Decke. Unwillkürlich rieb sie sich über die Oberarme. Sie war vollkommen überreizt, das stand fest. Deshalb wandte sie sich ab und ging hinauf ins Schlafzimmer. Glücklicherweise hatte sie sich noch am Nachmittag dazu aufgerafft, die Betten zu beziehen, sodass sie sich jetzt nur noch aus ihren Kleidern schälen und unter die Decke kriechen musste. Sie hatte das Licht kaum gelöscht, als sie auch schon eingeschlafen war.

***

Das Prasseln von Regen gegen die Fensterscheiben weckte Melanie in den frühen Morgenstunden. Da es noch dunkel war, tastete sie nach ihrem Wecker und drehte ihn, bis sie die Leuchtanzeige erkennen konnte. Es war kurz nach drei. Stöhnend drehte sie sich auf den Rücken und schloss die Augen, wusste aber sofort, dass sie nicht wieder einschlafen würde.

Ein hohles Pfeifen aus dem Kamin verriet, dass der Wetterumschwung auch wieder kräftigen Wind mit sich gebracht hatte. Nach fünf Minuten trotzigen Versuchs, doch wieder ins Traumland zu gleiten, stand Melanie verärgert auf und warf sich ihren grünen Bademantel über. In der Küche setzte sie Teewasser auf und blätterte dann in einem Stapel Zeitungen und Katalogen, die im Lauf der Woche den Briefkasten verstopft hatten. Die Abonnements würde sie wohl alle kündigen müssen und den Versandhäusern mitteilen, dass das Kundenkonto ihrer Großtante gelöscht werden konnte.

Während der Tee zog, tappte sie in der Küche auf und ab und blieb schließlich vor dem Regal mit der riesigen Sammlung von Kochbüchern und Rezeptordnern stehen. Sybilla hatte ihre Leidenschaft fürs Kochen und Backen mit erkennbarem Ordnungssinn verknüpft. Die Rezepte, die sie aus Zeitschriften herausgerissen hatte, waren sorgfältig nach Themen sortiert. Eine Tatsache, die Melanie sehr entgegenkam. Zwischen den Ordnern fanden sich auch zwei handschriftliche Rezeptsammlungen in ledergebundenen Büchern. Eines enthielt Kochrezepte, von denen einige den Anmerkungen am Rand nach zu urteilen noch von Sybillas Vorfahren stammten. Im zweiten Buch befanden sich ausschließlich Backrezepte. Melanie nahm es an sich und setzte sich damit an den Tisch. Während sie an ihrem Früchtetee nippte, blätterte sie sich durch die Seiten, bis sie weit hinten das Rezept für Wattwurmkekse fand. Ihr stockte der Atem, als sie die Notiz am Rand las:

Melanies Lieblingskekse. Immer auf Vorrat halten, falls sie mal wieder zu Besuch kommt!
Melanie, falls du das hier jemals lesen solltest: Ich hätte dir das Rezept gerne geschickt, hatte aber deine Adresse nicht. Probier es einmal aus, es geht ganz leicht!

Melanie schluckte vergeblich gegen den Kloß an, der sich in ihrer Kehle gebildet hatte. Ihre Augen brannten. Hastig schlug sie das Buch zu und schob es weit von sich. Der Duft von Rosen und Nelken schien sie erneut zu umwehen.

„Was ist nur los mit mir?“ Sie zuckte zusammen, denn sie hatte die Worte laut ausgesprochen. „Toll, jetzt rede ich auch noch mit mir selbst. Das hat mir gerade noch gefehlt.“

Obwohl sie sich nicht wohl dabei fühlte, zog sie das Rezeptbuch erneut zu sich heran und schlug die Seite mit dem Keksrezept auf. Lange und eingehend betrachtete sie den Eintrag und die Notiz, die Sybilla irgendwann in schwungvoller Schrift mit Kugelschreiber daneben gesetzt hatte. Ziemlich wahrscheinlich war die kleine Botschaft an sie schon vor vielen Jahren entstanden.

Hatte Sybilla sie vermisst? Warum hatte sie dann nie versucht, sie zu finden? Nachdenklich betrachtete sie das Rezept und stellte fest, dass es wirklich ganz einfach zu sein schien. Ob sie …?

„So ein Quatsch. Mitten in der Nacht Wattwurmkekse backen." Sie grollte missmutig vor sich hin, erhob sich schließlich aber trotzdem und suchte die erforderlichen Zutaten zusammen. Auf einer altmodisch wirkenden Waage maß sie die Mengen ab, öffnete dann einige Türen und Schubladen, bis sie den Handmixer in dem Schubfach unter der Anrichte fand, und rührte alles nach Sybillas Anweisungen zusammen. Doch was nun? Dem Rezept nach musste sie die Kekse mit einem Spritzbeutel auf die Backbleche spritzen. Also begab sie sich auf die Suche nach dem nächsten Werkzeug. Sie fand es schließlich in einem der Küchenschränke, zusammen mit Ausstechförmchen und einem Tortenring. Alles Gegenstände, mit denen sie sonst nie in Berührung kam. Sie konnte leidlich kochen, wenn es sein musste, aber Gebäck jedweder Art kaufte sie wenn überhaupt nur im Supermarkt, weil ihr die Mühe des Backens für eine Person nicht wert schien.

Den Teig in den Beutel zu bekommen, ohne sich komplett einzusauen, erwies sich als nicht ganz so einfach wie gedacht. Dafür konnte sie immer wieder Teigreste von ihren Fingern lecken und so bereits einen Vorgeschmack auf das Ergebnis bekommen. Als sie schließlich zwei Bleche mit den verkringelten Häufchen bestückt und in den Ofen geschoben hatte, sah der Küchentisch aus wie nach einer Schlacht gegen die Hottentotten. Seufzend machte sie sich daran, die Spuren zu beseitigen und die Behälter mit den Zutaten wieder zurück an ihren angestammten Platz zu verfrachten. Sie wischte gerade mit einem feuchten Tuch über die Tischplatte, als der kleine Küchenwecker piepste.

Köstlicher Duft zog bereits durch den Raum, und als sie einen Blick in den Ofen warf, lächelte sie erfreut. Offenbar hatte sie es vollbracht. Ihre ersten Wattwurmkekse. Zumindest die ersten, die sie je ohne Hilfe gebacken hatte. Als Kind hatte sie sicherlich auch schon einmal dabei geholfen, aber genau daran erinnern konnte sie sich nicht.

Sie zog die dicken rot-weißen Küchenhandschuhe über, die neben der Schürze an einem Haken an der Tür hingen, und zog die Bleche aus dem Ofen. Zum Auskühlen legte Melanie die Kekse auf Kuchenroste, konnte sich allerdings nicht gedulden und schob sich eines der noch heißen Gebäckstücke in den Mund. Genießerisch verdrehte sie die Augen. Gleichzeitig hätte sie schwören können, dass der Rosen- und Nelkenduft sie wieder anwehte und die Stimme ihrer Großtante wie aus weiter Ferne zu ihr drang: *Gut gemacht. Ich hab ja gesagt, es ist ganz leicht.*

Kopfschüttelnd hängte sie die Handschuhe zurück an den Haken und schaltete das Licht in der Küche aus. „Und jetzt höre ich auch noch Stimmen. Vielleicht sollte ich mich einweisen lassen." Von plötzlicher Bettschwere erfasst, stieg sie hinauf ins Obergeschoss und kroch zurück ins Bett.

***

Als sie das nächste Mal erwachte, schien die Sonne, und in den Büschen und Bäumen rings um das Haus zwitscherten die Vögel um die Wette. Noch immer hing der Duft der Wattwurmkekse in den Räumen. Wäre dem nicht so gewesen, hätte Melanie glatt vermutet, die kleine Episode vom frühen Morgen nur geträumt zu haben. Doch auch die inzwischen erkalteten Kekse auf den Kuchenrosten zeigten, dass sie ihre kurzzeitige Schlaflosigkeit durchaus produktiv verbracht hatte. Sie füllte die Kekse in eine Dose und trank ihren kalten Tee aus. Dann hüpfte sie kurz unter die Dusche und machte sich anschließend auf den Weg ans Meer. Sie nahm einen der Feldwege hinter dem Haus, die zum Deich führten, und erklomm eine der Steintreppen nach oben, die auch hier in regelmäßigen Abständen Spaziergänger dazu einluden, die Barriere zur Nordsee zu überwinden.

Es war gerade Ebbe. Nur in der Ferne konnte man noch das Wasser erkennen. Es befand sich gerade auf dem Rückzug, wie sie dem Tidekalender an der kleinen Pinnwand in der Küche hatte entnehmen können. Spontan ging sie hinunter ans Ufer, zog ihre Schuhe aus, krempelte die Hosenbeine ein Stück hoch und betrat das Watt.

Die erste Berührung mit dem kühlen Untergrund ließ sie erschaudern. Feuchter Schlick drückte sich zwischen ihren Zehen hindurch. Ungewohnt, jedoch nicht unangenehm. Sie orientierte sich kurz, um die Stelle, an der sie ihre Schuhe zurückgelassen hatte, später wiederzufinden, dann marschierte sie los.

Die Hinterlassenschaften der Wattwürmer ließen sie schmunzeln. Hin und wieder kreuzte ein Krebs ihren Weg, und hier und dort hob sie eine interessant gefärbte Muschel auf.

Sie hatte einen dünnen Pullover an, jedoch keine Jacke. Anfangs fröstelte sie noch ein wenig in dem steten Wind, der über das Wattenmeer pfiff, doch nach einigen Minuten hatte sie sich warmgelaufen. In weiter Ferne sah sie zwei Gestalten über das Watt joggen, doch ansonsten war sie vollkommen allein mit sich und der Welt. Die Stille, die nur vom Rauschen des Windes und gelegentlichen Schreien vorüberfliegender Möwen durchbrochen wurde, tat ihren Nerven gut. Sie war sich gar nicht bewusst gewesen, dass sie noch immer unter einer unterschwelligen Anspannung stand, bis diese nach und nach von ihr abfiel. Nach einer knappen Viertelstunde erreichte sie einen nicht allzu tiefen Priel. Vorsichtig watete sie hinein, jedoch nicht sehr weit, da sie genügend Horrorgeschichten von Leuten gelesen hatte, die in der Strömung eines solchen oft harmlos wirkenden Baches mitgerissen worden waren.

Das kalte Nordseewasser floss und schwappte in regelmäßigen Wellen vor und zurück und hinterließ eine Spur von Muscheln und anderem Kleingetier. Als Melanie sich umdrehte, erschrak sie ein wenig, denn sie hatte sich viel weiter vom Ufer entfernt, als ursprünglich geplant. Obgleich der Anblick des Wassers sie anzog, machte sie kehrt und beeilte sich, zurück ans sichere Land zu gelangen. Im Grunde war ihre Furcht vor dem Wasser vollkommen unbegründet, denn für einige Zeit würde sich die See noch weiter zurückziehen, bevor sie dann wieder ihren Weg ans Ufer antrat. Doch für ihren ersten Ausflug ins Watt, so fand Melanie, hatte sie sich weit genug hinausgewagt. Vielleicht sollte sie beim nächsten Mal eine der geführten Wanderungen buchen.

Als sie etwa bis auf zweihundert Meter ans Ufer zurückgekehrt war, vernahm sie lautes Bellen und sah drei Hunde mit fliegenden Ohren über das Watt auf sie zustürmen. Im ersten Moment erstarrte sie, bis sie Schoki, Benni und Zora erkannte. Die drei rasten nicht direkt auf sie zu, sondern im Zickzackkurs durch den spritzenden Schlick und umeinander herum. Dann jedoch schien Schoki sie zu erkennen, denn sie stimmte ein Freudengeheul an und schoss wie ein geölter Blitz auf Melanie zu.

Mel, Mel, Mel! Wie toll, dass du hier bist. Wollen wir spielen?

„Halt, stopp! Stehen bleiben!“ Entsetzt hob Melanie beide Hände und versuchte, die aufgedrehte Hündin abzuwehren.

Schoki versuchte, vor ihr abzubremsen, geriet jedoch ins Schlitten und wirbelte eine Fontäne von Matsch und Salzwasser auf, die sich gleichmäßig über Melanies Kleider und Haare verteilte.

„Toll, danke, Schoki.“ Melanie wischte sich ein paar Tropfen Schlick aus den Augen. „Ich dachte, ich hätte vorhin schon geduscht, aber das hier ist natürlich viel besser.“

’Tschuldigung, Mel. Ich wollte nur spielen.

Schoki setzte sich und legte den Kopf schräg. Ihr treuherziger Blick reizte Melanie zum Lachen.

„Das ist wohl deine Vorstellung von einem schönen Spiel, was? Durch den Matsch toben?“

Aber klar, sag ich doch. Willst du mitmachen?

Inzwischen waren auch Zora und Benni herbeigetrabt und schnüffelten an Melanies Beinen.

Umringt von gleich drei Hunden, fühlte sie sich ein wenig unsicher, doch als aus der Ferne ein scharfer Pfiff ertönte, drehten die beiden Golden Retriever sofort wieder ab und rannten zurück zum Ufer. Melanie folgte ihnen, Schoki dicht an ihrer Seite.

„Du bist das!“ Lachend winkte Christina ihr zu. „Ich habe es mir fast schon gedacht, als ich sah, wie Schoki losgedüst ist. Wenn sie dich sieht, ist sie nicht mehr zu halten.“

„Sie scheint sich ja hier im Watt richtig wohlzufühlen.“

Und wie! Hier will ich immer spielen. Macht ihr mit?

„Das haben wir Sybilla zu verdanken. Sie hat es geliebt, Schoki beim Toben im Schlick zuzuschauen.“

Melanie nickte und überlegte fieberhaft, was sie noch sagen könnte. Sie war es nicht gewohnt, privat viel mit Menschen umzugehen, und Small Talk lag ihr überhaupt nicht.

Christina pfiff noch einmal die Hunde zu sich. „Ich muss weiter. Der Morgenspaziergang fällt heute ein bisschen kürzer aus, weil es gestern noch ziemlich spät geworden ist. Du hast einen klasse Ringkampf zwischen Alex und Kalle verpasst. Anscheinend hatte mein Bruder ein bisschen viel Energie, die er abreagieren musste. Kein Wunder, wenn man den ganzen Tag in einer Kanzlei herumsitzen muss.“

„Einen Ringkampf?“ Melanie versuchte, sich das vorzustellen, gab es aber auf, als ihr bewusst wurde, dass die Ursache dieser überschüssigen Energie vermutlich weniger der Schreibtischjob als vielmehr die Küsse und ihre Abweisung gewesen waren.

„Und eine Wasserschlacht. Gib Alex bloß nie so eine Wasserpistole in die Hand. Er kann besser damit umgehen als alle unsere Cousinen und Cousins zusammen. Selbst ich komme nicht gegen ihn an, dabei habe ich wirklich geübt."

„Ihr tragt auf einem Grillfest Wasserschlachten aus?"

„Warum nicht? Kalle und Birgit haben Alex herausgefordert." Christina lachte. „Ich wollte ja in sein Team, aber er hatte sie schon plattgemacht, bevor ich meine Pistole überhaupt laden konnte."

„Plattgemacht?"

„Ja, am Ende waren alle klatschnass und haben vor Lachen am Boden gelegen."

Vor Melanies innerem Auge formten sich Bilder von einem triefnassen Alex. Energisch schob sie sie in den hintersten Winkel ihres Bewusstseins. „Ich glaube, das wäre nichts für mich."

„Warum nicht? Ist doch bloß Wasser. Na ja, wie gesagt, ich muss weiter. Machst du dir ein schönes Wochenende?"

Vage nickte Melanie. „So etwas in der Art. Ich will weiter Sybillas Sachen durchsehen und muss ihre Zeitschriftenabos kündigen."

„Na dann … man sieht sich!" Winkend entfernte Christina sich, die Hunde im Schlepptau. Lediglich Schoki musste sie mehrmals auffordern, ihr zu folgen.

Nachdenklich sah Melanie ihr nach. Wasserschlachten auf Familienfeiern – und Ringkämpfe. Von so etwas hatte sie noch nie gehört. Die Familie Messner schien, was das anging, recht unkonventionell zu sein.

Unkonventionell bedeutete aber in der Regel auch emotional, und das wiederum führte zu Chaos, was Melanie aus Erfahrung wusste und deswegen möglichst vermied. Besser war es, sich auf die Aufgaben zu konzentrieren, die vor ihr lagen. Also suchte sie ihre Schuhe und machte sich auf den Weg zurück zum Haus.

KAPITEL 9

Eine Woche später hatte Melanie eine ziemlich genaue Vorstellung davon, wie ihre Großtante gelebt hatte. Sie war alle Bücher im Laden akribisch durchgegangen, hatte Bestelllisten durchgesehen und die Internetseiten besucht, die Sybilla ordentlich in den Lesezeichen ihres Browsers abgespeichert hatte. Seiten von Künstlern aller Art, Galerien, Antiquitätenhändler und Infoseiten zu Antik- und Trödelmärkten hatte sie durchforstet. Aber auch Sybillas Privatkorrespondenz war durch ihre Hände gegangen. Sie hatte Abos gekündigt, Kundenkonten geschlossen, das hochinteressante Bücherregal im Wohnzimmer durchgesehen und sich noch am selben Abend in einer Romansammlung von Jane Austen festgelesen, die ihre Großtante offensichtlich unzählige Male in der Hand gehabt haben musste. Der Einband war abgegriffen, die Seiten leicht vergilbt und teilweise geknickt oder sogar eingerissen. Was sie besonders beeindruckte, war, dass das Buch alle Romane der Autorin im englischen Original enthielt. Es gab auch noch weitere Bücher in Englisch, einige wenige auf Französisch und ein russisches Wörterbuch. Ihre Großtante hatte sich offensichtlich für Fremdsprachen interessiert. Wo sie sie gelernt hatte, konnte Melanie jedoch nicht herausfinden. Vielleicht wussten Alex und Christina eine Antwort darauf. Den beiden über den Weg zu laufen hatte sie in den vergangenen Tagen allerdings erfolgreich vermieden.

Sie brauchte einfach Zeit für sich und ein wenig Ruhe, um sich mit ihrer Situation anzufreunden. Dass sich auf diese Weise ihre aufgescheuchte Libido wieder in ihr Schneckenhaus zurückgezogen hatte, war ein positiver Nebeneffekt.

Sie benötigte keine Gesellschaft, um sich wohlzufühlen. Zweimal war sie kurz zu Elke Dennersen hinübergegangen und hatte frische Milch und Eier im Hofladen gekauft. Bei der Gelegenheit war sie gleich über die neuesten Ereignisse im Ort in Kenntnis gesetzt worden. Dabei war es für Elke vollkommen unerheblich gewesen, dass Melanie kaum eine der Personen kannte, über die gerade Gerüchte in Umlauf waren. Deshalb wusste sie jetzt, dass Kai Sörensen, der Inhaber von *Seemöwe* und *Möwennest*, neuerdings in trauter Zweisamkeit mit Björn, dem jüngsten Sohn des Tankstellenbesitzers Hankefurth gesichtet worden war, dass der örtliche Fußballclub einen neuen Trainer suchte, nachdem der bisherige sich einmal zu oft an die Mütter der Bambinos herangemacht hatte, und dass bereits zwei Familien sich bei Christina nach Schoki erkundigt hatten und die Hündin gerne adoptieren würden. Letzteres hätte Melanie sehr zufrieden stimmen müssen, doch sie beschloss, erst einmal nichts darüber zu Christina zu sagen. Die würde sie schon von sich aus ansprechen, wenn sie glaubte, ein passendes Zuhause für Schoki gefunden zu haben. Ganz so eilig war es ja auch noch nicht, die Hündin zu vermitteln.

Viel Zeit hatte Melanie damit verbracht, alle Schränke im Haus durchzusehen, Fotoalben anzuschauen, auch wenn sie nur wenige Bilder von sich und ihrer Mutter darin gefunden hatte, und sich mit Sybillas Hab und Gut vertraut zu machen.

Immer noch kam sie sich wie ein Eindringling vor, doch die Vernunft siegte über ihre Zweifel. Irgendjemand musste sich schließlich um alles kümmern. Zwischendurch hatte sie eine zweite Portion Wattwurmkekse gebacken, eine geführte Wattwanderung mitgemacht und sich Prospekte über diverse Ausflugsfahrten nach Helgoland, Sylt und zu den Seehundbänken besorgt. Wenn sie schon ihren Jahresurlaub gezwungenermaßen hier verbrachte, würde sie zumindest hin und wieder auch mal die Touristin geben. Sie erinnerte sich noch dunkel an eine Fahrt zu den Seehundbänken in ihrem ersten Sommer hier. Es hatte zwar in Strömen geregnet, aber dennoch war die Aussicht hinreißend gewesen. Warum also das nicht noch einmal wiederholen?

Im Augenblick war sie allerdings dabei, dem Unkraut in den Gemüse- und Kräuterbeeten zu Leibe zu rücken. Zumindest hoffte sie, dass alles, was sie bislang ausgerupft hatte, tatsächlich

Unkraut war. Dazwischen hatte sie Radieschen, einige Möhren und geschossenen Salat entdeckt. Da sie sich aber nicht zutraute, selbst etwas zu säen, begnügte sie sich damit, die nun freien Flächen mit einem Rechen zu bearbeiten, bis alles einigermaßen ordentlich aussah.

An den Sträuchern ringsum wuchsen bereits Johannisbeeren, Stachelbeeren und Himbeeren, jedoch würde es wohl noch ein Weilchen dauern, bis sie reif waren. Auch Erdbeeren hatte sie gefunden, einige wenige hatten stellenweise sogar schon rote Farbe angenommen. Sie hatte Reste von gehäckseltem Stroh zwischen den Reihen entdeckt und nach einer Recherche im Internet gelernt, dass es zum Mulchen gut geeignet war. Da Sybilla einen halben Kartoffelsack voll im Schuppen aufbewahrte, verteilte Melanie es zwischen den Erdbeerpflanzen und hoffte, dass sie damit nichts falsch machte.

Sie war Gartenarbeit nicht gewohnt, deshalb schmerzte ihr ein wenig der Rücken, doch etwas mit den Händen zu tun gab ihr das gute Gefühl, nützlich zu sein. Wenn das Haus am Ende ihrer Bedenkfrist verkauft werden sollte, war es nur von Vorteil, wenn alles ordentlich aussah.

Gerade als sie dabei war, einen Kübel mit einem großen Oleander an den Rand der kleinen Terrasse zu ziehen, vernahm sie Schritte auf dem Kiesweg und dann eine überraschte Frauenstimme. „Nanu, waren hier die Heinzelmännchen am Werk? Oh, warten Sie, ich helfe Ihnen. Dieser Kübel ist doch viel zu schwer für einen allein!“ Schon sah sie sich einer gut aussehenden Endvierzigerin gegenüber, deren dunkelrot gefärbtes, zu einer frechen Kurzfrisur geschnittenes Haar im Schein der Junisonne aufleuchtete. Ihr Gesicht war herzförmig, ihre grauen Augen funkelten vergnügt, und die Art und Weise, in der sie einfach mit anpackte und den Kübel beinahe alleine an seinen neuen Platz schob, zeigte, dass sie so etwas nicht zum ersten Mal tat. Sie trug ein leuchtend gelbes Kleid mit dunkelbraunem Gürtel, das ihr bis knapp über die Knie reichte und ihre kurvige Figur vorteilhaft in Szene setzte.

„Danke." Melanie richtete sich auf und unterdrückte ein Stöhnen. Auf den bevorstehenden Muskelkater freute sie sich jetzt schon.

„Keine Ursache. Ich dachte, ich komme endlich mal vorbei und besuche Sie. Leider war ich bis vorgestern noch bei meiner Cousine in Dänemark und hatte deshalb keine Gelegenheit, Sie zu begrüßen. Mein Name ist Deana Holthusen. Sagen Sie bitte Deana." Sie streckte Melanie ihre Rechte entgegen.

Melanie ergriff die Hand und schüttelte sie kurz. Sie hatte die Besucherin bereits von den Fotos wiedererkannt, die sie in den letzten Tagen durchgesehen hatte. „Freut mich. Ich wollte Sie auch schon anrufen, aber hier war so viel zu tun ..."

„Das sehe ich!" Deana sah sich um und nickte dabei anerkennend. „Sie haben ja geschuftet wie verrückt. Ich wollte Ihnen schon den Vorschlag machen, meinen Sohn und meinen Neffen zu schicken, damit die beiden die schwere Arbeit verrichten, aber das ist jetzt wohl überflüssig. Der Garten sieht toll aus. Wie in den besten Tagen, als Sybilla sich darum gekümmert hat." Ihr Blick fiel auf den Haufen Unkraut und den geschossenen Salat. „O je, der war wohl nicht mehr zu retten."

„Ich habe eigentlich gar keine Ahnung von Gartenarbeit." Verlegen wischte Melanie sich die schmutzigen Hände an der grünen Gartenschürze ab, die sie im Schuppen gefunden hatte. „Aber ich dachte, dass der Garten wenigstens ordentlich aussehen sollte, wenn ich schon nicht viel aus den Beeten machen kann."

„Das kann man alles lernen, wenn man will. Sie haben sich hier also häuslich eingerichtet?"

„Nur für ein paar Wochen. Ich nutze meinen Urlaub, um zu entscheiden, was ich mit dem Haus und dem Laden machen soll."

„Aha." Wieder nickte Deana. „Sehr vernünftig, dass Sie sich dafür ein bisschen Zeit nehmen. Es ist bestimmt keine einfache Entscheidung. Ich habe zu Sybilla gesagt, dass sie Sie mit ihren

Testamentsbedingungen nur unnötig unter Druck setzt, aber sie ließ sich nicht davon abbringen."

„Sie hat mit Ihnen darüber gesprochen?"

„O ja, selbstverständlich. Das war damals, als sie den schlimmen Fuß hatte. Da habe ich sie mit meinem Auto überall hingefahren. Es war der rechte Fuß, deswegen konnte sie Gaspedal und Bremse nicht bedienen. Wie hat sie das gefuchst! Sie hat es gehasst, von jemandem abhängig zu sein. Zum Glück hat es nicht allzu lange gedauert, bis die Entzündung im Knöchel wieder verheilt war, sonst hätten wir uns bestimmt in die Haare bekommen. Sie ging sich in solchen Situationen immer selbst auf die Nerven und wurde dann sehr schnell ungeduldig." Bei der Erinnerung lachte Deana herzlich, und es war ihr anzumerken, mit wie viel Zuneigung sie an die Verstorbene dachte. „Das ist jetzt schon so lange her. Vier, nein fünf Jahre. Sie hat so gehofft, dass Sie sich über das Erbe freuen würden, auch wenn Sie schon so lange nicht mehr hier waren."

„Wirklich?" Betroffen blickte Melanie zu Boden, dann riss sie sich zusammen. „Möchten Sie sich setzen? Ich habe Eistee gemacht ... nach einem Rezept, das ich in einem der Bücher meiner Großtante gefunden habe. Er ist mir sogar einigermaßen gelungen, finde ich."

„Aber ja, gerne! Vielen Dank, Melanie. Ich darf doch Melanie sagen? Fast kommt es mir vor, als würde ich Sie kennen. Als ich Sybilla kennenlernte, hat sie sehr oft von Ihnen gesprochen. Und auch später ... Sie hat immer an Sie gedacht und es sehr bedauert, dass der Kontakt zu Ihnen und Ihrer Mutter abgerissen ist. Hin und wieder hat sie versucht, Sie ausfindig zu machen, aber das war nicht so einfach. Sie sind wohl häufig umgezogen?"

„Äh, ja." Das Gefühl der Betroffenheit verstärkte sich noch. Beschämt sah Melanie auf ihre Hände. „Meine Mutter hat es nie lange an einem Ort ausgehalten. Ich wusste nicht, dass Tante Sybilla versucht hat, uns zu finden."

„Woher auch, sie hat ja nicht gerade Suchanzeigen geschaltet." Beruhigend tätschelte Deana ihren Arm. „Machen Sie sich keine Vorwürfe. Jetzt sind Sie ja hier."

Leider zu spät, um einer alten Frau den Wunsch nach einem Wiedersehen zu erfüllen, dachte Melanie bedrückt. „Ich hole mal rasch den Tee und Gläser." Sie stellte auch noch einen Teller mit ihren selbst gebackenen Keksen aufs Tablett und trug alles auf die mit Natursteinen ausgelegte Terrasse. Dort hatte sie die Gartenmöbel aus Teakholz aufgestellt, die im Schuppen überwintert hatten.

Deana hatte sich bereits in einem der Stühle niedergelassen und betrachtete lächelnd die späten Azaleen, die noch immer in voller Blüte standen. „Sybilla war so stolz auf ihre Blumenpracht. Das ganze Jahr über blüht es hier im Garten ohne Unterbrechung. Waren Sie schon an ihrem Grab? Sie hat dem Friedhofsgärtner ganz exakte Anweisungen gegeben, damit man sich auch dort rund ums Jahr an den wechselnden Farben erfreuen kann." Sie legte den Kopf ein wenig schräg. „Finden Sie das makaber?"

Verlegen hob Melanie die Schultern. „Ich weiß nicht. Mir ist es nie in den Sinn gekommen, mir vor meinem Tod so detaillierte Gedanken zu machen und entsprechende Anweisungen zu hinterlassen."

„So war Sybilla. Sie hatte für alles einen Plan und freute sich dennoch immer über spontane Kursänderungen. Und Sie?"

Verblüfft hob Melanie den Kopf. „Was meinen Sie?"

„Sind Sie auch eher der Planertyp oder leben Sie lieber spontan im Augenblick?"

„Ich plane definitiv lieber." Sie goss Eistee aus der Karaffe in die beiden Gläser und reichte eines davon Deana.

„Dann dürfte Sie das Testament ganz besonders aus der Bahn geworfen haben, nehme ich an. Als Sybilla mir erzählte, dass Sie jetzt in Köln leben und diesen tollen Job bei Brungsdahl ergattert haben, sagte ich ihr gleich, dass Sie bestimmt nicht so einfach alles über den Haufen werfen würden, um hierher umzuziehen."

Beinahe hätte Melanie ihr Glas fallen lassen. „Tante Sybilla wusste, wo ich wohne? Ich dachte …"

„O ja, seit etwa zwei Jahren. Daher konnte Alexander Sie ja auch so rasch ausfindig machen, um Sie über das Testament in Kenntnis zu setzen."

„Warum hat sie nie Kontakt zu mir aufgenommen?"

„Sie wollte sich nicht in Ihr Leben drängen."

„Aber … hat sie das mit dem Testament nicht noch viel mehr getan?"

„Natürlich, meine Rede! Aber wissen Sie, Sie müssen es so sehen: Sybilla wollte nicht, dass Sie sich ihr verpflichtet fühlen. Sie hatten sicherlich gute Gründe, sich all die Zeit nicht bei ihr zu melden. Und sei es auch nur, dass Sie Ihre Großtante schlicht und ergreifend vergessen haben. Sie waren immerhin noch ein Kind, als Sie hier zu Besuch waren. Erinnerungen verblassen, werden verdrängt. Sybilla hat es gereicht zu wissen, dass es Ihnen gutgeht. Sie fand es immens wichtig, dass jeder Mensch so lebt, wie er es möchte. Daran hat sie sich selbst jeden Tag ihres Lebens gehalten. Sie wollte sich nie Vorschriften machen lassen oder irgendwelchen Konventionen genügen. Trotzdem – oder vielleicht gerade deswegen – war sie einer der zuverlässigsten und beständigsten Menschen, die mir je begegnet sind." Ein Hauch von Wehmut hatte sich in Deanas Stimme geschlichen. „Sie fehlt mir sehr, wissen Sie. Sie fehlt uns allen."

„Ich kann mich nur noch vage an sie erinnern. Die letzten Tage habe ich damit verbracht, ihre Sachen durchzusehen, und dabei viel über sie gelernt. Aber trotzdem kommt sie mir immer noch wie eine Fremde vor, von der ich rein gar nichts weiß." Unbehaglich drehte Melanie ihr Glas zwischen den Fingern. „Es erscheint mir irgendwie nicht richtig, dass ich in Tante Sybillas Sachen stöbere."

„Haben Sie diese Kekse gebacken?"

„Ja."

„Dann haben Sie Sybillas kleine Botschaft in ihrem Rezeptbuch entdeckt, nicht wahr? Die hat sie etwa zur gleichen Zeit hineingeschrieben, als sie das Testament aufsetzen ließ. Zumindest den Teil, in dem sie Sie namentlich anspricht. Diese Kekse hat sie schon immer auf Vorrat gebacken, nur für den Fall, dass Sie einmal wieder herkommen. Manche Menschen mögen das vielleicht als verschroben bezeichnen, aber ich fand es einfach nur liebenswert."

„Das ist …" Melanie wusste nicht, was sie sagen wollte. Sie hatte die Notiz über der kleinen Botschaft im Rezeptbuch nicht ganz ernst genommen. Dass Sybilla tatsächlich zwanzig Jahre lang Wattwurmkekse nur für sie gebacken haben sollte, erschien ihr vollkommen unglaublich.

„Sie war ein besonderer Mensch. Nicht immer einfach und in mancherlei Hinsicht bestimmt auch sehr exzentrisch, aber sie wurde von allen geachtet und geliebt."

Deana nahm sich einen der Kekse und biss hinein. „Die sind Ihnen gut gelungen."

„Ich backe normalerweise nicht, aber das Rezept ist ganz einfach."

„Haben Sie sich denn schon überlegt, was Sie mit dem Laden machen möchten? Soll er vorerst geschlossen bleiben?"

„Ich bin mir nicht sicher. Es sind ja noch ziemlich viele Waren vorhanden, auch im Lager. Die müssten wohl so oder so noch verkauft werden, also … Kämen Sie allein im Laden zurecht? Ich habe leider überhaupt keine Erfahrung mit dem Verkauf von Kunsthandwerk."

„Selbstverständlich kann ich den Abverkauf übernehmen, wenn Sie das möchten. Die Leute werden sich freuen, wenn der Laden wieder öffnet, auch wenn es nur vorübergehend ist. Wir haben sehr viele Stammkunden vor Ort plus eine große Anzahl von Touristen, die bei uns spontan einkaufen. Es dürfte nicht lange dauern, die vorhandenen Lagerbestände an Käufer zu bringen. Ich war übrigens so frei, unsere Zulieferer über den Tod Ihrer Großtante zu informieren. Hauptsächlich sind das regionale und ein paar entfernter lebende Künstler. Die Beileidskarten habe ich alle in einer Schatulle bei mir zu Hause. Wenn

Sie sie lesen möchten, kann ich sie Ihnen gerne vorbeibringen. Auch von Ben Brungsdahl ist ein Schreiben dabei. Durch ihn hat Sybilla übrigens erst erfahren, dass Sie in Köln leben und arbeiten."

„Er ist der Bruder meines Chefs."

„Eben, und bei einem von Sybillas Gesprächen mit Ben ist wohl Ihr Name gefallen."

„Ben Brungsdahl kennt mich?"

„Wussten Sie das nicht? Na ja, sein Bruder wird Sie mal erwähnt haben. Sie haben eine wichtige Stellung in der Firma inne, nicht wahr?"

„Ja, das schon, aber ich hätte nie angenommen, dass Ben Brungsdahl sich dafür interessiert."

„Er ist ein sehr weltoffener, belesener Mann. Klug, witzig, charmant. Und er sieht aus wie ein Filmstar, wenn ich das hinzufügen darf. Ich bin ihm zweimal kurz begegnet, als er Sybilla besucht hat, um mit ihr über einige seiner Kunstwerke zu verhandeln. Ich finde es bemerkenswert, dass er sich bereiterklärt hat, sie hier in *Sybillas Schatztruhe* zu verkaufen. In einer der großen Galerien in Berlin, München, Hamburg oder sogar London hätte er ganz bestimmt mehr Geld damit verdienen können. Aber er sagt, es hätte ihm hier so gut gefallen, und in den Laden hätte er sich glatt verliebt, deshalb wollte er einen kleinen Beitrag zu Sybillas Erfolg leisten. Ihr Tod hat ihn sehr betroffen gemacht. Trotzdem ließ er mich wissen, dass er auch weiterhin mit mir – oder Ihnen – in Verbindung bleiben wolle. Nur für den Fall, dass Sie weitere Stücke von ihm im Laden anbieten möchten."

„Das ist wirklich bemerkenswert." Melanie dachte an die Firmenfeier, als ihr Ben Brungsdahl vorgestellt worden war. Auch sie hatte ihn als extrem gut aussehend in Erinnerung, doch die wenigen Worte, die zwischen ihnen gewechselt worden waren, hatten kaum ausgereicht, um sich ein Bild von ihm zu machen.

Deana räusperte sich. „Natürlich warten nun alle gespannt darauf, was aus *Sybillas Schatztruhe* wird, immerhin arbeiten wir mit den meisten Partnern schon seit vielen Jahren zusammen. Sybilla kannte jeden Künstler persönlich. Für Mitte Au gust ist übrigens noch eine kleine Ausstellung von Kristallkunstwerken geplant und kurz darauf eine Autorenlesung. Ich wollte die Termine nicht absagen, ohne Sie vorher zu fragen."

„Ja, also, ich weiß auch nicht ..."

Mel, Mel, Mel!

Ein fröhliches Bellen unterbrach sie. Schoki kam wie ein Wirbelwind um die Hausecke gesaust und sprang Melanie vor Wiedersehensfreude beinahe auf den Schoß.

Endlich, da bist du ja. Ich hab dich so lange nicht gesehen. Und wieder riechst du so gut, und sind das da etwa Kekse?

„Hey, nicht! Die sind nicht für dich." Hastig schob Melanie den Teller mit dem Gebäck außer Reichweite der Hündin und versuchte gleichzeitig, deren überschwängliche Begrüßung abzuwehren. „Wo kommst du denn überhaupt her? Bist du Christina etwa schon wieder ausgerissen?"

„Nein, diesmal habe ich sie entführt." Unbemerkt war Alexander aufgetaucht und lächelte erst Melanie zu, dann Deana. „Wie ich sehe, komme ich gerade rechtzeitig zu Tee und Keksen. Nein, Schoki, die sind nicht für dich. Schau mal, ich habe einen Kauknochen für dich." Er hielt einen bereits angenagten Knochen vor die Nase der Hündin.

Och, nur den Knochen? Na gut, besser als nichts. Aber ihr könntet ruhig wenigstens einen Keks runterfallen lassen. Sind doch so viele auf dem Teller.

Schoki nahm ihm den Kauknochen ab und rollte sich neben dem Gartentisch zusammen.

In Melanie war bei Alexanders Anblick unvermittelt eine gefährliche Hitze aufgestiegen. Die Erinnerung an ihre letzte Begegnung war sofort wieder so lebendig, als wäre seither nicht eine ganze Woche vergangen. An seinem Lächeln und seinem Zwinkern erkannte sie, dass er genau wusste, woran sie dachte. „Gibt es einen Grund für deinen Besuch?" Ihre Stimme klang eine Spur zu spröde, fand sie, aber wenigstens gehorchte sie ihr.

„Ich habe vorhin Carola von der Touristeninfo getroffen, und sie erzählte mir, dass du dir Prospekte über Ausflugsfahrten mitgenommen hast. Da dachte ich, ich komme kurz vorbei und biete dir eine Fahrt mit meinem ganz persönlichen Ausflugsdampfer an."

„Mit deinem was?" Verblüfft starrte sie ihn an.

Er lachte. „Na ja, eigentlich ist es weniger ein Dampfer, sondern vielmehr eine 42-Fuß-Ketsch. Warst du schon mal Segeln?"

Ihre Augen verengten sich eine Spur. „Was glaubst du denn?"

„Ein kleiner Segeltörn? Das würde mir auch gefallen." Bei Alex' Ankunft hatte Deana sich erhoben, und nun umarmte sie ihn kurz, aber herzlich. „Aber du hattest sicher nicht im Sinn, eine alte Schachtel wie mich einzuladen."

„Aber Deana, wo bist du denn eine alte Schachtel? Wenn Melanie keine Lust hat, nehme ich dich mit Kusshand mit auf einen Törn. Wenn du willst, bis nach Dänemark und zurück."

„Von dort komme ich doch gerade." Scherzhaft schlug sie gegen seinen Arm. „Und zweite Wahl, mein Lieber, möchte ich auch nicht sein. Das möchte kein Mädchen, ob jung oder alt, merk dir das." Sie wandte sich an Melanie. „Abgesehen davon werden Sie doch ganz sicher bei solch einem Angebot nicht Nein sagen. Die *Meerjungfrau* ist ein wundervolles Segelboot. Sie werden einen Heidenspaß haben, das versichere ich Ihnen. So ein privater Ausflug ist doch viel schöner als ein überfülltes Ausflugsboot." Sie drückte kurz Melanies Hand. „Das ist übrigens mein Stichwort. Ich habe noch ein paar Besorgungen zu machen. Rufen Sie mich einfach an, wenn Sie beschließen, den Laden aufzumachen. Sie erreichen mich auch am Sonntag unter meiner Handynummer." Sie reichte Melanie eine Visitenkarte. „Danke für den Eistee und die Kekse. Und für das nette Gespräch. Ich bin sicher, wir werden uns gut verstehen. Also bis dann, bye bye!" Sie winkte und war kurz darauf um die Hausecke verschwunden.

Verlegen räusperte Melanie sich. „Sie ist nett."

„Das ist sie." Alex trat einen Schritt auf sie zu. „Ihr habt euch also über Sybilla unterhalten? Hast du ein paar Antworten auf deine Fragen erhalten?"

„Ja, aber dafür habe ich jetzt neue Fragen." Sie zuckte die Achseln. „Du brauchst mich nicht zu einem Ausflug einzuladen. Ich habe diese Prospekte nur mitgenommen, weil …"

„Weil du ein bisschen Zeit totschlagen möchtest? Und deinen Urlaub genießen? Von beidem etwas?" Er grinste. „Ich bin in beiden Fällen gerne behilflich. Die *Meerjungfrau* liegt außerdem schon ziemlich lange ungenutzt im Hafen. Es wird Zeit, dass sie mal wieder ein bisschen Seegang zu spüren bekommt. Morgen soll das Wetter sonnig und warm werden, mit gerade der richtigen Windstärke. Na, was sagst du?"

„Ich weiß nicht, ob das eine gute Idee ist." Plötzlich wurde sie sich bewusst, dass sie noch immer die schmutzige Gartenschürze über ihren blauen Shorts und dem grauen T-Shirt trug. Hastig nahm sie sie ab und legte sie über eine der Stuhllehnen.

„Warum sollte das keine gute Idee sein? Fürchtest du, ich könnte dich noch einmal küssen?"

Eine neue Hitzewelle breitete sich in ihr aus.

Alex trat noch einen Schritt näher. „Die Chancen stehen gut, dass das geschehen könnte. Allerdings brauche ich dazu keinen Segeltörn als Ausrede. Obwohl mir die Vorstellung, dass du von dem Boot nicht flüchten kannst, ausnehmend gut gefällt." Ehe sie reagieren konnte, hatte er sie an sich gezogen.

Erschrocken rang sie nach Atem, als ihr Körper gegen seinen prallte. „Alex, das …"

„Wir können Schoki mitnehmen, als Anstandsdame."

Ihr Blick wanderte zu der Hündin, die hingebungsvoll an ihrem Kauknochen nagte und nicht einmal den Kopf hob, als ihr Name fiel. „Ich will die Sache nicht verkomplizieren."

Alex grinste noch immer. „Ich sehe nicht, was an einem Ausflug mit meinem Segelboot kompliziert sein soll, Mel. Wir fahren gegen Mittag raus, verbringen ein paar nette Stunden auf dem Wasser und kehren zurück, bevor uns das Niedrigwasser erwischt. Ich kenne alle Touristenattraktionen im näheren und weiteren Umkreis und kann dir, wenn gewünscht, sogar einen Vortrag über die Bewohner der Nordsee halten. Während meiner Schulzeit und während des Studiums habe ich immer wieder mal als Touristenführer gearbeitet. Auch auf den großen Ausflugsschiffen. Glaub mir, ich bin zu hundert Prozent qualifiziert, dir das volle Programm zu bieten."

Sie schluckte. Die unmittelbare Nähe seines Körpers und die Kraft, die seine harten Muskeln ausstrahlten, benebelten ihre Sinne ein wenig. „Das volle Programm, ja?"

„O ja. Vielleicht auch ein paar Extras. Natürlich nur auf Wunsch."

„Wessen Wunsch?"

„Das kommt ganz darauf an." Seine haselnussbraunen Augen funkelten verschmitzt. Sein Haar trug er heute ausnahmsweise offen, was ihm ein verwegenes Aussehen verlieh und ihre Hormone noch mehr durcheinanderbrachte. „Wie wäre es mit einem kleinen Vorgeschmack, und dann kannst du entscheiden, ob du das Standard- oder das Premiumpaket buchen möchtest."

Ehe sie darauf etwas erwidern konnte, hatten sich seine Lippen bereits auf ihre gesenkt. Ihr Herz machte einen Satz und schlug dann heftig gegen ihre Rippen. Ihr wurde ganz schwindelig von seiner Nähe. Sie konnte sich nicht erinnern, dass die Gegenwart eines Mannes sie jemals derart schnell und vollständig aus der Fassung gebracht hätte. Er küsste sie langsam und liebevoll und brachte jedes einzelne ihrer Nervenenden zum Vibrieren. Seine Zungenspitze strich auffordernd über ihre Unterlippe. Mit den Händen strich er von ihren Schultern hinab über ihren Rücken und hielt an ihrer Taille inne. Wohlig-heiße Schauder durchrieselten sie, als er den dünnen Stoff ihres T-Shirts hochschob und ihre nackte Haut berührte.

Schon ließ er seine rechte Hand hinauf zu ihrer Brust gleiten und legte sie sanft und begehrlich zugleich um die weiche Rundung. Ihre Brustwarze richtete sich auf, als er über den spitzenbesetzten Stoff ihres BHs strich.

Melanie stockte der Atem, als pure Lust sie übermannte. Gleichzeitig schrillte eine Alarmglocke in ihrem Kopf. Das ging alles viel zu schnell. Eben noch hatte sie mit Deana Eistee getrunken, im nächsten Moment ließ sie sich von Alex küssen, dass ihr Hören und Sehen verging.

Er schien ihre Verwirrung zu spüren, denn er verringerte den Druck seiner Lippen und löste sie schließlich von ihrem Mund. Seine Hand jedoch ließ er, wo sie war, und streichelte sachte weiter. Sein Atem ging wie ihrer in unregelmäßigen Stößen, doch er lächelte. „Ich plädiere für das Premiumpaket."

Sie schluckte hart. „Ich vermute, darin ist dann wohl Sex enthalten."

„Hm, Sex an Bord der *Meerjungfrau*. Das wäre eine Premiere. Zumindest für mich. Was meine Schwestern auf dem Boot schon getrieben haben, will ich lieber nicht wissen."

„Deine Schwestern segeln auch?"

„Wir segeln alle. Es gibt niemanden hier in Lichterhaven, der den Namen Messner trägt und nicht schon im Kindergartenalter vom Segelvirus infiziert worden wäre."

Sie versuchte, sein Lächeln zu erwidern. „Und trotzdem hast du noch keine holde Schönheit auf diesem Boot verführt?"

„Sagen wir mal so, ich habe es vielleicht hin und wieder benutzt, um eine Frau zu beeindrucken. Bis jetzt haben wir es dann aber immer noch bis in ein Bett auf dem Festland geschafft."

„So so. Also ist Segeln bei dir nur das Vorspiel."

Er lachte auf. „Wenn du es so nennen möchtest. Aber ich bin offen für alles. Das Boot ist 42 Fuß lang, fast dreizehn Meter. Es hat eine kleine Kombüse unter Deck und zwei wirklich komfortable Kojen. Es sei denn, du bevorzugst Sex unter freiem Himmel. In dem Fall würde ich dir raten, Sonnencreme mitzunehmen. Auf See kann die Sonne ganz schön stechen." Er zwinkerte ihr zu und schob den Stoff ihres BHs beiseite, um über die weiche Haut ihrer Brust streicheln zu können.

Melanies Atem beschleunigte sich unwillkürlich, und die Empfindungen, die seine Berührungen in ihr auslösten, strahlten auf ihren ganzen Körper aus. Als er sie erneut küsste und sie gleichzeitig so fest an sich zog, dass sie seine Erektion spüren konnte, schwankte sie bedenklich.

Halt suchend umfasste sie seine Schultern. „Alex …"

„Ich weiß, ich weiß, du musst erst deinen Kopf befragen." Er knabberte aufreizend an ihrer Unterlippe, bevor er sie schließlich widerstrebend aus seinem festen Griff entließ. „Obgleich der Rest deines Körpers deinen Kopf längst überstimmt haben sollte. Mir geht es jedenfalls so. Aber um den schönen Schein aufrechtzuerhalten, belassen wir es erst einmal beim Standard-Touristenprogramm. Zubuchungen sind jederzeit möglich. Ich hole dich morgen gegen elf Uhr dreißig ab." Er schnippte mit den Fingern, um Schokis Aufmerksamkeit auf sich zu ziehen.

Was, wie? Oh, gehen wir etwa schon? Schade. Ich würde viel lieber hierbleiben. Hier neben dem Tisch habe ich mich immer so gerne gesonnt, wenn Sybilla ein Buch oder die Zeitung gelesen hat. Warum lässt du mich nicht einfach hier bei Mel? Sie mag mich doch, oder? Und ich mag sie.

Mit treuen Augen sah Schoki fast flehend zu ihm auf, bewegte sich jedoch nicht von der Stelle. „Komm, Kleine, wir müssen los. Ich habe später noch Termine in der Kanzlei." Grinsend beobachtete Alex, wie die Hündin sich jetzt erhob, sich an Melanies Beinen rieb und ihr sehnsüchtige Blicke zuwarf. „Mir scheint, Schoki würde lieber hierbleiben, als mit mir zurück zur Hundeschule zu laufen. Du scheinst also nicht nur auf mich unwiderstehlich zu wirken."

„So ein Quatsch. Sie denkt bestimmt noch immer, dass hier ihr Zuhause ist, nichts weiter."

Klar ist das hier mein Zuhause. Und dich hätte ich gerne als neues Frauchen. Ist das so schwer zu verstehen?

Schoki wedelte eifrig mit ihrer Rute und himmelte Melanie an.

„Das sieht mir eher nach Liebe aus." Er lächelte vieldeutig. „Manche Lebewesen haben ein sehr feines Gespür dafür, wer gut und richtig für sie ist."

Melanie zuckte bei dem Wort Liebe unwillkürlich zusammen. „Ich bin für niemanden gut und richtig. Auch nicht für einen Hund.“ Alexanders Worte lösten eine merkwürdige Panik in ihr aus. „Ich bin eine Einzelgängerin, aus gutem Grund.“

„Vielleicht erklärst du mir den Grund irgendwann mal. Bis dahin werde ich versuchen, dich davon zu überzeugen, dass ein bisschen menschliche Nähe kein Grund für Panikattacken ist.“

„Ich habe keine Panikattacke!“ Ärgerlich verschränkte sie die Arme vor der Brust. Ihr Herz schlug so schnell, dass ihr beinahe schwindlig davon wurde. „Das ist lächerlich.“

„Sicher?“ Er trat noch einmal auf sie zu und strich mit dem Zeigefinger sachte über die heftig pulsierende Schlagader an ihrem Hals.

Die Berührung löste ein erregendes Kribbeln in ihr aus, das sie vergeblich zu ignorieren versuchte. „Ich bin bloß vorsichtig.“

„Dagegen ist grundsätzlich nichts einzuwenden.“

„Und nicht gewillt, mich emotional auf jemanden einzulassen. Auch nicht auf einen Hund.“ Sie drehte sich weg, als Schoki versuchte, an ihre Hände zu gelangen, um sie abzuschlecken.

Alex lachte. „Dann mal viel Erfolg. Schoki scheint sich jedenfalls in den Kopf gesetzt zu haben, dich vom Gegenteil zu überzeugen. Und was mich angeht …“

„Vergiss es, Alex. Meinetwegen können wir Sex haben. Ob auf deinem Boot oder woanders, sei dahingestellt. Aber das war es dann auch schon. Du als Mann solltest das doch eigentlich zu schätzen wissen.“

„Sollte ich das?“

„Frauen, die klammern und gleich die Hochzeitsglocken bimmeln hören, schrecken euch doch im Allgemeinen eher ab, oder etwa nicht?“

Er runzelte die Stirn. „Wer hat etwas von Hochzeitsglocken gesagt?“

„Niemand, weil es irrelevant ist. Ich halte mein Sexleben gerne einfach und unkompliziert. Du sicher auch.“

„Soweit möglich.“

„Dann ist ja alles klar. Wir sehen uns morgen Vormittag.“ Sie griff nach ihrer Schürze und dem Tablett auf dem Tisch und beeilte sich, ins Haus zu kommen. Vom Küchenfenster aus beobachtete sie, wie Alex mit einem entschieden zu amüsierten Lächeln auf den Lippen zum Gartentörchen ging, Schoki hindurchließ und es hinter sich wieder schloss. Mit ausholenden Schritten ging er in Richtung Lichterhaven davon.

KAPITEL 10

Ein Segeltörn, ja?" Christina lehnte sich in ihrem Stuhl zurück und streckte die Beine aus. „Hast du ja schon lange nicht mehr gemacht. Dieses Jahr überhaupt noch nicht, wenn ich mich nicht irre."

„Ich hatte einfach keine Zeit und ..." Alex zuckte grinsend die Achseln. „Auch nicht die passende Gesellschaft."

„Und du hältst Mel also für passende Gesellschaft?"

„Warum nicht? Sie ist heiß."

„Eher eine Eiskönigin. Versteh mich nicht falsch, sie ist sehr nett, aber doch ziemlich reserviert."

„Sie ist schüchtern."

„Ach ja?" Christinas Augenbrauen wanderten eine Spur nach oben.

Alex drehte die Bierflasche in der Hand, die er eben aus dem Kühlschrank seiner Eltern entwendet hatte, und lehnte sich ebenfalls auf seinem Platz auf der Eckbank zurück. Auch wenn er und seine Schwestern bereits alle aus dem elterlichen Nest ausgeflogen waren, fungierte die Küche dort noch immer als beinahe täglicher Treffpunkt für die gesamte Familie, vor allem am Wochenende. „Warum überrascht dich das? Sie versteckt sich hinter einer Fassade aus höflicher Unnahbarkeit, aber nur, weil sie in Gegenwart fremder Menschen unsicher ist."

„Interessante Einschätzung, Dr. Messner. Oder sollte ich dich heute lieber Dr. Freud nennen?"

„Sie war als Kind schon sehr schüchtern."

„Ich weiß. Was mich wundert, ist die Tatsache, dass du dich plötzlich für die Jungfrau in Nöten interessierst."

„Von Jungfrau kann wohl eher nicht die Rede sein. Und in Not ist sie auch nicht, Chris. Zumindest nicht offensichtlich. Sie gefällt mir. Das ist doch wohl nicht verboten."

„Natürlich nicht. Ich hätte bloß nicht gedacht, dass sie dein Typ ist." Auch Christina hatte sich ein Bier geöffnet und trank nun in großen Schlucken davon. „Ich hatte auch nicht den Eindruck, dass du ihre besondere Aufmerksamkeit geweckt hättest."

„Der Schein kann trügen."

„Ach? Dann seid ihr euch also schon nähergekommen?"

„Gewissermaßen."

Ihre Augen verengten sich. „Wie nah denn?"

Er bedachte sie mit einem spöttischen Blick. „Geht dich das etwas an?"

„So nah also. Und wie mich das etwas angeht. Sie ist immerhin eine alte Freundin, und wenn ich mich recht entsinne, bist du damals nicht sehr nett mit ihr umgesprungen."

„Fürchtest du, ich könnte sie wieder mit Erbsen beschießen oder sie an den Haaren ziehen?"

Für einen Moment zuckte es um Christinas Mundwinkel, doch sie blieb ernst. „Keine Ahnung, was du tust, wenn du eine Frau zum Sex bewegen willst. Darauf läuft es doch wohl hinaus, oder nicht?"

„Wenn ich Glück habe."

„Brich ihr nicht das Herz. Sie hat genug Probleme."

„Das ist dir also schon aufgefallen."

„Also hör mal, schon allein Sybillas Testament reicht doch wohl, um den stärksten Ochsen umzuhauen. Und wenn ich es recht betrachte, scheint sie auch sonst nicht wirklich glücklich zu sein. So ganz ohne Freunde und Familie. Kannst du dir das vorstellen? Sie scheint in Köln ganz auf sich gestellt zu sein. Ich frage mich, wo sich ihre Mutter herumtreibt und ob die beiden ein gutes Verhältnis zueinander haben."

Er nahm ebenfalls einen Schluck von dem kalten Bier. „Um Melanies Herz brauchst du dir keine Sorgen zu machen. Laut ihrer Aussage hat sie es fest weggeschlossen. Sozusagen in einen Hochsicherheitstrakt verbannt. Sie wünscht keinerlei emotionale Komplikationen."

„Emotionale was?"

„Komplikation. Bindungen. Nenn es, wie du willst."

Erstaunt und höchst interessiert richtete Christina sich auf. „Du meinst, sie will …“

„Nur Sex, keine Gefühle.“

„Kein Wunder, dass sie der Traum deiner schlaflosen Nächte ist.“

Er runzelte die Stirn. „Wie soll ich das denn verstehen?“

Christina lachte, doch in ihrer Stimme schwang eine Spur Sarkasmus mit. „Na, du wärst wohl der erste Mann, der gegen Sex ohne Fallstricke etwas einzuwenden hätte. Versteh mich nicht falsch, ich habe auch überhaupt nichts dagegen. Das macht das Leben so viel einfacher.“

„Wenn du es so betrachtest.“

„So betrachte ich es. Dann wünsche ich euch beiden viel Spaß.“

„Viel Spaß wobei?“ Anke Messner kam durch die Tür, die zum Garten hinausführte. In einer Hand trug sie einen Korb mit Erdbeeren, in der anderen einen Strauß Blumen, den sie gerade gepflückt hatte. Den Korb stellte sie auf dem Tisch ab, die Blumen legte sie auf die Anrichte neben der Spüle und begann umgehend, die Stiele anzuschneiden und überstehende Blätter von den Stängeln zu streifen.

„Alex hat Mel zu einem Ausflug mit der *Meerjungfrau* eingeladen.“

„Tatsächlich?“ Anke drehte sich zu ihrem Sohn um. „Das ist aber eine nette Idee. Ist sie schon mal gesegelt?“

„Nein.“ Er stellte die Bierflasche auf den Tisch. „Aber wenn sie möchte, kann ich es ihr beibringen.“

„Wann soll es denn losgehen?“

„Morgen Mittag.“

„Wie schön, da hast du ja das beste Sonntagswetter ausgesucht. Fahrt ihr rüber nach Helgoland, oder willst du ihr die Seehundbänke zeigen?“

„Das lasse ich sie entscheiden, Mama.“

„Bestimmt wird es ein schöner Ausflug.“ Abschätzend musterte Anke ihn. „Sie ist eine nette junge Frau. Nur ein bisschen schüchtern, würde ich sagen.“

Alex warf Chris einen bedeutsamen Blick zu.

„Umso mehr freut es mich, dass sie mitfährt. Bring sie doch hinterher mit hierher zum Kaffee oder, wenn es später wird, zum Abendessen. Ich würde sie gerne noch besser kennenlernen. Neulich beim Grillen ist man ja kaum zu Wort gekommen in dem ganzen Gewusel. Vielleicht tut ihr ein bisschen Familienanschluss ganz gut. Ich habe schon dauernd überlegt, ob ich mal zu ihr rüberfahren soll. Sie war die ganze Woche allein in Sybillas Haus, oder? Silke aus der Bäckerei sagte, sie sei nur ein Mal gekommen, um Brot zu kaufen. Und bei Elke hat sie wohl frische Eier geholt. Aber sonst scheint sie sich doch ziemlich einzuigeln."

Alex nickte vage. Er hatte Melanie mit Absicht einige Tage in Ruhe gelassen. Doch nach einer ganzen Woche, in der sie sich kaum irgendwo hatte blicken lassen, war doch leichte Sorge in ihm aufgestiegen – und die nicht zu unterrückende Lust auf eine Wiederholung der Küsse vom Grillabend. „Sie ist eine Einzelgängerin. Ich werde versuchen, sie aus ihrem Schneckenhaus zu locken. Ob sie allerdings einen weiteren Messner-Familienabend durchhält, kann ich jetzt noch nicht sagen."

„Du willst sie ja bloß für dich behalten." Grinsend prostete Christina ihm zu und leerte ihr Bier mit einem Zug. „Wenn du sie hierher bringst, wird aus deinen … ähm anderen Plänen garantiert nichts."

„Was denn für andere Pläne? Hattest du schon etwas vor?" Anke, die sich wieder den Blumen zugewandt hatte, warf nur einen kurzen Blick über die Schulter.

Alex räusperte sich und warf seiner Schwester einen vernichtenden Blick zu. „So was in der Art. Ich werde es Schritt für Schritt angehen. Wenn sie Lust hat, morgen Abend herzukommen, bringe ich sie mit."

„Und wenn nicht?" Ungeachtet seiner wütenden Miene stichelte Christina weiter.

„Dann finde ich eine andere Beschäftigung für uns."

„So, so."

„Christina, würdest du bitte eine Vase aus dem Wohnzimmerschrank holen?“ Anke warf ihrer Tochter ein strahlendes Lächeln zu. „Und wenn du schon mal unterwegs bist, sagst du deinem Vater bitte Bescheid, dass die Vogelscheuche hinten im Garten umgefallen ist. Es wäre schön, wenn er sie wieder aufstellen könnte.“

„Klar, Mama, bin schon unterwegs.“ Umstandslos machte Christina sich auf den Weg.

Kaum war sie zur Tür hinaus, als Anke sich erneut zu Alex umdrehte und ihn mit strengen Blicken maß. „Lass deine Finger von dem armen Mädchen.“

„Wie bitte?“ Verblüfft hob er den Kopf.

„Melanie. Sie hat es nicht leicht, das sieht man ihr auf den ersten Blick an. Das Letzte, was sie brauchen kann, ist am Ende ihres Urlaubs ein gebrochenes Herz.“

Irritiert und verärgert erhob er sich und ging in der Küche auf und ab. Dann blieb er vor seiner Mutter stehen und sah mit finsterer Miene auf sie hinab. „Was soll das eigentlich, dass alle Welt mich warnt, Melanie das Herz zu brechen?“

„Alle Welt?“

„Du, Christina. Man könnte meinen, ich sei ein Frauen fressendes Monster.“

„Das nicht, mein lieber Sohn. Aber du hast schon der einen oder anderen jungen Dame zu Herzschmerz verholfen. Schau mich nicht so an. Glaubst du, nur weil ich deine Mutter bin und grundsätzlich geneigt, dich zu vergöttern, wäre ich blind und taub, wenn es um deine Art geht, Beziehungen zu führen – oder nicht zu führen?“

„Mama …“ Unbehaglich fuhr er sich mit den Fingern durch sein Haar.

„Du genießt dein Single-Leben, und das ist vollkommen in Ordnung. Aber mir tun eben die jungen Frauen leid, die sich erhoffen, dass du mehr in ihnen siehst als nur einen kurzfristigen Zeitvertreib. Melanie ist eine schüchterne und unsichere Frau, die sich möglicherweise leicht beeindrucken lässt …“

„Möglicherweise eher nicht."

„Na, umso besser, aber geh bitte vorsichtig mit Melanies Gefühlen um. Ich habe den Eindruck gewonnen, dass sie sehr sensibel und empfindsam ist. Ich möchte nicht, dass sie sich womöglich gegen ihr Erbe entscheidet, nur weil der Nachlassverwalter ihr unnötigerweise den Kopf verdreht und sie dann links liegen lässt."

„Du hast ja eine ausgesprochen nette Meinung von mir, Mama."

„Ich habe die allerbeste Meinung von dir, mein Lieber." Zärtlich berührte Anke seine Wange. „Deshalb bin ich auch ganz sicher, dass du dir meine Warnung zu Herzen nehmen und rücksichtsvoll mit ihr umgehen wirst. Geh nicht zu weit, wenn du es nicht ernst meinst. Ich möchte gerne, dass Melanie sich in Lichterhaven wohlfühlt, und zwar dauerhaft. Ah, danke, Chrissi. Füllst du bitte Wasser in die Vase? Was hat Papa gesagt?"

Christina drehte den Wasserhahn auf und hielt die blaue Vase darunter. „Dass er eilt wie ein geölter Blitz, um die verdammte Vogelscheuche wieder aufzustellen, damit die Elstern sich wieder auf ihre Arme hocken und die Meisen ein Nest im Hut bauen können." Grinsend reichte sie ihrer Mutter die gefüllte Vase. „Ich muss jetzt los. Wir sehen uns." Sie gab Anke einen raschen Kuss auf die Wange und war im nächsten Moment zur Tür hinaus.

Anke sah ihr kichernd hinterher. „Ich glaube, ich muss deinem Vater heute ein extragroßes Steak braten, um ihn mit der Vogelscheuchenrettung zu versöhnen. Zum Glück seid ihr Kinder inzwischen aus dem Haus, sodass wir danach den Abend ganz nach unserem Geschmack gestalten können. Wenn du weißt, was ich meine."

„O Gott, Mama, ich will nichts davon hören!" In halb gespieltem, halb ernst gemeintem Entsetzen hielt Alex sich die Ohren zu. „Ich glaube, ich muss jetzt auch weiter. Hab noch was zu erledigen."

„Ich hoffe, du nimmst etwas Gutes zu essen mit auf euren Ausflug.“

Bereits in der Tür drehte er sich noch einmal um. „Was glaubst du, was ich noch erledigen muss?“

„Sei nett zu ihr, Alex.“

„Nichts anderes hatte ich vor.“ Er lächelte seiner Mutter so charmant zu, wie er nur konnte. Dennoch fiel es leicht gequält aus.

„Mhm, das denke ich mir.“

„Mama, es ist nur ein Segeltörn.“

„Natürlich.“

„Irgendwie steht ihr alle noch immer unter dem Eindruck, ich wolle sie wie damals nur ärgern und triezen. Ich bin inzwischen erwachsen, falls es dir noch nicht aufgefallen sein sollte. Und sie ebenfalls. Ich werde sie nicht vom Boot schubsen oder so.“

„Selbstverständlich nicht.“ Anke wandte sich wieder den Blumen zu, die sie nun nach und nach in der Vase drapierte. „Von der Bettkante aber vermutlich auch nicht.“

„Mama!“ Er drehte sich um und ergriff die Flucht.

„Wir essen morgen gegen sieben zu Abend. Falls ihr doch noch zu uns stoßen möchtet!“

KAPITEL 11

Ist das aufregend! Alex hat mich heute schon wieder abgeholt und gesagt, er nimmt mich mit zu Mel. Und dann gehen wir alle zusammen an den Hafen und fahren mit einem Boot raus aufs Meer. Das ist spannend. Ich war mit Sybilla schon mal auf dem Boot. Da haben wir einen Ausflug mit Anke und Arno gemacht. Das war lustig. Es hat dauernd geregnet, und alles war nass, aber toll war es, vorne auf dem Boot zu stehen und die Nase in den Wind zu halten. Das will ich heute auch wieder tun. Diesmal regnet es auch gar nicht. Die Sonne scheint, und es ist so warm, dass es mir fast schon zu viel ist. Aber das vergeht bestimmt bald. Ich freue mich so auf Mel!

Alex hat da in einem großen Korb irgendwas, das unverschämt lecker riecht. Hoffentlich hat er auch an mich gedacht. Ich kriege jetzt schon Hunger, wenn ich das gute Essen rieche.

Oh, da kommt mein Haus in Sicht. Mein Zuhause! Da ist Mel irgendwo. Mensch, Alex, kannst du nicht schneller fahren? Ich bin schon ganz hibbelig, da hätte ich ja lieber zu Fuß gehen können.

***

Melanie gab sich alle Mühe, nicht nervös zu werden. Dazu bestand schließlich auch überhaupt kein Anlass. Sie hatte sich nur deshalb dreimal umgezogen, weil sie nicht sicher war, welches Outfit für einen Segeltörn passend war. Shorts oder Jeans? Eine Bluse oder ein T-Shirt? Brauchte sie eine Jacke? Das Wetter war heute sehr sommerlich, doch erstens konnte sich das auf See in Minutenschnelle ändern, und zweitens musste man ja auch den Wind bedenken, der auf so einem Boot ganz bestimmt nicht zu verachten war.

Schließlich hatte sie sich für schmal geschnittene Bluejeans entschieden, die sie nur sehr selten trug, weil sie die meiste Zeit auf der Arbeit verbrachte und dort natürlich wesentlich eleganter auftrat. Dazu trug sie eine ärmellose lachsfarbene Bluse. Sie würde ihre blaue Windjacke mitnehmen, hatte sie beschlossen, und das Kleidungsstück griffbereit im Flur deponiert.

Da sie nicht wusste, was Alex genau geplant hatte, auch hinsichtlich des Proviants, hatte sie einen Korb bereitgestellt, in dem sie neben der Keksdose auch noch eine große Schale mit Erdbeeren verstaut hatte.

Während sie im Haus umherlief und so tat, als räume sie auf, fragte sie sich zum wiederholten Mal, was in sie gefahren war. Sie war noch nie gesegelt! Sie wurde zwar nicht leicht seekrank, oder hoffte es zumindest, und konnte auch ganz gut schwimmen, aber was nützte ihr das, wenn sie mitten auf der riesigen Nordsee kenterten? Und selbst wenn sie das Segeln selbst überlebte … Was in aller Welt hatte sie geritten, Alex praktisch vorab schon zu versprechen, mit ihm Sex zu haben? Nicht dass der Gedanke an sich sie abgeschreckt hätte. Sie war sich im Klaren, dass es früher oder später dazu kommen würde. Warum also nicht früher? Doch der Gedanke, ihm auf dem Boot praktisch mit Haut und Haaren ausgeliefert zu sein, keine Rückzugsmöglichkeit zu besitzen, gab ihr das Gefühl, dass ihre ohnehin schon angespannten Nerven bald reißen würden.

Sie plante gerne alles, wenn es nur irgend möglich war. Alex hatte sie dazu gebracht, diesem Segeltörn viel zu spontan zuzusagen. Ein halber Tag, eine Nacht und der heutige Vormittag hatten bei Weitem nicht ausgereicht, um sich einen geeigneten Plan zurechtzulegen und sich mental auf das vorzubereiten, was der Nachmittag bringen würde. Schon deshalb nicht, weil sie gar nicht genau wusste, wohin sie fahren und was Alex noch alles vorhaben würde. Außer dem Sex natürlich. Lieber Gott, sie würde noch durchdrehen, wenn sie nur einen Moment länger über diesen Aspekt des bevorstehenden Ausflugs nachdachte!

Als sie den SUV vorfahren hörte und im nächsten Moment Schokis Gebell, schlug ihr Herz so heftig, dass sie für einen

Moment kaum Luft bekam. Ihre Hände zitterten leicht, und sie ballte sie kurz zu Fäusten. Dann setzte sie ein, wie sie hoffte, neutrales Lächeln auf und öffnete Alex die Tür.

Mel, Mel, Mel! Da ist meine Mel! Wie geht es dir? Ich freue mich so, dich zu sehen. Komm, lass uns spielen!

„Hey! O Gott, du wirfst mich ja um!" Die Nervosität war vollkommen vergessen, als Schoki mit freudigem Gebell auf sie zustürmte und an ihr hochsprang. Melanie stolperte einen Schritt rückwärts, fing sich dann aber wieder und versuchte, die aufgeregte Hündin abzuwehren. So bemerkte sie zunächst gar nicht, dass Alex ebenfalls auf sie zukam. Erst als er einen Pfiff ausstieß und Schoki mit Stimme und Handzeichen das Kommando zum Sitzen gab, wurde ihr bewusst, dass er inzwischen dicht vor ihr stand. Er trug schwarze Jeans und ein grau gemustertes Hemd, dessen Ärmel er bis zu den Ellenbogen hochgekrempelt hatte. Es betonte seine breiten Schultern und die muskulösen Arme, sodass Melanie sich bemühte, woanders hinzusehen, um ihren Puls nicht erneut in die Höhe zu treiben. Sein dichtes hellbraunes Haar hatte er heute wieder zu einem Zopf zurückgebunden.

Mit anerkennenden Blicken musterte er sie. „Na, bereit zum Aufbruch? Ich hoffe, du willst eine Jacke mitnehmen? Es soll heute zwar ordentlich warm werden, aber sicher ist sicher, und am Nachmittag soll der Wind auffrischen."

„Ja, selbstverständlich." Sie deutete auf die blaue Jacke an der Garderobe hinter sich. „Ich wusste nicht, ob du Proviant mitnehmen willst, also habe ich ein paar Kleinigkeiten in einen Korb gepackt ..."

„Eine gute Idee. Ich habe zwar auch etwas vorbereitet, aber wenn das da in der Dose Wattwurmkekse sind, sage ich nicht Nein. Und frische Erdbeeren? Eigene Ernte?"

„Nein, die im Garten sind noch nicht ganz reif. Elke hat mir eine Schale von ihren Erdbeeren gebracht, da dachte ich ..."

„Hervorragend!" Ohne Umstände ging Alex an ihr vorbei, schnappte sich den Korb und kehrte zum Auto zurück. „Dann mal los, Mel. Komm, Schoki, ab auf die Rückbank. Ich muss dich wieder anschnallen."

Ein bisschen verblüfft, dass Alex keinerlei Anstalten gemacht hatte, sie erneut zu küssen oder ihr sonstwie nahezukommen, griff Melanie nach der Jacke und ihrer Handtasche und schloss die Haustür ab.

***

Melanie hatte gedacht, sie würden einfach auf das Boot steigen und unverzüglich in See stechen, aber da hatte sie sich sehr geirrt. Alex nahm sich fast eine ganze Stunde Zeit, ihr die *Meerjungfrau* zu zeigen, alle Bereiche zu erklären und ihr ein paar Handgriffe beizubringen. Als sie die gut dreizehn Meter lange und ungefähr fünf Meter breite, blau und weiß gestrichene Ketsch zum ersten Mal von Nahem im Jachthafen gesehen hatte, war ihr doch wieder ein wenig mulmig geworden. Sie konnte sich nicht vorstellen, dass zwei Menschen – oder vielmehr einer allein, denn sie war wohl kaum eine große Hilfe – dieses Boot unter Kontrolle halten konnten. Alex versicherte ihr jedoch, dass er sogar schon oft ganz allein gesegelt war. Also musste sie ihm wohl glauben und ihr Schicksal in seine Hände legen.

Schoki hatte naturgemäß keinerlei Bedenken in dieser Hinsicht. Die Hündin hatte sich mit Begeisterung auf Deck absetzen lassen und sich unverzüglich auf einen Rundgang über das Boot aufgemacht. Bevor Alex die Leinen löste und die *Meerjungfrau* aus dem Hafen steuerte, legte er Schoki eine spezielle Rettungsweste für Hunde an und reichte auch Melanie eine rote Weste. „Nur für den Notfall." Er zwinkerte ihr zu. „Aber keine Sorge, ich passe schon auf, dass es dich nicht über Bord weht. Trotzdem fühlst du dich mit der Weste wahrscheinlich erst mal sicherer." Er reichte ihr auch noch eine Flasche mit Sonnencreme, von der sie großzügige Mengen auf ihren nackten Armen verteilte. Es war heute ungewöhnlich warm für die Küste. Die Sonne strahlte von einem postkartenblauen Himmel, den sie sich nicht einmal mit den sonst üblichen winzigen Schäfchenwolken teilen musste.

Als der kraftvolle Dieselmotor ansprang, begann das gesamte Boot zu vibrieren. Melanie, die sich auf eine der Bänke an Deck gesetzt hatte, umklammerte unwillkürlich das Geländer. Bald schon merkte sie aber, dass die *Meerjungfrau* nur ganz sachte schaukelnd durch das Hafenbecken glitt, und entspannte sich wieder.

Du siehst so besorgt aus, Mel. Stimmt etwas nicht? Es ist doch so lustig hier auf dem Boot. Du brauchst keine Angst zu haben.

Überrascht bemerkte Melanie, wie Schoki sich neben sie setzte und ihr die Schnauze aufs Knie legte. Vorsichtig berührte sie den Kopf der Hündin, ließ ihre Finger durch das weiche Fell gleiten und betrachtete dabei die vorbeiziehenden Segelboote und Jachten. Irgendwann blieb ihr Blick an Alex hängen, der aufrecht und mit leicht gespreizten Beinen am Steuer stand und die Ketsch souverän unter Kontrolle hielt. Ein bisschen erinnerte er mit seinem durch einen schwarzen Lederriemen zusammengehaltenen Zopf und dem markanten Kinn an einen Piraten. Der Gedanke ließ sie schmunzeln.

Genau in diesem Moment warf er einen Blick über die Schulter. „Möchtest du auch mal?"

„Was?" Ihr Herzschlag holperte ein wenig.

„Ans Steuer. Ich gebe dir eine kleine Einführung in die Bootskunde."

„Hatte ich die nicht vorhin schon?" Etwas unsicher stand sie auf und ging zu ihm hinüber.

„Das war nur die erste Lektion, damit du weißt, wo Bug und Heck, Steuerbord und Backbord sind. Die zweite dreht sich um die wichtigsten Bootsmanöver und die Grundelemente der Navigation." Er trat einen Schritt beiseite, um ihr Platz zu machen.

Es fühlte sich merkwürdig an, so dicht neben ihm zu stehen und seinen Ausführungen über Ruderblätter, Ruderpinne, Luv- und Leeseite eines Schiffes und die verschiedenen Kurse zum Wind zu lauschen. Er konnte ausgezeichnet erklären, sodass sie tatsächlich bald eine gewisse Vorstellung davon hatte, was sie auf See erwarten würde. Und noch immer machte er keinerlei Anstalten, sich ihr erneut in irgendeiner Form zu nähern. Als sie schließlich weit genug hinausgefahren waren, um die Segel zu setzen, hatte Melanie sich einigermaßen von ihrer Anspannung erholt, sodass sie den Anblick der offenen Nordsee und das Glitzern der Sonne auf den sanften Wellen zum ersten Mal richtig genießen konnte.

***

Melanie sah in ihren hautengen Jeans und der kurzen Rettungsweste geradezu zum Anbeißen aus. Alex hatte Mühe, sich auf seine Ausführungen zum Thema Wenden und Halsen zu konzentrieren. Ganz zu schweigen vom sicheren Manövrieren des Bootes. Doch er hatte bemerkt, wie nervös sie seit seinem Auftauchen vor ihrer Haustür gewesen war, und beschlossen, ihr so viel Raum wie nur möglich zu geben. Sie sollte den Ausflug genießen und nicht ständig daran denken, worüber sie gestern gesprochen hatten. Sie war das, was böse Zungen vielleicht einen Kontrollfreak nennen würden. Vermutlich hatte sie die spontane Zusage zu dem Segeltörn schon bereut, noch bevor sie sie ganz ausgesprochen hatte, und da war die Möglichkeit von Sex als krönendem Abschluss des kleinen Abenteuers noch gar nicht eingerechnet.

Er hatte sie am Vortag ordentlich herausgefordert, das war ihm klar. Und er würde versuchen, sie weiterhin aus der von ihr selbst verordneten Balance zu bringen, um zu sehen, ob es möglich war, ein paar weitere ihrer Abwehrmechanismen zu durchbrechen. Auch wenn es ihm zunehmend schwerfiel, seine Hände bei sich zu behalten, machte er keinerlei Anstalten, sie zu berühren, es sei denn, um ihre Haltung oder die Position ihrer Hände am Steuer zu korrigieren.

Als es Zeit wurde, die Segel zu setzen und die *Meerjungfrau* damit ihrer eigentlichen Bestimmung zuzuführen, wirkte

Melanie sichtlich entspannt. Auf ihren Lippen lag ein feines, kaum wahrnehmbares Lächeln, das seltsame Dinge mit seinen Eingeweiden anstellte. Um nicht durch unbedachtes Handeln die kameradschaftliche Stimmung zwischen ihnen zu zerstören, entfernte er sich vom Steuer und kümmerte sich um die Segel.

„Hey!" Etwas entsetzt sah sie ihm nach. „Du kannst mich doch nicht einfach hier allein lassen!"

„Bleib einfach ganz ruhig und halt das Steuer fest. Es kann nichts passieren."

Natürlich konnte es das, doch er schätzte Melanie als besonnen genug ein, seine bisherigen Erklärungen umsetzen zu können. Abgesehen davon hatte er die Ketsch auch schon unzählige Male allein gesegelt, noch dazu oftmals bei wesentlich ungünstigeren Windverhältnissen als heute.

Alex konnte erkennen, dass sie blass wurde, als die Segel sich entfalteten und der Wind sich zum ersten Mal in ihnen fing. Er beeilte sich mit den erforderlichen Handgriffen und kehrte dann zu ihr ans Steuer zurück. Statt neben sie stellte er sich dicht hinter Melanie und legte sehr locker die Arme um sie. Seine Hände legte er auf ihre am Steuer und spürte so ganz deutlich, dass ihre Anspannung sofort zurückkehrte. Ihr Geruch stieg ihm in die Nase, und eine ihrer weichen blonden Haarsträhnen kitzelte ihn im Gesicht, doch er versuchte, sich davon nicht aus dem Konzept bringen zu lassen. „Entspann dich, Mel. Der Wind ist unser Freund."

Während er sprach, nahm die *Meerjungfrau* deutlich an Geschwindigkeit zu. Er liebte diesen Moment, wenn der Wind die Führung übernahm. Sie glitten schneller und schneller dahin.

„Weiß das der Wind auch?" Ihre Stimme krächzte ein wenig.

Alex lachte und verstärkte den Druck seines Körpers gegen ihren, um sie fühlen zu lassen, dass sie in Sicherheit war. Dummerweise steigerte das auch seine Erregung, die er die ganze Zeit bereits mühsam unterdrückte, doch er blieb einfach nur ruhig hinter ihr stehen. „Ganz ruhig, Mel, dir kann nichts passieren.

Nimm dir ein Beispiel an Schoki." Er deutete auf die Hündin, die sich so weit vorne auf das Deck gestellt hatte, wie nur möglich, und die Nase begeistert in den Wind hielt. Immer wieder stieß sie ein helles Bellen aus, schüttelte sich ein wenig, nur um dann wieder die Nase hochzurecken.

„Sie scheint ihren Spaß zu haben." Ein wenig von der Spannung, die Melanies Körper im Griff hielt, schien sich zu lösen. Ihre Hände um das Steuer lockerten sich etwas, sodass sich die Fingerknöchel nicht mehr weiß abzeichneten. Schließlich ließ sie das Steuer sogar mit einer Hand los und zog sie unter seiner hervor, um ihre Augen zu beschatten.

Alex griff zur Seite, öffnete eine Klappe neben dem Steuer und zog zwei Sonnenbrillen aus dem kleinen Fach. Eine reichte er Melanie, die andere setzte er sich selbst auf. „Besser?"

„Besser." Sie nickte und wagte es, sich weiter umzusehen.

Er nutzte den Augenblick und verließ sie noch einmal, um ein paar Justierungen an den Segeln vorzunehmen. Kaum war das geschehen, als die *Meerjungfrau* schon weiter Fahrt aufnahm. Melanie stieß einen halb überraschten, halb erschrockenen Laut aus, der ihn veranlasste, sich sofort wieder hinter sie zu stellen. Diesmal fand er sie jedoch nicht mehr verunsichert, sondern mit einem Ausdruck der Begeisterung vor. Sie hatte sich ein wenig aufgerichtet und hielt ihr Gesicht in den Wind, wie Schoki es ihr vorgemacht hatte. Das Lächeln auf ihren Lippen war einem Strahlen gewichen. Er konnte geradezu beobachten, wie der Spaß an der Geschwindigkeit ihren Körper ergriff, und lächelte in sich hinein.

Unter seiner Aufsicht ließ er sie ein paar sehr einfache Lenkmanöver ausführen und konnte dabei geradezu sehen, wie ihr Selbstbewusstsein sich aus seinem Schneckenhaus heraustraute. „Mir scheint, du bist ein Naturtalent." Er erlaubte sich, die Worte so dicht neben ihrem Ohr auszusprechen, dass er erneut ihren Geruch wahrnahm.

Lächelnd drehte sie sich zu ihm um. „Ich wette, das sagst du zu jeder Frau, mit der du segeln gehst."

„Wie könnte ich? Bisher hat sich noch keine von ihnen ans Steuer oder gar an die Segel getraut. Sieht man mal von meinen Schwestern und Cousinen ab. Und meine Mutter ist sowieso außer Konkurrenz. Sie ist früher bei einigen Regatten mitgesegelt."

„Im Ernst?" Ihre Augen hinter den leicht getönten Brillengläsern weiteten sich vor Überraschung.

„O ja. Sie hat sogar ein paar Preise gewonnen. Auf die Weise hat sie meinen Vater kennengelernt. Sie hat ihn bei einer großen Regatta in Dänemark um Haaresbreite geschlagen. Papa sagt immer, das war die beste Niederlage seines Lebens."

„Verrückt." Sie blickte wieder geradeaus. „Wie das Leben manchmal so spielt, meine ich."

„Die seltsamsten Ereignisse können zwei Menschen zusammenführen." Er legte ihr sanft seine Hände auf die Schultern, blickte jedoch weiterhin geradeaus, so wie sie. „Regatten, Todesfälle ..." Als sie sich unwillkürlich versteifte, wies er mit einer Hand nach links. „Siehst du die Seehundbank dort drüben? Allzu nah heran dürfen wir nicht. Wir bleiben in dem Abstand, den auch die Ausflugsschiffe wahren. Siehst du, da hinten kommt bereits eines."

„Oh!" Melanie war seinem ausgestreckten Arm mit Blicken gefolgt, und ihre Miene wurde beim Anblick der Tiere auf der Sandbank ganz weich. „Wie schön."

„Setz dich hinten auf die Bank und schau dich um. Ich kümmere mich um die *Meerjungfrau*."

Ein wenig ungelenk, weil sie sich noch nicht ganz an das Gehen auf dem schaukelnden Boot gewöhnt hatte, begab Melanie sich zu der Bank, auf der sie anfangs gesessen hatte. „Ich habe ganz vergessen, meinen Fotoapparat mitzunehmen. Ob die Bilder mit meinem Smartphone scharf genug werden?"

„Versuch es. Falls nicht, fahren wir einfach an einem anderen Tag noch mal heraus." Alex lenkte das Book routiniert näher an die Seehundbank heran, drehte bei und trimmte die Segel entsprechend, um die Geschwindigkeit noch mehr zu verringern, bis er die *Meerjungfrau* schließlich zum ruhigen Beiliegen gebracht hatte und sie nur noch mit höchstens einem Knoten Geschwindigkeit auf der ruhigen See trieben. Als er sich zu Melanie umdrehte, bemerkte er, dass sich ihre Aufmerksamkeit von den Seehunden ab- und ihm zugewandt hatte.

„Ich hatte keine Ahnung, wie viele Handgriffe notwendig sind, um so ein Boot unter Kontrolle zu halten." Ohne hinzusehen, kraulte sie Schoki, die sich neben sie gesetzt hatte, hinter den Ohren.

„Das geht einem schnell in Fleisch und Blut über. Du könntest es ganz sicher auch lernen, wenn du möchtest. Wie gesagt, ein gewisses Talent habe ich bei dir bereits entdeckt. Wenn dir das Segeln Spaß macht, kannst du den Segelführerschein im Handumdrehen machen."

„Es gibt einen Führerschein fürs Segeln?"

Er grinste. „Aber sicher doch. Sybilla hat ihn gemacht, da war sie schon über sechzig."

„Tante Sybilla konnte segeln?"

„Sie ist oft mit meinen Eltern rausgefahren."

„Auf der *Meerjungfrau*?"

„Ja, meistens. Manchmal haben sie sich auch ein Boot von Freunden geliehen."

Ihr Blick wanderte zurück zu den Seehunden, die sich genüsslich in der Sommersonne rekelten. „Ich weiß so wenig von ihr. Und umgekehrt hatte sie auch keinerlei Ahnung von meinem Leben. Trotzdem wollte sie, dass ich hierher zurückkomme. Warum?"

„Sie hat seit ihrer Kindheit in Lichterhaven gelebt. Es war ihr Zuhause." Alex setzte sich neben sie und legte seinen rechten Arm locker auf die Reling hinter ihr. „Wahrscheinlich hat sie gehofft, dir ebenfalls eine Heimat schenken zu können."

„Ich lebe in Köln."

„Irgendwo zu leben und dort zu Hause zu sein sind zwei grundverschiedene Dinge, Mel." Ehe sie etwas darauf erwidern konnte, wechselte er erneut rasch das Thema. „Hast du Hunger?

Wie wäre es mit einem kleinen Picknick?" Ohne auf ihre Antwort zu warten, stand er wieder auf und kletterte hinab in die kleine Kombüse, an die sich ein winziges Bad und ein Wohn-Schlafraum anschlossen. Er nahm das mitgebrachte Essen aus dem Kühlschrank und packte alles zurück in den Korb, mit dem er die Lebensmittel hergebracht hatte. Die Kekse und die Erdbeeren legte er dazu. Als er sich umdrehte, kletterte Melanie gerade die steilen Stufen zur Kombüse hinab und nahm dabei die Sonnenbrille ab, um bei den veränderten Lichtverhältnissen noch etwas sehen zu können.

„Kann ich dir helfen?"

Dass sie so unmittelbar vor ihm aufgetaucht war und ihm nun in der beengten Kombüse dicht gegenüberstand, ließ ihn an unzählige Dinge denken, die sie tun könnten. Mit dem Hinauftragen von Essen hatte keines davon auch nur im Entferntesten zu tun. Sicherheitshalber stellte er den Korb auf die kleine Anrichte. „Eigentlich habe ich alles im Griff."

„Eigentlich?" Fragend sah sie ihn an.

Er lächelte leicht. „Fast alles." Er machte einen Schritt auf sie zu. „Bis auf dich. Aber das lässt sich leicht ändern." Er hörte sie scharf einatmen, als er sie mit einer flinken Bewegung an sich zog. Ihr Körper schmiegte sich an seinen, und er sorgte dafür, dass er auch dort blieb. Zwar trug sie nach wie vor die Rettungsweste, sodass er nicht in den Genuss kam, die weichen Rundungen ihrer Brüste zu spüren, doch im Hinblick darauf, dass er nichts überstürzen wollte, kam ihm dieser Umstand in gewisser Weise entgegen.

Melanie schluckte und lächelte nervös. „Und jetzt?"

Sein Blick wanderte zu ihren Lippen. „Was dachtest du denn?"

Ihr Mund war weich und nachgiebig, als er ihn mit dem seinen eroberte. Aus ihrer Kehle drang ein unterdrückter Laut, der ihn fast in den Wahnsinn trieb. Er hatte sie nur kurz kosten wollen, doch als sich ihre Lippen einladend öffneten, glitt seine Zunge sofort begierig in ihre Mundhöhle, suchte die ihre, umspielte sie. Ihr warmer, weiblicher Geschmack erfüllte ihn. Um sich ein wenig zu bremsen, umfasste er sanft ihr Gesicht mit beiden Händen, streichelte über ihre Wangen und ließ seine Finger in ihr Haar gleiten. Solange er sich mit Regionen oberhalb ihres Halses befasste, konnte er ihr nicht die Kleider vom Leib reißen. Hoffte er zumindest.

Als er sich kurz von ihr löste, um Luft zu holen, lächelte sie leicht. „Ich wusste nicht, dass ich auch auf der Speisekarte stehe."

„Dann hättest du dafür Sorge tragen müssen, nicht ganz so verführerisch auszusehen." Noch einmal küsste er sie, jedoch langsamer und weniger fordernd als zuvor. Dennoch musste er mit der heftigen Reaktion seines Körpers kämpfen. Am liebsten hätte er sie auf der Stelle nackt ausgezogen und mehr als nur von ihrem Mund gekostet. Der leichte, aber beständige Druck ihres Unterleibs gegen seinen machte ihn ganz schwindelig, sodass er sich schließlich mit Gewalt von ihr zurückzog und erneut nach dem Korb greifen wollte. „Wir sollten uns ein wenig stärken und die Aussicht genießen."

„Ja, das sollten wir wohl." Melanies Stimme klang ein wenig kratzig. Ihre Wangen waren leicht gerötet, ihr Atem ging in unregelmäßigen Stößen.

Für einen langen Moment sahen sie einander nur an.

Alex stieß einen ungehaltenen Laut aus und zog sie mit einem Ruck erneut fest an sich. Ihre Lippen trafen hungrig aufeinander, Melanies Hände gruben sich in sein Haar.

Rasch trat er einen halben Schritt zurück, öffnete mit wenigen Handgriffen die Rettungsweste und umfasste die Wölbung ihrer Brüste. Er spürte durch den dünnen Stoff ihrer Bluse, wie sich die Brustwarzen aufrichteten. Ungeduldig machte er sich an dem Kleidungsstück zu schaffen und stellte halb belustigt, halb erregt fest, dass sie mit Druckknöpfen verschlossen war. Es bedurfte nur eines Rucks, um sie zu öffnen, und einer weiteren raschen Bewegung, um sie Melanie mit samt der Weste von den Schultern zu streifen. Der weiße

Spitzen-BH folgte Augenblicke später. Er löste seine Lippen von ihrem Mund, umfasste mit seinen Lippen ihre linke Brustwarze.

Sie keuchte, als er die empfindsame Spitze einsog und mit der Zunge darüberstrich. Ihre Hände krallten sich in sein Hemd, kämpften mit den Knöpfen. Wenig später landeten sowohl sein Hemd als auch das T-Shirt, das er darunter angehabt hatte, auf dem Boden.

Alex hatte das Gefühl, in einen gefährlichen Rausch zu verfallen, als er ihre nackte, warme Haut an der seinen spürte. Er wollte sie fühlen, riechen, schmecken. Mit dem Mund glitt er von ihrer Brust hinauf zu ihrer Schulter, in die Halsbeuge. Sie warf den Kopf in den Nacken und seufzte auf, als er einen besonders empfindsamen Punkt fand.

Schon glitten ihre Hände an den Bund seiner Jeans, öffneten den Gürtel und gleich darauf Knopf und Reißverschluss. Hitze schoss durch seine Adern, und er umfasste rasch ihre Hände, zog sie gegen seine Brust.

Er war so erregt, dass ihm das Blut in den Ohren rauschte. Während er sie erneut gierig küsste, umfasste er ihr Hinterteil und presste ihren Unterleib fest gegen seinen, ließ sie seine Erektion spüren. Sie keuchte gegen seine Lippen und fuhr mit den Händen begehrlich über die Muskeln an seinen Armen, an seiner Brust.

Alles ging schnell. Viel schneller, als er vorgehabt hatte. Doch selbst wenn er es gewollt hätte, wäre ihm ein Rückzug nicht mehr möglich gewesen. Mit beiden Händen umfasste er wieder ihre Brüste, hob sie ein wenig an, glitt mit den Lippen über die hart aufgerichteten Spitzen und genoss die unruhigen Laute, die sie daraufhin ausstieß. Wieder spürte er ihre Hände an seiner Hose, dann umschloss sie ihn mit einer Hand, und ihm wurde für einen Moment schwarz vor Augen.

Das Stöhnen, das in seiner Kehle aufstieg, mischte sich mit einem ungeduldigen Knurren, als er die Knöpfe an ihrer Hose nicht schnell genug aufbekam. Doch dann hatte er es endlich geschafft und streifte ihr Hose und Slip zusammen vom Körper. Sie taumelte ein wenig, doch er zog sie rasch wieder fest an sich, küsste sie, umfasste mit einer Hand ihre rechte Brust und fuhr mit der anderen Hand zwischen ihre Schenkel.

Sie stieß ein fast schon erschrockenes Stöhnen aus, als er ihre heiße, feuchte Mitte fand und reizte. In seinem Unterleib pochte es verlangend.

„Alex, o Gott, ich … kann nicht mehr länger … warten …" Ihre Worte waren unterbrochen von heftigen Atemstößen. Wieder umschloss sie ihn fest mit einer Hand und brachte ihn damit an den Rand seiner Beherrschung. Er drängte sie gegen die Anrichte und griff gleichzeitig nach seiner Jacke, die er über die Lehne der kleinen Eckbank gehängt hatte. In der Innentasche fand er das Päckchen Kondome, das er am Vortag noch gekauft hatte. Mit fliegenden Fingern streifte er sich eines davon über und drängte Melanie erneut gegen die Anrichte, hob sie darauf, sodass ihre Hüfte auf gleiche Höhe mit seiner war. Sofort schlang sie ihre langen Beine um ihn.

Ihre Münder fanden sich in dem Moment, als er mit einem kraftvollen Stoß in sie eindrang. Die Welle der Lust, die über ihn hinwegbrandete, riss alle zusammenhängenden Gedanken mit sich. In einem wilden, harten Rhythmus nahm er sich, wonach es ihn schon seit seiner ersten Begegnung mit Melanie verlangt hatte. Schnell und wie in einem Rausch trieb er sie voran. Der Boden schwankte leicht unter seinen Füßen, doch er hätte selbst dann nicht aufhören können, wenn sie das Boot damit zum Kentern gebracht hätten. Feuchte, einladende Hitze empfing ihn bei jedem Stoß, gleichzeitig zogen sich die Muskeln in ihrem Inneren immer wieder rhythmisch um ihn zusammen, sogen ihn noch tiefer hinein.

Melanie hatte die Augen geschlossen und ihre Hände in seine Schultern gekrallt. Ihr Atem ging in kurzen, heftigen Zügen und wandelte sich in ein hilfloses Keuchen, als er mit Lippen und Zunge erneut an ihrem Hals entlangfuhr, bis er jenen empfindsamen Punkt fand. Sie wand sich heftig. Gleichzeitig drängte sie sich ihm in einem immer schneller werdenden Rhythmus entgegen und riss ihn dabei gnadenlos mit sich in den Strudel, der geradewegs auf eine Explosion zusteuerte.

„Mel." Seine Stimme klang rau vor Lust.

Ihre Augenlider flatterten, hoben sich jedoch nicht, wie er gehofft hatte. Stattdessen wand sie sich noch heftiger, brachte ihn zum Schwanken. Er packte sie fest an den Hüften, verschloss ihren Mund mit seinem und ließ auch noch den letzten Rest an Beherrschung hinter sich.

„Alex." Sie rang immer wieder nach Atem. „Ich ..." Ihre Stimme versagte und mündete in ein erschrockenes Stöhnen, als er sie über die letzte Klippe stieß und sich mit ihr zusammen in den wilden Wirbel stürzte, der sie unbarmherzig erfasste.

***

Eine geraume Weile hielt er sie noch schwer atmend gegen die Anrichte gedrängt. Erst als er sicher war, sich wieder im Griff zu haben, zog er sie von der unbequemen Oberfläche und in seine Arme. Dabei wurde ihm bewusst, dass er es nicht einmal geschafft hatte, seine Hose ganz auszuziehen.

Melanies Körper fühlte sich erhitzt und weich an. Schwer lehnte sie sich an ihn, jedoch nur für einen Moment, dann versuchte sie, sich von ihm zurückzuziehen. „Das war ..." Sie schluckte und fuhr sich ordnend durch ihr honigblondes Haar. „Überraschend."

Ein Lächeln stahl sich auf seine Lippen. Er fand es entzückend, dass sie so offensichtlich verlegen war. „Überraschend ist nur, dass das Boot auf Kurs geblieben ist." Er strich ihr eine Haarsträhne hinters Ohr, dann ordnete er seine Hose und reichte ihr einen Teil der Kleider, die auf dem Boden gelandet waren. „Ich hoffe, die Touristen auf dem Ausflugsboot von eben sind hinreichend mit den Seehunden beschäftigt."

„Warum?" Ihre Augen wurden groß. „Oh. Du meinst, sie könnten gesehen haben ..."

„Dass die *Meerjungfrau* bedenklich geschwankt hat, obwohl wir so gut wie keinen Seegang haben? Wäre durchaus möglich." Er zwinkerte ihr fröhlich zu.

„Oh, mein Gott, ich kann da jetzt nicht mehr raufgehen."

„Warum nicht?"

„Wenn das jemand mitbekommen hat …"

„Dann sind die meisten von ihnen doch bloß neidisch. Komm, lass uns endlich etwas essen. Schoki wird auch schon ganz ungeduldig auf ein Leckerchen warten."

„Schoki? O je, sie war die ganze Zeit allein oben …?"

„Zum Glück. Sie ist nämlich noch viel zu jung, um mitanzusehen, was hier unten vor sich gegangen ist. Aber wenn man es genau nimmt, war es gar nicht mal allzu lange. Beim nächsten Mal lassen wir uns mehr Zeit." Er küsste sie flüchtig auf die Lippen, zog sich sein Hemd über und trug den Korb mit dem Proviant hinauf auf Deck.

***

Sprachlos und noch immer verwirrt durch die Mischung aus Verlegenheit und dem explosiven Cocktail an Hormonen, der soeben durch ihren Körper gejagt war, blickte sie ihm hinterher. Dann beeilte sie sich, ihre Kleider wieder anzuziehen. Die Rettungsweste in der Hand, kletterte sie schließlich doch nach oben und wurde von Schoki mit fröhlichem Gebell und einer nassen Zunge begrüßt, mit der sie mehrmals über ihre Hände schlabberte. Unwillkürlich musste sie lachen. „Hey, willst du mich jetzt etwa auch auffressen?"

Auffressen? Was meinst du denn damit? Ich freue mich nur so, dass du da bist. Hier oben war es ein bisschen langweilig ohne euch. Aber ich passe gerne auf, solange ihr da unten seid. Das kann ich gut. Obwohl es hier draußen auf dem Wasser bestimmt keine Einbrecher oder so gibt.

„Sie ist ganz schön auf dich fixiert." Alex winkte sie zu sich heran. Er hatte sich wieder auf die Bank gesetzt und ein paar

Tupperdosen aus dem Korb gehoben. „Setz dich. Magst du Eiersalat? Eine meiner Spezialitäten. Dazu frisches Brot, kalten Braten und Kartoffelsalat nach dem Rezept meiner Mutter. Als Nachtisch Erdbeeren und Wattwurmkekse. Wenn das nicht ein feudales Menü ist, weiß ich auch nicht."

Neugierig kam sie näher und betrachtete das vorbereitete Essen. „Du hast das selbst gekocht?"

„Na klar. Warum verblüfft dich das so?"

„Es ... na ja, ich habe mir dich nie als Mann vorgestellt, der kochen kann."

„Ich gehöre aber eindeutig zu dieser Spezies. Dafür darfst du dich bei meiner Mutter bedanken. Sie hat nicht eher Ruhe gegeben, bis ich alle einhunderttausend Lektionen aus ihrem Repertoire über mich ergehen gelassen habe. Sie ist der Ansicht, dass ein Mann in der Lage sein muss, für sich selbst zu sorgen, damit er mit solchen Sachen niemals einer Frau auf den Geist gehen muss. Also musste ich kochen, backen, bügeln, waschen und putzen. Seite an Seite mit meinen beiden Schwestern, die dafür im Umkehrschluss lernen durften, wie man Autoreifen wechselt, Bilder mithilfe einer Wasserwaage gerade an die Wand hängt, Schränke zusammenschraubt und einen Ölwechsel durchführt. Am Auto ebenso wie hier am Boot."

Wider Willen war sie fasziniert. Mehr noch, als sie die ersten Bissen der Salate probierte. „Das ist wirklich gut!" Sie musterte das knusprige Weißbrot. „Das ist aber vom Bäcker."

„Nope. Ich bin vor einigen Jahren unter die Brotbäcker gegangen. Allerdings finde ich nicht immer genügend Zeit für dieses Hobby. Aber ein besonderer Anlass wie dieser Ausflug war für mich Grund genug, mal wieder ein neues Rezept zu kreieren."

„Jetzt bin ich wirklich beeindruckt." Lächelnd nahm sie sich eine zweite Scheibe von dem Brot.

Alex verzog gespielt beleidigt die Lippen. „Was denn, ein einfaches Weißbrot beindruckt dich, aber meine ungezügelte Manneskraft lässt dich komplett kalt?"

Beinahe hätte sie sich verschluckt. Seine empörte Miene reizte sie zum Lachen, und sie fragte sich, wann sie zuletzt Sex mit einem Mann gehabt und dann nur Minuten später Scherze darüber gemacht hatte. Noch nie, stellte sie überrascht fest. „Also von kalt kann wohl nicht gerade die Rede sein. Ich würde es eher überhitzt nennen."

„Ja, kann sein, dass da ein paar Sicherungen durchgebrannt sind." Er warf Schoki ein Stück von seinem Brot zu, das die Hündin souverän auffing und in einem Haps hinunterschlang.

Hm, lecker. Gibt es davon noch mehr? Ich würde auch von dem Salat nehmen. Der riecht so gut.

„Halt, Schoki, das reicht erst mal." Freundlich, aber energisch wehrte er die Hündin ab, deren Nase sich in eindeutiger Weise der Salatschüssel näherte. Dann wandte er sich wieder Melanie zu. In seinem Blick lag ein amüsiertes Funkeln, doch darunter konnte sie etwas anderes erkennen, etwas Dunkleres. Es war wie ein Versprechen, dass es nicht bei diesem einen Mal bleiben würde. Melanie spürte, wie ihr schon wieder ganz heiß wurde. Liebe Zeit, sie hatte gerade wilden, überaus befriedigenden Sex gehabt. Wie konnte es sein, dass die Anziehung, die von ihm ausging, dadurch nicht im Geringsten gemindert worden war? Im Gegenteil! Jetzt, da sie wusste, wie es sich anfühlte, ihm so nah zu sein, schien ihr Körper nichts anderes mehr zu wollen.

Um sich nicht anmerken zu lassen, in welche Richtung ihre Gedanken drifteten, widmete sie sich ganz ihrem Essen und stellte nach einer Weile ein paar Fragen zu den Seehundbänken.

Alex beantwortete sie besser als jeder Touristenführer und konnte sogar ein paar Anekdoten aus der Zeit erzählen, in der er auf den Ausflugsschiffen gearbeitet hatte. Irgendwann verstauten sie die Reste des Essens und die Teller wieder im Korb und stellten nur noch die Keksdose und die Schale mit den Erdbeeren in Reichweite. Wie es dazu kam, wusste sie nicht genau, doch irgendwie fand sie sich kurz darauf in seinen Armen wieder. Er hatte sich so gesetzt, dass sie sich mit dem Rücken gegen ihn lehnen konnte, und ihr einen Arm um die Taille gelegt. Mit der anderen Hand reichte er ihr immer mal wieder eine Erdbeere. Sie beobachteten die Seehunde und die Ausflugsschiffe, die an ihnen vorbeizogen. Schoki lag ihnen zu Füßen und döste vor sich hin.

Nach einer Weile schob Alexander eine Hand unter ihre Bluse und streichelte sachte über die Haut an ihrem Bauch und an ihrer Seite. Die Berührung war beiläufig und dennoch derart intim, dass sie Melanie zunehmend aus der Fassung brachte. Gleichzeitig fühlte sie sich so wohl und entspannt in seiner Gegenwart wie schon lange nicht mehr.

„Meine Mutter hat mich übrigens gebeten, dich für heute Abend zum Essen mitzubringen. Natürlich nur, wenn du Lust hast. Sie möchte dich gerne besser kennenlernen."

„Warum?" Die Frage war ihr herausgerutscht, noch bevor sie darüber nachdenken konnte.

„Warum?" Er lachte und beugte sich ein wenig vor, um einen Keks aus der Dose zu nehmen, die auf ihrem Schoß lag. Dabei streifte sein Mund leicht ihr Ohr und verursachte ihr eine Gänsehaut. „Weil sie dich nett findet, nehme ich an. Beim Grillfest hattet ihr wohl nicht viel Gelegenheit, euch zu unterhalten."

„Ich weiß nicht …" War sie jetzt verpflichtet, mit den Eltern zu essen, weil sie mit dem Sohn Sex gehabt hatte? Der Gedanke, ihnen zu begegnen, nach dem, was vorhin zwischen ihr und Alex geschehen war, machte sie nervös.

„Du musst natürlich nicht mitkommen. Aber Mel?" Sein Mund verharrte noch immer neben ihrem Ohr.

„Was?" Sie drehte den Kopf leicht, um die seltsamen Empfindungen zu unterbrechen, die seine Nähe in ihr auslöste. Allerdings wandte sie ihm jetzt das Gesicht zu, sodass sie ihm in die Augen sehen musste. Ihr Herzschlag beschleunigte sich.

Es war wie eine Einladung für Alex, was er sich nicht entgehen ließ. Sacht strich er mit seinem Mund über ihre Lippen und weiter über ihre Wange. „Wir haben keinen Stempel auf der Stirn, auf dem steht, dass wir heißen Sex in der Kombüse hatten."

„Ich habe doch gar nicht gesagt …“

„Aber gedacht.“ Er lächelte so wissend, dass es ihr einen Stich versetzte. „Mel, dein panischer Blick spiegelt in diesem Moment genau wider, was du denkst. Es ist eine einfache Einladung zum Abendessen. Niemand wird dich ins Kreuzverhör nehmen. Mein Liebesleben geht nämlich niemanden außer mich etwas an – und natürlich dich in diesem Fall.“

„Werden deine Großeltern auch da sein?“

„Davon gehe ich aus.“ Er nahm einen weiteren Keks, schob ihn sich in den Mund und lehnte sich zurück gegen die Reling. Dabei zog er sie fester an sich, sodass sie wieder in seinen Armen lag. „Machst du dir noch immer Sorgen wegen Opa? Er wird dich in Ruhe lassen. Falls nicht, sage ich ihm schon das Passende.“

„Ich …“ Nervös schob sie die Keksdose auf ihren Beinen hin und her. „Ich bin einfach nicht gut in so was.“

„So was?“

„Familienessen meine ich.“

„Was muss man denn da gut können? Du isst, und wenn du gerade den Mund leer hast, redest du. Oder auch nicht.“

„Ja, aber worüber soll ich mit deiner Familie reden? Wir haben doch so gut wie nichts gemeinsam. Ich bin bloß eine vorübergehende Besucherin hier und …“

„Du könntest ein bisschen mehr über Sybilla in Erfahrung bringen. Meine Eltern waren gut mit ihr befreundet. Meine Großeltern erst recht.“

„Hm.“ Der Gedanke war ihr noch gar nicht gekommen.

„Was macht eigentlich deine Mutter?“

Erschrocken hob sie den Kopf. „Meine Mutter? Warum willst du das wissen?“

Er lachte und verstärkte seinen Griff ein wenig. Seine Hand nach wie vor unter ihrer Bluse, streichelte er sie unbeirrt weiter. „Weil ich neugierig bin, Mel. Und weil wir gerade den besten Sex hatten, den ich seit Jahren erlebt habe. Da ist es nur natürlich, dass ich über die Frau, mit der ich diesen Sex hatte, ein bisschen mehr erfahren möchte als nur die Tatsache, dass sie ebenso gute Wattwurmkekse backt wie ihre Großtante."

„Okay." Sie war es nicht gewohnt, über ihre Mutter zu sprechen. „Mama ist mit ihrem neuen Mann auf einer Rundreise durch Europa."

„Du hast einen frisch gebackenen Stiefvater?"

„Wenn du es so nennen möchtest. Den dritten übrigens. Und vermutlich nicht den letzten."

„Warum glaubst du das?"

„Erfahrung ..." Sie wollte sich aufrichten, um den intimen Kontakt zu unterbrechen, doch Alex ließ es nicht zu. „Sollten wir nicht allmählich wieder zurücksegeln?"

„Du weichst mir aus." Er küsste sie aufs Ohr. „Warum sollte deine Mutter jemanden heiraten, wenn sie nicht vorhat, mit ihm zusammenzubleiben?"

„Weil sie total emotional und launenhaft ist und sich von jeder kleinen Verliebtheit gleich komplett mitreißen lässt." Sie merkte, wie bitter das sich anhörte, tat aber nichts, um diesen Eindruck abzumildern. „Meine Mutter lässt sich schnell begeistern, aber sie hat es noch nie länger als ein paar Monate mit ein und demselben Mann ausgehalten."

„Vielleicht weil sie noch nicht dem Richtigen begegnet ist."

„Vielleicht weil es *den Richtigen* für sie gar nicht gibt."

„Das klingt aber ziemlich hart, Melanie."

„Mag sein, aber ein Mann, der all ihre Launen und Macken mitmacht, müsste schon eine Engelsgeduld haben. Und enorme Widerstandskraft. Mama setzt sich nämlich schnell etwas in den Kopf und lässt sich dann kaum noch davon abbringen. Nach einer Weile in einer Beziehung bildet sich in ihr die feste Überzeugung, sich aus einer Art Gefängnis befreien zu müssen."

„Sie rüttelt dann also so heftig an den Gitterstäben, bis der jeweilige Mann sie gehen lässt?"

Überrascht drehte sie ihm wieder das Gesicht zu. „So in der Art, ja."

„Also hat sie Angst vor festen Bindungen. Dann ist sie dir ja nicht ganz unähnlich."

„Ich habe keine Angst." Melanie fluchte innerlich, denn die Antwort war ihr viel zu schnell über die Lippen gekommen. Gerade im Augenblick hatte sie tatsächlich einen kleinen Anflug von Panik, denn Alex hielt sie noch immer fest in den Armen und irritierte sie mit dem zärtlichen Streicheln und seinen klugen Einsichten. „Ich bin bloß vorsichtig und verlasse mich lieber auf meinen Verstand als auf irgendwelche Emotionen, die von Hormonen in eine völlig falsche Richtung beeinflusst werden können."

Alex runzelte einen Moment die Stirn, dann lachte er laut. „Dann sollte ich deinen Hormonen wirklich dankbar sein, dass sie dich vorhin ein bisschen fehlgeleitet haben."

„Das ist nicht lustig." Verzweifelt bemühte sie sich, sich nicht von seinem herzlichen Lachen anstecken zu lassen. „Ich meine das vollkommen ernst."

„Natürlich, Mel." Er sog scharf die Luft ein, um das Lachen zu unterdrücken, und küsste sie erneut aufs Ohr. „Vielleicht hat deine Mutter ja diesmal so einen engelsgeduldigen, widerstandsfähigen Mann gefunden, wer weiß? Sagt man nicht, dass aller guten Dinge drei sind?"

„Alex, sie hatte schon so viele Männer, dass ich sie kaum noch zählen kann. Dass sie es mit dreien von ihnen bis vor den Standesbeamten geschafft hat, ist reiner Zufall."

„Oder vielleicht schlummert doch irgendwo in ihr der Wunsch nach einer beständigen Partnerschaft."

Matt schüttelte sie den Kopf. „Du kennst meine Mutter nicht."

„Zumindest bin ich ihr seit gut zwanzig Jahren nicht begegnet." Nun zog er doch seine Hand unter ihrer Bluse hervor und setzte sich ein wenig auf, sodass sie von ihm abrücken konnte. „Aber was nicht ist, kann ja noch werden."

„Glaub mir, du würdest dir nur Kopfschmerzen einhandeln." Sie zupfte an ihren Kleidern herum, während Alex sich erhob und an den Segeln zu schaffen machte.

KAPITEL 12

Wie schön, dass ihr es doch noch geschafft habt!" Anke drückte ihren Sohn an sich und zog dann die überraschte Melanie ebenfalls kurz in die Arme. „Ich habe gratinierte Scholle gemacht und Salzkartoffeln. Sie mögen doch hoffentlich Fisch, Melanie?"

„Ja, natürlich." Melanie hatte den Eindruck, als würde Anke sie besonders eingehend mustern. Sah man ihr womöglich an, dass sie und Alex vorhin …? Nein, das war Unsinn. Sie war vielleicht ein wenig zerzaust, aber das lag am Wind, der wie vorhergesagt am späteren Nachmittag aufgefrischt war. Sie hatte sich in dem winzigen Bad an Bord notdürftig zurechtgemacht, doch so ganz wollten ihre Haare sich heute nicht mehr bändigen lassen. „Ich danke Ihnen für die Einladung." Die sie am liebsten ausgeschlagen hätte, weil sie noch immer nicht recht wusste, wie sie sich verhalten sollte.

„Kommen Sie, setzen Sie sich zu mir!" Alexanders Großmutter klopfte auf den Stuhl neben sich. Die Familie saß nicht etwa im Esszimmer, sondern in der gemütlichen Wohnküche zusammen, und da der Tisch bereits liebevoll gedeckt war, würden sie wohl auch hier bleiben.

Ein weiteres Dankeschön murmelnd, ließ sie sich neben Evelyne Messner nieder. Alex nahm den Platz neben ihr und strich ihr dabei sehr beiläufig übers Bein. Die Geste sollte wohl beruhigend wirken, trieb jedoch ihren Blutdruck in die Höhe und verursachte ihr unangemessenes Herzklopfen.

„Wie hat Ihnen der kleine Segelausflug gefallen?" Evelyne musterte sie beinahe ebenso neugierig wie zuvor Anke. „Wart ihr bei den Seehundbänken oder noch weiter draußen?"

„Bei den Seehundbänken. Es war sehr schön. Ich habe mit dem Handy ein paar Fotos gemacht, muss aber später auf dem Computer schauen, ob sie wirklich scharf geworden sind."

„Falls nicht, fahren Sie einfach noch einmal mit Alexander raus. Nicht wahr, mein Junge, das würdest du doch tun?"

„Aber sicher doch, wenn Melanie möchte. Wir können auch mal nach Helgoland rüberfahren und bei Hanni im Hotel übernachten."

„Übernachten?" Ihr wurde unnatürlich warm.

„Hanni ist die Tochter einer guten Freundin von mir." Anke stellte eine große Auflaufform mit dampfendem Gratin auf den Tisch. „Sie führt das Hotel *Helgoländer Schwalbe*. Ich kann Ihnen nur empfehlen, die Insel in aller Ruhe zu genießen. Die regulären Ausflüge sind ja meistens auf einen Tag beschränkt, da sieht man wirklich nur die absoluten Touristenziele, geht kurz was essen und shoppen und muss schon wieder los. Wenn Sie eine oder zwei Übernachtungen buchen, haben Sie viel mehr Zeit und Muße, sich die Schönheiten der Insel anzusehen. Hanni hat für uns immer ein Zimmer oder auch zwei im Privattrakt des Hotels frei."

Etwas unbehaglich dachte Melanie daran, was wohl geschehen mochte, wenn sie mit Alex ganze zwei oder gar drei Tage auf dieser Insel verbrächte. Von den Nächten ganz zu schweigen. „Das hört sich ja sehr nett an, aber ich kann doch nicht erwarten, dass Ihre Bekannte mich einfach so in ihren Privaträumen aufnimmt. Sie kennt mich ja gar nicht und …"

„Sie kennt mich." Alex lächelte ihr zu. „Wir sind zusammen zur Schule gegangen. Sie hat ganz bestimmt nichts dagegen, wenn ich dich mitbringe. Überleg es dir, das Angebot steht."

„Mal sehen."

„Nun lasst uns erst einmal essen. Bestimmt sind Sie hungrig nach dem langen Tag, nicht wahr?" Inzwischen hatte Anke auch die Kartoffeln und eine Schüssel mit Kohlrabigemüse aufgetischt und sich danach auf den verbliebenen freien Platz neben ihrem Mann gesetzt.

Arno Messner hatte bis jetzt in einer regionalen Zeitung geblättert, faltete diese nun jedoch zusammen und legte sie zur Seite. Er übernahm es ganz selbstverständlich, das Essen zu verteilen, angefangen bei Melanie. Dabei erzählte er von einer Sitzung im Stadtrat, dem er offenbar angehörte. Sein Vater mischte sich immer wieder mit Fragen ein, und auch Alex wirkte sehr interessiert.

Anke und Evelyne begannen bald ein Gespräch darüber, was in der nächsten Zeit alles im Garten gemacht werden musste, und versuchten immer wieder, Melanie mit in das Gespräch einzubeziehen. Leider hatte die kaum Ahnung von Gartenarbeit und konnte daher meistens nur einsilbig antworten oder hörte einfach zu. Trotzdem war es auch für Melanie sehr interessant, und sie versuchte, sich möglichst viel zu merken. Immerhin musste auch der Garten um Sybillas Haus in Schuss gehalten werden, und so wie es im Moment stand, war auch das ihre Aufgabe.

„Sybilla hatte einen grünen Daumen, wissen Sie?“ Als hätte sie Melanies Gedanken gelesen, kam Anke auf das Thema zu sprechen. „Sie war stolz auf ihren Garten und hat ihn gepflegt wie ein Kleinod.“

„Ich weiß.“ Melanie nickte. „Oder vielmehr konnte ich das gleich sehen, als ich hier ankam. Leider verstehe ich nicht viel von Gartenarbeit.“

„Das kann man alles lernen, wenn man will.“ Überraschend mischte sich Norbert Messner ein. Sie hatte nicht bemerkt, dass er seine Aufmerksamkeit dem Gespräch der Frauen zugewandt hatte. Obwohl, er schien sie eher gleichmäßig aufzuteilen, denn gleich darauf sagte er in Richtung seines Sohnes: „Wenn er seinen Job als Schriftführer nicht auf die Reihe kriegt, soll er halt einen Computerkurs besuchen. Solche einfachen Tabellen kann ja selbst ich anlegen, und ich bin nun wahrhaftig kein Computerexperte.“ Dann wandte er sich wieder an Melanie. „Es wäre sehr schade, wenn Sybillas Garten verwildert. Sie gehören doch hoffentlich nicht zu der Sorte Städtern, für die ein Garten ausschließlich aus akkurat gemähtem englischen Rasen besteht, oder? Das wäre glatt ein Verbrechen vor dem Herrn, wenn die schönen Beete und Büsche und Blumen ausgerissen würden, nur damit da eine sterile Grünfläche entsteht.“

„Opa.“ Alex runzelte die Stirn und warf seinem Großvater einen strafenden Blick zu. „Ich bin sicher, so etwas hatte Melanie nicht vor. Was soll sie wohl mit einer sterilen Grünfläche anfangen?“

Die Nervosität war schlagartig wieder da. Dieser alte Mann konnte sie nicht ausstehen, dessen war Melanie sich sicher. „Ich würde den Garten gerne erhalten, aber ich fürchte, mir fehlen selbst die einfachen Grundlagen des Gärtnerns. Und wenn ich in ein paar Wochen wieder abreise, müsste sich jemand anderes darum kümmern."

„Deana hat Sybilla zuletzt viel im Garten geholfen." Evelyne maß ihren Mann mit strengen Blicken. „Vielleicht reden Sie mal mit ihr darüber. Wenn Sie möchten, kann ich auch gerne mal vorbeikommen und Ihnen ein paar Handgriffe zeigen. Anke, würdest du da nicht auch mitkommen? Gartenarbeit kann zwar manchmal anstrengend sein, aber sie ist kein Buch mit sieben Siegeln, Melanie. Sie werden ganz schnell den Dreh heraushaben."

„Danke, das ist sehr nett, aber ich kann doch nicht verlangen, dass Sie ..."

„Verlangen?" Evelyne lachte. „Ich dachte, ich hätte unsere Hilfe gerade angeboten. Machen Sie sich keine Gedanken. Ich liebe es, in der Erde herumzuwühlen. Auch wenn mein Rücken nicht mehr so stabil ist wie noch vor ein paar Jahren. Aber es wird noch reichen, um Ihnen einen kleinen Gärtnerei-Crashkurs zu geben."

„Leider muss das aber ein paar Tage warten." Mit fragendem Blick hielt Anke Melanie die Auflaufform hin und gab auf deren Nicken noch eine kleine Portion auf ihren Teller. „Alex, das hatte ich dir noch gar nicht erzählt. Tante Grete und Onkel Alwin haben uns doch schon so lange nach Hamburg eingeladen. Und jetzt hatte Annabelle aus dem Reisebüro ein tolles Angebot für vier Musicalkarten, da konnte ich nicht widerstehen. Vor allem, weil dein Vater so gerne *Das Wunder von Bern* sehen möchte. Da habe ich zugegriffen und für uns vier spontan gebucht. Übernachten werden wir bei Grete, und sie ist schon ganz scharf darauf, Zeit mit uns zu verbringen. Das letzte Mal, dass wir uns gesehen haben, ist ewig her. Muss auf der goldenen Hochzeit ihrer Schwester gewesen sein."

„Na, dann wünsche ich euch ein paar schöne Tage in Hamburg." Alex nahm sich ebenfalls noch etwas von dem Gratin. „Wie lange werdet ihr bleiben?"

„Bis Freitag." Ankes Miene wurde eine Spur ernster. „Und da haben wir das Problem. Leider kann sich Christina nächste Woche nicht um die Hunde kümmern. Sie muss selbst auf einen Lehrgang. Würdest du …?"

„Klar doch, kein Problem, Mama. Zora und Benni sind bei mir gut aufgehoben."

„Na ja, es geht nicht nur um diese beiden. Auch Schoki müsste vorübergehend irgendwo untergebracht werden. Und da dachte ich …" Anke sah Melanie mit einem strahlenden Lächeln an. „Wären Sie vielleicht so nett, Schoki für die paar Tage zu sich zu nehmen?"

„Ich?" Erschrocken hob Melanie den Kopf.

„Ja, Schoki scheint Sie sehr zu mögen und würde sich in ihrem alten Zuhause bestimmt wohlfühlen. Es wäre auch wirklich nur für die paar Tage. Ich könnte Ihnen das Körbchen, Futter und alles, was sonst noch wichtig ist, morgen früh rüberbringen. Es würde uns sehr erleichtern, wenn wir die Kleine in guten Händen wüssten. Alex würde sie bestimmt auch nehmen, aber drei Hunde können ganz schön anstrengend sein, und er muss sich ja auch um die Kanzlei kümmern. Schoki braucht noch viel mehr Anleitung und Aufmerksamkeit als Benni und Zora."

„Aber mit Hunden kenne ich mich noch weniger aus als mit Gärten." Der Gedanke, Tag und Nacht mit dem quirligen Labrador zusammen zu sein, erschreckte Melanie ein wenig. „Was, wenn sie krank wird oder sich verletzt oder …"

„Ach, keine Sorge, es wird gar nichts passieren." Lachend winkte Anke ab. „Ich kann Ihnen eine Liste machen, worauf Sie achten müssen. Aber ich bin sicher, das ist gar nicht nötig. Hunde haben ein gutes Gespür, was Menschen angeht, und Schoki hat sich beinahe vom ersten Moment an Sie gehängt, hat Christina mir erzählt. Wir wären Ihnen wirklich sehr dankbar, Melanie."

„Und wenn sie mir wegläuft?“

„Das wird sie nicht. Sie ist eine treue Seele. Aber Sie können ja auf Nummer sicher gehen und sie stets angeleint lassen. Das wird sie Ihnen schon nicht übelnehmen.“

Ringsum am Tisch war es still geworden. Auch die Männer sahen Melanie nun aufmerksam an und warteten auf eine Antwort. Sie ließ Messer und Gabel auf den Teller sinken und spielte mit ihrer Serviette herum. „Ich weiß nicht.“

Sie spürte wieder Alex' Hand an ihrem Bein. Seine Miene war freundlich, aber ausdruckslos, als er sich seiner Mutter zuwandte. „Interessanter Anschlag, Mama. Ich kann mich um Schoki kümmern, wenn Melanie es sich nicht zutraut. Sie hatte nie Haustiere. Ist dir schon mal in den Sinn gekommen, dass sie sich der Verantwortung nicht gewachsen fühlen könnte?“

„Ach was“, Norbert gestikulierte mit seinem Bierglas, sodass dessen Inhalt bedenklich schwappte. „Eine erwachsene Frau wird doch wohl in der Lage sein, sich für ein paar Tage um einen jungen Hund zu kümmern. Ist ja schließlich kein Krokodil oder so was.“

„Opa.“ In Alex' Stimme schwang jetzt eine deutliche Schärfe mit.

„Was denn, Alexander? Habe ich vielleicht nicht recht? Du hast mit den beiden anderen Rabauken genug am Hals. Die beiden sind aber wenigstens schon so weit erzogen, dass sie es dir nicht übelnehmen werden, wenn du tagsüber die meiste Zeit in der Kanzlei bist und sie nicht deine Aufmerksamkeit bekommen. Das Fräulein Melanie hingegen hat den ganzen Tag Zeit, immerhin ist sie im Urlaub hier. Was spricht also dagegen, wenn Schoki ein paar Tage bei ihr bleibt? Sie arbeitet in einem großen Möbelunternehmen, noch dazu in leitender Position. Da wird sie doch wohl mit einem keinen Hund zurechtkommen. Oder wie sehen Sie das, Fräulein Melanie?“ Unvermittelt hatte der alte Mann sich ihr zugewandt und funkelte sie mit seinen braunen Augen, die denen seines Sohnes und seines Enkels ausgesprochen ähnlich waren, herausfordernd an.

Der Seitenhieb saß. Melanie war stolz darauf, in ihrem Alter bereits eine so verantwortungsvolle Stellung innezuhaben. Auch wenn sie in zwischenmenschlichen Beziehungen nicht unbedingt brillierte, so hielt sie sich doch für kompetent in allen Lebenslagen. Mehr und mehr gewann sie den Eindruck, dass Norbert Messner ganz entschieden etwas gegen sie hatte und ihr nicht viel zutraute. Die Genugtuung, ihm recht zu geben, indem sie sich vor der Verantwortung für Schoki drückte, oder ihm zu zeigen, dass er sie mit seiner Provokation verletzt hatte, kam nicht infrage. Deshalb straffte sie die Schultern und wandte sich an Anke. „Also gut, ich nehme Schoki für ein paar Tage zu mir. Sie brauchen mir ihre Sachen aber nicht extra zu bringen. Ich kann sie morgen früh auch hier abholen."

„Danke sehr, Melanie, das ist wirklich nett von Ihnen." Anke strahlte sie an.

„Ich könnte die Sachen auch nachher in mein Auto schmeißen." Seelenruhig stellte Alex die leer gegessenen Teller zusammen und reichte sie an seine Mutter weiter, die sie zur Spüle trug. „Ich bringe Melanie sowieso noch nach Hause, da kann ich die Sachen auch gleich mitnehmen. Und Schoki auch, würde ich vorschlagen. Ob sie nun eine Nacht mehr oder weniger bei Melanie bleibt, ist doch unerheblich, oder? Zora und Benni hole ich morgen Vormittag hier ab."

„Eine ausgezeichnete Idee, Alex." Begeistert küsste Anke ihn auf die Wange und tätschelte dann Melanies Schulter. „Sie werden sehen, Schoki ist ein toller Hausgast. Sie werden sich blendend mit ihr verstehen."

Melanie sah Alex etwas irritiert von der Seite an und fragte sich, auf wessen Seite er nun stand. Sie hätte sich gerne wenigstens über Nacht an den Gedanken gewöhnt, dass sie für die nächsten fünf Tage einen Gast auf vier Pfoten zu versorgen hatte. Das musste er doch wissen. Immerhin durchschaute er sie sonst auch immer sofort und behauptete, er könne in ihren Gedanken lesen wie in einem offenen Buch. Und nun fiel er ihr auf diese Weise in den Rücken.

Dummerweise konnte sie ihn jetzt nicht darauf ansprechen, denn nun wandte sich das Gespräch anderen Themen zu, wie dem bevorstehenden Musicalbesuch, Sehenswürdigkeiten in Hamburg und schließlich auch wieder Geschehnissen in Lichterhaven. Die meiste Zeit schwieg Melanie und hörte einfach zu. Dabei wurde ihr mehr und mehr bewusst, wie grundverschieden diese Familie von ihrer eigenen war. Wenn man das, was sie hatte, überhaupt als Familie bezeichnen konnte. Außer ihrer Mutter und deren wechselnden Männern gab es kaum noch jemanden, der mit Melanie verwandt war. Sie hatte einen Großteil ihres Lebens damit verbracht, von Stadt zu Stadt zu ziehen und enge Freundschaften und Bindungen zu vermeiden, weil sie wusste, dass sie sie früher oder später doch wieder verlieren würde. Erst in den vergangenen fünf Jahren war sie etwas zur Ruhe gekommen, weil sie sich Köln als Wahlheimat ausgesucht hatte und seither dort lebte und arbeitete. Sie war es leid, ständig den Wohnort zu wechseln, wollte endlich einen Ort haben, an dem sie sich zu Hause fühlte. Köln bot alle Annehmlichkeiten, die sie sich als Stadtmensch wünschen konnte. Gleichzeitig konnte sie dort anonym bleiben, wenn sie das wollte.

Die Messners hingegen waren eine große, liebevolle, sicherlich auch manchmal etwas chaotische Familie. Das hatte sie bereits auf dem Grillfest erkannt. Sie waren alle innig miteinander verbunden, stets füreinander da und hatten auch hier in Lichterhaven und darüber hinaus so viele Freunde und gute Bekannte. Anonym war bei ihnen sicherlich niemals etwas. Die Gefahr, von ihnen in dieses Netz aus Menschen und Beziehungen eingebunden zu werden, wenn sie sich nicht vorsah, war nicht von der Hand zu weisen. Anke und Evelyne waren zwei sehr herzliche, weltoffene Frauen. Alexanders Vater schien ebenfalls nett zu sein, wenn er auch offenbar einen etwas trockenen Humor besaß. Gut, Norbert Messner war ein ziemlich knurriger Geselle. Lebhaft und aufgeschlossen, wenn es um die örtliche Politik ging, und ausgesprochen klug und schlagfertig, doch ihr gegenüber verhielt er sich anders. Er war nicht einfach nur distanziert, sondern geradezu feindselig, hatte sie das Gefühl. Dabei hatte sie ihm nichts getan und wusste nicht, weshalb er so unfreundlich zu ihr war. Den anderen schien das zwar aufzufallen, doch sie waren seine ruppige Art wohl gewöhnt und dachten sich nichts weiter dabei.

Gegen halb zehn erhob sich Alex schließlich und schlug vor, allmählich Schokis Sachen zusammenzupacken, damit es nicht allzu spät wurde. Sogleich eilte seine Mutter los, um alles zusammenzusuchen. Melanie half dabei, Körbchen, Futter Spielzeug und Leinen in den großen Kofferraum des SUV zu verstauen, und überlegte bereits, wo sie am besten die beiden großen ovalen Hundekissen hinlegen könnte.

Zuletzt holten sie die Hündin aus dem großen Gehege, in dem sie zusammen mit Zora und Benni gespielt hatte. Die beiden Golden Retriever trollten sich ins Haus, während die Labradorhündin sich vor Freude fast umbrachte, als sie begriff, dass es noch einmal ins Auto und auf einen Ausflug ging.

Wir fahren Auto! Wohin wohl? Ach, egal. Hauptsache, Mel ist dabei.

Alex zeigte Melanie, wie sie mit dem Spezialgeschirr umgehen musste, mit dem Schoki auf dem Rücksitz angeschnallt wurde, und ließ sie es der Hündin gleich zweimal umlegen und wieder ausziehen, bis er sicher war, dass sie die Handgriffe allein ausführen konnte. Schoki schien das toll zu finden, doch Melanie kam sich unbeholfen vor.

Der Abschied von den Messners war kurz, aber ausgesprochen herzlich. Arno und selbst Norbert drückten ihr die Hand, die beiden Frauen zogen sie jeweils kurz, aber fest an sich und bedankten sich noch einmal dafür, dass Schoki für die nächsten Tage ein liebevolles Zuhause haben würde. Melanie konnte nur hoffen, dass sie mit ihrer Zusage keinen Fehler gemacht hatte. Sie war sich nämlich alles andere als sicher, dass sie die richtige Person war, um sich um einen Hund zu kümmern.

KAPITEL 13

Melanie schwirrte der Kopf, als sie endlich neben Alex im Auto saß. Mit verschränkten Armen blickte sie zum Seitenfenster hinaus.

Schweigend lenkte er den Wagen quer durch die Stadt bis zum Kastanienweg und sprach erst wieder, als er vor ihrem Gartenzaun gehalten und den Motor abgestellt hatte. „Du bist sauer auf mich, weil ich dir Schoki heute schon aufs Auge gedrückt habe."

Finster musterte sie ihn. „Ich bin nicht sauer, sondern …" Sie runzelte die Stirn. „Weißt du was? Du hast recht, ich bin sauer. Auf die ganze Sache bin ich überhaupt nicht vorbereitet."

„Was gibt es denn so Wichtiges vorzubereiten, damit sich Schoki bei dir wohlfühlt?"

Bei Mel? Darf ich etwa hierbleiben? Das ist ja toll! Schoki turnte auf der Rückbank herum, soweit es der Hundegurt zuließ. *Ich fühle mich jetzt schon wohl, da muss doch überhaupt nichts vorbereitet werden. Deshalb habt ihr also meine ganzen Sachen mitgenommen.*

„Verschiedenes. Ich …" Melanie zuckte die Achseln. „Ich hätte mich nur gerne erst einmal mental darauf eingestellt."

„Mental?" Belustigt blinzelte Alex, dann lachte er. „Du meinst das wirklich ernst, ja? Meine Güte, Mel, Schoki ist eine Hündin, kein anspruchsvoller Kurgast, der von vorne bis hinten bedient werden will. Und du brauchst dich auch nicht vor ihr zu fürchten." Er drehte sich zu der Hündin um, die versuchte, ihn oder Melanie mit ihrer Schnauze zu erreichen, um sie abzuschlecken. „Nicht wahr, Süße, du bist ganz lieb und harmlos."

Ich bin immer lieb. Und jetzt will ich zu euch, um euch zu knutschen. Ich darf bei Mel bleiben! Das Leben ist sooo schön! Wau.

Triumphierend sah Alex Melanie an. „Siehst du, sie stimmt mir zu."

„Ich fürchte mich nicht vor ihr." Hastig stieg Melanie aus dem Wagen, um ein wenig Distanz zu schaffen. Dummerweise war Alex schnell und stand wenige Augenblicke später vor ihr.

Sanft hielt er sie an den Schultern fest. „Aber vor der Verantwortung fürchtest du dich. Keine Sorge, es wird nichts Schlimmes passieren. Ich bin sogar sicher, dass ihr beide euch hervorragend vertragen werdet. Sieh nur, wie sehr Schoki sich freut, hier zu sein." Er öffnete die hintere Wagentür und leinte die Hündin ab, die daraufhin mit einem Satz aus dem Auto sprang und wie wild um sie beide herum rannte und hüpfte. Dabei bellte sie immer wieder hell und fröhlich.

Zu Hause, zu Hause! Ich bin endlich wieder zu Hause. Bitte lasst mich in den Garten und ins Haus. Ich muss doch sofort schauen, ob noch alles an seinem Platz ist.

„Lass uns erst mal Schokis Sachen reintragen, dann sehen wir weiter." Er öffnete den Kofferraum und hob die beiden großen Hundekissen heraus. „Entspann dich, Mel."

„Ich bin entspannt." Sie hatte die Worte nur gemurmelt, doch er hatte sie trotzdem gehört.

Wieder lachte er. „Ja, wie eine Mausefalle kurz vor dem Zuschnappen."

Da sie sich seiner guten Laune nicht gewachsen fühlte, schwieg sie lieber und nahm die Kiste mit dem Spielzeug und den Leinen und trug sie zur Haustür. Es dauerte nicht allzu lange, bis sie alle Hundeutensilien verstaut hatten. Eines der großen Kissen legte Alex neben die Couch im Wohnzimmer, das andere trug er, ohne sie zu fragen, nach oben in ihr Schlafzimmer.

„Sie wird nachts in deiner Nähe sein wollen. Du solltest aber die Tür offen lassen, damit sie, wenn sie möchte, auch nach unten gehen kann."

„Schlafen Benni und Zora auch bei dir im Schlafzimmer?" Etwas skeptisch musterte sie das große rote Kissen, das nun einen erheblichen Teil des Fußbodens bedeckte.

Grinsend schob Alex es mit dem Fuß so weit unters Bett, dass es fast ganz verschwand. „Nein, sie haben einen Platz direkt neben meiner Schlafzimmertür, den sie sich teilen. Wenn sie sich nicht heimlich nachts in mein Bett stehlen. Einmal sind mir glatt die Füße eingeschlafen, weil beide Hunde auf meinen Beinen gelegen haben. Das war ein unerfreuliches Erwachen, sage ich dir."

„Ich will den Hund nicht in meinem Bett!" Die Vorstellung, ihren Schlafplatz mit so einem großen Tier zu teilen, erschreckte sie. Was, wenn Schoki sie im Schlaf anfiel?

„Das brauchst du ihr ja auch nicht zu erlauben. Sie ist sehr klug und wird tun, was du von ihr verlangst. Du musst nur ruhig, überlegen und konsequent sein."

„Überlegen?"

„Lass sie nicht auf deiner Nase herumtanzen. Du bist jetzt ihre Rudelführerin. Also zeig ihr, dass du das Sagen hast, dann werdet ihr bestimmt glücklich miteinander."

„Sie bleibt nur für ein paar Tage." Wieder einmal hatte sich eine gewisse Schärfe in ihre Stimme geschlichen. Erneut verschränkte sie die Arme vor der Brust. „Wir müssen nicht glücklich werden, sondern nur irgendwie miteinander auskommen."

„Auch das werdet ihr."

Melanie wandte sich ab und ging hinunter in die Küche, um Schokis Wassernapf zu füllen. Sofort war die Hündin zur Stelle und schlabberte etwas davon. Dann leckte sie sich über die Schnauze und verteilte dabei unzählige Wassertropfen auf dem Boden.

Schön ist es bei dir, Mel. Danke, dass ich wieder hier wohnen darf. Ich bin aber jetzt müde und gehe eine Runde schlafen. Ich hoffe, das macht euch nichts aus.

Melanie sah auf Schoki hinab, die sie jetzt aufmerksam ansah und zu Melanies Überraschung demonstrativ gähnte. Dann stupste sie sie kurz mit der Nasenspitze an und tappte ins Wohnzimmer. Wenig später hörte sie ein Kratzen auf dem Hundekissen, dann einen tiefen Seufzer der Hündin.

„Sie ist müde. Der Tag war lang. Ein Wunder, dass sie überhaupt so lange durchgehalten hat.“ In der Küchentür war Alex aufgetaucht. Er kam näher und lehnte sich gegen die Anrichte.

Melanie nahm ein Schwammtuch aus dem Küchenschrank und wischte die Wassertropfen auf dem Boden fort. Als sie sich wieder aufrichtete, stand Alex plötzlich ganz dicht vor ihr. Sanft nahm er ihr das Tuch ab und warf es achtlos in die Spüle. „An die Wasserflecke gewöhnst du dich bald. Und daran, dass du mindestens einmal am Tag mit Socken oder nackten Füßen hineintreten wirst.“ Sanft strich er ihr eine Haarsträhne hinters Ohr.

Melanies Herzschlag beschleunigte sich, ihr wurde heiß. Nervös zupfte sie an den Ärmeln ihrer Bluse herum. „Es ist schon spät. Ich nehme an, du willst jetzt nach Hause fahren.“

„Soll ich?“ Mit den Fingerspitzen fuhr er ihre Wangenlinie nach. Ein wohliger Schauer lief ihr über den Rücken. Auf seinen Lippen erschien ein wissendes Lächeln. „Melanie, ich sage es noch einmal: Entspann dich. Sobald dir jemand nahekommt, stehst du regelrecht unter Strom. Ich hätte nicht übel Lust, noch ein paar Dinge auszuprobieren, die dich deine Nervosität garantiert vergessen lassen.“

„Ein paar Dinge?“ Sie schluckte hart. Seine Berührungen waren es im Augenblick, die Stromstöße durch ihren Körper jagten. „Musst du morgen früh nicht arbeiten?“

„Morgen ja. Früh? Wie man’s nimmt. Mein erster Termin mit einem Klienten ist um halb zehn. Vorher kommt Elvira sicher auch gut ohne mich zurecht.“ Er strich mit seinen Fingern sehr langsam, fast träge ihren Hals hinab und ließ sie dann in ihren Nacken wandern. Sie erschauderte unwillkürlich, und sein Lächeln vertiefte sich. „Also, soll ich?“

Sie runzelte die Stirn. „Sollst du was?“

„Nach Hause fahren.“

Die Gänsehaut breitete sich nun über ihren gesamten Körper aus, und ruhiges Atmen fiel ihr immer schwerer, je länger er sie so zärtlich streichelte. „Ich … bin gar nicht auf Gäste eingerichtet …“

Seine Lippen näherten sich so langsam den ihren, dass es in ihrer Magengrube erst zu kribbeln und schließlich zu brennen begann. „Das ist keine Antwort auf meine Frage, Mel."

„Ja. Nein." Verzweifelt versuchte sie zu denken. „Wie war noch mal die Frage?"

Alex lachte heiser und küsste sie endlich. Sein Mund war weich und fest zugleich. Die Berührung war zunächst sanft, vorsichtig, wurde jedoch sehr schnell leidenschaftlicher. Mit der Zunge strich er über ihre Lippen, bis sie seufzend den Mund öffnete und ihn einließ. Hitze schoss durch ihre Adern, und aus dem Brennen in ihrer Magengrube wurde ein heftiges Ziehen. Seine Hände umfassten ihr Gesicht und neigten ihren Kopf ein wenig nach hinten, sodass er den Kuss noch weiter vertiefen konnte.

Die Empfindungen, die das Spiel ihrer Zungen in ihr auslöste, überwältigten sie beinahe. Ihr Blut schien zu pulsieren. Schon spürte sie, wie er, einen nach dem anderen, die Druckknöpfe ihrer Bluse öffnete, mit einer Hand ihre Brust umfasste. Sanft strich er den hauchdünnen Spitzenstoff ihres BHs beiseite. Ihre Brustwarze richtete sich unwillkürlich auf und wurde hart, als er mit dem Daumen kreisend darüberstrich. Ihr Atem beschleunigte sich, und ihre Knie wurden weich.

Um nicht das Gleichgewicht zu verlieren, klammerte sie sich an seine Hüften und zog ihn damit noch näher zu sich. Sie konnte spüren, dass er ebenso erregt war wie sie. Ihr Innerstes pochte verlangend. Ungeduldig zerrte sie sein Hemd aus dem Bund seiner Jeans und fuhr mit den Händen darunter, um die glatte, warme Haut und die harten Muskeln zu spüren.

Tief aus seiner Kehle drang ein Grollen. Widerstrebend löste er seinen Mund von ihrem. „Ich schlage vor, wir wechseln den Schauplatz. Sonst schaffen wir es nicht weiter als bis zum Küchentisch. Und zweimal an einem Tag Sex in einer Küche ist mir zu unbequem. Zumindest für das, was ich mit dir vorhabe." Sein Lächeln war vielsagend und verursachte ihr noch mehr Herzklopfen.

„Was hast du denn vor?" Ihre Stimme klang ein wenig kratzig.

„Abwarten." Er küsste sie auf den Mundwinkel. Im nächsten Moment hatte er sie mit Schwung auf seine Arme genommen und trug sie in Richtung Treppe.

„Hey!" Erschrocken umklammerte sie seinen Hals.

„Nicht zappeln, sonst überschlagen wir uns noch." Sein Lachen klang eine Spur gepresst. Er hatte es ausgesprochen eilig, die Stufen hinaufzukommen. Mit der Schulter stieß er die Schlafzimmertür auf, stellte Melanie vor dem Bett wieder auf die Beine und zog sie sofort so fest an sich, dass ihr die Luft wegblieb. Sein hungriger Mund fand ihren, seine Hände streiften ihr die Bluse von den Schultern. Ihr BH folgte nur Sekunden später.

Sie half ihm, sein Hemd und das T-Shirt auszuziehen, doch als sie nach seinem Gürtel griff, schob er ihre Hand entschieden beiseite. „Noch nicht." Seine Stimme war nur ein Raunen an ihrem Ohr. „Erst will ich, dass du alles um dich herum vergisst."

Sie hatte bereits jetzt Schwierigkeiten zu denken. Und alle anderweitigen Gedanken wichen aus ihrem Kopf, als er mit den Lippen über ihr Gesicht, ihren Hals und schließlich hinab zu ihrer Brust glitt. Als er die empfindliche Spitze sachte einsaugte, rang sie nach Atem und schwankte. Erneut fühlte sie sich hochgehoben und gleich darauf vorsichtig auf dem Bett abgelegt. Alex schob sich halb neben, halb auf sie, und widmete sich sofort wieder ihren Brüsten, bis sie es kaum noch aushielt. Mit der Rechten strich er über ihren Bauch, bis hinab zum Bund ihrer Jeans. Melanie zog scharf die Luft ein, als sie den leichten Druck seiner Finger zwischen ihren Schenkeln spürte. Selbst durch den Stoff ihrer Jeans konnte sie die Wärme seiner Haut fühlen. Unwillkürlich drängte sie ihm ihr Becken entgegen.

Er richtete sich auf, streifte ihr die Schuhe ab und öffnete schließlich die Knöpfe ihrer Hose. Sie half ihm, das Kleidungsstück zusammen mit ihrem Slip auszuziehen. Andächtig betrachtete er ihren nackten Körper, streichelte weiter über ihre glatte Haut. Dann beugte er sich erneut über sie, küsste erst ihren Mund, dann auf ihre Brüste, und schließlich wanderten seine Lippen langsam und scheinbar ziellos immer weiter abwärts.

Melanies Herz hämmerte wild in ihrer Brust, und sie konnte nicht mehr zusammenhängend denken. Sich zu konzentrieren war vollkommen unmöglich, weil Alex in einer Weise von ihr Besitz ergriff, die ihr völlig neu war.

Noch nie hatte es ein Mann geschafft, sie mit seinen Berührungen derart in Flammen zu setzen. Verlangend wand sie sich unter ihm und wölbte sich ihm entgegen. Mit einer Hand krallte sie sich in die Decke, auf der sie lag, mit der anderen griff sie nach seiner Schulter, spürte das Spiel seiner Muskeln. Sein Atem ging tief und schnell. Er war ebenso erregt wie sie selbst. Doch anstatt seiner eigenen Lust nachzugeben, schob er sanft ihre Beine auseinander und erkundete mit der Zunge ihre heiße, pulsierende Mitte.

Die erste zarte Berührung ließ sie zusammenzucken. Lächelnd hob er den Kopf. „Entspann dich, Mel.“

Entspannen? Das war so ziemlich das Letzte, wozu sie in diesem Moment fähig war. Seine Zunge kreiste so federleicht über ihren empfindlichsten Punkt, dass ihr schwindlig davon wurde und sie nach Atem rang. Sie wollte mehr von dem, was er mit ihr tat, und trotzdem versuchte sie, sich emotional vor ihm zurückzuziehen. Die Gefühle, die sich in ihr aufbauten, machten ihr Angst. Sie waren zu stark. Doch mit seinen Liebkosungen trieb er sie immer weiter, bis sie jeglichen Halt verlor. Wie eine Explosion überkam sie der Orgasmus und entriss ihr auch noch die letzten Gedankenfetzen, die sie versucht hatte festzuhalten.

Als sich der Schleier ein wenig lichtete, spürte sie ihn noch immer, während er mit seiner Zunge nach wie vor ihre intimsten Stellen erkundete. Obwohl sie sich einerseits vollkommen überreizt fühlte, baute sich überraschend neue Erregung in ihr auf. Ihr Atem ging in unregelmäßigen Stößen, und ihr Becken kreiste ohne ihr bewusstes Zutun in dem Rhythmus, den er ihr vorgab.

„So ist es schon besser." Sie nahm am Rande wahr, dass er nun doch den Gürtel an seiner Jeans öffnete und sich die Hose abstreifte. Sofort war das sehnsüchtige Ziehen und Pochen in ihr wieder da. Sie griff nach seiner Schulter, versuchte, ihn zu sich hochzuziehen, doch er schüttelte den Kopf. „Noch nicht."

Warum noch nicht? Sie stieß einen frustrierten Laut aus. Sie konnte an nichts anderes mehr denken als daran, ihn endlich in sich zu spüren, doch er hatte offenbar vor, die süße Folter noch ein wenig fortzusetzen. Als er mit einem Finger in sie hineinglitt, stöhnte sie auf und krallte sich erneut in ihrer Bettdecke fest. Sie hob ihm das Becken entgegen, forderte mehr. Erneut begann er, sie mit Zunge und Lippen zu verwöhnen. Das hielt sie unmöglich noch viel länger aus! „Alex ...!" Ihre Stimme war nur ein brüchiges Raunen. „Hör auf."

„Auf gar keinen Fall." Seine Stimme klang rau vor unterdrückter Lust.

„Ich kann nicht ..." Sie stöhnte erneut, als er fortfuhr, sie zu erregen. „Bitte!"

„Lass dich einfach fallen und hör auf zu denken."

Sie konnte gar nicht mehr denken. Sie konnte nur noch fühlen, und ein Teil von ihr war sich sicher, dass das aus irgendeinem Grund gefährlich war. Sie wusste bloß nicht mehr warum. Als er mit der süßen Tortur plötzlich aufhörte, war sie erleichtert und enttäuscht zugleich. Sie hatte die Augen geschlossen und spürte, wie er sich langsam wieder an ihr hochschob, ihren Körper mit Küssen bedeckte. Sie hörte, wie heftig sein Atem ging. „Mel? Hast du hier irgendwo ...?"

O Gott, natürlich! „In der Nachttischschublade."

Auch wenn es sie reizte, ihm zuzusehen, wie er eines der Kondome überstreifte, tat sie es nicht, sondern hielt die Augen geschlossen. Ihn anzusehen, vielleicht sogar Blickkontakt herzustellen, ängstigte sie auf unerklärliche Weise. Sie wollte nicht in seine Augen sehen und darin womöglich mehr erkennen, als gut für sie beide war.

„Du fängst schon wieder an zu denken. Ich kann es ganz genau sehen.“ Obwohl er klang, als ringe er um seine Beherrschung, widmete er sich nun wieder ihren Brüsten, ihrem Körper, und begann schließlich erneut, sie mit der Zunge zu verwöhnen. Sie wand sich unter ihm. Sie genoss die Kraft, mit der er sie hielt. Selbst wenn sie gewollt hätte, hätte sie keine Chance gehabt, ihm zu entfliehen. Merkwürdigerweise erregte sie diese Tatsache noch mehr. Ihre Lust steigerte sich so schnell, dass es fast schon schmerzte. Als sie glaubte, es nicht mehr auszuhalten, griff sie blind nach ihm, umfasste seinen Arm und zerrte ihn fast schon zu sich herauf.

Sein Atem strich heiß über ihr Gesicht, ehe er ihre Lippen mit einem leidenschaftlichen Kuss verschloss. Beinahe gleichzeitig drang er endlich – endlich! – in sie ein. Sie schlang ihre Beine um seine Hüften und schob sich ihm entgegen, wollte so viel wie möglich von ihm in sich aufnehmen und spüren.

Alex stöhnte grollend und verbarg für einen Moment sein Gesicht in ihrer Halsbeuge, offenbar darum bemüht, die Kontrolle zu behalten. Doch Mel hatte ihre längst verloren und riss ihn unbarmherzig mit sich. Er murmelte ihren Namen an ihrem Ohr, dann fiel er erneut gierig über ihren Mund her. Ihre Zungen rangen miteinander, während er gleichzeitig in einem wilden, wahnwitzigen Rhythmus in sie stieß.

„Mel.“ Diesmal sprach er ihren Namen lauter aus, jedoch mit seinen Lippen dicht an ihren. „Melanie.“

Ihr Herz hämmerte so hart gegen ihre Rippen, als wolle es sich aus ihrer Brust befreien. Sie wusste, er sah sie an, spürte seinen Blick geradezu auf ihrem Gesicht brennen. Doch sie konnte nicht. Sie wollte die Augen nicht öffnen und ihn ansehen. Das wäre zu viel. Zu intim. Zu …

Seine Lippen berührten ihren Mund ganz leicht, dann wieder fester. Ihre Zungen fanden zueinander, dann warf Alex seine mühsam kontrollierte Beherrschung endgültig über Bord.

„Alex …“ Melanie hatte das Gefühl, von Lust und unbekannten Empfindungen überrollt zu werden. Der Orgasmus erreichte sie, bevor sie wirklich wusste, was mit ihr geschah. „Alex …“

Er verschloss ihren Mund erneut mit seinem, und sie spürte, wie er mit einem letzten harten Stoßen ebenfalls zum Höhepunkt kam.

Danach lagen sie ziemlich lange einfach nur da, ihre wild klopfenden Herzen beinahe im Einklang.

„Bin ich dir zu schwer?“ Seine Stimme klang dumpf, weil sein Gesicht neben ihrem Kopf halb in einem der Kissen verborgen war.

„Nein, bist du nicht.“ Tatsächlich fühlte sich ihr Körper an, als könne er davonschweben, wenn Alex sich von ihr herunterrollen würde.

„Gut, ich kann mich nämlich nicht rühren.“

Aus unerklärlichen Gründen stieg Lachen in ihr auf. Er schien es an dem leichten Zucken ihrer Schultern zu spüren und hob schließlich doch ein wenig den Kopf. Zärtlich küsste er sie auf den Hals. „Ich weiß nicht, ob ich es schmeichelhaft finden soll, dass du mich auslachst. Aber wenigstens habe ich erreicht, was ich wollte. Du hast aufgehört, dir dumme Gedanken zu machen.“

Nun, da die Gefahr, wie sie hoffte, gebannt war, schlug sie doch endlich die Augen auf und begegnete sofort seinem amüsierten Blick. „Dumme Gedanken?“

„In diesem Fall sind sie dumm. Und überflüssig.“ Er schob sich an ihre Seite, zog sie aber gleichzeitig fest in seine Arme, sodass sie gar keine Möglichkeit hatte, Distanz aufzubauen. Im ersten Moment versteifte sie sich ein wenig. Es war ein Reflex. Sie hatte Angst, keine Luft zu bekommen, im wörtlichen wie im übertragenen Sinn. Doch so war es mit Alex nicht. Seine Nähe war alles andere als unangenehm. Sie beschloss, dass es wirklich an der Zeit war, sich etwas zu entspannen.

„Sehr gut, du lernst dazu.“ In seiner Stimme schwang nun

auch ein leises Lachen mit. „Versuch erst gar nicht, vor mir zu fliehen. Ich bin noch nicht fertig mit dir. Seit heute Mittag habe ich so einige spannende Fantasien entwickelt, was ich gerne alles mit dir anstellen möchte. Eine Nacht wird dafür zwar nicht ausreichen, aber ich bin fest entschlossen, jetzt noch nicht aufzugeben." Er zwinkerte ihr zu.

Obwohl ihr Herz bei seiner Ankündigung erneut schneller schlug, musste sie ebenfalls lächeln. „Ich wäre wohl wirklich dumm, wenn ich dieses Angebot ausschlagen würde."

„Du hast es erfasst." Ehe sie sich versah, hatte er sie gepackt und sich gleichzeitig mit Schwung gedreht, sodass sie auf ihm landete. Obwohl er vermutlich noch ein gutes Stück davon entfernt war, eine zweite Runde einläuten zu können, umfasste er mit einer Hand begehrlich ihr Hinterteil, mit der anderen zog er ihren Kopf zu sich herunter und küsste sie langsam und leidenschaftlich.

Melanie genoss die Hitze zwischen ihnen. Mit jeder von Alex' sanften und doch verlangenden Berührungen wurde sie stärker. Widerstrebend löste sie den Kuss und richtete sich etwas auf, als er nach einem Kondom griff. Diesmal half sie ihm dabei, es überzustreifen. Es fühlte sich beängstigend gut an in seinen Armen, dachte sie, als er sie schließlich wieder zu sich herabzog und küsste. Trotzdem, oder gerade deswegen, konnte sie ihm nicht in die Augen sehen. Sie sog heftig die Luft ein, und ihre Lider schlossen sich flatternd, als er sich in sie schob, dann aber verharrte und lediglich ihren Hintern mit erregenden Bewegungen massierte.

„Diesmal darfst du die Führung übernehmen." Er vergrub sein Gesicht an ihrem Hals, küsste die zarte Haut hinter ihrem Ohr. Die Empfindungen, die er in ihr auslöste, machten sie schwindelig.

KAPITEL 14

Sonnenlicht fiel durch die zarten Gardinen am Schlafzimmerfenster, als Melanie die Augen aufschlug. Im ersten Moment war sie irritiert. Ihr Kopf war an eine Männerschulter gebettet. Ein kräftiger Arm hielt sie an der Taille fest umfangen. Sie vernahm das ruhige, gleichmäßige Atmen des Mannes, mit dem sie mehr als die halbe Nacht wunderbaren Sex gehabt hatte. Bei der Erinnerung lächelte sie. Doch plötzlich fuhr sie erschrocken auf. Sie hatte die ganze Nacht mit Alex verbracht! So etwas tat sie normalerweise nicht. Wenn irgend möglich, bemühte sie sich darum, ihre Affären so zu gestalten, dass am Ende jeder im eigenen Bett aufwachte. Doch Alex hatte ihr gar keine andere Wahl gelassen. Sie waren beide irgendwann vor Erschöpfung eingeschlafen. Ein Blick auf die Uhr sagte ihr, dass es bereits kurz vor halb acht war. Auch das war neu. Sie schlief normalerweise nicht so lange. Auch im Urlaub nicht.

Der Versuch, sich aus Alexanders Umarmung zu lösen, scheiterte. Sie hörte ihn leise und tief lachen. „Du bist wirklich ein schwieriger Fall, Melanie. Sobald du anfängst zu denken, stehst du unter Strom wie ein ganzes Umspannwerk."

Sie drehte den Kopf, bis sie ihm ins Gesicht sehen konnte. „Es ist schon spät. Ich liege normalerweise nicht bis in die Puppen im Bett."

„Bis in die Puppen?" Wieder lachte er. „Mel, es ist nicht mal halb acht. Noch massenhaft Zeit also für …"

„Was?" Argwöhnisch kniff sie die Augen zusammen.

„Das hier." Obwohl sie es fast geahnt hatte, war sie überrascht, mit wie viel Kraft und zugleich Leichtigkeit er sich mit ihr gemeinsam drehte und auf ihr zu liegen kam. Schon hatte er ihren Mund mit seinem verschlossen. Berührte sie überall, schürte erneut ihre Lust.

„Alex, wir können doch nicht …"

„Was können wir nicht?" Er hob den Kopf und sah sie mit einem herausfordernden Funkeln in den Augen an. Sie schnappte erschrocken nach Luft, als er mit einem Finger in sie eindrang und sie gleichzeitig erneut küsste. Dann lächelte er wieder. „Ich würde sagen, die Beweislage sagt etwas anderes, mein Schatz."

Wie ärgerlich, dass er recht hatte!

Ohne den Blick von ihr zu wenden, tastete er nach dem letzten Kondom. Er öffnete die Folienverpackung und streifte es sich über. Sie hatte kaum eine Chance, weiter nachzudenken. Besitzergreifend verschloss er ihren Mund mit einem innigen Kuss, strich mit den Fingerspitzen über ihre Haut, bis sie das Gefühl hatte zu brennen. Im nächsten Moment drang er in sie ein. Sie schlang die Beine fest um ihn und nahm ihn bereitwillig in sich auf.

Irgendwo in der Ferne vernahm sie das Tapsen von Hundepfoten und einen ungeduldigen Laut und wollte Alex schon darauf aufmerksam machen. Doch ehe sie auch nur dazu kam, die Worte in einer logischen Reihenfolge zu formen, hatte er sie erneut in einen Strudel aus Leidenschaft gerissen.

Erst eine knappe halbe Stunde später klärten sich ihre Gedanken wieder etwas auf. Ihr Herz hämmerte noch in ihrer Brust, und sie spürte Alex' warmen Atem in ihrer Halsbeuge. Der Schreck, als sie plötzlich etwas Kaltes an ihrem Oberarm spürte, ließ sie einen Schrei ausstoßen.

Schoki, die nur hatte auf sich aufmerksam machen wollen, bellte und machte einen Satz rückwärts.

Huch, was ist denn? Entschuldige, ich wollte dich nicht erschrecken, aber ich muss mal ganz dringend raus. Ich wollte euch nicht stören, aber jetzt drückt es doch ziemlich arg. Bitte steht auf und lasst mich raus in den Garten, sonst passiert mir ein Malheur, und das wäre mir ausgesprochen peinlich.

Alex lachte. „Schoki! O je, du Arme musst bestimmt mal raus, was?" Wiederstrebend rollte er sich von Melanie herunter und wandte sich der aufgeregten Hündin zu, die ihn und Melanie abwechselnd mit ihrer Schnauze anstieß und dabei winselte.

Ja, und wie! Bitte, bitte beeilt euch.

Melanie setzte sich auf. „Ich mach das schon. Du musst doch zur Arbeit." Eilig tastete sie nach irgendwas, das sie anziehen konnte, fand aber nichts. Alle Kleidungsstücke lagen irgendwo auf dem Fußboden verstreut. Obwohl es albern war nach allem, was sie und Alex in der Nacht miteinander erlebt hatten, zog sie verlegen die Decke hoch.

Alex beugte sich zu ihr vor und küsste sie zärtlich. „Ich springe mal eben unter die Dusche." Ohne die geringste Scham stand er auf und ging nackt hinüber ins Badezimmer. Das gab ihr die Gelegenheit, seinen durchtrainierten Körper ausgiebig und unbeobachtet zu betrachten. Der Anblick löste ein wohliges Prickeln in ihr aus.

Kopfschüttelnd stand sie ebenfalls auf. Sie schien mit einem Mal unersättlich geworden zu sein. Das war bestimmt nicht gut. Andererseits konnte sie sich nicht erinnern, jemals besseren Sex gehabt zu haben. Wie es allerdings jetzt weitergehen sollte, war ihr schleierhaft.

Eilig suchte sie frische Unterwäsche aus der Wäscheschublade und schlüpfte in frische Jeans und ein hellrotes Top. Schoki beobachtete jede ihrer Bewegungen mit ungeduldigem Schwanzwedeln und leise fiependen Lauten. Als Melanie sich in Richtung Treppe wandte, schoss die Hündin mit lautem Gebell an ihr vorbei nach unten.

Endlich! Meine Güte, ihr Menschen braucht aber lange, bis ihr fertig seid. Da lobe ich mir mein Fell. Ich muss mich wenigstens nicht immer aus- und wieder anziehen. Nun mach bitte die Tür auf, ich halte es kaum noch aus!

Kaum hatte Melanie die Tür geöffnet, da war Schoki auch schon draußen und erleichterte sich neben einem Busch. Sie wartete, bis die Hündin wieder zu ihr zurückkam, und ging dann in die Küche, um Kaffee zu kochen. Während sie zwei Tassen, Milch und Zucker auf den Tisch stellte und dann nach kurzem Überlegen auch noch eine Packung Toastbrot öffnete und zwei Scheiben in den Toaster steckte, hörte sie Alex die

Treppe herabkommen. Sogleich beschleunigte sich ihr Herzschlag.

Noch ehe sie sich zu ihm umdrehen konnte, stand er dicht hinter ihr und umschlang sie mit den Armen. Seine Lippen streiften ihre nackte Schulter. „Machst du etwa Frühstück für mich?"

„Ich habe Kaffee aufgesetzt. Aber da ich nicht weiß, was du normalerweise morgens isst …"

„Toast ist vollkommen in Ordnung. Weißt du was? Geh doch einfach duschen, und ich zaubere uns zum Brot noch zwei leckere Omeletts." Seine Lippen wanderten ihr Schulterblatt entlang. Er schob ihr Haar beiseite und knabberte an der empfindlichen Stelle an ihrem Hals. „Nach der vergangenen Nacht können wir diese Stärkung beide gebrauchen."

Da sie nicht wollte, dass sie noch einmal übereinander herfielen – immerhin hatten sie alle Kondome aufgebraucht –, löste sie sich rasch von ihm. „Okay, ich bin gleich wieder da."

Sie drehte sich nicht noch einmal zu ihm um, spürte seinen amüsierten Blick aber geradezu in ihrem Rücken. Warum musste er nur so verdammt selbstsicher sein? Und so sexy? In seiner Gegenwart geriet sie jedes Mal komplett aus dem Gleichgewicht. Wenn das so weiterging, würde sie früher oder später verrückt werden.

Sie stieg eilig die Treppe hinauf, streifte ihre Kleider ab und schlüpfte unter die Dusche. Das warme Wasser rieselte angenehm über ihren Körper, der sich noch immer seltsam leicht anfühlte. Herzkasper und Schwebegefühle, überlegte sie besorgt. Das war alles andere als gut. Sie hatte nichts gegen eine Affäre, schon gar nicht mit einem Prachtexemplar von Mann, wie Alex eines war. Sie wäre wohl auch ziemlich dumm, wenn sie sich solch eine Gelegenheit entgehen lassen würde. Doch mehr war nicht möglich. Keinesfalls und unter keinen Umständen. Ihre Gefühle mussten wie immer außen vor bleiben. Das verhinderte falsche Erwartungen auf beiden Seiten und den unweigerlich folgenden Schmerz, wenn selbige Erwartungen nicht erfüllt werden konnten.

Sie hatte sich gerade wieder angezogen und wollte nach dem Föhn greifen, als Schoki unten wild zu bellen begann.

Da kommt jemand. Ich hab ein Auto gehört, das vor dem Haus gehalten hat. Passt bloß auf, nicht dass das Einbrecher sind. Obwohl, vielleicht ist es auch nur der Postbote. Den mag ich, der streichelt mich immer. Aber dessen Auto hört sich anders an. Geht doch mal gucken, wer da ist!

Neugierig verließ sie das Bad und stieg die Treppe bis zur Hälfte hinunter. Unten sah sie Alex, der versuchte, die aufgeregte Hündin zu beruhigen. Grinsend blickte er zu ihr hoch. „Erwartest du Besuch?"

„Nein, wie kommst du darauf?" Überrascht stieg sie auch noch die letzten Stufen hinab. Als sie unten ankam, klingelte es an der Haustür.

„Deshalb." Er richtete sich wieder auf.

Schoki bellte erneut.

Nun macht schon auf. Ich will wissen, wer das ist. Es sind zwei Leute, das sehe ich durch das Milchglas!

„Schoki, ist ja schon gut, du bist ja eine gute Wachhündin. Aber jetzt ist Schluss mit dem Lärm." Mit Bestimmtheit führte Alex eine Handbewegung aus, woraufhin Schoki sich, jetzt nur noch leise fiepend, auf ihr Hinterteil fallen ließ.

Ist ja schon gut. Ich sag ja gar nichts mehr. Man wird ja wohl noch fragen dürfen.

Melanie räusperte sich und überlegte fieberhaft, wer sie an diesem Montagmorgen wohl besuchen mochte. Als sie die Tür öffnete, fiel ihr beinahe die Kinnlade herab.

„Melanie, mein Schatz, wie geht es dir? Hach, was freue ich mich, dich zu sehen!" Ehe sie sich versah, fand sie sich in einer überschwänglichen Umarmung ihrer Mutter wieder. Eine Wolke teuren Parfüms umwehte sie. Silvana drückte sie fest an sich, dann küsste sie sie auf beide Wangen. „Na, meine Süße, ist uns die Überraschung gelungen? Marcos meinte ja, wir sollten erst heute Mittag herkommen, aber ich habe ihm gesagt, dass mein süßer Schatz immer schon ganz früh auf den Beinen ist.

Und siehst du, Marcos, ich hatte recht.“ Sie warf einen triumphierenden Blick über die Schulter zu einem großen, breitschultrigen Mann mit rabenschwarzen kurzen Locken und freundlichen braunen Augen. Marcos war halb Spanier, halb Deutscher. Seine spanischen Wurzeln hatten ihm einen beneidenswert dunklen, sonnigen Teint beschert.

„Das mag ja sein, Silvana, aber wenn ich mir die Sache so ansehe, haben wir vielleicht trotzdem einen ungünstigen Augenblick erwischt.“ Er blickte bedeutsam auf Alexander, der in diesem Moment hinter Melanie auftauchte.

Melanie zuckte erschrocken zusammen, als sie seinen Arm um ihre Taille spürte.

„Guten Morgen. Sie müssen Melanies Mutter sein.“ Er ließ nicht zu, dass Melanie sich seinem Griff entwand. „Die Ähnlichkeit ist ganz enorm. Und Sie sind Mels Stiefvater?“ Er streckte seine freie Hand an Melanie vorbei in Marcos’ Richtung aus, der sie gleich zur Begrüßung ergriff.

„Marcos Costales, sehr erfreut, Herr …“

„Messner. Alexander Messner.“

„Huch, das kann doch nicht sein, oder?“ Silvana musterte ihn überrascht und neugierig. „Messner … Hieß so nicht das Mädel, mit dem du früher immer gespielt hast? Christina? Dann sind sie vielleicht, ja genau, ich erinnere mich!“ Auf ihren Lippen erschien ein strahlendes Lächeln. „Sie sind Christinas älterer Bruder. Aber entschuldigt, Marcos, du hast recht. Haben wir euch etwa gestört? Mir scheint, ihr kommt gerade aus der Dusche, so nass, wie eure Haare sind.“

„Aber nein, Sie stören überhaupt nicht.“ Ehe Melanie auch nur einen Ton sagen konnte, hatte Alex die Gesprächsführung bereits übernommen. „Es stimmt schon, wir haben ein bisschen länger geschlafen. Ich habe uns gerade Omeletts gemacht, während Mel unter der Dusche war. Kommen Sie doch herein. Es reicht auch für vier Personen.“

„Um Himmels willen, wir wollten uns nicht zum Frühstück einladen.“ Silvana legte Alex eine Hand auf den Arm und strahlte ihn an. Melanie fühlte sich völlig überrannt. „Aber sagen Sie mal, wer ist denn dieses zauberhafte Wesen?“ Silvana beugte sich zu Schoki hinab, die noch immer brav Sitz machte, jedoch heftig mit dem Schwanz wedelte.

„Das ist Schoki, die Hündin Ihrer Tante Sybilla. Mel hat sie für ein paar Tage zu sich genommen, während meine Eltern, die sich bisher um sie gekümmert haben, zu Verwandten fahren wollen.“

„Ach, wie nett von dir, mein Schatz. So eine schnuckelige Kleine. Und der Name passt ja perfekt. Hallo, Schoki, du Süße.“

Hallo, endlich begrüßt ihr mich! Ich dachte, ihr hättet mich total vergessen. Meine Güte, was riechst du aber streng! So viel Parfüm muss aber nicht sein, oder? Aber nett scheinst du ja zu sein. Immerhin hast du mich zauberhaft und süß genannt.

Schoki nieste, ließ sich aber von Silvana streicheln.

„Ich glaube, meine Liebe, du hast ein bisschen viel Parfüm für den Hund aufgelegt.“ Auch Marcos begrüßte Schoki ausgiebig.

„Glaubst du?“ Silvana lachte. „Ja, vermutlich hast du recht. Tut mir leid, Süße. Beim nächsten Mal gehe ich sparsamer damit um, dann musst du auch nicht niesen.“

Da wäre ich dir sehr verbunden. Danke.

Inzwischen war Alex in die Küche vorausgegangen und hatte rasch zwei weitere Kaffeebecher und Teller aus dem Schrank geholt, weiteres Brot in den Toaster gesteckt und die bereits fertigen Omeletts aus dem Ofen geholt, wo er sie warmgestellt hatte. Mel fuhr sich etwas ratlos durch ihr feuchtes Haar. „Ich wusste nicht, dass die beiden heute herkommen wollten.“

„Na und, ist das schlimm?“

„Ja. Nein. Ich weiß nicht …“

„Hier sieht es ja noch immer so aus wie früher.“ Neugierig sah Silvana sich um, als sie die Küche betrat. „Oder jedenfalls fast. Wie lange ich schon nicht mehr hier war! Unglaublich.“

„Was macht ihr denn überhaupt in Lichterhaven, Mama? Ich dachte, ihr wäret in Florenz.“

„Das waren wir auch. Wir hatten eine wunderschöne Zeit, nicht wahr, Marcos? Und wir haben kaum einmal irgendwo unsere Handys oder den Computer eingeschaltet. Du kannst dir vorstellen, wie überrascht ich war, als ich am Samstagabend dann deine E-Mails vorfand. Ich war erschüttert über Tante Sybillas Tod. Und dann die Sache mit der Erbschaft, von der du mir geschrieben hast. Wirklich eine … Moment mal." Sie hielt inne und runzelte die Stirn. „Schriebst du nicht, dass der Nachlassverwalter ein Dr. Messner sei?" Ihr Blick wanderte wieder zu Alex, der daraufhin lächelnd die Schultern hob.

„Na, so was!" Sichtlich begeistert wandte Silvana sich wieder Melanie zu. „Da haben wir ja eine ganze Menge, worüber wir uns in nächster Zeit unterhalten können."

„In nächster Zeit?" Melanie schwante Schreckliches.

„O ja, wir haben uns für die nächsten zehn Tage im Penthouse in der *Seemöwe* eingemietet. Das ist das beste Hotel am Platze, wie du vielleicht bereits weißt. Wir hatten Glück, dass gerade jemand die Suite gecancelt hat. Also werden wir dir – oder sollte ich vielleicht besser ‚euch' sagen? – ein Weilchen Gesellschaft leisten, wenn es euch nichts ausmacht."

Und wie es ihr etwas ausmachte. Mit ihrer Mutter hatte Melanie absolut nicht gerechnet. Ihre Anwesenheit würde eine ohnehin ungewöhnliche Situation in ein komplettes Chaos verwandeln, so viel stand fest. „Das ist wirklich eine Überraschung." Mehr brachte sie nicht heraus.

Wieder spürte sie kurz den Druck von Alexanders Hand auf ihrer Schulter, bevor er Silvana einen Stuhl zurechtrückte und sich dann neben Marcos an den Tisch setzte. „Sie haben also jetzt erst von dem Todesfall und der Erbschaft erfahren?" Seine Stimme klang beiläufig, sein Blick ermunterte Melanie, sich an den Omeletts zu bedienen.

Sie nahm sich eines, aber im Grunde nur, um ihre Hände zu beschäftigen. Sie glaubte nicht, dass sie auch nur einen Bissen herunterbekommen würde.

„O ja, leider. Wir hatten beschlossen, dass wir uns auf unserer leicht verspäteten Hochzeitsreise durch nichts und niemanden stören lassen wollten. Marcos hat sich extra einige Wochen freigeschaufelt, was gar nicht so einfach ist, schließlich hat er ja eine große Firma zu leiten. Darum sind wir ja auch erst jetzt gereist und nicht gleich nach der Hochzeit. Aber wir wollten einfach die Zeit ganz für uns. Deshalb erreichten uns die Nachrichten erst am Wochenende. Ich war wirklich erschüttert. Erzählen Sie doch bitte, was es genau mit dem Testament meiner Tante auf sich hat. Sie wissen ja wohl als Nachlassverwalter am besten darüber Bescheid. Und dann möchte ich von dir wissen, mein lieber Schatz, wie es kommt, dass ihr beiden zusammen seid. Ich hatte ja überhaupt nicht damit gerechnet, dass du einen Freund haben könntest. Noch dazu ein solches Prachtexemplar! Kennt ihr euch schon länger oder seid ihr euch erst hier begegnet? Hach, ich will jedes Detail wissen!"

Da sich Alex nach einer knappen halben Stunde verabschieden musste, um seinen Termin um halb zehn nicht zu verpassen – vorher musste er ja auch noch die beiden Hunde bei seinen Eltern abholen –, blieb Melanie schließlich mit ihrer Mutter, Marcos und Schoki allein zurück. Alex hatte das Gespräch geschickt von der Tatsache weggelenkt, dass er ganz offensichtlich hier übernachtet hatte. Doch Melanie war sich bewusst, dass ihre Mutter sich nicht davon abhalten lassen würde, sie auszuquetschen. Besonders nachdem Alex Melanie zum Abschied ausgesprochen innig geküsst hatte, war ihr klar, dass ihre Mutter keine Ruhe geben würde.

Kaum war Alex' SUV davongerollt, als Silvana auch schon zum Angriff überging. „Also ich muss schon sagen, Melli, du überraschst mich. Im positiven Sinn."

Melanie hatte begonnen, den Tisch abzuräumen, und hörte, wie ihre Mutter sich erhob und neben sie trat. „Mama, es ist nicht so, wie du glaubst."

„Was ist nicht so, wie ich glaube?" Silvana legte ihr zärtlich einen Arm um die Schultern. „Ich glaube, meine Tochter hat sich einen äußerst schmackhaften Fisch geangelt, wenn ich das mal so salopp formulieren darf. Meine Güte, wenn ich daran denke, was er für ein schlaksiger Junge war damals … Er hat dich ständig geneckt und geärgert, das weiß ich noch genau. Na ja, das scheint sich ja inzwischen erledigt zu haben."

„Ich habe ihn mir nicht geangelt, Mama."

„Ich weiß, du magst den Ausdruck nicht." Lachend drückte Silvana sie an sich und küsste sie auf die Wange. „Also gut, ist ja gleich, wie ihr zueinandergefunden habt. Obwohl ich immer noch gerne Details hören würde. Er ist ein sehr netter Mann und sexy noch dazu. Diese Haare! Er sieht ein bisschen aus wie ein Pirat, wenn er sie so offen trägt."

„Meistens trägt er einen Zopf."

„Ist vielleicht besser, so als Anwalt und Notar. Obwohl er

mit seinem Aussehen jeden weiblichen Richter umwerfen könnte, darauf würde ich wetten. Ich freue mich jedenfalls für euch, dass ihr zusammen seid."

„Wir sind nicht zusammen, Mama."

„Ach nein? Was denn dann? Für mich sah es jedenfalls so aus, als habe er die Nacht hier verbracht. Und ich wette, ihr habt die Zeit nicht mit Backgammonspielen verbracht."

„Silvana!" Marcos' Stimme klang warnend und zugleich milde amüsiert.

„Was denn, ist doch wahr, oder? So wie Alex meine Tochter angesehen hat, würde ich mal eher vermuten, dass hier heute Nacht die Hütte gebrannt hat. Oder zumindest das Schlafzimmer."

„Mama!" Melanie merkte, wie sie rot wurde, und es ärgerte sie.

„Siehst du, Marcos, ich wusste es."

„Wir sind nicht … Er ist … Wir haben die Nacht miteinander verbracht, aber deshalb sind wir noch lange nicht zusammen. Ich werde nicht lange hierbleiben. Sobald ich mir darüber im Klaren bin, was ich wegen der Testamentsbedingungen unternehmen werde, kehre ich nach Köln zurück."

„Ach ja, diese Bedingungen." Silvana setzte sich wieder. „Ein bisschen merkwürdig finde ich das schon. Was Tante Sybilla sich dabei wohl gedacht haben mag? Na ja, sie war zwar schon immer etwas eigen und lebte eher unkonventionell …"

„Unkonventionell?" Melanie stieß ein kurzes, leicht gequältes Lachen aus. „Das sagst ausgerechnet du?"

„Warum denn nicht?" Ihre Mutter zuckte mit vollkommener Unschuldsmiene die Achseln, dann lachte sie jedoch auf. „Schon gut, Süße, ich weiß, dass du meine Einstellung zum Leben nicht teilst. Wo ich versuche, aus allem immer das Beste zu machen und mich auf den Wellen des Lebens treiben zu lassen, siehst du an jeder Ecke Hindernisse, die es zu überwinden gilt, und Gefahren. Aber je mehr du versuchst, ihnen aus dem Weg zu gehen, desto bedrohlicher wirken sie auf dich."

Überrascht runzelte Melanie die Stirn. Solche tiefgründigen Einsichten gab ihre Mutter nicht oft von sich.

Silvana musterte sie mit weichem Blick, der verriet, wie sehr sie sie liebte. „Schau nicht so verblüfft, Melli. Glaubst du, ich wüsste nicht, dass du versuchst, immer genau das Gegenteil von dem zu tun, was du von mir erwarten würdest? Ich will hoffen, dass du dabei nicht so weit gehst, dass du dir die einmalige Gelegenheit entgehen lässt, mit einem wirklich heißen und noch dazu ungeheuer sympathischen Mann zusammen zu sein. Hast du ihn gern?"

Sofort war da wieder das Gefühl, als würden sich ihre Eingeweide verknoten. Rasch griff sie nach einem Geschirrtuch, um ihre Hände zu beschäftigen. „Er ist nett, wie du gesagt hast. Und …" Sie hob die Schultern. „Sexy. Warum sollte ich mir die Gelegenheit entgehen lassen, da hast du vollkommen recht. Wir werden sicherlich eine schöne Zeit miteinander haben, solange ich hier bin."

„Und danach?"

„Silvana." Tadelnd schüttelte Marcos den Kopf, doch ihre Mutter ließ sich davon nicht irritieren.

Melanie wischte mit dem Tuch über die Anrichte. „Danach kehre ich nach Köln zurück. In mein normales Leben. Wie man das nach einem Urlaub nun mal tut."

„Dann ist er also ein Urlaubsflirt, mehr nicht?"

Melanie nickte und gab sich die größte Mühe, ein gleichgültiges Gesicht zu bewahren. „Mehr nicht, Mama."

„Na gut, wenn du es sagst. Gegen einen Urlaubsflirt ist ja auch nichts einzuwenden. Nicht wahr, Marcos?"

„Vermutlich nicht." Marcos blickte interessiert von seiner Frau zu seiner Stieftochter und wieder zurück, sagte aber nichts weiter.

„Nun erzähl mal, Melli." Silvana lehnte sich auf ihrem Stuhl zurück und schlug graziös die Beine übereinander. „Warst du schon in Sybillas Laden? Sieht es dort auch noch aus wie früher? Ich würde ihn mir gerne mal ansehen. Und zum Friedhof möchten wir nachher auch noch fahren. Begleitest du uns?"

Etwas verwundert, aber erleichtert, dass ihre Mutter sie so unvermittelt vom Haken gelassen hatte, nickte sie. „Gern. Wir können gleich aufbrechen, wenn ihr wollt." Dass sich ihre eigenen Pläne für heute so unvermittelt geändert hatten und die Tatsache, dass der Tag ihr vermutlich noch Kopfschmerzen bescheren würde, daran wollte sie vorerst lieber nicht denken.

***

Es war bereits später Nachmittag, als Melanie und Schoki nach Hause zurückkehrten. Die Kopfschmerzen, die Melanie befürchtet hatte, hatten sich tatsächlich irgendwann eingestellt. Silvana hatte nicht nur fast ununterbrochen geredet, sondern war darüber hinaus in ihrer für sie so typischen Art auch bei jeder Gelegenheit und jeder hübschen Aussicht in haltloses Entzücken ausgebrochen. Wie Marcos das aushielt, konnte Melanie sich kaum vorstellen. Doch ihr Stiefvater Nummer drei nahm Silvanas Gefühlsausbrüche und ihre ungezügelten Begeisterungsstürme erstaunlich gelassen hin. Tatsächlich hatte sie mehr als ein Mal bemerkt, wie er ihre Mutter mit milde amüsiertem und zugleich liebevollem Blick angesehen hatte.

Er schien das vollkommene Gegenteil von Silvana zu sein. Ruhig, besonnen, überlegt. Dabei für einen Mann jenseits der fünfundfünfzig noch gefährlich gut aussehend und mit einer unterschwellig dominanten Ausstrahlung. Darin waren er und Alex sich sehr ähnlich, überlegte Melanie. Marcos nahm ihre Mutter, wie sie war, verstand es aber offenbar auch bereits sehr gut, die Wirbelstürme, die ihre emotionale Art immer wieder heraufbeschwor, so weit auszubremsen, dass niemand davon umgeweht wurde, er selbst eingeschlossen. Das war erstaunlich, denn bisher hatte das noch kein Mann geschafft. Zumindest nicht dauerhaft.

Normalerweise regte sich in Silvana recht schnell Gegenwehr, wenn jemand versuchte, sie zu lenken. Das konnte in wüste

Streits und eine rasche, schmerzhafte Trennung münden. Doch Marcos stritt sich nicht, das war Melanie schon aufgefallen. Er nahm seiner Frau den Wind aus den Segeln, noch bevor sie sic überhaupt setzen konnte. Und er besaß einen unerschütterlichen Sinn für Humor, mit dem er Silvana gerne hin und wieder aufzog. Und sie ließ es sich erstaunlicherweise gefallen.

Melanie konnte nicht umhin, Marcos sympathisch zu finden. Doch sie kannte ihre Mutter länger als er, und sie wusste, dass es gefährlich war, dem momentanen Frieden zu trauen. Sie würde nicht den Fehler machen, sich an ihn zu gewöhnen, nur um dann in ein paar Wochen oder Monaten einen Anruf zu erhalten, bei dem Silvana ihr unter Tränenströmen und lautem Schluchzen verkündete, dass sich ihre dritte Ehe ebenfalls erledigt hätte. Sosehr sie ihrer Mutter auch gönnte, glücklich zu sein, sie fürchtete, dass es nicht von langer Dauer sein würde. Das war es nie.

Müde ließ sie sich auf die Couch fallen und starrte auf den Fernseher. Ob sie eine Tablette gegen das Pochen hinter ihren Schläfen nehmen sollte? Der Tag war so anstrengend gewesen, wie sie es sich ausgemalt hatte. Sie waren zuerst auf den Friedhof gefahren und danach zum Laden, den Deana tatsächlich bereits geöffnet hatte, um die noch vorhandenen Waren abzuverkaufen. Es waren sogar einige Kunden dort gewesen, als sie gegen halb elf eingetroffen waren.

Deana hatte Silvana und Marcos herumgeführt, und Silvana hatte natürlich alles wunderbar, entzückend und geradezu sündhaft schön gefunden. Dann hatte sie eines der Bilder gekauft, das den Lichterhavener Leuchtturm inmitten von Dünen zeigte. Und eine Glasschale, die die Form einer Muschel hatte und schimmerte, als bestehe sie aus Perlmutt. Beide Stücke hatten zusammen fast fünfhundert Euro gekostet, doch Marcos hatte gezahlt, ohne mit der Wimper zu zucken, und die beiden neuen Besitztümer später ohne zu murren zum Auto getragen. Er fuhr einen schwarzen Porsche, der Melanie daran erinnerte, dass die Costales GmbH eine international erfolgreiche Zuliefererfirma für Autotuning-Teile war. Marcos war das, was Silvana so gerne einen guten Fang nannte. Ein wohlhabender Mann mit Stil und Sexappeal. Und er liebte seine Ehefrau von ganzem Herzen, das sah sogar ein Blinder.

Während die beiden im Laden gestöbert hatten, war Melanie noch einmal ins Büro hinaufgegangen und hatte sich die Bestandslisten angesehen. Nach einem Mittagessen in der *Seemöwe* hatten sich Silvana und Marcos endlich von ihr verabschiedet, weil sie gerne ein wenig zu zweit die Gegend erkunden wollten.

Melanie war mit Schoki, die den Ausflug zu genießen schien, zurück zum Laden gegangen und hatte versucht, Deana ein wenig zur Hand zu gehen. Sicherheitshalber beschränkte sie sich aber darauf, Packpapier aus dem kleinen Vorratsräumchen zu holen oder einer Kundin die Tür aufzuhalten. Die meiste Zeit beobachtete sie Deana, die sich als hervorragende Verkäuferin herausstellte. Aber warum auch nicht? *Sybillas Schatztruhe* war nicht umsonst ein Anziehungspunkt hier in der Stadt und so etwas wie eine kleine Attraktion. Deana schien beim ersten Anblick eines Kunden bereits genau zu wissen, was er wollte oder wie sie ihn oder sie – die meisten Kunden waren heute weiblich gewesen – zum Kauf verleiten konnte. Dabei blieb sie immer gleichbleibend herzlich, machte ab und zu einen kleinen Scherz oder spitzte die Ohren, wenn der neueste Klatsch hereingetragen wurde. Jeder schien sie zu lieben, und Mel verstand auch warum.

Sie selbst würde niemals so ungezwungen und locker mit Fremden umgehen können, das war ihr vollkommen klar. Sie hatte nicht umsonst einen Beruf gewählt, bei dem sie sich die meiste Zeit hinter Zahlen und Fakten verstecken konnte und wo sie Gespräche und Verhandlungen entweder per E-Mail führte oder über die sichere Distanz, die ihr das Telefon bot. Direkter Kontakt zu Menschen ließ sie leicht scheitern, das wusste sie. Sie war weder besonders schlagfertig, noch fand sie sich selbst für andere Menschen anziehend. Dazu war sie zu distanziert, doch diese Tatsache hatte sie sich selbst zuzuschreiben. Sie wollte es ja nicht anders. Ihre Mutter hatte nämlich recht: Melanie wollte nicht so impulsiv und von Emotionen geleitet durchs Leben gehen und dabei immer wieder anecken. Sie umschiffte die Klippen lieber, gegen die Silvana so gerne stieß, wenn sie sich auf den Wellen des Lebens treiben ließ, wie sie es nannte. Das führte dazu, dass Melanie auch um ihre Mitmenschen einen gewissen Bogen machte, um nicht allzu eng mit ihnen in Berührung zu kommen.

Trotzdem würde sie morgen wieder zum Laden gehen, und sei es auch nur, um Deana weiter beim Verkaufen zuzuschauen. Sie musste mehr über das Geschäft erfahren und über seine Abläufe, denn schließlich hatte sie am Ende ihres Urlaubs eine Entscheidung zu treffen. Sybilla hatte sich gewünscht, dass sie den Laden übernahm. Natürlich stand das vollkommen außer Frage – Melanie war aber keine Verkäuferin. Was sollte also mit dem Laden und dem Erbe geschehen, wenn sie die Testamentsbedingungen nicht erfüllte? Wäre es ein Vergehen, wenn sie das Erbe ablehnte? Wer würde es ihr verübeln, mal abgesehen von den Lichterhavener Bürgern, die Sybilla und ihre *Schatztruhe* geliebt hatten?

Der Druck, zu einer vernünftigen Entscheidung zu gelangen, verstärkte ihre Kopfschmerzen noch und lastete wie ein verdammter Mühlstein auf ihren Schultern.

Meine Güte, Mel, du siehst aber erschöpft aus. Soll ich dich ein bisschen aufheitern? Wie wäre es mit einem schönen Spaziergang? Ich würde mich gerne noch ein bisschen bewegen. Das macht dir bestimmt auch Spaß.

Überrascht hob Melanie den Kopf, als sie Schokis feuchte Nase an ihrer Hand spürte und dann beobachtete, wie die Hündin vor der Couch herumtänzelte und sie offenbar zum Aufstehen animieren wollte. „Was ist denn los? Musst du noch mal raus? Ich dachte, du hättest vorhin schon dein Geschäft gemacht."

Muss es beim Rausgehen immer um solche profanen Dinge gehen? Also echt. Komm mit und lass uns das schöne Wetter ge-

ießen. Ich möchte ein bisschen herumrennen. Das täte dir bestimmt auch gut. Rennen und Spielen macht Spaß. Und du siehst aus, als könntest du genau das jetzt gut gebrauchen. Also los, hopp, hopp. Hoch mit dir. Wau!

„Meine Güte, ist es so dringend?" Rasch erhob Melanie sich, als Schoki auffordernd bellte. Sie zog sich rasch bequeme Schuhe an, schnappte sich die Lederleine, die im Flur an der Garderobe hing, und streifte Schoki ein wenig unbeholfen das Geschirr über. Die Hündin hielt zwar still und ließ sich alles gefallen, doch Melanie hatte trotzdem einen nicht geringen Respekt vor dem Tier. Sie kannte sich mit Hunden nicht aus und fürchtete ständig, etwas falsch zu machen oder Schokis Körpersprache falsch zu interpretieren. Wie so etwas enden konnte, las oder hörte man immer wieder in den Medien.

Na, komm schon, Mel, mach nicht so ein Gesicht! Es geht nach draußen. Vielleicht sogar ans Meer? Das wäre so toll!

Unschlüssig blickte Melanie vor dem Haus nach links und rechts und entschied sich schließlich dafür, in Richtung des Deiches zu gehen. Ein Blick auf ihre Armbanduhr sagte ihr, dass es bereits kurz vor halb acht war. Die Ebbe hatte also schon eine Weile wieder eingesetzt, und plötzlich schien ihr der Gedanke an eine kleine Wanderung über das Watt sehr verführerisch. Dort draußen waren, zumindest um diese Uhrzeit, wohl kaum noch Menschen unterwegs. Ruhe und Einsamkeit waren bestimmt genau das Richtige, um ihre angeschlagenen Nerven zu beruhigen. Außerdem war dieser Strandabschnitt für Hunde erlaubt, sogar ohne Leinenpflicht. Trotzdem würde Melanie Schoki lieber nah bei sich und an der Leine behalten. Sie war einfach noch zu unsicher, was die Hündin anging.

Als Schoki bemerkte, wohin es ging, stellte sie ihre Rute erwartungsvoll auf und hüpfte fast mehr, als dass sie lief.

Juhu, wir gehen in Richtung Deich! Du bist die Beste, Mel. Ich bin gespannt, ob jetzt Ebbe oder Flut ist. Ebbe wäre besser, dann können wir im Watt spielen.

„Hey, was hast du denn vor? Nicht so schnell!" Beinahe wäre

Melanie gestolpert, weil Schoki sie so heftig umtänzelte. Dann preschte die Hündin ein Stück weit vor und zog sie einfach mit sich. Kurz dachte Melanie daran, dass sie doch eigentlich das Sagen haben und der Boss sein musste, wenn Schoki ihr nicht auf der Nase herumtanzen sollte. Doch nach einigen Schritten merkte sie, dass das schnelle Laufen sich gut anfühlte. Also ließ sie doch Schoki die Führung übernehmen und rannte los. Überrascht bemerkte sie, dass die Hündin keineswegs an der Leine zog, sondern sich jetzt ihrem Tempo anpasste und fröhlich bellend neben ihr her lief.

Ja, so ist's gut. Das ist toll, nicht wahr? Mal so richtig losrennen. Ich kann schon das Watt riechen, du auch?

An der Treppe, die zum Deich hinaufführte, musste Melanie haltmachen. Einen Zweihundertmetersprint war sie nicht gewöhnt, obwohl sie zu Hause regelmäßig Zeit auf ihrem Crosstrainer verbrachte. Schoki hingegen schien noch lange nicht genug zu haben und sprang vor ihr die Stufen hinauf. Oben angekommen, wurden sie von einer frischen Brise empfangen, die Melanies Haare zerzauste, sich aber nach der Anstrengung wunderbar anfühlte.

Und jetzt runter ins Watt, ja?

„Was meinst du, sollen wir ein bisschen über das Watt laufen? Zum Glück ist hier nicht viel los."

Aber klar, ist doch meine Rede die ganze Zeit. Beeil dich! Schoki tänzelte ungeduldig um sie herum, hielt die Schnauze in den Wind und ließ sich das Fell zerzausen.

„Also gut, dann mal los. Aber ich muss mir die Schuhe ausziehen und die Hosenbeine hochkrempeln, damit ich meine Sachen nicht einsaue." Während sich Melanie hinunterbeugte, um sich Schuhe und Strümpfe abzustreifen, schüttelte sie über sich selbst den Kopf. Jetzt redete sie schon wieder mit sich selbst. Oder vielmehr mit dem Hund. War das normal? Schoki schien es vollkommen in Ordnung zu finden und antwortete mit einem fröhlichen *Wuff*. Etwas zögerlich strich sie ihr einmal über das seidige Fell, bevor sie sich wieder aufrichtete. So ganz wohl fühlte sie sich mit der Hündin immer noch nicht, auch wenn die ihr bisher eigentlich noch keinen Grund zur Unruhe gegeben hatte.

Auf der letzten Stufe der kleinen Treppe, die hinab aufs Watt führte, ließ Melanie ihre Schuhe zurück. Sie genoss das weiche, matschige Gefühl unter ihren Fußsohlen und zwischen den Zehen, als sie in den feuchten Sand eintauchte. Die Sonne stand schon relativ niedrig und wurde von vorbeiziehenden Schäfchenwolken umrahmt. In der Ferne glitzerte das Wasser in einem Priel. Prompt musste sie an den gestrigen Ausflug zu den Seehundbänken denken und spürte wieder diesen wohlig-erregenden Schauder durch ihren Körper rieseln. Sie schob die Gedanken jedoch rasch wieder beiseite. Sie wollte auf keinen Fall, dass sich auch die Erinnerung an die Fragen ihrer Mutter wieder in ihrem Kopf festsetzte. Stattdessen konzentrierte sie sich auf Schoki, die fröhlich neben ihr her hüpfte und immer wieder in Pfützen sprang. Das aufspritzende Wasser schien ihr zu gefallen, Melanie hingegen weniger. Schon hatte sie ein paar bräunliche Sprenkel auf den Beinen.

„Hör mal, Schoki, das ist jetzt aber nicht nett. Ich wollte mir die Hose nicht verderben, aber wenn du so weitermachst, sehen wir gleich beide aus wie die Schlammspringer."

Na und? Was soll's. Ist doch egal. Hauptsache lustig. Mach doch mit!

Melanie seufzte und grinste auf Schoki hinab. „Das ist dir vollkommen egal, oder?"

Aber so was von!

Prüfend blickte sie sich um. In weiter Ferne sah sie eine Familie mit zwei Kindern wandern, doch ansonsten war dieser Abschnitt des Watts menschenleer. Vermutlich weil zwischen der Touristenbucht und diesem Strandabschnitt hier zwei Hotels mit Privatstränden lagen. Um sich hierher zu verirren, mussten die Leute einen Bogen durch oder um den Ort fahren, und hier gab es auch keine Gastronomie oder Stände mit Fischbrötchen und auch keinen Strandkorbverleih. Soweit sie bisher beobachtet hatte, hielten sich hier vor allem die Einheimischen auf. Morgens sah man Jogger auf dem Deich und am Strand, oder Leute, die mit ihren Hunden spazieren gingen. Tagsüber hauptsächlich Jugendliche und am späten Nachmittag vermehrt Senioren. Doch jetzt, am frühen Montagabend, war alles angenehm ruhig. Vermutlich weil viele Geschäfte noch geöffnet hatten. Die Lichterhavener Einwohner waren also noch beschäftigt, und die Touristen hielten sich in Ortskernnähe auf. Hier wurde einfach nicht genug geboten, um die Sommergäste anzuziehen, und Melanie freute sich darüber. Sie hatte ein bisschen das Gefühl, von allem Trubel abgeschnitten zu sein, und das tat ihr gut. Vielleicht hätte sie wirklich schon viel früher mal Urlaub machen sollen.

Hey, du lächelst ja endlich! Komm, lass uns toben.

Erschrocken schrie Melanie auf, als Schoki mit einem Satz in eine besonders große Wasserlache sprang, sodass es nach allen Richtungen spritzte. Die Rute der Hündin wedelte fast wie ein Propeller, und es sah so aus, als lache sie.

„Igitt! Nun sieh dir bloß mal an, wie ich jetzt aussehe, Schoki."

Was denn? Für mich siehst du immer gleich gut aus. Nun komm schon, mach mit!

Spielerisch biss Schoki in ihre Leine und zerrte sanft daran.

„Nicht! Das darfst du bestimmt nicht, Schoki." Erschrocken zog Melanie ebenfalls an der Leine, was aber nur dazu führte, dass die Hündin erfreut heftiger zerrte.

Ja, toll, Tauziehen mag ich auch gern!

„Lass los! O je. Ähm, wie war das? Aus, Schoki."

Schade.

Sofort ließ die Hündin los und setzte sich.

„O Mann." Melanie strich sich ein paar Haarsträhnen aus der Stirn, die der Wind aber gleich wieder zerzauste. „Braver Hund."

Immer. Aber warum spielst du nicht mit mir?

Schoki legte fragend den Kopf schräg.

Unsicher blickte Melanie sich um. Hier auf dem Watt könnte sie Schoki sicherlich doch mal kurz von der Leine losmachen. Es schien, als brauche die Hündin wesentlich mehr Bewegung, als sie ihr an der Leine bieten konnte. Weglaufen würde sie hoffentlich nicht. Bisher hatte sie immer aufs Wort gehorcht. Und jemanden anfallen konnte sie hier auch nicht.

„Warte, Schoki, halt mal still." Sie griff nach dem Haken, mit dem die Leine am Geschirr befestigt war, und strich ihr währenddessen noch einmal über den Kopf.

Was jetzt? Oh, du machst mich los? Echt jetzt? Wie toll ist das denn?

Mit lautem Freudengebell sauste Schoki los, kaum dass sie von der Leine befreit war. Melanie erstarrte und sah ihr entsetzt nach. „Schoki, bleib stehen!"

Nee, bestimmt nicht. Endlich rennen, rennen, rennen! Wau!

Schoki preschte weiter voran, machte einen Bogen und kam dann mit einem Wahnsinnstempo auf Melanie zugeschossen. Kurz bevor sie zusammenstießen, drehte sie ab. Wasser und Schlick spritzten in hohem Bogen. Schoki bellte vergnügt und rannte wieder davon.

„Mist." Verdrießlich sah Melanie an sich hinab. Hose und Shirt waren beide mit Matschflecken übersät. Dann zuckte sie die Achseln und sah sich um. Wo war Schoki?

Ehe sie sie sah, hörte sie die Hündin. Diese hatte wieder einen Bogen geschlagen und sauste nun von hinten auf sie zu. Diesmal stoppte sie aber nicht, sondern sprang sie übermütig an. Melanie schrie erschrocken auf, verlor das Gleichgewicht und fiel vornüber aufs Watt. „Schoki!" Spuckend kam sie auf die Knie. „Was sollte das denn?"

Na, manchmal muss man eben ein bisschen nachhelfen. Los, mir nach!

Verärgert rappelte Melanie sich auf und wischte sich Schlick aus dem Gesicht. „Na warte, du Untier!" Sie rannte hinter der Hündin her, die wieder fröhlich bellte. Diesmal klang es so, als lache sie sie aus. „Bleib stehen!"

Im Leben nicht.

„Halt, verdammt noch mal! Hiergeblieben. Schoki!"

Fang mich doch!

Das Rennen im Watt war anstrengender als gedacht. Nach einigen Metern hielt Melanie schwer atmend an und rief erneut nach Schoki. Die blieb jetzt tatsächlich stehen, sah sich zu ihr um und kam dann bis auf Armeslänge zu ihr zurück.

„Oh, gut, so ist es brav. Komm her, damit ich dich wieder anleinen kann."

Was denn, machst du schon schlapp? Das war doch noch gar nichts. Los, Bewegung, Mel!

Schoki schüttelte sich und machte ein paar Schritte rückwärts, sodass Melanie sie nicht zu fassen bekam. Mit einem auffordernden *Wuff Wuff* drehte sie ab und rannte erneut los.

„Halt, stopp! Wenn du weiterläufst, kommen wir zum Priel." Erschrocken rannte auch Melanie wieder los.

Na und? Ist doch bloß Wasser. Aber da springe ich nicht rein, ist mir zu tief. Schwimmen mag ich nur im Teich drüben im Wald.

Schoki bremste irgendwann ab und umrundete Melanie, die verzweifelt versuchte, die Hündin zu erreichen. Sie bekam kaum noch Luft, so anstrengend war das Laufen auf dem weichen Untergrund. Außerdem versuchte sie, so gut es ging, Krebsen und scharfen Muschelschalen auszuweichen.

Na, was denn? Du bist ja wirklich nicht fit. Da müssen wir aber dran arbeiten, Mel. Fang mich! Oder warte, ich hab noch eine bessere Idee.

„Huch, Hilfe! O Gott, Schoki, was machst du denn?" Mel versuchte, die Hündin abzuwehren, die vergnügt auf sie zuschoss und wieder und wieder an ihr hochsprang. Dann sauste sie wieder ein paar Meter davon, bremste ab und sprang dann mit einem Riesensatz in die Pfütze gleich neben Melanie. Wasser und Schlick ergossen sich in hohem Bogen über sie.

Jau, das ist toll!

„Pfui Teufel! Das hast du mit Absicht gemacht."

Aber selbstverständlich. Endlich hast du es kapiert.

Melanie zupfte verärgert an ihrem mittlerweile klatschnassen Shirt herum. Dann wurde ihr bewusst, dass sie sich vollkommen lächerlich machte, wenn sie weiterhin hinter Schoki herjagte. Offenbar legte die Hündin es nur darauf an. Sie wollte sie ärgern. Sie wollte … „spielen". Plötzlich stieg ein Lachen in Melanie auf, das sich nicht kontrollieren ließ. „Du hast meine Klamotten ruiniert! Na warte." Sie bückte sich und nahm eine Handvoll Schlick. Ehe Schoki reagieren konnte, wurde sie von der Matschkugel getroffen.

Hey, was war das denn? Du bewirfst mich mit Schlick? Ha, das kann ich auch.

Schoki bellte und rauschte erneut mitten in die schlammige Pfütze. Melanie kreischte, als eine salzig-braune Fontäne sie traf. Sie griff erneut mit beiden Händen ins Watt und warf den Schlick in Schokis Richtung. Schoki war jedoch flink und wich den Geschossen aus. Dabei stieß sie ein triumphierendes Geheul aus. Sie rannte ein Stück davon, kehrte um und sprang Melanie so heftig an, dass diese nun rücklings umfiel und mitten in dem Wasserloch landete. Sofort war Schoki über ihr, leckte ihr begeistert übers Gesicht und zupfte an ihrem Ärmel.

Los, hoch mit dir. Das war noch lange nicht alles!

Melanie fluchte wie ein Bierkutscher, konnte sich vor Lachen jedoch kaum aufrichten. Es dauerte eine Weile, bis sie wieder auf den Füßen stand und versuchte, Schoki zu fangen. Eine wilde Jagd übers Watt begann, immer wieder unterbrochen von fliegenden Matschgeschossen und Rangeleien. Mehrmals landete Melanie auf ihrem Hinterteil oder kniete im Matsch. Und sie hatte noch niemals so herzlich gelacht. Allmählich taten ihr die Seiten und die Bauchmuskeln weh.

Ein Weilchen versuchte sie noch, mit der wild umhertobenden Schoki mitzuhalten, doch dann streckte sie irgendwann die Waffen. Vollkommen außer Atem stand sie da und sah sich um. Sie waren verdammt weit rausgelaufen, stellte sie fest. Der breite und sicherlich auch sehr tiefe Priel, den sie vorhin schon gesehen hatte, war nur noch einen Steinwurf entfernt, das Ufer hingegen sah in der Ferne ganz winzig aus. „Ich glaube, wir sollten zurückgehen, Schoki. Guck nur, wie weit wir es haben."

Was? O ja, du hast wahrscheinlich recht. Ich bin jetzt auch ein bisschen müde geworden. Aber schön war es. Ich wusste doch, dass man mit dir wunderbar Spaß haben kann. Mit Sybilla hab ich auch immer gespielt, aber sie war ja schon alt und konnte nicht so schnell rennen oder so. Aber mit dir gerade, das war sooo toll!

Schoki stieß ein zustimmendes Schnauben aus, leckte Melanie über die Hand und tänzelte um ihre Beine herum. Dann hechelte sie, und es sah aus wie ein breites Lächeln.

Melanie kicherte. „Ich bin total verschlammt. Liebe Zeit, so kann ich unmöglich ins Haus zurück. Was mache ich denn nur?" Zweifelnd sah sie zu dem Priel hinüber, der am Rand nur sehr seicht war und erst ein Stückchen weiter richtig tief wurde. Schließlich ging sie zögernd einige Schritte in das Wasser hinein und schöpfte etwas davon mit den hohlen Händen, um sich zumindest den Schlick aus dem Gesicht zu waschen. Auch Hände, Arme und Beine spülte sie notdürftig ab. Dann blickte sie nachdenklich auf die Leine, die sie sich quer über Schulter und Brust geschnallt hatte, um sie nicht zu verlieren.

„Bleibst du auch ohne die Leine in meiner Nähe?"

Klar. Warum sollte ich weglaufen? Du bist doch jetzt mein Lieblingsmensch.

„Bleib bloß bei Fuß. Nicht dass du mir abhaust, wenn du irgendwo ein Kaninchen siehst."

Hier auf dem Watt gibt es doch gar keine Kaninchen.

„Oder irgendwas anderes. Ich hab nämlich keine Kraft mehr, dir nachzulaufen."

Keine Sorge, Melanie. Lass uns einfach nach Hause gehen. Ich hätte jetzt übrigens auch Hunger und Durst.

„Zu Hause kriegst du dann was zu trinken und ein Leckerchen."

Musik in meinen Ohren. Ich wusste, dass wir uns gut verstehen werden.

KAPITEL 16

Normalerweise joggte Alex gerne am frühen Morgen, doch da er heute mit wesentlich angenehmeren Dingen beschäftigt gewesen war, hatte er einfach sein Sportpensum auf den Abend verlegt. Er war später aus der Kanzlei gekommen als gedacht, weil sich ein paar unvorhergesehene Probleme bei zwei seiner Fälle eingestellt hatten. Erst gegen halb acht hatte er sich umgezogen und mit den beiden Hunden den Weg in Richtung Deich eingeschlagen. Er liebte es, übers Watt zu laufen, doch heute blieb er mit Benni und Zora auf dem Deichrücken. Hier oben konnte er richtig genießen, wie ihm der laue Wind um die Nase wehte.

Sie passierten die beiden Hotels mit ihren Privatstränden und liefen in passablem Tempo auch an Melanies Haus vorbei. Im Grunde genommen war es nach wie vor Sybillas Haus, doch für Alex gehörte es bereits Melanie. Er meinte, weit draußen auf dem Watt eine Frau mit einem Hund gehen zu sehen. Ob das Melanie und Schoki waren? Der Gedanke gefiel ihm, und er überlegte bereits, ob es passend war, sich so kurz nach ihrer gemeinsamen heißen Nacht erneut bei ihr zu melden, oder ob es besser war, ihr ein wenig Raum zu geben.

Er wusste, dass ihr das unverhoffte Zusammentreffen mit ihrer Mutter und ihrem Stiefvater unangenehm gewesen war. Nicht weil sie sich für die vergangene Nacht schämte, sondern, so vermutete er, weil sie mit neuen Situationen generell nicht gut zurechtkam. Sie ähnelte ihrer Mutter äußerlich sehr. Beide Frauen waren außergewöhnlich hübsch, blond, weiblich. Doch damit schienen die Gemeinsamkeiten auf den ersten Blick auch schon zu enden.

Silvana war eine schwärmerische, möglicherweise leicht zur Hysterie neigende Frau. Um das festzustellen, hatte Alex bereits der kurze Eindruck gereicht, den er von Melanies Mutter am Morgen gewonnen hatte. Melanie hingegen war stets bemüht, Distanz und Würde zu bewahren und vor allem keine Gefühle zu zeigen. Das war offenbar ihr Schutzmechanismus. Von klein auf hatte sie mit den Launen ihrer Mutter zurechtkommen müssen. Sie hatte weder eine beständige Vaterfigur gehabt noch Geschwister, die sie hätten unterstützen und ihr Halt geben können. Silvana hatte eine sympathisch vitale Ausstrahlung. Dahinter schien sich jedoch eine ähnliche Unsicherheit zu verbergen wie hinter Melanies Zurückhaltung. Silvana war spontan, begeisterungsfähig, aber auch leicht ungeduldig und flatterhaft. Er bewunderte Marcos für seine Ruhe, die er ihr gegenüber nie zu verlieren schien. Dass er Silvana liebte, war nicht zu übersehen. Wenn man Melanie Glauben schenken durfte, war er aber nicht der erste Mann, dem es so gegangen war. Früher oder später hatten sie alle genug von dem Sturm gehabt, den Silvana stets um sich herum entstehen ließ. Und sie waren gegangen und hatten dabei nicht nur die Frau verlassen, sondern auch die Tochter. Wenn er die beiden Frauen miteinander verglich, vermutete er, dass Silvana aus irgendeinem Grund ebenso große Angst vor echter Nähe hatte wie ihre Tochter. Möglicherweise war es spannend und erhellend, Silvana näher kennenzulernen und diesen Aspekt ihrer Persönlichkeit ein wenig mehr zu ergründen.

Fakt war, dass Melanie als Einzige stets an der Seite ihrer Mutter geblieben war, und umgekehrt. Zuerst natürlich, weil sie als Kind und Jugendliche von ihr abhängig gewesen war. Doch auch später war die Mutter-Tochter-Beziehung die einzig beständige im Leben beider Frauen geblieben. Weil allerdings beide so verschiedene Sichtweisen auf das Leben hatten, kamen sie nicht wirklich gut miteinander aus. Distanz war auch hier deutlich zu spüren. Er kannte Silvana bei Weitem nicht gut genug, um einschätzen zu können, warum sie nicht längst versucht hatte, diese Kluft zu überwinden. Vielleicht, so mutmaßte er, glaubte sie, ihrer Tochter einen Gefallen zu tun, wenn sie den Abstand hielt, den Melanie, ohne es auszusprechen, forderte.

Melanie wiederum war wahrscheinlich einfach erschöpft davon, ständig den Puffer für die Probleme ihrer Mutter zu spielen und dabei noch jahraus, jahrein deren emotionale Höhenflüge und Abstürze mitzuerleben, aufzufangen und abzufedern. Irgendwann hatte Mel sich eingeigelt und von allen zwischenmenschlichen Beziehungen zurückgezogen, weil sie ihr zu viel abverlangten. Oder weil sie vielleicht befürchtete, in ähnliche Gefühlsstrudel zu geraten wie ihre Mutter. Sie hielt sich lieber aus dem Leben heraus, als zu riskieren, von ihm mitgerissen – und dabei vielleicht enttäuscht und verletzt – zu werden.

Ich sollte über eine zweite Karriere als Psychologe nachdenken, sinnierte Alex kopfschüttelnd, während er unweit des Leuchtturmes auf der Stelle joggte und schließlich beschloss, kehrtzumachen. Warum er sich überhaupt so viele Gedanken machte, war wohl die Hauptfrage. Es war alarmierend, denn sein Interesse an Melanie hatte in rasend kurzer Zeit das normale Maß einer Affäre überschritten. Melanie war wunderschön, intelligent, genau sein Typ, und die vergangene Nacht verlangte dringend nach einer Wiederholung. Oder besser noch nach mehreren. Ihre unsichere, distanzierte Art weckte einerseits den Beschützerinstinkt in ihm und andererseits seine Neugier. Er wollte jetzt noch mehr als ganz zu Beginn ihrer Bekanntschaft ergründen, was hinter der Fassade versteckt lag, herausfinden, ob sich da vielleicht noch ganz andere Facetten ihrer Persönlichkeit verbargen.

Als er wieder auf Höhe von Sybillas – oder Melanies – Haus war, hielt er verblüfft inne und befahl den Hunden, sich zu setzen. Waren diese beiden schlammüberzogenen Gestalten, die gerade ein Stück entfernt den Weg in Richtung Ort gingen, Mel und Schoki? Die Frau war schlank und blond, der Hund dunkelbraun, soweit er das unter der Schicht aus Schlick erkennen konnte. Es konnten nur die beiden sein. Aber was um alles in der Welt hatten sie angestellt? Sie sahen beide aus, als hätten sie sich ausgiebig in einer Schlammgrube gewälzt. Oder im Watt.

Ein Lächeln umspielte Alexanders Lippen. Er blickte den beiden einige Zeit hinterher und dehnte sich dabei ein wenig.

Dann bedeutete er Zora und Benni, ihm zu folgen, stieg die Treppe zur Straße hinab und nahm die Verfolgung auf.

***

„O nein, mein Fräulein. Dich lasse ich so auf gar keinen Fall ins Haus, das kannst du vergessen."

Warum denn nicht? Bloß weil ich ein bisschen schmutzig bin? Du doch auch.

„Du kannst mich angrinsen, Schoki, aber trotzdem muss ich dich erst mal irgendwie sauber kriegen." Suchend sah Melanie sich um und ging dann zum Schuppen. „Am besten schließe ich den Gartenschlauch an und dusche dich."

Oh, noch mehr Wasser? Wie toll, das liebe ich. Immer zu!

Schoki wedelte begeistert mit der Rute und schüttelte sich zum wiederholten Mal, sodass kleine angetrocknete Schlickbröckchen umherflogen. Melanie holte rasch den Schlauch und schloss ihn an dem Hahn an, der sich gleich neben dem Kücheneingang befand. Dann schraubte sie die Regenbrause auf und rief Schoki zu sich. Die Hündin kam brav angetrabt und bellte begeistert, als das kalte Wasser sie traf.

Ha, toll, ich liebe dich, Mel. Erst im Watt spielen und dann eine schöne Dusche. Können wir das jeden Tag machen?

Wie ein Derwisch sprang Schoki im Kreis herum, versuchte, nach dem Wasserstrahl zu schnappen, und schüttelte sich immer wieder. Schon nach kürzester Zeit war Melanie erneut komplett durchnässt, doch es war ihr gleich. Hier im Garten konnte niemand sie sehen, also hielt sie die Brause auch immer wieder so, dass sie selbst von dem Wasserstrahl getroffen wurde. Schoki schien die ganze Prozedur zu gefallen. Immer wieder sprang sie an Melanie hoch und versuchte, ebenfalls möglichst viel von dem kalten Nass abzubekommen.

Melanie musste erst kichern, dann so heftig lachen, dass ihre bereits überbeanspruchten Bauchmuskeln zu schmerzen begannen. „Du bist total verrückt, Schoki, weißt du das?"

Na und? Du doch auch. Macht Spaß, oder?

„Und ich auch. Echt. Ich rede mit einem Hund. Fehlt noch, dass ich anfange zu singen.“ Sie gluckste bei dem Gedanken. „Wie wäre es mit einem Tänzchen, Schoki?“

Tänzchen? Was ist das?

Melanie hielt den Wasserstrahl senkrecht nach oben, sodass sich eine Art Sprühregen über ihnen ergoss. Sie drehte sich hüpfend im Kreis und kam sich herrlich albern dabei vor. „I'm singin' in the rain“, trällerte sie kichernd. „Los, tanz mit, Schoki!“

Was? Wie jetzt? Im Kreis springen und Wassertropfen fangen? Klar, das kann ich. Jau!

Freudig kläffend stimmte Schoki in Melanies Gesang ein und sprang wild um sie herum. Dabei versuchte sie, die Wassertropfen aufzuschnappen. Das brachte Melanie erneut derart zum Lachen, dass sie irgendwann einfach den Schlauch sinken und sich selbst auf das unebene Natursteinpflaster fallen ließ. Schwer atmend hielt sie sich die Seiten und versuchte, sich zu beruhigen. Doch das war gar nicht so einfach. Schoki schien ihre sitzende Position als Aufforderung zu einem neuen Spiel aufzufassen. Sie stieß Melanie immer wieder an, zupfte an ihren nassen Klamotten und versuchte, sie abzulecken.

„Nicht, Schoki, ich kann nicht mehr. Hör auf, bitte.“ Rasch drehte Melanie die Brause zu, denn mittlerweile hatte sich eine regelrechte Pfütze um sie herum gebildet.

Na gut, dann spielen wir eben jetzt nicht mehr. Aber ich würde gerne mit dir schmusen.

„Hey, was denn jetzt? Willst du kuscheln? Aber wir sind klatschnass!“ Protestierend hob Melanie die Hände, ließe sie aber gleich wieder sinken, als Schoki umständlich auf ihre Beine krabbelte und den Kopf in ihren Schoß drückte.

Ich liebe dich, Mel. Du bist jetzt mein Mensch, ja? Es ist so schön, dir ganz nah zu sein.

„Oh.“ Melanie wusste zunächst nicht, wie sie reagieren sollte. Schoki drückte sich ganz fest an sie und leckte immer wieder über ihren Arm. „Okay, wenn du meinst.“ Etwas unbeholfen und leicht nervös streichelte sie die Hündin, die daraufhin wohlige Fiepslaute ausstieß und sich auf den Rücken drehte, den Kopf nach wie vor in ihrem Schoß.

Melanie streichelte sie weiter und fand allmählich Gefallen daran, ihre Hände in dem weichen feuchten Fell zu vergraben. „Wir sind schon zwei verrückte Weiber, was?"

Wenn du es sagst. Hach, ist das schöööön. Bitte nicht aufhören zu kraulen!

Schoki drehte sich noch mal und robbte dann so eng an Melanie heran, dass diese fast hintenüber kippte. Ungeachtet der Tatsache, dass sie mitten in einer Wasserlache und halb auf dem Rasen, halb auf dem Steinweg saß, legte sie sich hin und spürte, wie Schoki sich der Länge nach an ihre Seite kuschelte. Spontan nahm sie die Hündin in den Arm und ließ den Kopf ins Gras sinken. Schoki leckte ihr über die freie Hand, mit der sie sie an Hals und Kopf kraulte.

Oh, das ist sooo schön, Mel. Hach. Ich bin im siebten Hundehimmel.

Merkwürdig, dachte Melanie. Ich habe gar keine Angst mehr vor Schoki. Anscheinend mag sie mich. Und ich sie.

Ein warmes Gefühl strömte in ihren Bauch und breitete sich nach allen Seiten aus. Es war angenehm und beängstigend zugleich, doch sie hatte nicht die Kraft, sich dagegen zu wehren. Dazu war sie eindeutig zu erschöpft.

Träge blickte sie in den allmählich dunkler werdenden Abendhimmel hinauf. Es musste inzwischen fast zehn sein. Die Sonne war bereits untergegangen, hatte dem Himmel aber noch nicht ganz alle Farbe genommen, ein paar Wolken segelten träge vorüber. Dazwischen versuchten die allerersten Sterne, ihr Licht zur Erde zu senden. Es war ein wunderschöner lauer Abend. Vielleicht würde sie einfach noch ein Weilchen hier liegen bleiben und hoffen, dass sie sich davon keine Erkältung zuzog.

„Ich wusste es." Melanie zuckte zusammen, als die tiefe, sanfte Stimme sie aus ihren Gedanken riss. Mit einem breiten Grinsen blickte Alex auf sie hinab. „Du bist ein Freak."

„Was? Oh, mein Gott.“ Wie von der Tarantel gestochen sprang Melanie auf und starrte entsetzt in Alexanders lachende Augen. „Wo kommst du denn auf einmal her? Schoki, warum hast du mich denn nicht gewarnt?“

Wozu? Ist doch bloß Alex. Hallo, Alex, wie schön, dich zu sehen. Willst du auch mit mir schmusen? Aufgeregt tänzelte Schoki jetzt um Alex herum.

„He he, nicht doch, Schoki, du bist ja ganz nass. Sitz!“

Na gut, wenn es sein muss. Trotzdem freue ich mich wie verrückt, dich zu sehen.

Alex tätschelte Schoki lobend am Hals, als sie seinem Befehl folgte und nur die Rute weiterhin in Bewegung blieb, ließ seinen Blick jedoch weiterhin auf Melanie ruhen. „Guten Abend, Mel. Ich hab euch beide vorhin auf meiner Joggingrunde gesehen und war mir nicht ganz sicher, ob ihr von Schlammmonstern überfallen worden seid oder einen Unfall hattet. Wie ich jetzt feststelle, ist keins von beidem der Fall.“

***

Ob Melanie wusste, wie süß und zugleich sexy sie in ihren klatschnassen, schlammgetränkten Klamotten aussah? Himmel, sie hatte Schlick im Haar, in den Augenwinkeln und unterhalb ihres Ohres, genau an der Stelle, von der er wusste, dass sie besonders empfindsam auf Berührungen reagierte. Als sie nun beschämt an ihrem Shirt herumzupfte, hätte er sie am liebsten an sich gezogen und geküsst. Doch er unterließ es – vorerst.

Als er kurz nach ihr am Haus angekommen war, hatte er seinen Augen kaum getraut. Der Anblick von Melanie, wie sie mit dem Hund und dem Wasserschlauch herumgetollt war und dabei so hemmungslos gekichert hatte, löste selbst jetzt noch ein heftiges Gefühl in ihm aus. Die Szene hatte so rührend ausgesehen, dass ihm ganz warm ums Herz geworden war.

Da hatte er ihn – den Beweis, dass sich hinter der Mauer aus

Abgeklärtheit und Zurückhaltung eine ganz andere Person versteckte. Eine lebenslustige, alberne, herzensgute und leicht verrückte Frau. Kein Wunder, dass sie Angst hatte, diese Seite von sich preiszugeben. Sie fürchtete sich vor sich selbst!

„Wir … waren im Watt … spazieren."

„Mhm, das sieht man."

„Die Dinge sind ein bisschen außer Kontrolle geraten." Melanie wich seinem Blick aus und begann fahrig, den Schlauch zusammenzurollen. „Schoki wollte unbedingt spielen, und ich … Na ja."

„Du hast mitgemacht und dich mit ihr absolut würdelos im Schlick gewälzt."

„Gewissermaßen …" Sie sah ihn noch immer nicht an, sondern trug den aufgerollten Schlauch zum Schuppen.

Alex folgte ihr. „Und dann habt ihr zusammen eine Dusche unterm Gartenschlauch genommen." Er feixte. „Du singst ziemlich schräg."

„Nur wenn ich dabei lache."

„Und dieser Tanz … Es hätte nicht viel gefehlt, und ich hätte einen Regenschirm hervorgeholt."

„Hör auf damit." Als sie sich zu ihm umdrehte, sah er, dass sich ihre Wangen vor Verlegenheit gerötet hatten. „Ich wusste nicht, dass mich … uns … jemand beobachtet. Sonst hätte ich niemals so etwas gemacht."

„Warum nicht?" Er trat auf sie zu. „Was ist so schlimm daran, mal ein bisschen albern zu sein?"

„Ich bin nie albern."

„Außer mit Schoki." Er zupfte an einer nassen Haarsträhne und strich sie ihr hinters Ohr.

„Ich sollte ins Haus gehen und duschen. Und mich umziehen. Mir wird allmählich kalt." Sie wich ihm erneut aus, ging zur Seitentür und schloss sie hastig auf. „Ich muss ein Handtuch für Schoki holen, sonst macht sie drinnen alles nass."

Wieder folgte er ihr. „Mel?"

Sie blieb stehen, mit dem Rücken zu ihm.

„Du bist ein Freak." Er sagte es mit einem Lächeln, dennoch sah er, wie sie sich versteifte und die Schultern hochzog.

„Das war … eine einmalige Sache. Kommt nicht wieder vor."

„Das wäre aber zu schade." Er warf seine Beherrschung über Bord und fasste sie an den Schultern. Sanft drehte er sie zu sich herum. „Ihr habt süß zusammen ausgesehen, Schoki und du. Ein bisschen Albernheit steht dir gut."

„Ich sagte doch, ich bin sonst nie …"

„Mel."

„… albern. Und ich werde auch nicht …"

„Dein Geheimnis ist bei mir sicher, mein Schatz." Ohne auf ihre leichte Gegenwehr zu achten, zog er sie näher zu sich heran und küsste sie. Sie roch nach Watt, und er schmeckte ein wenig Salz auf ihren Lippen. Sogleich geriet sein Blut in Wallung, und ihm fiel ein, dass er selbst nach seiner großen Joggingrunde auch nicht unbedingt salonfähig wirkte. Dennoch ließ er seinen Mund noch einen Moment lang auf ihrem verweilen, bis er spürte, dass sie nachgab. Dann ließ er sie los. „Weißt du was, warum gibst du mir nicht ein Handtuch für Schoki und gehst duschen? Und danach sehen wir weiter. Ich muss sowieso nach Benni und Zora schauen. Die beiden sitzen schon die ganze Zeit vor dem Gartentor und warten darauf, hereingelassen zu werden."

Er sah, wie sie schluckte, kurz nickte und sich abwandte, um ins Haus zu flüchten. Sie brachte ihm ein altes Handtuch und verschwand nach oben. Lächelnd wandte er sich der Hündin zu, die brav an der Tür wartete und sich anstandslos von ihm trocken reiben und mit Wasser und ein paar Leckerchen versorgen ließ. Während sie fraß, holte er endlich die beiden mustergültig braven Retriever in den Garten, die sich beinahe umbrachten vor Freude, als sie Schoki sahen. Die junge Hündin war allerdings erschöpft, das merkte er, denn obgleich sie sich über den Hundebesuch freute, tappte sie bald zu ihrem Körbchen im Wohnzimmer, rollte sich darin zusammen und schloss mit einem zufriedenen Schnaufen die Augen. Benni und Zora suchten sich ebenfalls gemütliche Plätze und machten es sich bequem, als würden sie hier wohnen.

Aus dem Obergeschoss vernahm Alex das Plätschern der Dusche. Genau wie er es sich erhofft hatte. Er hängte das Handtuch über eine der Stuhllehnen in der Küche und entdeckte dabei eine Tüte mit dem Aufdruck der örtlichen Drogerie. Neugierig griff er hinein und förderte eine Packung Kondome zutage. Lächelnd nahm er sie an sich und stieg die Treppe ins Obergeschoss hinauf. Schon auf dem Weg zog er sich sein T-Shirt über den Kopf. Schuhe und Hose folgten. Er bemühte sich, kein Geräusch zu machen, als er nackt das Badezimmer betrat. Wasserdampf schlug ihm entgegen, und er vernahm ein leises Schniefen.

Verdammt, Melanie weinte. Rasch schob er den Duschvorhang beiseite und schlüpfte zu ihr unter den heißen Wasserstrahl.

„Alex!“ Erschrocken versuchte sie zurückzuweichen, doch er hinderte sie daran, indem er sie fest in die Arme nahm.

„Was soll das? Lass mich.“

„Nein, Mel. Ich lasse dich nicht allein. Warum weinst du?“

„Ich weine nicht.“

„Du brauchst dich für nichts zu schämen. Was glaubst du, in was für irren Situationen ich meine Schwester schon überrascht habe? Dagegen ist ein bisschen Tanzen unterm Gartenschlauch mit Schoki gar nichts. Und Benni und Zora haben nichts gesehen, ehrlich.“

„Mach dich nicht lustig über mich.“

„Nein, das mache ich ganz bestimmt nicht“, antwortete er ernst.

„Das vorhin bin nicht ich.“

„Weißt du was?“ Er schob sie eine Winzigkeit von sich, um ihr ins Gesicht sehen zu können. „Das ist wirklich schade. Denn diese Seite an dir gefällt mir ausnehmend gut.“

„Ich bin nicht so verrückt.“

„Doch, bist du.“ Er küsste sie zärtlich. „Das und noch viel mehr. Soll ich es dir beweisen?“

***

Die ganze Sache war Melanie so unsagbar peinlich, dass sie sich am liebsten irgendwo verkrochen hätte. Doch Alex ließ sie nicht los, und sein Kuss war derart zärtlich, dass ihr angst und bange wurde. Seine Hände streichelten sanft über ihren Körper und hinterließen eine brennende Spur auf ihrer Haut. Sie spürte seine Erregung sehr deutlich und auch, wie die ihre beständig wuchs, obwohl sie versuchte, sich dagegen zu sperren. Sie schaffte es nicht.

Er griff nach der Flasche mit dem Duschgel und begann seelenruhig, sie und sich selbst einzuseifen. Irgendwann schloss sie die Augen und ließ es einfach geschehen, riss sie jedoch erschrocken wieder auf, als er seine Hand zwischen ihre Beine gleiten ließ.

„Alex, was …"

„Schsch. Schließ die Augen wieder und hör auf zu denken, Mel."

Hör auf zu denken. Das hatte er vergangene Nacht auch immer wieder von ihr verlangt. Doch an irgendetwas musste sie unbedingt denken. Sich an etwas erinnern …

Dann fiel es ihr wieder ein. „Alex, wir sollten … wir können hier nicht … Ich habe keine …" Sie brach mit einem erstickten Laut ab, als er mit einem Finger in sie hineinglitt und begann, sie geschickt zu liebkosen und zu erregen.

„Keine Sorge." Seine Stimme war nur ein Raunen dicht an ihrem Ohr. „Ich hab sie mit raufgebracht. Entspann dich."

Entspannen? Wie sollte das gehen? Er hatte sie nicht nur hinterhältig in der Dusche überrascht, sondern dabei auch noch, umsichtig wie er war, an die Verhütung gedacht. Was sollte sie bloß von diesem Mann halten?

Sie presste ihr Gesicht gegen seine Brust und klammerte sich an seinen Schultern fest, um nicht den Halt zu verlieren. Ihre Beine fühlten sich schon wieder an, als seien sie aus Gelee. „Was hättest du denn gemacht, wenn ich nicht vorhin noch in die Drogerie gegangen wäre?"

Er lachte heiser. „Das wäre ein Problem gewesen, stimmt. Aber da wäre mir bestimmt etwas eingefallen, Mel. Es gibt schließlich etliche Alternativen."

Glühende Hitze stieg bei seinen Worten in ihr auf, und sie fragte sich, ob er wohl vorhatte, die eine oder andere davon gleich hier und jetzt auszuprobieren. Schon hörte sie ihn den Duschvorhang beiseiteschieben, und dann das Rascheln der Kondomverpackung. Ihr Herz pochte unstet in ihrer Brust. „Sollten wir nicht ..."

„Nein." Schon war er wieder bei ihr und umfasste eine ihrer Brüste, hob sie leicht an, nahm die empfindsame Spitze in den Mund.

Sie keuchte, als es sie wie ein Blitz durchfuhr und alles in ihr zu pochen und zu pulsieren begann. Er drängte sie sanft gegen die Wand der Dusche; sie spürte die kalten Kacheln im Rücken und gleichzeitig das warme Wasser, das nach wie vor stetig auf sie herabströmte. Sie erschauderte, als er schnell und besitzergreifend in sie eindrang. Mit einem Bein umschlang sie seine Hüften, wollte noch mehr von ihm aufnehmen, sich ihm entgegenschieben können.

Er stöhnte und eroberte mit seinen Lippen ihren Mund. Das Spiel ihrer Zungen steigerte ihre Erregung, die jeder seiner schnellen, gierigen Stöße auslöste.

Melanie war schon jetzt völlig außer Atem. In ihrem Kopf drehten sich Gedankenfetzen und entglitten ihr schließlich. Sie konnte nur noch spüren und nehmen, was er ihr gab. Und ihre Verlegenheit vergessen.

KAPITEL 17

Irgendwann hatten sie es geschafft, sich abzutrocknen, und den Weg in Melanies Bett gefunden. Nun lagen sie eng aneinandergeschmiegt da in einem Zustand vollendeter Befriedigung – und Erschöpfung.

Erhellt wurde das Zimmer nur vom Licht des zunehmenden Mondes, das durch das Fenster hereinfiel. Melanie war es nur recht. Nach wie vor scheute sie davor zurück, Alexander in solch intimen Momenten in die Augen zu sehen. Auch jetzt hielt sie ihre Augen lieber geschlossen oder auf einen neutralen Gegenstand gerichtet. In diesem Fall war es die hübsche Wäschekommode ihrer Großtante.

Sie schwiegen beide, doch die Stille war angenehm, und keiner von beiden schien sie zuerst brechen zu wollen. Bis …

„Hat da eben dein Magen geknurrt?“ Alex lachte leise.

Sie räusperte sich. „Ich fürchte, ich habe seit heute Mittag nichts mehr gegessen.“ Schon wollte sie sich erheben, doch er hielt sie einfach fest, drehte sich ein wenig und fischte nach dem Telefon auf ihrem Nachttisch.

„Was hast du vor?“ Verblüfft sah sie ihn nun doch an.

Er grinste jungenhaft. „Telefonieren.“ Er drückte auf eine der Tasten, sodass die Displaybeleuchtung anging. „Halb zwölf. Hast du Lust auf Pizza? Oder Döner? Mustafa liefert bis ein Uhr nachts.

„Mustafa?“

Alex setzte sich ein wenig auf und zog sie mit sich, damit sie sich weiterhin gegen ihn lehnen konnte. Einen Arm legte er besitzergreifend um ihre Mitte, als fürchte er, sie könne ihm sonst davonlaufen. „Mustafa Hayderoglu, ein ehemaliger Klassenkamerad von mir. Er führt den kleinen türkischen Imbiss an der oberen Hauptstraße. Hast du bestimmt schon mal gesehen.“

„Das *Alibaba*?“

„Genau das. Sehr empfehlenswert, wenn man so spät am

Abend nach heißem Sex ausgehungert ist und Nahrung braucht."

Argwöhnisch drehte sie ihm den Kopf zu. „So? Wie oft kommt das denn bei dir vor?"

Er stutzte und lachte wieder. „Nicht so häufig. Um ehrlich zu sein, kann ich mich kaum noch an das letzte Mal erinnern, dass ich aus diesem Grund bei ihm bestellt hätte. Da muss ich Anfang oder Mitte zwanzig gewesen sein. Normalerweise überfalle ich Frauen auch nicht während meiner Joggingrunde." Er zwinkerte ihr zu. „Wir bestellen manchmal etwas bei ihm, wenn wir abends zusammensitzen, in meinem Garten oder bei meiner Schwester oder einem unserer Freunde. Das haben wir schon während unserer Schulzeit so gemacht. Damals war noch Mustafas Vater Akbay der Inhaber des Ladens. Er hilft immer noch in der Küche mit. Ein hervorragender Koch. Seine Pizza ist weltberühmt … oder sollte es zumindest sein, wenn es nach seinen Fans geht."

„Pizza von einem türkischen Imbiss?"

„Mustafas Mutter ist Italienerin. Und seine Schwägerin kommt aus Griechenland. Seitdem Mutlu sie geheiratet hat, gibt es im *Alibaba* auch gute griechische Spezialitäten. Und warum auch nicht? Hauptsache, es schmeckt, egal, woher das Rezept ursprünglich kommt, oder?" Fragend sah er sie an. „Wie ist es, möchtest du dich selbst von der Qualität überzeugen?"

***

Melanie bezweifelte, dass es gesund war, mitten in der Nacht türkische Pizza zu essen, doch da sie hinterher sicherlich einige der Kalorien wieder verbrannt hatte, war die Sache wohl verzeihlich. Am Morgen war Alex diesmal schon sehr früh aufgebrochen. Sie hatte ihm angeboten, ihn und die Hunde nach Hause zu fahren, doch er war lieber mit ihnen gejoggt.

Um ihr schlechtes Gewissen wegen der Pizza loszuwerden, hatte sie ein wenig Yoga gemacht und war danach mit Schoki durch den nahegelegenen Wald spaziert. Die Sonne hatte sich hinter einer dichten Wolkendecke versteckt, und es war deutlich kühler als am Vortag. Dennoch genoss sie die Gerüche des Waldes und das Zwitschern der Vögel. Gegen halb zehn machte sie sich mitsamt dem Hund auf den Weg zum Laden.

„Guten Morgen, Melanie!“ In ihrer gewohnt fröhlichen Art begrüßte Deana sie mit zwei Küsschen auf die Wangen. „Und hallo, Schoki, du Süße.“

Hallo, Deana, ich freue mich total, dich zu sehen.

Schoki umtänzelte Deana freudig und tappte dann zu ihrem Kissen im hinteren Bereich des Ladens.

Entschuldigt mich, aber ich hatte gestern einen langen Tag und auch noch Benni und Zora zu Gast. Das war anstrengend, und ich habe vor Aufregung nicht so tief schlafen können wie sonst. Dann heute früh schon ein langer Spaziergang. Ich muss dringend ein Nickerchen machen.

„Nanu, bist du müde?“ Überrascht sah Deana der Hündin nach, die demonstrativ gähnte, bevor die sie Augen schloss.

„Scheint so.“ Melanie hängte ihre Windjacke an die Garderobe im Hinterzimmer und kehrte dann in den Laden zurück. „Wir waren heute schon fast eine Stunde spazieren.“

„Sportlich!“ Deana lächelte. „Das war sicherlich die zweitbeste Methode, um die überschüssigen Kalorien von Mustafas Pizza wieder abzutrainieren. Die erstbeste wäre heißer Morgensex gewesen. Aber vielleicht hattet ihr den ja auch noch.“

„Was?“ Erschrocken starrte Melanie sie an. „Woher wissen Sie, dass wir, äh, ich meine …“

„Dass Sie und Alex gestern gegen halb zwölf türkische Pizza bestellt haben?“ Während sie sprach, rückte Deana hier und da ein paar Ausstellungsstücke zurecht. „Ich war zufällig dort. Bei Mustafa, meine ich. Oder genauer gesagt bei seiner Mutter. Francesca und ich sind beide Mitglieder im Lichterhavener Frauenverein. Ich habe ihr eigentlich nur ein paar Häkelmuster bringen wollen, die wir in unserer Handarbeitsgruppe ausgetauscht haben. Sie lud mich daraufhin auf einen Kaffee ein, und dann wurde es etwas später als gedacht." Lachend ordnete sie ein Paar kunstvoll gefertigter Kerzenständer neu in einer Vitrine an. „Ich habe mitbekommen, wie Mustafa die Bestellung aufnahm und seinem Vater dann zurief, er solle zwei besonders üppig belegte türkische Pizzen für Alex und seine Freundin fertig machen. Na ja, da Alex meines Wissens in letzter Zeit keine Freundin hatte, habe ich einfach Zwei und Zwei zusammengezählt. Vor allen Dingen, weil Elke Dennersen mir gestern Abend, als ich auf dem Heimweg war, begegnet ist und mir erzählte, dass Alex' Wagen in der Nacht zuvor vor Ihrem Haus gestanden hätte."

„O Gott." Peinlich berührt schloss Melanie für einen Moment die Augen. Prompt kam Deana näher und tätschelte ihren Arm. „Ach, was denn? Ist doch nichts Schlimmes. Ich freue mich für Sie und Alex. Und wenn Sie jemals in Betracht ziehen sollten, hierher nach Lichterhaven zu ziehen, sollten Sie sich besser gleich darüber im Klaren sein, dass bei uns nichts lange ein Geheimnis bleibt. Es sei denn, wir alle wollen es, und das kommt ausgesprochen selten vor. Gerüchte und Neuigkeiten verbreiten sich hier schneller als jedes Lauffeuer. Ich hoffe, Ihnen hat Mustafas Pizza geschmeckt. Oder vielmehr die von Akbay, denn er schwingt im *Alibaba* immer noch die meiste Zeit den Kochlöffel."

„Ja, sie war sehr gut." Melanie räusperte sich. „Ich, ähm, möchte nicht, dass irgendwelche Gerüchte über mich und Alex in Umlauf geraten. Das wäre mir sehr unangenehm."

„Ach, Liebes, das lässt sich jetzt wirklich nicht mehr verhindern. Elke wird schon dafür sorgen, dass Ihre Beziehung zu Alex zum öffentlichen Gesprächsthema wird."

„Wir führen keine Beziehung. Ich meine, ich weiß nicht ..." Sie wurde rot. „Das ist alles viel zu früh, um ..."

„Schon gut, Melanie. Ich wollte Sie nicht in Verlegenheit bringen. Oder ..." Deana kicherte. „Ein bisschen vielleicht schon, aber nicht in böser Absicht. Nehmen Sie es mit Humor. Niemand wird Ihnen übel nehmen, dass Sie mit Alexander

Messner eine schöne Zeit verbringen. Er ist einer der begehrtesten Junggesellen in Lichterhaven. Sollte jemand Sie schief ansehen, dann bloß aus Neid. Aber ich kann mir kaum vorstellen, dass jemand Ihnen die Beziehung … oder den Flirt, wenn Sie es lieber so nennen möchten, nicht gönnt."

„Wenn Sie meinen." Überzeugt war Melanie nicht, aber ändern konnte sie wohl nun tatsächlich nichts mehr daran, dass sie zum öffentlichen Gesprächsthema avanciert war.

„Schauen Sie sich mal diese Sammlung von Ketten und Ringen an. Ohrringe und Armreifen gibt es dazu auch. Die Künstlerin lebt drüben in Cuxhaven. Ich habe die Sachen eben aus dem Lager geholt. Sie gehören zu einer der letzten Lieferungen, die Sybilla noch in Auftrag gegeben hat. Was meinen Sie, sollen wir sie im Schaufenster ausstellen? Ich habe gestern kurz vor Ladenschluss noch dieses wunderschöne Set aus Getränkekrug und Trinkbechern verkauft. Jetzt haben wir in der Auslage eine Lücke, die unbedingt geschlossen werden sollte."

„Ja, warum nicht? Die Sachen sind wirklich schön." Bewundernd betrachtete Melanie den Schmuck und nahm eine der Ketten kurz in die Hand, legte sie aber gleich wieder zurück.

„Dann drapieren Sie sie doch im Schaufenster." Deana nickte ihr auffordernd zu.

„Ich?"

„Warum nicht?"

„Ich habe noch nie ein Schaufenster dekoriert."

„Dann wird es aber Zeit. Hier, nehmen Sie den Schmuck." Deana drückte ihr den Kasten mit der Ware in die Arme. „Da kommt nämlich Kundschaft, um die ich mich kümmern muss."

Tatsächlich betrat in diesem Moment eine ältere Dame um die siebzig den Laden. Sie war ein wenig mollig und ihr dauergewelltes Haar mehr grau als blond. Melanie erinnerte sich an sie, denn sie hatte sie bereits mehrmals auf dem Hof der Dennersens gesehen. Sie war Elkes Schwiegermutter.

„Guten Morgen, Lotti!" Strahlend ging Deana auf die Kundin zu. „Wie geht es dir? Meine Güte, haben wir uns lange nicht gesehen. Wie war deine Kur?“

„Anstrengend.“ Lieselotte Dennersen zuckte die Achseln und lachte. „Aber meinem Kreuz hat’s gutgetan. Schade nur, dass ich deswegen nicht auf Sybillas Beerdigung sein konnte.“

„Ach, sie wird es dir schon nicht übelnehmen.“

„Vermutlich nicht. Aber hör mal, dass der Laden jetzt wieder geöffnet hat … bleibt das so?“

„Vorerst. Wir verkaufen die noch vorhandenen Waren ab, und dann muss Melanie sich bald entscheiden, wie es weitergehen soll.“

„Ach ja, Melanie. Guten Morgen!“ Lotti wandte sich Melanie zu, die inzwischen den Kasten abgestellt und probeweise einige der Schmuckstücke auf dem frei gewordenen Platz im Schaufenster angeordnet hatte. „Wie geht es Ihnen? Haben Sie sich nach der Schlammschlacht mit Schoki wieder ein wenig erholt?“

„Wie bitte?“ Melanie hatte gerade freundlich zurückgrüßen wollen. Stattdessen erstarrte sie zum zweiten Mal an diesem Morgen erschrocken.

Lotti kicherte. „Tut mir leid, ich wollte nicht indiskret sein, aber ich habe zufällig gesehen, wie Sie gestern Abend mit dem Hund von Ihrem Spaziergang zurückgekehrt sind. Die Kleine hat Sie ganz schön eingesaut, was? Muss ja einen Mordsspaß gemacht haben. Meine Enkelinnen toben auch gerne mit den Hunden im Watt. Obwohl Elke jedes Mal die Krise bekommt, wenn die Mädels dann zurückkehren und aussehen wie durch einen Schlammpfuhl gezogen. Aber es sind halt Kinder, mein Gott. Die muss man auch schon mal ein wenig Blödsinn machen lassen.“ Sie legte den Kopf ein wenig schräg. „Nun ja, Sie sind vielleicht nicht mehr ganz ein Kind, würde ich sagen. Aber Ihren Spaß hatten Sie offenbar trotzdem.“

„Ähm, ja, also normalerweise mache ich mich nicht so schmutzig, wenn ich mit Schoki spazieren gehe.“ Melanies Wangen brannten, und sie war sicher, dass sie verräterisch rot leuchteten. Offenbar konnte man hier in Lichterhaven tatsächlich keinen Schritt tun, ohne beobachtet zu werden. Ein ausdrücklicher Minuspunkt für den Ort, beschloss sie. In Köln wäre ihr das nicht passiert. Dort scherte es niemanden, nicht mal ihre direkten Nachbarn, was sie wann tat – oder mit wem. Allerdings wäre sie dort gar nicht erst in Versuchung, geschweige denn in eine Situation geraten in der sie sich öffentlich derart der Lächerlichkeit preisgab. Sie sah der älteren Frau an, dass sie sich köstlich über ihren gestrigen Aufzug amüsierte. Und garantiert hatte sie ihrer Schwiegertochter davon berichtet, die es nun mitsamt den Neuigkeiten, dass Sybillas Erbin mit dem Nachlassverwalter ins Bett ging, gleichmäßig über die Bevölkerung des kleinen Touristenortes verteilte.

„Na ja, ist ja nicht weiter schlimm. So ein junger Hund braucht ja auch viel Bewegung und spielt gerne. Sie sollten Schoki mal mit zu uns herüberbringen, wenn Sie das nächste Mal Eier holen. Dann können die Mädchen mit ihr spielen, und unsere Fellnasen freuen sich auch über eine Spielkameradin. Übrigens haben wir kürzlich zwei Schweine geschlachtet und jetzt ganz hervorragenden Speck im Hofladen. Den sollten Sie unbedingt probieren. Alexander wird er auch schmecken. Sie könnten ihm dann das nächste Mal ein ordentliches Frühstück aus Eiern und Speck zubereiten. Heute ist er ja in aller Herrgottsfrühe von Ihnen los, da war doch bestimmt nicht mal Zeit für einen Kaffee, oder? Ein Mannsbild wie er braucht aber unbedingt ein anständiges Frühstück. Das hab ich Elke auch immer gesagt, und sie hat es sich zu Herzen genommen. Für meinen Sohn war das Frühstück immer die wichtigste Mahlzeit des Tages, dafür habe ich gesorgt. Elke ist glücklicherweise der gleichen Ansicht."

Entsetzen stieg in Melanie auf. Nicht nur schien bereits alle Welt von ihr und Alex zu wissen, jetzt erhielt sie sogar schon Ratschläge, wie sie ihn zu versorgen hatte. Konnte es noch schlimmer kommen?

Deana schien zu bemerken, dass sie sich mehr als unwohl fühlte, denn sie lenkte Lotti rasch ab, indem sie sie auf den Grund ihres Hierseins ansprach und ihr dann ein paar Bilder zeigte, von denen eines das Geburtstagsgeschenk für Lottis Bruder werden sollte.

***

Gegen Mittag ging Melanie noch einmal mit Schoki spazieren und machte hinterher einen Schlenker über das *Möwennest*. Sie hatte Deana versprochen, eine Kleinigkeit zum Essen aus dem Bistro mitzubringen. Nachdem Melanie ihre erste Reserviertheit abgelegt hatte, waren die beiden Frauen gut miteinander ausgekommen. Wenn keine Kunden im Laden waren, was selten vorkam, hatte Deana ihr ein wenig über die Geschichte des Geschäfts erzählt und ein paar interessante und zum Teil witzige Begebenheiten zum Besten gegeben. Nun wusste Melanie, dass ihre Großtante den Laden praktisch aus dem Nichts aufgebaut und anfangs nur die typischen, oftmals kitschigen Souvenirs an Touristen verkauft hatte. Dies hatte aber ihren Sinn für Kunst und Ästhetik irgendwann derart beleidigt, dass sie beschloss, aus dem einfachen Souvenirshop eine Truhe voller wirklicher Kunstschätze zu machen. Schätze, die trotzdem noch erschwinglich bleiben sollten, damit Touristen wie Einheimische auch in Betracht ziehen würden, ihr gutes Geld dafür auszugeben. Was Ende der Sechzigerjahre als unscheinbares Lädchen für allerlei Kinkerlitzchen angefangen hatte, war bereits Mitte der Achtzigerjahre ein gut gehendes Geschäft für überwiegend regionales Kunsthandwerk geworden. Nach dem Jahrtausendwechsel waren dann auch einige Verträge mit überregionalen Künstlern hinzugekommen.

Sybilla hatte weder Kunst studiert noch Ahnung von Geschäftsführung gehabt. Trotzdem war sie das Wagnis eingegangen und hatte mit ihrer *Schatztruhe* einen Ort geschaffen, der inzwischen zu Lichterhaven gehörte wie der Leuchtturm oder der Hafen. Trotzdem – oder vielleicht gerade deswegen – fiel es Melanie schwer, sich darauf zu konzentrieren, eine Entscheidung zu fällen. Deshalb hatte sie für sich beschlossen, in den nächsten zwei oder drei Wochen gar nicht mehr darüber nachzudenken, sondern sich nur damit zu beschäftigen, den Laden mit Deana zusammen am Laufen zu halten, bis sie alle Waren verkauft hatten. Zwei bis drei Wochen, so lange, rechnete Melanie, würde es voraussichtlich dauern, bis das Lager geräumt war. Dann blieb immer noch Zeit, die Verträge mit den Zulieferern zu kündigen. Über Sybillas Tod waren ja inzwischen alle informiert, sodass sie vermutlich schon damit rechneten, sich eine andere Verkaufsstelle suchen zu müssen. Die meisten von ihnen arbeiteten ohnehin nicht exklusiv für die *Schatztruhe*, würden es also sicherlich verschmerzen können.

Als Melanie das *Möwennest* betrat, wäre sie beinahe mit Luisa zusammengestoßen, die gerade mit viel Elan ein Tablett mit Gläsern in Richtung Tresen trug. Sie wichen einander in letzter Sekunde aus, die Gläser klirrten, doch zum Glück fiel keines zu Boden.

„Entschuldige.“ – „Tut mir leid, ich hab dich gar nicht gesehen.“

Sie hatten gleichzeitig gesprochen und mussten jetzt beide lachen.

Luisa stellte das Tablett ab. „Hallo, Mel. Wie geht es dir?“

Hey, ich bin auch noch da! Hallo, Luisa. Würdest du mich bitte auch begrüßen?

Als Schoki protestierend winselte, beugte Luisa sich prompt zu ihr hinab. „Entschuldige, Süße, habe ich dich etwa ignoriert? Das geht ja gar nicht!“ Lachend streichelte sie der Hündin übers Fell.

Stimmt, das geht gar nicht. Aber so ist es ja gut. Schön, dich zu sehen!

Melanie runzelte die Stirn. „Mir geht es gut, danke. Aber ich glaube, wir verwöhnen Schoki, wenn wir immer sofort auf sie hören. Ich habe im Internet gelesen, dass man das nicht tun soll.“

„Stimmt, soll man nicht." Luisa lachte. „Aber selbst Christina, die sich wirklich mit Hunden auskennt, kann ihnen manchmal nicht widerstehen. Und ich bin längst nicht so eine Fachfrau wie sie. Also darf ich auch mal Fehler machen. Vor allem bei so süßen Wesen wie Schoki." Sie richtete sich wieder auf. „Was kann ich denn für euch tun? Wollt ihr einen Tisch?"

„Nein, ich möchte nur etwas zum Mitnehmen bestellen. Deana wartet mit knurrendem Magen im Laden."

„Na, dann geh mal rüber zu Maria. Sie nimmt deine Bestellung entgegen." Luisa wies auf die junge, ein wenig dralle Frau hinter dem Tresen.

Während Melanie ihre Bestellung aufgab und auf das Essen wartete, betraten weitere Gäste das Bistro. Einer von ihnen war ein kräftiger, leicht untersetzt wirkender Mann Mitte fünfzig mit so hellblondem Haar, dass es fast weiß wirkte. Es stand ihm wegen diverser Wirbel nach allen Seiten vom Kopf ab und ließ ihn zusammen mit seinen kleinen blassblauen Augen und der knubbeligen Nase ein bisschen wie einen Kobold aussehen.

„Moin, moin." Sein Gruß galt sowohl Maria als auch den Gästen ringsum, von denen die meisten sogleich zurückgrüßten. Er musterte Melanie neugierig von der Seite. „Aha, dachte ich's mir doch. Sie sind es."

„Ich bin was?" Irritiert sah sie ihn an.

„Die Großstädterin, die Alex aufgerissen hat." Er grinste und zeigte dabei zwei Reihen blendend weißer Zähne, die ein bisschen zu groß für seinen Mund wirkten. „Nix für ungut. Hat sich ja beeilt, damit niemand ihm bei Ihnen zuvorkommt, was? Hätt ich auch gemacht. So hübsche Frauen wachsen ja immerhin nicht auf den Bäumen."

„He, he, pass auf, was du sagst, Hinnerk." Luisa war eben wieder mit einem Tablett Teller in der Nähe und stieß ihn unsanft mit dem Ellbogen an. Sie lächelte dabei jedoch breit.

Hinnerk zwinkerte ihr zu. „Die anwesenden Damen stehen selbstverständlich alle ganz oben auf der Hitliste der Schönheitsköniginnen. Aber es gibt auch ein paar Nebelkrähen hier im Ort, die der Bezeichnung Frau selbst mit viel Spachtel und Farbe im Gesicht nicht gerecht werden. Musst du doch zugeben."

„Ich werde den Teufel tun." Kichernd ging Luisa weiter, drehte sich aber noch kurz zu Melanie um. „Lass dich bloß nicht von Hinnerk einwickeln. Er hat eine große Klappe, aber dahinter befindet sich ein enormes Luftloch."

„Besten Dank, kleines Fräulein." Hinnerk schien nicht im Mindesten beleidigt zu sein. „Wer hat dir eigentlich beigebracht, älteren Männern gegenüber so unverfroren und respektlos zu sein?"

„Du, Hinnerk. Als ich noch in der Grundschule war." Lachend trug Luisa die Teller in die Küche.

Achselzuckend wandte Hinnerk sich wieder Melanie zu. „Die Kleine ist 'ne Wucht, oder? Genau wie ihre Schwester. Die Männer, die die beiden mal kriegen, können sich glückselig schätzen."

„Glückselig?" Beinahe hätte Melanie über die Wortwahl gelacht.

„Aber hallo!" Hinnerk nickte mit Nachdruck. „Aber wie gesagt, Sie gefallen mir auch gut. Wie ist es denn, bleiben Sie hier in Lichterhaven? Sie wären schon rein optisch eine Bereicherung für den Ort. Von Sybillas Geschäft ganz zu schweigen. Wär 'ne Schande, wenn wir es verlieren würden."

„Danke." Melanie räusperte sich, um ihre Verlegenheit zu überspielen. „Aber ich weiß noch nicht, wie es mit dem Laden weitergehen wird."

„Überlegen Sie sich's gut. Lichterhaven ist nicht der schlechteste Ort zum Leben. Und wo Sie ja jetzt mit dem Alex zusammen sind und so. Und Sybillas Hund haben Sie auch schon adoptiert …"

„Ich passe nur ein paar Tage auf Schoki auf, solange Alex' Eltern nicht da sind."

Hinnerk überging ihren Einwand mit einem lässigen Abwinken. „Nicht wahr, Schoki, du bist meiner Meinung, oder? So ein Frauchen findet man nicht alle Tage."

Wie recht du hast. Ich liebe Mel!

„Sehen Sie, Schoki stimmt mir zu." Er deutete auf den heftig wedelnden Schwanz der Hündin, die jetzt fast schon verliebt zu Melanie aufblickte. „Und ein passendes Herrchen kriegst du offenbar auch gleich mitgeliefert."

Meinst du Alex? Das wäre schön. Ja, Alex könnte ich mir als Herrchen sehr gut vorstellen.

Melanie spürte, wie sie rot wurde. „Alex und ich, wir sind nicht … Ich meine, ich habe nicht vor, mit ihm …"

„Gleich vor den Traualtar zu treten? Warum auch? Läuft doch nicht weg, so was. Leben Sie sich erst mal ein. Aber da Alex wohl schon so gut wie bei Ihnen eingezogen ist …"

„Wer behauptet das denn?" Erschrocken starrte sie den Mann an.

Er lachte laut, es klang fast wie ein Poltern. „Wenn man den Gerüchten Glauben schenken darf, und die kommen aus vertrauenswürdiger Quelle, war er jetzt schon zwei Nächte hintereinander bei Ihnen zu Gast. Eine Nacht mehr, und Sie gelten bei manchen älteren Eingeborenen als verlobt."

In diesem Moment reichte Maria Melanie eine Tüte mit den beiden in Styropor verpackten Essen. „Hier, bitte sehr, Melanie. Ich darf Sie doch so nennen? Wir reden uns hier alle mit Vornamen an, schließlich sind wir ja fast Nachbarn, so von Geschäft zu Geschäft. Hinnerk, lass die arme Frau mal in Ruhe. Sag mir lieber, was du heute haben willst: Fisch oder Fleisch?"

„Heute ist Dienstag, was denkst du denn?"

„Fisch."

„Siehste, warum fragst du denn überhaupt noch?" Grinsend nickte Hinnerk Melanie noch einmal zu. „Ich hoffe, man sieht sich. Falls Sie hierbleiben und mal einen Handwerker benötigen: Hier ist meine Karte. Hinnerk Pettersson. Wie *Pettersson und Findus*. Hab meine Katze extra so genannt, damit es auch stimmig ist." Er drehte sich zu Christa um. „Macht diesmal ein paar Krabben mehr drauf. Letztes Mal war's ja nur ein Fingerhut voll."

„Alles klar, Hinnerk." Maria schmunzelte über Melanies noch immer leicht irritierte Miene. „Machen Sie's gut und grüßen Sie Deana von mir."

„Ja, klar, gerne. Auf Wiedersehen."

Melanie verließ das Bistro und hatte dabei das ungute Gefühl, dass sämtliche Gäste ihr interessiert nachblickten. Hinnerk hatte so laut gesprochen, von seiner bellenden Lache ganz zu schweigen, dass sicherlich jedes Wort bis in den hintersten Winkel des Lokals gedrungen war. Sollten also noch bei irgendjemandem Zweifel über ihre Beziehung zu Alex bestehen, waren sie hiermit ganz sicher ausgeräumt.

KAPITEL 18

Silvana lachte herzlich, als Melanie ihr am späten Nachmittag von der Begegnung mit dem koboldhaften Hinnerk erzählte. Sie und Marcos waren gerade von einem Ausflug nach Cuxhaven zurückgekehrt, und da Deana versichert hatte, dass sie für die kurze Zeit bis zum Ladenschluss keine weitere Hilfe benötigen würde, hatte Melanie die beiden zu sich eingeladen. Während Schoki eine ausgiebige Runde durch den Garten machte, servierte sie Tee und den Rest ihrer Wattwurmkekse. Sie würde am Abend oder morgen früh neue backen müssen.

„Das hat er wirklich gesagt?" Silvana konnte sich von ihrem Lachanfall kaum beruhigen. „Man könnte meinen, hier sei die Zeit stehen geblieben. Ich bitte dich. Verlobt nach nur drei gemeinsamen Nächten?"

Marcos räusperte sich sichtlich amüsiert. „Wenn ich dich daran erinnern darf, meine Schöne: Bei uns hat es auch nicht viel länger gedauert."

Überrascht verstummte Silvana und sah zu ihrem Mann hin, der entspannt auf einem Sessel saß und durch die geöffnete Terrassentür Schoki zusah, die gerade zwischen den Johannisbeersträuchern herumschnüffelte. „Das war etwas ganz anderes. Du hast mich hinterrücks überfallen." Sie räusperte sich. „Gewissermaßen jedenfalls."

„Mag sein." Er schmunzelte. „Und dann habe ich dir ein Angebot gemacht, das du nicht ausschlagen konntest. Aber es war nach unserer dritten gemeinsamen Nacht, das musst du doch noch wissen."

„Ähm, ja." Zum ersten Mal, seit Melanie sich erinnern konnte, wirkte ihre Mutter zutiefst verlegen. Doch sie überspielte es mit einem etwas zu lauten Lachen. „Kann schon sein, aber das tut hier nichts zur Sache."

Marcos legte den Kopf ein wenig schräg, so als müsse er ausgiebig nachdenken. „Genau genommen war es nach der vierten ... Du weißt schon, das eine Mal, als wir auf dem Schiff ...“

„Marcos!“ Silvana schüttelte mit geröteten Wangen den Kopf.

„Was denn? Das war nun mal unser erster Sex. Aber als ganze Nacht würde ich die Sache nun wirklich nicht zählen. Deshalb können wir sie auch unterschlagen. Oder als Bonus ansehen. Ohne sie wären wir schließlich niemals zusammengekommen.“

„Mama!“ Verblüfft und unsicher, wie sie reagieren sollte, blickte Melanie ihre Mutter an.

Silvana wand sich. „Marcos, du vermittelst deiner Stieftochter ein nicht sehr salonfähiges Bild von ihrer Mutter.“

„Na und? Sie ist erwachsen. Du quälst sie doch auch ständig damit, dir intime Details aus ihrem Liebesleben zu verraten. Wo ist der Unterschied?“

„Ich bin ihre Mutter!“

Er lächelte unbeirrt weiter. „Ich wiederhole: Wo ist der Unterschied?“

„Melanie hält mich so schon für ein flatterhaftes Geschöpf. Was soll sie erst von mir denken, wenn sie erfährt, dass ich ... dass wir ...“

„Dass wir einander während einer Kapitänsparty auf einem Kreuzfahrtschiff begegnet sind und in angeschickertem Zustand einen Quickie hatten? Oder vielmehr warst du angesäuselt. Ich hatte an dem Abend nur Club Soda getrunken. Und einen Sekt.“

„Oh mein Gott!“ Melanie schoss nun ebenfalls die Röte in die Wangen. „Ich glaube, das wollte ich gar nicht wissen.“

„Warum denn nicht? Die jugendfreie Variante, die wir normalerweise erzählen, ist doch so viel langweiliger.“ Marcos grinste sie jungenhaft an. „Wenn das nicht passiert wäre, hätte ich die Liebe meines Lebens nicht gefunden. Abgesehen davon war das wirklich ein heißer Quickie, das muss ich schon sagen. Deine Mutter ist ziemlich gelenkig. Sie meint, das sei, weil sie früher mal Ballettunterricht genommen hat und heute noch viel Yoga macht."

„Lalalalala!" Melanie hielt sich mit einer entsetzten Grimasse die Ohren zu, woraufhin Marcos erneut herzlich lachte.

„Schon gut, schon gut. Ich sag ja schon nichts mehr. Glaubt man es? Zwei erwachsene Frauen zieren sich derart, über die normalste und schönste Sache der Welt zu reden."

„Marcos, das gehört wirklich nicht hierher." Silvana war aufgestanden und zu einem der Regale gegangen, wo sie nun fahrig die Bücher hin und her schob.

Er erhob sich und trat hinter sie. Sanft drehte er sie zu sich herum. „Schon gut, Schatz, ich bin ja schon still. Aber die Gelegenheit war einfach zu perfekt."

„Die Gelegenheit wofür?" Überrascht hob sie den Kopf.

Er küsste sie kurz, aber zärtlich. „Um dir eine Dosis deiner eigenen Medizin zu verabreichen. So ähnlich wie du jetzt hat sich neulich Melanie gefühlt, als du sie ins Kreuzverhör genommen hast. Da bin ich ziemlich sicher. Ist es nicht so, Melanie?"

„Äh, ja, gewissermaßen." Melanie konnte nicht anders, sie mochte Marcos. Auch wenn sie das Bild von ihm und ihrer Mutter bei einem Quickie irgendwo auf einem Kreuzfahrtschiff wohl so schnell nicht mehr loswerden würde. Sie schüttelte sich. Nein, es hatte sich eingebrannt. Sie würde wohl damit leben müssen.

Nachdem das frisch gebackene Ehepaar noch einen innigen Blick ausgetauscht hatte, der Melanie nicht entging, setzte Silvana sich wieder auf die Couch. „Worauf ich hinauswollte, ist, dass man sich, wenn man hier leben will, wohl an neugierige Nachbarn und verschrobene Mitmenschen gewöhnen muss. In einer großen Stadt wie Köln interessiert es keinen, wer mit wem und wie oft."

Melanie nickte und dachte an Lotti und Deana, die beide genauestens über ihr Privatleben im Bilde zu sein schienen. Elke nicht zu vergessen. „Ich glaube nicht, dass das etwas für mich ist."

„Warum nicht?“ Marcos ließ sich ebenfalls wieder auf seinem Sessel nieder und klopfte gegen sein Bein, um Schoki anzulocken, die gerade zur Tür hereinkam.

Was ist denn? Oh, kriege ich Streicheleinheiten? Wie nett! Das mag ich gern.

Die Hündin rekelte sich genüsslich, als er sie streichelte und kraulte. „So eine vertraute Gemeinschaft kann auch Vorteile haben. Ich wette, hier liegt niemals ein Toter wochenlang in seiner Wohnung, ohne dass es jemand merkt. Und solange die Leute nichts Schlimmeres tun, als zu tratschen ... Das tun sie im Übrigen überall. Man kriegt es in der Großstadt meistens nur nicht so genau mit.“

Melanie, die ja beschlossen hatte, erst einmal nicht mehr an etwas zu denken, das mit ihrer bevorstehenden Entscheidung zu tun hatte, lenkte das Gespräch auf andere Themen und war erleichtert, als ihre Mutter eine Stunde später verkündete, sie wolle unbedingt noch einmal in die Stadt und an den Hafen. Also verabschiedeten sich die beiden, allerdings nicht ohne ein erneutes Treffen für den übernächsten Tag auszumachen.

Als die beiden fort waren, räumte Melanie ein wenig auf und machte sich dann daran, eine große Portion Teig für Wattwurmkekse anzurühren. Während sie die Zutaten abwog, beschloss sie spontan, die Menge zu verdoppeln und einen Teil der Kekse morgen mit ins Geschäft zu nehmen.

Sie musste sich widerwillig eingestehen, dass ihr der Tag im Laden Spaß gemacht hatte. Zwar war sie weit davon entfernt, sich zuzutrauen, auch nur ein einziges der ausgestellten Stücke an Kunden zu verkaufen, doch Deana dabei zuzusehen war interessant und spannend gewesen.

Die Kundschaft war durchweg sehr nett und freundlich, wenngleich Deana auch ein paar Geschichten über anspruchsvolle und sogar pampige Zeitgenossen zum Besten gegeben hatte, wenn sie einmal allein im Laden waren. Sogar das Dekorieren des Schaufensters hatte Melanie gefallen, obwohl sie nicht sicher gewesen war, ob sie dazu überhaupt Talent besaß. Zwar hatte Deana sie für ihr Arrangement gelobt, doch eine viel schönere Bestätigung war die junge Frau gewesen, die ihren Freund praktisch am Kragen in den Laden gezerrt hatte, weil sie das Set aus Kette, Armband und Ohrringen, das Melanie kurz zuvor in der Auslage drapiert hatte, unbedingt kaufen wollte. Sie erzählte beim Bezahlen, dass ihr der Schmuck beim Vorbeigehen praktisch ins Auge gesprungen sei und sie unmöglich nach Hause fahren könne, ohne ihn mitzunehmen. Für die beiden war es der letzte Urlaubstag in Lichterhaven gewesen, bevor sie morgen früh zurück nach Essen aufbrechen mussten.

Melanie schmunzelte, als sie an das nette Pärchen dachte. Der junge Mann hatte offenbar überhaupt keine Ahnung von Schmuck und versuchte, sich möglichst herauszuhalten, als seine Freundin mit Deana über die Art der Fassung des Rings zu fachsimpeln begann. Melanie hatte Mitleid mit ihm gehabt und ihn eingeladen, sich in einen der ausgestellten Sessel zu setzen und sich ein paar der Kunstprospekte anzusehen, während seine Freundin weiter im Laden stöberte und schließlich dem Schmuckset noch eine hübsche langhalsige Vase hinzufügte.

Bei der Gelegenheit war Melanie die Idee gekommen, dass Wattwurmkekse für die Kunden nicht die schlechteste Idee waren. Sybilla hatte wohl genau gewusst, weshalb es sich lohnte, immer einen Vorrat davon in der kleinen Kaffeeküche zu bunkern.

Sie hatte gerade damit begonnen, die Spritztüte mit Teig zu füllen, als ihr Handy klingelte. Fluchend ließ sie Löffel und Tüte los und wischte sich hastig ein paar Teigreste von den Händen. Dabei warf sie einen Blick aufs Display des Smartphones und spürte ein leichtes ein Kribbeln in der Magengrube, als sie den Namen des Anrufers erkannte. „Hallo, Alex."

„Hallo, Mel. Du klingst ein bisschen gestresst. Störe ich?"

„Nein, überhaupt nicht" Sie merkte, dass noch immer etwas Teig an ihren Fingern klebte, und wechselte das Telefon rasch in die andere Hand, wobei es ihr beinahe entglitten und in die Teigschüssel gefallen wäre. Erneut fluchte sie unterdrückt.

Alex lachte. „Was machst du denn da? Klingt ja gefährlich."

„Ich backe Wattwurmkekse."

„Und dabei musst du fluchen wie ein Bierkutscher?"

„Nein, ich hatte nur …" Irritiert schüttelte sie den Kopf. „Weshalb rufst du an?"

Einen Moment lang war es still am anderen Ende. „Um deine Stimme zu hören, zum Beispiel."

„Oh." Sie wusste nicht recht, was sie darauf erwidern sollte.

„Erschreckt dich das?"

Sie schluckte. Ja, und wie! „Nein, natürlich nicht."

„Gut, dann bist du also ganz entspannt und sicherlich offen für eine Einladung."

Sie runzelte die Stirn. „Einladung wohin?"

„Schon stellt sie die Stacheln wieder auf." Alexanders Lächeln war an seiner Stimme zu erkennen. „Keine Angst, es ist keine erneute Familiengrillfeier. Obwohl die nächste sicherlich nicht lange auf sich warten lässt. Ich möchte dich gern zum Essen einladen."

„Zum Essen? Du meinst ein Date?"

„Exakt. Ich würde gerne für morgen Abend einen Tisch in der *Seemöwe* reservieren, wenn du nichts dagegen hast."

„Warum sollte ich etwas dagegen haben?"

„Vielleicht weil deine Mutter und dein Stiefvater im Hotel eine Suite haben und uns über den Weg laufen könnten."

„Sie wollen morgen einen Tagesausflug machen und kommen sicher erst spät zurück."

„Aha." Wieder lachte er. „Habe ich ein Glück."

Melanie kräuselte leicht verärgert die Lippen. „Glaubst du, ich wäre sonst nicht mit dir dorthin gegangen? Für wie kindisch hältst du mich eigentlich?"

„Für überhaupt nicht kindisch." Er wurde wieder ernst. „Nur für ein wenig empfindlich, wenn es um deine Mutter geht."

„Das ist allein meine Angelegenheit."

„Unbestritten. Wenn auch …" Er brach ab, obwohl er offenbar noch etwas hatte sagen wollen. „Nach dem Essen könnten wir noch ins Kino gehen."

„Klar, warum nicht?" Sie hatte schon seit einer Ewigkeit keinen Film mehr auf Leinwand gesehen.

„Oder wir machen einen Spaziergang über den Deich." Jetzt hörte sie wieder das Lächeln in seiner Stimme. „Ich lasse mir etwas Schönes einfallen."

„Okay." Sie warf einen Blick auf Schoki, die in der Küchentür aufgetaucht war und offenbar neugierig war, mit wem Melanie da redete. „Aber was mache ich mit Schoki in der Zeit?"

„Bring sie zu mir. Das ist zwar nicht ganz stilecht, eigentlich müsste ich dich ja abholen, aber bei der Gelegenheit kannst du dir auch gleich mal mein Haus ansehen. Falls es dich interessiert."

„Dein Haus? Ich dachte, du wohnst in einem Apartment in der Stadt." Hatte er das nicht gesagt? Sie war sich ziemlich sicher. Andererseits hatte er kürzlich seinen Garten erwähnt, also hatte sie da vielleicht etwas verwechselt.

„Übergangsweise."

„Wie bitte?" Erschrocken, weil ihre Gedanken abgeschweift waren, konzentrierte sie sich wieder auf seine Worte.

„Ich sagte, ich wohne übergangsweise in dem Apartment, bis die Renovierungsarbeiten am Haus beendet sind."

„Du renovierst ein Haus?"

„Das ehemalige Wohnhaus meiner Großeltern. Sie haben es vor zehn Jahren mit allem Land, das noch dazugehört hat, verkauft und mit dem Erlös ein kleines, altersgerechtes Häuschen in der Nähe meiner Eltern gebaut."

„Und du hast das Haus von ihnen gekauft?"

„Nein, damals war ich noch zu jung und finanziell nicht zu solch großen Sprüngen in der Lage. Das Haus wurde von einer Familie gekauft, die dort aber nur ein paar Jahre gewohnt hat. Als sie es vor vier Jahren erneut zum Verkauf anboten, und das auch noch extrem günstig, habe ich zugeschlagen. Es steht übrigens nicht weit von deinem Haus entfernt."

„Sybillas Haus."

Alex ging auf ihren Einwurf nicht ein. „Im Birkenweg, Nummer zwei. Wir können Schoki, Benni und Zora in dem großen umzäunten Gehege im Garten lassen."

„Wenn das geht."

„Würde ich es dir sonst vorschlagen? Schoki wird mit den beiden eine schöne Zeit verbringen." Er räusperte sich. „Und wir beiden hoffentlich auch."

Bei seinem vieldeutigen Unterton wurde es Melanie ganz warm, doch sie wollte sich nichts anmerken lassen. „Also gut, wann sollen Schoki und ich da sein?"

KAPITEL 19

„Großer Gott." Mit weit aufgerissenen Augen sah Melanie sich in dem großen Fachwerkhaus um, dessen Fassade bereits fachkundig saniert und nach neuesten energietechnischen Erkenntnissen isoliert worden war. Auch das Reetdach war erneuert worden, und die Dachgauben auf beiden Seiten sahen aus, als seien sie nachträglich eingebaut worden, jedoch ohne den Reiz des alten Gebäudes zu mindern. Das Innere hingegen war so vollkommen anders, als sie es erwartet hatte, dass sie zunächst eine ganze Weile nur schaute.

Das Erdgeschoss bestand auf den ersten Blick nur aus einem einzigen großen Wohnraum ohne Zwischenwände. Wohn- und Esszimmer und Küche gingen ineinander über. Auf der Rückseite, zum Garten hin, gab es einen angebauten, ebenfalls zum Wohnraum hin offenen Wintergarten mit riesigen Fensterflächen. Melanie musste genau hinsehen, um zu erkennen, wie die statischen Voraussetzungen für solch einen großen Raum durch geschickt kaschierte Stahlträger eingehalten worden waren. Während sie sich umblickte, entdeckte sie dann doch zwei Türen, von denen eine in einen Haushalts- und Vorratsraum hinter der Küche führte und die zweite zu einem geräumigen Gästebad mit Wanne und Dusche.

Neben der zweiflügligen Eingangstür führte eine geschwungene Treppe ins Obergeschoss, wo sich neben vier geräumigen Zimmern, von denen das größte wohl Alexanders Schlafzimmer werden sollte, noch ein weiteres Bad befand. Das Erdgeschoss war so gut wie fertig, doch in den oberen Räumen mussten noch einige Arbeiten erledigt werden. Lediglich das große Schlafzimmer und das Bad waren bereits fertig, wenn auch noch nicht eingerichtet. Im Schlafraum gab es nur ein paar aufeinandergestapelte Matratzen und eine Kleiderstange.

„Es ist ein noch unvollendetes Kunstwerk." Alex hatte sie sich eine Weile umsehen lassen, bevor er das Wort ergriff. „Aber ich nehme an, man erkennt inzwischen, worauf es hinausläuft. Ich habe die ehemaligen Stallungen als Wohnraum miteinbeziehen lassen, um mehr Platz, Luft und Licht in den oberen Räumen zu erhalten und unten eine Garage. Meine Urgroßeltern haben hier noch Landwirtschaft betrieben, aber meine Großeltern hielten sich nur noch ein paar Pferde, Gänse und Hühner. Opa wollte nach der Schule unbedingt studieren und Anwalt werden, genau wie sein Vater. Aber er hatte keine Lust, zusätzlich noch einen Hof mit Kühen und Schafen zu bewirtschaften. Ich schätze, meine Großmutter war ihm dafür sehr dankbar."

Melanies Herz pochte unstet und ein wenig zu schnell in ihrer Brust. Von solch einer Wohnung hatte sie immer geträumt. Zwar hatte diese sich in ihren Träumen nicht in einem ehemaligen Bauernhaus am Ende der Welt befunden, doch was Alex hier gestalterisch umgesetzt hatte, war wie aus einer ihrer Fantasien entstiegen. Das dunkle Holzparkett im Wohnzimmer, die hellen Wände und riesigen Fenster. Licht, Luft, keine Enge oder Einschränkungen.

„Was sagen denn deine Großeltern dazu, dass du ihr altes Haus so verändert hast? Ich meine, es muss doch für sie kaum wiederzuerkennen sein."

„Anfangs waren sie schockiert." Alex lächelte leicht. „Opa ganz besonders. Er hat mich gefragt, ob ich den Verstand verloren hätte und ob ich wolle, dass mir das Obergeschoss samt Dach eines Tages auf den Dickschädel kracht. Es hat ein wenig gedauert, bis ich ihm versichert hatte, dass mein Statiker alles zweihundertprozentig sicher berechnet hat. Das ganze Gebäude wird von Stahlträgern gehalten."

„Habe ich gesehen."

Anerkennend nickte er. „Du hast ein gutes Auge. Man sieht sie nur, wenn man weiß, wo man gucken muss." Er hielt inne und legte ihr locker einen Arm um die Schultern. „Vielleicht sollte ich die Einrichtung bei Brungsdahl bestellen. Du könntest mir bei der Auswahl der passenden Möbel helfen."

„Ich?" Erstaunt sah sie zu ihm auf.

„Klar. Du bist in dieser Hinsicht die Expertin. Immerhin hast du jeden Tag mit Mobeln und Einrichtungen zu tun."

„Ich kaufe das Material für die Fertigung ein. Mit Planung und Gestaltung habe ich nichts zu tun."

„Ich würde es trotzdem auf einen Versuch ankommen lassen. Stell dir vor, wie sich dein Chef freuen würde, wenn du ihm nach deinem Urlaub einen solchen Auftrag präsentieren könntest."

„Du meinst das doch wohl nicht ernst?" Sie schüttelte leicht den Kopf. „Das würde dich ein Vermögen kosten."

„Vermutlich." Er lachte. „Vielleicht fange ich auch erst mal mit einem oder zwei Zimmern an und stelle in die anderen einfache IKEA-Möbel."

Sie kicherte über diesen Kontrast. „Quatschkopf."

„Hey, mein Apartment ist voll von IKEA-Möbeln." Er tat beleidigt, blinzelte dabei aber schelmisch. „Als Erst- oder Übergangseinrichtung sind die nicht zu verachten. Es soll auch Leute geben, die ein Leben lang darauf schwören."

„Wenn du meinst." Bei diesem Thema war Melanie berufsbedingt etwas vorbelastet.

„Ich würde sagen, wir machen uns jetzt auf den Weg zur *Seemöwe*. Unser Tisch ist für halb acht reserviert."

„Bist du sicher, dass die Hunde in dem Gehege bleiben können?"

„Natürlich, da sind sie gut aufgehoben. Sie haben Futter, Wasser und sogar eine Hütte, falls es regnen sollte."

Sie trat an die große Fensterfront des Wintergartens und blickte über den noch recht verwilderten Garten bis hinüber nach rechts, wo das Gehege sich an ein großes Blumenbeet anschloss. „Das reinste Paradies." Sie entdeckte weiter hinten zwischen ein paar Linden sogar einen großen Teich. „Wie willst du das alles alleine in Schuss halten? Da brauchst du ja eine ganze Horde von Gärtnern."

„Vielleicht. Entweder das oder eine Frau, die genauso viel

Spaß daran hat wie ich, alles in Schuss zu halten, wie du es nennst."

In ihrer Magengrube kribbelte es nervös, und sie wandte sich rasch vom Anblick der in das Licht der abendlichen Sommersonne getauchten Sträucher, Bäume und Beete ab. „Lass uns aufbrechen, sonst kommen wir noch zu spät."

***

Alex saß in der Patsche, ganz eindeutig. Der Anblick von Melanie in seinem Haus und ihre leuchtenden Augen, als sie sich dort umgesehen hatte, waren ihm nicht gut bekommen. Sie hatte in ihm Wünsche und Sehnsüchte erwachen lassen, von denen er nicht geahnt hatte, dass sie überhaupt vorhanden waren. Jedenfalls nicht derart heftig. Die Idee, ihr sein Projekt, wie er es liebevoll nannte, zu zeigen, war ihm ganz spontan gekommen. Früher oder später wäre das Gespräch sowieso darauf gekommen.

Selbst jetzt, zwei Tage später, lag ihm der Ausdruck auf ihrem Gesicht wie ein Stein im Magen. Sie hatte ausgesehen, als wäre ihr ein Geist begegnet. Der Geist ihrer eigenen Träume. Erst hatte er das nicht begriffen, sondern nur gedacht, sie sei eben sehr beeindruckt von dem, was er aus dem alten Haus gemacht hatte. Viel später am Abend, nach einem romantischen Candle-Light-Dinner hatten sie bei lauer Brise unter dem Sternenhimmel einen Spaziergang über den Deich gemacht. Irgendwann waren sie in den Birkenweg zurückgekehrt. Auch wenn das Schlafzimmer momentan noch alles andere als wohnlich war, hatten sie dort einige sehr leidenschaftliche Stunden miteinander verbracht. Vielleicht lag es am Wein, den sie zum Essen getrunken hatten, möglicherweise auch an dem bunten Hormoncocktail, der nach dem Sex noch durch ihre Adern gekreist war, vielleicht aber auch, so hoffte er, öffnete sie sich ihm allmählich ein wenig mehr. Jedenfalls hatte sie ihm, kurz bevor sie einschlief, verraten, dass er, ohne es zu wissen, das Haus ihrer Mädchenträume entworfen hatte.

Was ihn fuchste, war die Tatsache, dass ihm in jenem Moment etwas klar geworden war: Seine eigenen Träume, ob sie sich nun auf dieses Haus oder auf seine Zukunft ganz allgemein bezogen, hingen plötzlich in jedem Punkt mit Melanie zusammen. Wenn er poetischer veranlagt gewesen wäre, hätte er vielleicht sogar gesagt, dass sie die Frau seiner Träume war.

War das nicht verrückt? Ausgerechnet eine Frau wie Melanie, die vor dem bloßen Gedanken an eine feste Bindung zurückschreckte, als wäre es eine gefährliche Krankheit? Wenn er glaubte, eine Schicht der Mauer, die sie um sich herum aufgebaut hatte, abgetragen zu haben, griff sie nach Steinen und Mörtel und beeilte sich, den Schaden schnellstmöglich wieder zu beheben. Zwar hatte er durchaus den Eindruck, dass sie schon etwas offener und entspannter geworden war. Doch der bloße Versuch, Nähe aufzubauen, die über das rein Körperliche hinausging, wurde von ihr konsequent abgeblockt.

Sie hatte Angst, das war ihm bewusst. Doch wie in aller Welt sollte er ihr die jemals nehmen? Sie sah ihm nicht einmal in die Augen, wenn sie sich liebten. Vermutlich würde sie diesen Ausdruck auch niemals benutzen aus Furcht vor den Konsequenzen. Sex war in Ordnung. Nein, Sex zu haben war in Ordnung, der Sex selbst war phänomenal. Doch mehr wollte sie ihm nicht geben.

Es erstaunte ihn und brachte seine bisher wohlgefügte Welt ins Wanken, dass er nach so kurzer Zeit so viel mehr wollte. Doch auch, wenn ihn diese neuen Gefühle verunsicherten, wäre es ihm nie in den Sinn gekommen, vor ihnen davonzulaufen. Er hatte von klein auf gelernt, sich Herausforderungen zu stellen. Melanie hingegen hatte seit ihrer Kindheit immer den Weg des geringsten Widerstands gewählt. Wo er die Dinge beim Namen nannte und auf Probleme zuging, sie beim Schopfe packte und löste, wich sie aus, ging auf Distanz oder zog sich im schlimmsten Falle ganz zurück. So hatte sie zumindest die letzten Jahre gelebt, doch er vermutete, dass es auch schon während ihrer

Jugend so gewesen war. Sie wollte von niemandem abhängig sein, um nicht Gefahr zu laufen, verlassen zu werden.

Wenn er ihre Mutter nicht so sympathisch gefunden hätte, wäre sie es wohl, der er die Hauptschuld daran geben müsste. Ganz sicher war es ihr Verhalten gewesen, das Melanie geprägt hatte. Doch er hatte in der kurzen Zeit, die er bisher mit Silvana verbracht hatte, gespürt, dass sie ähnlich unsicher war wie ihre Tochter. Sie verstand es nur viel besser, ihre Schwäche zu verbergen. Und sie hatte, vielleicht aus eigenen Kindheitserlebnissen heraus, ihre Ängste hinter der Maske der lebenslustigen, etwas schrillen und flatterhaften Schönheit verborgen. Ihre Tochter war zwar nicht weniger schön, doch um ihre Gefühle zu schützen, verbat sie sich das, was ihre Mutter zumindest immer für sich beansprucht hatte: das Leben.

Wenn er ehrlich zu sich war, hatte es für ihn bereits keinen Weg zurück mehr gegeben, als er Melanie und Schoki bei ihrem verrückten Gartenschlauchtanz beobachtet hatte. Tatsächlich schien die Hündin die Einzige zu sein, die es geschafft hatte, sich in Melanies Herz zu schleichen.

Nachdenklich starrte er aus dem Fenster seines Büros. Im Vorzimmer hörte er Elvira telefonieren und dabei immer wieder leise lachen.

Niemals würde er vergessen, wie ausgelassen und glücklich Melanie in diesen kurzen Augenblicken ausgesehen hatte. Die wahre Melanie, die sich hinter einer erstarrten Hülle aus Distanziertheit verbarrikadiert hatte. Er wollte sie daraus hervorlocken und ihr beweisen, dass ihre Ängste unbegründet waren. Doch wie sollte er das anstellen?

***

Mit Sorge betrachtete Melanie die tiefschwarzen Wolken, die sich über der Nordsee zusammenballten. Noch schienen sie in der Ferne zu verharren, und der fehlende Wind sorgte dafür, dass sie auch nicht allzu rasch näher kamen. Die Hitze war erdrückend, doch der Wetterbericht hatte schwere Gewitter mit Sturmböen und unwetterartigen Regenfällen vorhergesagt, und an den Ufern von ganz Lichterhaven waren schon am Morgen rote Flaggen gehisst worden, die davor warnten, das Watt zu betreten.

Sie hatte gestern aus dem Gartencenter Blumenerde, Geranien, bunte Minipetunien und Fuchsien mitgebracht, um die längst verblühten Hornveilchen in den Blumenkästen an den Fenstern zu ersetzen. Heute war sie extra ein wenig früher aus dem Laden gegangen, um sich um die Pflanzarbeiten zu kümmern. Nun stand sie an dem großen Klapptisch mitten im Garten, füllte nach Augenmaß Blumenerde in die langen Kästen und überlegte sich, wie sie die neuen Blumen anordnen sollte, damit sie wenigstens halbwegs so nett aussahen wie die Kästen ihrer Nachbarn. Wenn sie allerdings die Wetterwarnungen bedachte, ganz zu schweigen von der sich langsam näher schiebenden Wolkenwand, war es wohl besser, die fertigen Kästen vorerst im Schuppen unterzubringen.

Nachdenklich betrachtete sie die Palette mit den bunten Sommerblühern. Noch nie hatte sie Blumenkästen bepflanzt, aber sie musste zugeben, dass es etwas Befriedigendes hatte, die Hände in der weichen Erde zu vergraben. Auch wenn sie sich damit die Fingernägel ruinierte.

Als sie Schoki, die bis eben drinnen ein Nickerchen gemacht hatte, in der Terrassentür auftauchen sah, lächelte sie. „Na, ausgeschlafen?"

Na ja, wohl eher aufgegeben. Es ist ganz schön heiß da drinnen. Hier draußen allerdings noch mehr. Ich habe schon wieder meine Wasserschale leer getrunken. Was machst du denn da?

Melanie lachte, als die Hündin mit wenig begeistertem Blick näher getappt kam und die Nase über den Tischrand streckte. „Du willst wohl wissen, was ich hier tue, was? Das frage ich mich auch schon eine Weile. Eigentlich ist es viel zu heiß, um sich überhaupt zu bewegen. Aber die Verkäuferin meinte, ich solle die Blumen möglichst rasch einpflanzen, damit sie in den kleinen Töpfchen nicht eingehen. Langsam komme ich mir allerdings vor, als wäre ich am Verwelken. Ich glaube, ich hole mir erst mal was zu trinken. Vielleicht bekomme ich dann eine Idee, wie ich die Blumen kombinieren soll."

Blumen? Wie uninteressant. Spielen wäre viel schöner, allerdings nicht bei dieser Hitze. Aber was zu trinken klingt gut. Du könntest meinen Napf noch mal auffüllen, wenn es dir nichts ausmacht. Oh, Moment, ich höre da was! Da kommt jemand. Wau!

Überrascht drehte Melanie sich um, als Schoki mit einem kurzen Bellen lossauste und um die Hausecke verschwand. Augenblicke später sah sie Christina auf sich zukommen, die versuchte, nicht über die freudig herumhüpfende Hündin zu stolpern. Schließlich gab sie Schoki einen strengen Befehl, kombiniert mit einer kurzen Handbewegung, woraufhin die junge Hundedame sich ein wenig verblüfft aufs Hinterteil fallen ließ.

Was denn? Ich wollte dich doch bloß begrüßen, Christina! Es ist so schön, dich wiederzusehen. Du warst eine Ewigkeit nicht mehr hier. Aber gut, es ist eh viel zu warm, um sich viel zu bewegen. Ich glaube, ich gehe wieder nach drinnen. Da ist es wenigstens schattig.

„Hallo, Christina." Hastig rieb Melanie ihre Hände aneinander, um wenigstens die gröbsten Erdflecken zu entfernen. „Bei Gelegenheit musst du mir mal diese Handzeichen beibringen. Die scheinen sehr effektiv zu sein."

„Hallo, Mel." Lächelnd kam Christina näher und beäugte den Tisch mit den Blumenkästen. „Klar kann ich das machen. Wie wäre es, wenn du mit Schoki einen Grundkurs bei mir belegen würdest?" Sie zwinkerte. „Kleiner Scherz. Schoki hat den Kurs ja schon hinter sich. Die Handzeichen sind ganz einfach zu erlernen. Ich zeige sie dir gerne bei Gelegenheit, auch ohne Kurs und Honorar. Was machst du denn da? Gartenarbeit bei der Hitze? Brauchst du Hilfe?"

„Ach nein, ich denke, ich komme zurecht. Zumindest, sobald

ich mich entschieden habe, an welchem Fenster ich die Fuchsien haben will."

„Sybilla hatte immer welche auf der Nordseite des Hauses."

„Wirklich?" Das war eine hilfreiche Information.

„Ja, sie hat Fuchsien geliebt. Und Begonien, die gedeihen auch im Schatten. Und diese kleinen bunten da, wie heißen sie noch gleich?"

„Zauberglöckchen. Die Verkäuferin sagte, das sei eine Art von Minipetunien, nur viel pflegeleichter als ihre großen Schwestern. Pflegeleicht klang in meinen Ohren sehr gut. Ich bin schließlich Anfängerin, was das Gärtnern betrifft."

Christina nickte. „Sybilla hat sie auf die Westseite gepflanzt, weil die angeblich richtig wetterfest sind. Die Geranien würde ich in die volle Sonne setzen. Meine Mutter sagt, das mögen sie besonders gern."

„Danke, Chris, das rettet mich gerade." Melanie lächelte erleichtert. „Ich habe die Blumen eigentlich nur ausgesucht, weil mir die Farben gefallen haben. Ich habe nicht die geringste Ahnung, welche von ihnen wo am besten gedeihen."

„Da brauchst du nur meine Mutter zu fragen oder meine Oma. Aber stimmt ja!" Christina schlug sich gegen die Stirn. „Die sind ja gar nicht da. Wann wollten sie noch mal aus Hamburg zurück sein? Ich bin gar nicht mehr auf dem Laufenden nach dem ganzen Lehrgangsstress."

„Alex sagte, sie wollten spätestens heute Abend wieder zu Hause sein."

„Ah, gut zu wissen."

„Kann ich dir etwas zu trinken anbieten?" Melanie wandte sich in Richtung Haus. „Ich wollte mir gerade etwas holen."

„Da sage ich nicht Nein." Christina folgte ihr in die Küche und lehnte sich dort aufatmend gegen die Anrichte. „Meine Güte, ist das heiß! Hier drinnen lässt es sich eindeutig besser aushalten."

„Ach, eigentlich geht es noch." Rasch goss Melanie der Freundin und sich selbst von der Limonade ein, die sie nach

Sybillas Rezept hergestellt hatte, und gab in beide Gläser zwei Eiswürfel. „Ich bin aus Köln noch an viel höhere Temperaturen gewöhnt, verbunden mit einer guten Portion Autoabgasen.“ Bevor sie einen Schluck trank, füllte sie auch Schokis Wassernapf mit frischem Leitungswasser auf. „Dagegen lässt es sich hier deutlich besser aushalten. Aber du hast recht, es ist heute wahnsinnig schwül.“

„Es wird ein Unwetter geben.“

„Das habe ich auch schon gehört.“

„Man sieht es auch an der Art, wie sich die Wolken am Horizont auftürmen.“ Christina leerte ihr Glas in einem Zug bis zur Hälfte. „Hm, die ist aber gut. Sybillas Rezept?“

„Ich habe es in einem ihrer handschriftlichen Rezeptbücher gefunden.“

„Offenbar hast du dich inzwischen ganz gut hier eingelebt. Ich war vorhin im *Möwennest*, um einen Happen zu essen. Luisa erzählte mir, dass du jeden Tag mit Deana in der *Schatztruhe* bist, um die noch vorhandenen Waren zu verkaufen.“

„Es ist interessant, Deana beim Verkaufen zuzusehen, und sie lässt mich jetzt immer das Schaufenster dekorieren, weil sie findet, ich hätte ein Händchen dafür.“

„Das hast du eindeutig. Ich habe mich selbst davon überzeugt.“

„Danke.“ Melanie war überrascht, wie sehr sie sich über das Lob freute. „Es macht mehr Spaß, als ich zuerst dachte. Heute habe ich sogar selbst eines der Stücke verkauft. Es war nur eine kleine Kristallvase, aber immerhin.“ Mit Stolz, aber auch ein wenig Herzklopfen dachte sie an den älteren Herrn, der nach einem Geburtstagsgeschenk für seine Frau gesucht hatte. Melanie hatte ihn in ein Gespräch verwickelt, wie sie es bei Deana beobachtet hatte, und dabei versucht, ein wenig mehr über die zu Beschenkende zu erfahren. Dann hatte sie ihrem Bauchgefühl vertraut und dem Mann die Vase gezeigt. Er war gleich begeistert gewesen, weil seine Frau Vasen sammelte.

„Na, das ist doch toll!“

„Eigentlich war es reiner Zufall. Deana war gerade am Telefon, als der Kunde hereinkam. Ich wollte ihn erst hinhalten, bis sie wieder da war, aber sie hat mir ein Zeichen gegeben, dass das Gespräch länger dauern würde, also blieb mir ja nichts anderes übrig, als ihn zu bedienen."

„Und gleich mit Erfolg." Christina grinste. „Manchmal muss man einfach ins kalte Wasser gestoßen werden."

„Kann sein." So hatte sie das noch gar nicht betrachtet. Ob Deana vielleicht gar nicht so lange hätte telefonieren müssen?

„Apropos kaltes Wasser. Hinnerk war auch im *Möwennest* und erzählte irgendwas von dir und Schoki und einer Schlammschlacht im Watt."

Melanie, die sich gerade erneut von der Limonade einschenken wollte, hätte den Krug beinahe fallen gelassen. „Was? Woher weiß er denn …?" Sie verdrehte die Augen. „Lass mich raten, Lotti."

„Warum Lotti?" Verwundert sah Christina sie an und reichte ihr gleichzeitig ein Geschirrtuch.

Melanie nahm es und tupfte an dem Limonadenfleck auf der Anrichte herum. „Lotti hat mich und Schoki vom Watt kommen gesehen und es wahrscheinlich Elke erzählt. Und die hatte sicher nichts Besseres zu tun, als wieder mal …" Sie brach ab und zuckte die Achseln. „Was soll's. Mein Privatleben scheint sowieso momentan Stadtgespräch Nummer eins zu sein."

„Kann schon sein." Christina gluckste. „Worauf Hinnerk nämlich eigentlich hinauswollte, ist, dass man Alex' Auto am selben Tag noch bei dir gesichtet hat. Oder vielmehr abends und immer noch am folgenden Morgen. Und seither ziemlich häufig. In der *Seemöwe*, so hat er mir in seiner dezenten Art anvertraut, seid ihr auch schon beim romantischen Dinner gesichtet worden. Gehe ich also recht in der Annahme, dass da zwischen euch etwas läuft?"

„Es wäre wohl sinnlos, es zu bestreiten, oder?"

„In gewisser Hinsicht ja." Die Freundin prostete ihr zu. „Ich freue mich für euch."

„Es ist nur ein … Urlaubsflirt."

„So?" Neugierig musterte Christina sie von der Seite. „Okay. Auch über einen schönen Urlaubsflirt kann man sich freuen. Brich ihm aber nicht das Herz."

„Wie bitte?" Erschrocken hob Melanie den Kopf. Dann räusperte sie sich vernehmlich. „Sagt man das nicht eher zum Mann als zur Frau?"

„Nicht unbedingt. Immerhin bist du diejenige, die nach dem Urlaub wieder weg ist. Alex ist einer der begehrtesten Junggesellen von Lichterhaven. Wenn du ihn verlässt und er dann für die restliche Frauenwelt verloren ist, werden dich alle verfluchen."

„Glaubst du?" In Melanie stieg ein unbehagliches Gefühl auf.

Christina legte den Kopf ein wenig schräg, dann stieß sie mit Melanie lachend an. „Mensch, Mel, das war ein Scherz! Liebe Zeit, es scheint ja doch ernster zu sein mit euch, als ich dachte."

„Was? Nein, ist es nicht."

„Mhm." Christina blinzelte ihr zu. „Du solltest die Blumenkästen heute Nacht in den Schuppen stellen. Je nachdem, wie heftig der Sturm wird, könnte es sie sonst von den Fensterbrettern fegen. Sybilla hat sie auch immer reingestellt, wenn Unwetter vorhergesagt wurden. Meistens wusste sie aber schon vor allen anderen, wenn ein Sturm aufzog. Sie hatte das irgendwie im Gefühl."

Erleichtert, dass Christina das Thema gewechselt hatte, nickte Melanie. „Ich habe schon Platz in einem der Regale im Schuppen gemacht."

„Soll ich dir beim Tragen helfen?"

„Erst mal muss ich ja die Blumen einpflanzen."

„Auch dabei helfe ich gerne. Geht doch ganz schnell."

Hey, und was ist mit mir? Wollt ihr wirklich wieder in die Hitze hinaus? Nee, da mache ich nicht mit. Ich bleibe hier in der Küche. Auf den kalten Fliesen lässt es sich wenigstens aushalten.

KAPITEL 20

Das Unwetter kam am frühen Abend. Christina hatte sich inzwischen längst auf den Heimweg gemacht, nachdem sie gemeinsam die Blumen in die Kästen gepflanzt und alles, was nicht niet- und nagelfest war, im Schuppen verstaut hatten.

Alex musste an diesem Abend zu einer Sitzung des Festausschusses wegen des historischen Stadtfestes, hatte aber versprochen, sie zwischendurch anzurufen. Melanie hatte ihm zwar gesagt, dass das nicht nötig sei, immerhin waren sie beide erwachsen und einander nicht verpflichtet, aber als es innerhalb von weniger als fünf Minuten plötzlich fast nachtdunkel wurde und Donnergrollen von hohl pfeifendem Wind näher getragen wurde, konnte sie dann doch nicht anders, als zu hoffen, dass er sein Versprechen wahrmachen würde.

Melanie hatte keine Angst vor Gewittern oder Sturm, doch die Unwetterwarnungen, die inzwischen alle Viertelstunde übers Radio kamen und die auch auf der lokalen Unwetterwarn-App, die Alex auf ihr Smartphone geladen hatte, immer wieder signalisiert wurden, verunsicherten sie. Von Sturmflut war da die Rede und von Tornadogefahr. Im vergangenen Jahr hatte es in Köln einen kleinen Tornado gegeben. Nicht direkt dort, wo sie wohnte, aber dennoch erinnerte sie sich noch an den heftigen Sturm und die Schäden, die er verursacht hatte. Zwar nahm sie an, dass die Deiche einer Sturmflut standhalten würden, trotzdem machte sie sich ein wenig Sorgen.

Obwohl bereits die ersten dicken Regentropfen zu Boden platschten, ging sie mit Schoki noch einmal eine kleine Runde, damit die sich erleichtern konnte. Danach mussten sie sich allerdings beide gründlich abtrocknen und Melanie außerdem die Kleider wechseln.

In ihre gemütliche Jogginghose gekuschelt, machte sie es sich auf der Couch im Wohnzimmer gemütlich und versuchte zu lesen. Schnell stellte sie aber fest, dass ihr die Konzentration fehlte. Immer wieder lauschte sie dem heulenden Wind. Da es im Augenblick nicht mehr donnerte, schaltete sie den Fernseher ein, fand eine alte Serie, die sie mochte, und ließ das Gerät einfach eingeschaltet, während sie aus dem Fenster blickte und beobachtete, wie die Bäume und Sträucher im schwindenden Restlicht des Tages durchgeschüttelt wurden.

Irgendwann streckte sie sich auf der Couch aus und versuchte, der Handlung im Fernsehen zu folgen, dabei wurde sie zunehmend müde. Sie protestierte nicht, als Schoki eine Pfote auf ihr Bein legte und sie fragend ansah.

Mel, es ist ein bisschen gruselig da draußen, findest du nicht? Aber jetzt ist es nicht mehr so warm, und ich würde mich gerne ein bisschen an dich kuscheln. Darf ich?

Zögernd betrachtete Melanie die Hündin, die mit ihrem Blick und ihrer Körperhaltung eine ganz eindeutige Frage zu stellen schien. Sollte noch mal einer sagen, Hunde könnten nicht sprechen! „Ich weiß nicht, Schoki. Eigentlich sollst du nicht auf die Sitzmöbel. Aber der Sturm ist ganz schön unheimlich, was?"

Und wie!

„Ach, was soll's. Komm rauf."

Jau, danke! Wie schön.

Sie hatte die Worte kaum ausgesprochen, als Schoki auch schon mit einem Satz auf der Couch war. Sie kletterte ein wenig umständlich auf Melanie herum, die mehrmals ächzte, weil Schoki ihr unbarmherzig in den Unterleib trat. Dann hatte die Hündin sich endlich entschieden, wie sie liegen wollte, und streckte sich der Länge nach auf Melanie aus. Den Kopf bettete sie auf ihrer Brust, stupste mit ihrer kalten Nase liebevoll gegen Melanies Kinn und schloss zufrieden die Augen.

Melanie schmunzelte. „Wir sind echt ein schräges Pärchen, was?"

Wie? O ja, bestimmt, wenn du das sagst. Ich liebe dich jedenfalls, Mel. Hier mit dir zu liegen ist das Beste, was es gibt. Da ist mir der Sturm draußen glatt egal.

„Weißt du, was mir gerade auffällt? Christina hat gar nicht gefragt, ob sie dich wieder mitnehmen soll."

Das ist auch gut so. Ich will nämlich nicht von dir weg.

„Aber eigentlich ist das gar nicht so schlimm. Ich habe mich schon richtig an dich gewöhnt. Und wenn du nicht hier wärest, müsste ich jetzt ganz alleine das Unwetter aushalten."

Eben.

Ein Weilchen betrachtete Melanie die schlafende Hündin und streichelte sie dabei gedankenverloren hinter den Ohren. Doch irgendwann schlief auch sie ein.

***

Ein lauter Knall riss Melanie aus dem Schlaf. Schoki sprang mit einem großen Satz von der Couch und bellte wie verrückt.

Was war das? Was war das? Da war etwas Lautes draußen! Wenn da ein Einbrecher ist, muss er sich vorsehen! Oh, ich glaube, da ist doch niemand, das ist der Sturm. Aber trotzdem!

„Hey, ruhig, Schoki. Ist ja schon gut. Das war nur der Donner. Glaube ich zumindest." Auch Melanie war rasch aufgestanden und sah aus dem Fenster, hinter dem es nach wie vor fast nachtschwarz war, obgleich ihre Uhr erst kurz nach acht Uhr anzeigte. Da es in diesem Moment blitzte und nur zwei Sekunden später ein weiterer ohrenbetäubender Donnerschlag das Haus erzittern ließ, schaltete sie rasch den Fernseher aus und zog den Stecker. In der Küche tat sie das Gleiche beim Radio, nahm aber ein paar Batterien aus der Schublade und schob sie in das Gerät. Dann schaltete sie es wieder ein. Das leise Gedudel beruhigte sie irgendwie. Außerdem wollte sie den nächsten Wetterbericht nicht verpassen.

Sie stieg ins Obergeschoss und trennte auch dort die elektronischen Geräte, vor allem den Computer, vom Stromnetz und verteilte sicherheitshalber überall Kerzen und Streichhölzer, von denen Sybilla im Vorratsschrank eine ganze Kiste verwahrt hatte. Auch Taschenlampen und Ersatzbatterien gab es in Hülle und Fülle. Offenbar waren Unwetter wie dieses hier keine Seltenheit. Melanie hatte ja ebenfalls bereits eines hinter sich, wenngleich dieses hier offenbar vorhatte, das letzte an Stärke weit zu übertreffen. Der Sturm schien von allen Seiten gleichzeitig zu kommen und rüttelte am Haus wie ein wildes Tier. Irgendwo schepperte etwas über den Steinweg. Vielleicht ein Blecheimer, den sie vergessen hatte, in den Schuppen zu stellen.

Besorgt versuchte sie, durch das Fenster etwas auf der Terrasse zu erkennen, doch das war sinnlos. Ein hohles, fast schrilles Heulen ließ ihr die Haare zu Berge stehen. Fauchend fing sich der Wind im Schornstein. Dann krachte erneut etwas, diesmal aber kein Donner. Eine Sturmbö warf sich gegen das Haus, sodass es erneut in den Grundfesten erschüttert wurde.

Mel, das gefällt mir nicht. Ich weiß nicht, ob ich jaulen oder bellen soll. Ich habe Angst, aber ich bin bereit, dich gegen alles und jeden zu beschützen, wenn es sein muss!

Schoki winselte ein wenig, knurrte dann und stieß schließlich ein wütendes Bellen aus.

Melanie ging zu ihr und legte ihr beruhigend eine Hand auf den Rücken. „Alles gut, Schoki, das ist nur ein Gewitter."

Nur ist gut. Ich bin hier der Hund im Haus, und das da draußen ist schlimmer als ein Ungeheuer! Ich muss uns doch verteidigen.

„Bleib ruhig, Schoki. Gleich ist wieder alles gut."

In diesem Moment zuckte ein weiterer Blitz auf, unmittelbar gefolgt von einem krachenden Donner. Dann fiel das Licht aus.

Melanie hüstelte. „Okay, vielleicht nicht gleich. Ich hole mal eine Taschenlampe und zünde ein paar Kerzen an."

Ja, mach das. Ich passe so lange hier auf.

Schoki stand stocksteif vor der Terrassentür und starrte hinaus.

Achselzuckend kümmerte Melanie sich um das Licht, dann prüfte sie, ob die Sicherung rausgeflogen war. Doch das war nicht der Fall. Offenbar hatte der Sturm eine Stromleitung beschädigt.

„Tja, dann bleibt die Küche heute kalt, Schoki." Kopfschüttelnd konstatierte sie, dass sie schon wieder Selbstgespräche führte. „Hoffentlich dauert der Stromausfall nicht zu lange, sonst verderben die Lebensmittel im Kühl- und Gefrierschrank." Irgendwie war es tröstlich, wenigstens die eigene Stimme zu hören. Zwar war sie daran gewöhnt, allein zu sein, doch in den letzten Tagen hatte sie so viel Zeit mit Alex und den Hunden verbracht, mit Deana und den Kunden im Laden, mit Elke, wenn sie Eier holte, mit den Leuten im *Möwennest*, wenn sie dort das Mittagessen abholte, und nicht zuletzt mit ihrer Mutter und Marcos, dass ihr die Stille und das Alleinsein plötzlich regelrecht fremd vorkamen.

„Ich bin ein dummes Huhn." Während sie das so entschieden wie möglich sagte, schielte sie zu ihrem Handy. Ob sie …? Nein, Alex war jetzt sicherlich mitten in seiner Sitzung, da würde sie auf gar keinen Fall stören. Außerdem war sie ja kein kleines Kind mehr. Sie würde einfach ruhig bleiben und abwarten, bis das Unwetter abgezogen war. Und mit etwas Glück hatte Alex sich bis dahin schon gemeldet.

***

Es blieb nicht bei diesem einen Unwetter. Immer wieder zogen neue Gewitter über Lichterhaven hinweg. Der Wetterbericht sprach von einer lange nicht mehr da gewesenen Unwetterlage und versprach erst für die frühen Morgenstunden Besserung. Da Alex auch gegen zehn Uhr noch nicht angerufen hatte, wählte sie schließlich doch seine Nummer, gelangte jedoch nur zu seiner Mailbox. Auch auf seinem Festnetzanschluss war er nicht zu erreichen, und das erfüllte sie mit Sorge. Wo mochte er um diese Zeit stecken? Warum ging er nicht an sein Handy? War ihm womöglich etwas zugestoßen? Die Sitzung musste doch wohl längst zu Ende sein. Es kribbelte ihr geradezu in den Gliedern, zu seiner Wohnung zu fahren, doch bei den Wassermassen, die sich gerade wieder einmal aus den Wolken ergossen, und dem nach wie vor mörderischen Sturm traute sie sich nicht aus dem Haus.

Als sie ihn kurz nach elf noch immer nicht erreicht hatte, warf sie ihre Furcht jedoch über Bord. Sie packte die verblüffte und nicht gerade begeisterte Schoki ins Auto und fuhr langsam und vorsichtig zunächst hinüber in den Birkenweg, um nachzusehen, ob Alex vielleicht in seinem Haus war. Dort herrschte jedoch vollkommene Dunkelheit, also fuhr sie weiter bis zu seiner Wohnung in der Stadt. Inzwischen war der Strom wieder da, die Straßenlaternen warfen ein blasses orangefarbenes Licht auf die sturmgepeitschten Büsche und Bäume am Straßenrand. Alex wohnte im zweiten Stock eines modernen Mehrfamilienhauses. Hinter seinen Fenstern war es vollkommen dunkel, und sein SUV war nirgends zu sehen. Trotzdem ging sie zur Tür und klingelte einmal, zweimal. Nichts regte sich.

Der Wind war so stark, dass sie bei besonders wilden Böen Mühe hatte, auf den Beinen zu bleiben. Kurz überlegte sie, ob Alex ihr gesagt hatte, wo diese Sitzung stattfand, doch sie konnte sich nicht genau erinnern. Also kehrte sie ins Auto zurück.

Mel, ich will ja nicht meckern, aber das hier ist nicht unbedingt sicher, und gemütlich schon gar nicht. Ich will wieder nach Hause!

Als Schoki leise winselte, drehte Melanie sich zu ihr um. „Dir gefällt es hier im Auto nicht, oder? Mir auch nicht. War auch eine Schnapsidee, herzukommen, ich weiß. Aber was, wenn Alex etwas zugestoßen ist? Hat er nicht mal gesagt, dieses Gemeindehaus, oder was es auch sein mag, läge drüben im Wald? Was, wenn ein Baum auf sein Auto gefallen ist oder … ach, ich weiß doch auch nicht!“ Sie schluckte und versuchte, sich zu beruhigen. Am besten war es wohl, wenn sie wieder zurück nach Hause fuhr, denn sie fühlte sich ebenfalls alles andere als sicher. Das Auto war zum Spielball des Sturms geworden. Fast fürchtete sie, es könne abheben oder umgeworfen werden. Also fuhr sie ganz langsam zurück zum Kastanienweg. Sie war die Einzige weit und breit auf der Straße, natürlich. Wer sonst würde so verrückt sein, bei diesem Wetter sinnlos durch die Gegend zu fahren? Dennoch – sie wurde das Bild von einem verunglückten Alex vor ihrem inneren Auge nicht mehr los.

Auf Höhe des Dennersen-Hofes bremste sie scharf ab, denn ein Baum lag quer über der Straße. Elke und ihre Schwiegermutter standen daneben und sprachen heftig gestikulierend mit einem Mann in Feuerwehrmontur. Als Elke Melanie sah, kam sie winkend näher, am Ohr ein Handy, in das sie gleichzeitig sprach. Als sie den Wagen erreichte, schaltete sie das Mobiltelefon aus. „Du liebe Zeit, Melanie, was machen Sie denn bei diesem Wetter hier draußen? Kommen Sie, fahren Sie Ihren Wagen rasch in unsere Scheune, bevor noch ein Baum umkippt. Und dann kommen Sie mit ins Haus. Ach, Schoki haben Sie auch dabei. Dann mal los, ihr beiden, die Feuerwehr kommt gleich, um den Baum zu beseitigen. So lange müsst ihr eh warten." Sie lotste die etwas perplexe Melanie bis zur großen Scheune, in der bereits ein großer Traktor, ein Jeep und ein kleiner Unimog parkten. Sie stellte ihren Wagen daneben und half Elke, das schwere Tor zu schließen. Schoki drückte sich dabei dicht an sie und folgte ihnen dann bereitwillig zum Haus.

„Möchtest du einen Tee, Melanie? Ich sage jetzt einfach mal du. Immerhin sind wir Nachbarn."

„Danke, Elke, aber Sie … du brauchst dir keine Umstände zu machen."

„Was denn für Umstände?" Elke lachte fröhlich. „Tee gibt es bei uns rund um die Uhr. Lotti hat heute ihren guten Butterkuchen gebacken, davon nimmst du doch auch ein Stück, nicht wahr? Zum Glück haben wir wieder Strom. Im Frühjahr hatten wir einen Sturm, der war nicht so schlimm wie dieser, aber der Strom war fast sechs Stunden weg. Wir werden dann immer ganz nervös, weil unsere Melkanlage und die Kühlkammern in einem solchen Fall auf Notstrom geschaltet werden müssen. Und unsere Kühe stehen auch nicht gerne im Dunkeln. Den Schweinen und dem Federvieh macht das nichts aus, aber unsere Kühe und Kälber können ziemlich sensibel reagieren."

„Tatsächlich?“ Darüber hatte Melanie noch nie nachgedacht.

„O ja, und wie. Außerdem lieben sie Musik, vor allem Schlager oder die Hits der Siebziger und Achtziger. Deshalb haben wir immer das Schlager- und Oldie-Radio im Stall an.“

„Aha.“ Melanie nahm dankend den Teller entgegen, auf den Elke ein großzügiges Stück Butterkuchen gelegt hatte. „Danke.“

Gerade als Elke ihr Tee eingoss, kam Lotti herein und schüttelte sich demonstrativ. „Pfui, was für ein ekelhaftes Wetter! Jörn sagte, zwei seiner Kameraden seien bereits mit weiteren Motorsägen auf dem Weg. Es wird noch ein bisschen dauern, bis der Baum beseitigt ist. Hoffentlich fallen nicht noch mehr um. Drüben im Wald ist bestimmt der Teufel los.“ Sie setzte sich ebenfalls an den Tisch und goss sich von dem dampfenden Früchtetee ein. „Und Sie, Melanie, oder darf ich Du sagen? Gut. Was machst du denn mitten in der Nacht bei diesem Sturm auf der Straße?“

Melanie drehte verlegen ihren Teller hin und her. „Ich … war noch kurz unterwegs, um … etwas zu erledigen.“ Inzwischen kam sie sich vollkommen lächerlich vor.

„Etwas zu erledigen? Hatte das nicht Zeit bis morgen? Schätzchen, bei solchem Wetter verkriecht man sich besser hinter dem heimischen Ofen oder im Bett. Nicht wahr, Schoki, da stimmst du mir zu.“ Sie tätschelte die Hündin am Hals.

Ganz meine Meinung. Aber wenn Mel irgendwohin muss, begleite ich sie, ganz egal, ob es stürmt oder regnet oder die Welt untergeht.

„Siehst du, sogar Schoki hat genickt.“ Elke lachte. „Aber mal im Ernst, Ortsfremde unterschätzen die Gefahr solcher Stürme oft. Mich bringen bei solchem Wetter keine zehn Pferde vor die Haustür, wenn es nicht unbedingt sein muss. Im Haus bist du jedenfalls wesentlich sicherer als im Auto. Das würde Alex dir bestätigen, wenn er hier wäre.“

Lotti nickte und nahm sich ein Stückchen Kuchen. „Der Junge ist bestimmt ebenfalls ausgerückt, als der Alarm ging.“

„Was für ein Alarm?" Erstaunt und ein wenig erschrocken sah Melanie die ältere Frau an.

Lotti lächelte ihr zu. „Schon gegen neun Uhr ist der Feueralarm gegangen. Die Sirene hören wir hier meistens nicht, aber Bruno hat einen Pieper, über den er alarmiert werden kann. Wahrscheinlich sind er und Alex zusammen zum Einsatz gefahren, denn sie waren ja beide drüben im Gemeindehaus bei der Sitzung des Festausschusses."

„Ein Feuer?" Melanie musste diese Information erst verdauen.

„Eher vollgelaufene Keller und noch mehr umgestürzte Bäume. Wusstest du nicht, dass Alex bei der freiwilligen Feuerwehr ist?"

„Nein."

Da in diesem Moment erneut das Licht kurz aus-, aber gleich wieder anging, stand Elke auf und nahm eine Taschenlampe aus einer der Schubladen unter der Anrichte und legte sie auf den Tisch. „Das hätte er dir aber ruhig mal erzählen können. Ist ja nicht ganz unwichtig. Oder wart ihr zu beschäftigt mit … du weißt schon? Da vergisst man das Reden ja schon mal."

„Elke, also bitte!" Lotti kicherte.

Mel spürte Wärme in ihre Wangen schießen. „Ich nehme an, das Thema hat sich einfach noch nicht ergeben. Aber dann weiß ich jetzt wenigstens …"

„Was?" Zwei neugierige Augenpaare waren auf sie gerichtet, was sie noch verlegener machte.

„Na ja, er wollte mich heute Abend anrufen, nach der Sitzung des Festausschusses. Das hat er nicht getan und … na ja, ich habe mir ein bisschen Sorgen gemacht. Der Sturm und so."

„Warst du deshalb unterwegs?" Elke legte ihr einen Arm um die Schultern und drückte sie leicht an sich. „Ach, du Süße. Als ich frisch in Bruno verliebt war, bin ich genauso gewesen. Weißt du noch, Lotti? Ich habe mir furchtbar viele Gedanken gemacht, vor allem wenn er auf einem Einsatz war. Ganz davon weg bin ich heute noch nicht. Aber keine Angst, unsere Feuerwehr ist gut ausgerüstet und übt auch regelmäßig. Die Männer wissen schon, was sie tun."

„Und die Frauen auch." Lotti beugte sich ein wenig vor. „Inzwischen haben wir nämlich auch ein paar Feuerwehrfrauen. Für mich wäre das ja nichts. Ich backe lieber nur Kuchen oder helfe in der Küche beim Feuerwehrfest. Aber wer Spaß daran hat – warum nicht? Wichtig ist die Feuerwehr allemal."

Melanie nickte, weil das auch ihre Meinung war. Sie besaß großen Respekt vor Feuerwehrleuten. Dass Alex einer war, musste sie erst für sich einordnen. Sie wollte ihm nicht gleich Heldenstatus verleihen, aber es ließ sich nicht verhindern, dass die Gedanken an ihn ihren Herzschlag beschleunigten.

„Er wird sich schon noch melden. Bestimmt müssen sie die ganze Nacht von einem Einsatzort zum nächsten. Zu beneiden sind sie nicht. Die Sitzung ist bestimmt vertagt worden. Immerhin dürfte mindestens der halbe Vorstand durch den Alarm abgezogen worden sein."

„Alex' Handy leitet immer auf seine Mailbox." Jetzt kam sich Melanie noch dümmer vor, immer wieder versucht zu haben, ihn zu erreichen.

„Vermutlich ist der Akku leer. Die Feuerwehr besitzt zwar Funkgeräte, aber sie verständigen sich auch über die Handys, soweit möglich. Doppelt hält besser. Aber unterwegs das Handy aufzuladen dürfte schwierig werden." Noch einmal drückte Elke ihre Schulter, dann erhob sie sich erneut. „Ich gehe mal nach oben und sehe nach den Kindern. Vermutlich schlafen sie wieder mal alle zusammen in unserem Bett. Kinder, Katzen und Hunde." Nachsichtig lächelnd schüttelte sie den Kopf. „Ich sag dir, Melanie, ich dachte immer, ich hätte beides im Griff. Aber als der Sturm anfing, wollten die Kinder unbedingt, dass die Hunde und die Katzen bei ihnen oben schlafen. Ich konnte einfach nicht anders, als es ihnen zu erlauben. Und jetzt stehe ich schön da, ohne eigenes Bett und mit vier Kindern und lauter Fellnasen auf meiner guten Matratze."

„Ach Quatsch, lass sie doch. Wenn es die Kinder beruhigt."

Lotti winkte gutmütig ab. „Gewaschen hättest du die Bettwäsche doch sowieso am Wochenende. Alles halb so wild." Fröhlich blickte sie ihrer Schwiegertochter nach, dann wandte sie sich wieder an Melanie. „Möchtest du auch Kinder?"

Beinahe hätte sich Melanie verschluckt. An die unverblümte Art, wie die Leute hier in Lichterhaven Fragen der intimsten Art stellten – besonders Lotti und Elke –, würde sie sich bestimmt niemals gewöhnen. Und was in aller Welt sollte sie antworten? „Ich weiß nicht. Darüber habe ich noch nie nachgedacht." Das kam der Wahrheit am nächsten. Natürlich hatte sie solche Gedanken immer weitläufig umgangen. Schließlich wollte sie keine feste Beziehung, also waren Kinder gar nicht erst ein Thema, über das es sich nachzudenken lohnte. Jedenfalls hatte sie nicht die Absicht, es ihrer Mutter gleichzutun.

Lotti nickte erstaunlich verständnisvoll. „Kinder sind Fluch und Segen zugleich. Na ja, meistens eher ein Segen. Vor allem, wenn sie erst mal stubenrein sind."

Unwillkürlich musste Melanie lächeln. „Ich hatte nicht gerade das, was man eine einfache Kindheit nennt. Wir sind viel umgezogen, ich hatte keine richtigen Schulfreunde oder so. Das würde ich einem Kind nicht antun wollen."

„Musst du ja auch nicht. Jeder Mensch ist Herr über seine Entscheidungen. Na, Elke, was macht die Rasselbande?"

Elke war wieder zur Tür hereingekommen und lachte leise. „Schnarcht vielstimmig. Die dicke Eloise hält auf dem Fensterbrett Wache über alle." An Melanie gewandt erklärte sie: „Eloise ist Brunos Katze. Er hat sie vor fünf Jahren aus einem Kellergewölbe gerettet, das einzustürzen drohte. Sie, na ja, war ein bisschen zu groß und zu …"

„Dick." Lotti kicherte.

„Genau. Sie kam nicht mehr aus ihrem Versteck heraus. Bruno hat Stein für Stein abgetragen, um sie da herauszuholen. Seitdem liebt sie ihn abgöttisch. Wir nehmen an, dass jemand sie ausgesetzt hat, und seit dem Tag ihrer Rettung lebt sie bei uns … wie die Made im Speck."

Über das Heulen des Sturms hinweg hörte man in diesem Moment das Kreischen mehrerer Motorsägen. Lotti ging sofort wieder nach draußen, um nachzusehen, wie die Räumarbeiten vorangingen. Melanie spürte das Bedürfnis, ihr zu folgen, um in Erfahrung zu bringen, ob Alex unter den Feuerwehrleuten war. Doch sie riss sich zusammen. Sie würde nur im Weg stehen und ihn von der Arbeit abhalten. Außerdem sollte es nicht so aussehen, als würde sie ihm hinterherlaufen. Die vier oder fünf Anrufe in Abwesenheit, die er auf seinem Handy vorfinden würde, waren schon schlimm genug.

„Du kannst gerne bei uns auf der Couch übernachten, wenn du möchtest." Geschäftig stellte Elke die Kuchenteller zusammen und brachte sie zur Spüle. „Falls du das Unwetter nicht alleine aushalten willst."

Melanie spürte einen warmen Anflug von Dankbarkeit, schüttelte aber den Kopf. „Das ist nett von dir. Aber ich will dir keine Umstände machen."

„Machst du nicht, keine Sorge."

„Ich denke, es wäre besser, wenn ich zu H… drüben nach dem Rechten sehe."

„Wie du meinst. Aber dann lass dein Auto vorsichtshalber hier bei uns stehen. Nicht dass es von herumfliegenden Ästen beschädigt wird. Sybilla hat ihren Wagen, als sie noch einen hatte, auch bei schlechtem Wetter in unserer Scheune untergestellt. Sie wollte immer mal ein Carport oder eine Garage anbauen, aber irgendwie ist nichts daraus geworden. Uns macht es nichts aus, wenn du dein Auto bei uns lässt. Wir haben genügend Platz."

„Danke, das ist wahrscheinlich eine gute Idee. Wenn es euch wirklich nicht stört …?"

„Hey, wozu sind Nachbarn denn da, wenn nicht, um einander zu helfen?" Elke trat neben sie und tätschelte ihre Schulter. „Möchtest du noch einen Tee?"

KAPITEL 21

Alex war nicht unter den Feuerwehrleuten gewesen, die den umgestürzten Baum beseitigten. Lotti hatte Melanie diese Nachricht umgehend mitgeteilt, als sie wieder hereingekommen war, um Kuchen und Tee für die Männer zu holen. Melanie war es noch immer peinlich, dass Lotti und Elke sie so leicht durchschaut hatten und nun wussten, dass sie kopflos wie ein Teenager auf die Suche nach Alex gegangen – oder vielmehr gefahren – war. Aber da sie ihm nicht begegnet war, würde er zumindest nichts davon erfahren.

Sie blieb noch fast eine Stunde bei den beiden Nachbarinnen und lauschte deren Erzählungen von früheren Stürmen und spektakulären Feuerwehreinsätzen und erfuhr nebenbei auch wieder den neuesten Klatsch aus Lichterhaven. Inzwischen kannte sie sogar einige der Leute, von denen die Rede war, weil sie sie in der *Schatztruhe*, im *Möwennest* oder im Supermarkt kennengelernt hatte. Dass sie die Geschichten nun mit Gesichtern in Verbindung bringen konnte, gab ihr das ungewohnte Gefühl, dazuzugehören. Wenn auch nur – sozusagen – vom Spielfeldrand aus. Schließlich war sie nichts anderes als ein Gast im Ort.

Erst weit nach Mitternacht lag sie schließlich in ihrem Bett, Schoki zu ihren Füßen. Sie hatte ihr ausnahmsweise erlaubt, mit im Bett zu schlafen. Nicht nur, weil Schoki sie so unglaublich bittend angesehen hatte, dass sie gar nicht anders konnte, sondern auch, weil es ihr selbst ein sicheres, heimeliges Gefühl gab, ein Lebewesen in unmittelbarer Nähe zu spüren.

Am Morgen hatte der Wind deutlich nachgelassen, blies aber trotzdem noch recht kräftig und trieb immer wieder kurze Regenschauer vor sich her. Melanie und Schoki machten sich gegen halb acht auf ihren ersten Rundgang ums Haus und entdeckten, dass der Sturm die Dachrinne und ein Stück Fallrohr des Schuppens heruntergerissen hatte. Melanie fand beides ein gutes Stück entfernt auf der Wiese hinter ihrem Grundstück, auf der Schafe grasten. Obgleich sie die neugierig näher kommenden Tiere misstrauisch beäugte, schleppte sie die unhandliche Zinkrinne und das Rohr zurück zum Haus und wählte dann die Nummer auf Hinnerk Petterssons Karte, die sie mit einem Magnet an den Kühlschrank gepinnt hatte. Er versprach ihr, sich den Schaden noch im Lauf des Tages anzusehen, weil er sowieso in ihrer Nachbarschaft zu tun habe.

Erleichtert, dass die Dachrinne bald repariert werden würde, kehrte sie ins Haus zurück und setzte sich mit der Morgenzeitung, deren Abo sie erst zum Ende ihres Urlaubs gekündigt hatte, und einer Tasse Tee in die Küche. Schoki lag zu ihren Füßen und nagte hingebungsvoll an einem neuen Kauknochen, im Radio dudelte eine Ballade von Bryan Adams. Sie liebte den Song, der zum Soundtrack einer Robin-Hood-Verfilmung mit Kevin Costner gehörte. Als Mädchen hatte sie das Musikvideo mit Sequenzen aus dem Film unzählige Male auf MTV angeschaut. Ohne den Artikel vor sich wirklich wahrzunehmen, starrte sie auf die Zeitung und sang das Lied leise mit.

Als hinter ihr etwas raschelte, fuhr sie erschrocken von ihrem Stuhl hoch und wirbelte herum. Schoki bellte überrascht.

Hey, was ist denn jetzt los?

„Du singst ja wirklich besser, wenn du nicht dabei kicherst. Alle Achtung. Und außerdem wirst du allmählich zur echten Lichterhavenerin." Grinsend trat Alex auf Melanie zu und küsste sie. Dann legte er eine Tüte mit frischen Brötchen auf ihre Zeitung. „Du hast nämlich die Terrassentür nicht verschlossen. So können die Nachbarn oder abtrünnige Liebhaber problemlos vorbeischauen." Er zwinkerte ihr zu und zog sie an sich. „Tut mir leid, dass ich mich gestern nicht mehr gemeldet habe."

Melanies Herz raste. Vor Schreck genauso wie durch die plötzliche Nähe zu ihm. Kurz warf sie einen Blick auf Schoki, die sich erneut seelenruhig ihrem Kauknochen zugewandt hatte. „Du bist mir ja vielleicht eine Wachhündin."

Warum denn? Ist doch bloß Alex. Das Thema hatten wir doch

schon einmal. Über dessen Besuch freuen wir uns immer, oder etwa nicht? Außerdem bin ich gerade schwer beschäftigt.

„Sie weiß offenbar sehr gut zu unterscheiden, wen sie melden muss und wen nicht."

„Ja, oder der Kauknochen ist ihr wichtiger als meine Sicherheit."

Also so würde ich das nun wirklich nicht sagen. Ich weiß schon, was ich tue.

„Glaubst du, ich könnte dir gefährlich werden?" Amüsiert musterte er sie.

Ihr Herz beruhigte sich bei seinem intensiven Blick kein bisschen. Gefährlich war überhaupt kein Ausdruck für das, was er mit ihr anstellte. Sie schluckte nervös. „Was machst du denn hier? Musst du nicht in die Kanzlei?"

„Ich habe mir den Vormittag freigegeben. Die Nacht war ziemlich anstrengend."

„Dann solltest du ins Bett gehen und dich ausschlafen."

„Ins Bett gehen klingt gut." Er küsste sie noch einmal ganz kurz. „Aber an Schlafen denke ich gerade eher nicht. Außerdem hatte ich den Eindruck, dass ich gebraucht werde."

„Gebraucht?"

„Sechs Anrufe in Abwesenheit, Mel? Und zwei auf meinem Festnetz. Das klingt für mich nach einem Hilferuf."

„Ich habe keine Hilfe gebraucht. Ich war nur …"

„Besorgt?"

Melanie spürte, wie sie rot wurde. Jetzt bei Tageslicht war ihr die Sache noch viel peinlicher als gestern bei Elke und Lotti. Rasch machte sie sich von Alex los und tat, als müsse sie dringend die Spülmaschine ausräumen. „Ich bin keines dieser klammernden, überbesorgten Weibchen, die es keine fünf Minuten aushalten, ohne in Erfahrung bringen zu müssen, wo ihre Männer sich gerade aufhalten."

„Mel?"

„Falls du also befürchtest, ich würde dir jetzt dauernd nachlaufen oder hinterhertelefonieren …"

„Mel, ich habe bereits gehört, dass du nach mir gesucht hast."

Entsetzt hielt sie mitten in der Bewegung inne. Ihre Finger schlossen sich so fest um den Rand der Müslischüssel, dass sich ihre Knöchel weiß unter der Haut abzeichneten. „Oh. Wie …?"

„Ich traf Hinnerk eben beim Bäcker. Er sagte, dass er später noch bei dir vorbeifahren wolle, um nach der heruntergerissenen Dachrinne zu sehen. Er hat außerdem erzählt, dass er ganz früh schon einen Anruf von Elke Dennersen erhalten hätte, weil bei ihnen wohl auch ein paar Sachen durch den Sturm beschädigt wurden."

Melanie schloss in einem Anflug von Verzweiflung die Augen. „Und Elke hatte nichts Besseres zu tun, als ihm zu erzählen, dass sie mich gestern Abend praktisch von der Straße aufgelesen hat."

„So in der Art, ja."

„Ich wandere aus."

„Warum?" Seine Stimme klang erheitert. „Weil Elke eine notorische Plaudertasche ist? Sie meint es nicht böse. Eigentlich bin ich ihr dankbar, denn sie hat sich offenbar gut um dich gekümmert."

„Jetzt halten mich alle für eine hysterische Ziege." Vorsichtig stellte Melanie die Schüssel auf der Anrichte ab, wandte Alex aber weiterhin den Rücken zu. Ihre Wangen brannten, sie kam sich wie eine komplette Idiotin vor.

„Zufällig mag ich diese bestimmte hysterische Ziege."

„Mach dich nicht lustig. Ich weiß selbst, wie idiotisch das war. Ich bin sonst wirklich nicht so, das musst du mir glauben."

„Schatz?"

„Ich habe nicht vor, dir nachzulaufen, und auch nicht, dich irgendwie einzuengen oder …"

„Melanie!"

Sie spürte, wie er dicht hinter sie trat, und versteifte sich. Davon ließ er sich aber nicht beeindrucken, sondern drehte sie trotz ihres Widerstands mit sanfter Gewalt um. Sie wich seinem

Blick aus, doch er umfasste ihr Kinn und hob ihren Kopf, bis ihr nichts anderes übrig blieb, als in seine Augen zu sehen. Einen Moment lang stockte ihr der Atem, und ein seltsamer Stich durchfuhr sie. „Ich will wirklich nicht …"

„Es ist okay, Mel." Mit dem Daumen strich er sachte über ihre Kinnlinie. „Du brauchst dich weder zu rechtfertigen, noch muss dir irgendetwas peinlich sein. Du warst in Sorge. Bei dem Sturm gestern ist das nachvollziehbar. Ich hätte mich melden sollen, wollte ich auch, aber mein Handy-Akku war leer, und ich hatte keine Gelegenheit, ihn irgendwo aufzuladen. Jörn hat uns außerdem ganz schön auf Trab gehalten. Er ist unser Wehrführer. Ein paar Jahre jünger als ich, aber was die Feuerwehr angeht, gibt es kaum einen kompetenteren Mann. Er hatte uns generalstabsmäßig in Gruppen aufgeteilt, und wir sind von Einsatzort zu Einsatzort gefahren. Bis um drei Uhr in der Nacht, danach bin ich einfach nur noch ins Bett gefallen. Hätte ich gewusst, dass du so in Sorge warst, hätte ich dich noch angerufen. Tut mir wirklich leid."

„Muss es nicht. Ich habe vollkommen überreagiert." Sie schluckte, weil ihre Stimme so dünn klang.

„Hast du nicht."

„Doch, habe ich. Es war viel zu gefährlich, bei dem Unwetter mit dem Auto durch die Gegend zu fahren."

„Da widerspreche ich dir nicht. Aber Mel?"

„Hm?" Sie konnte sich seinem Blick einfach nicht entziehen, obwohl alles in ihr zu flattern und zu beben schien. „Wenn ich in der Situation gewesen wäre und nicht gewusst hätte, wo du steckst, hätte ich das Gleiche getan."

„Hättest du?"

„Ganz sicher. Ich hätte jeden Stein in und um Lichterhaven umgedreht, bis ich dich gefunden hätte."

„Aha." Ein beunruhigendes, warmes Gefühl durchströmte sie. „Ich habe ziemlich schnell wieder kehrtgemacht."

„Was dein Glück war. Gegen Mitternacht gab es nämlich sogar einen kleinen Tornado drüben am Waldrand. An zwei

Wohnhäusern hat er die Dächer abgedeckt, und ein Auto ist unter einem umstürzenden Baum begraben worden."

„Um Gottes willen!" Entsetzt starrte sie ihn an. „Wurde jemand verletzt?"

„Nein, zum Glück alles nur Sachschäden."

„Ich hätte einfach zu Hause bleiben sollen. Ich bin ein dummes Huhn."

„Mag sein." Lächelnd küsste er sie erneut. „Aber damit kann ich leben. Falls irgendwo die Sprache darauf kommen sollte, kann ich dich zumindest damit verteidigen, dass du *mein* dummes Huhn bist. Oder vielleicht doch eher mein verrücktes Huhn."

„Dein?" Das Wort bereitete ihr eine Gänsehaut, von der sie nicht genau wusste, ob sie sie als angenehm oder als furchterregend einstufen sollte.

„Na ja, Hinnerk bezeichnet dich sowieso überall schon als meine Zukünftige. Da kann ich dir auch gleich einen Kosenamen verpassen, *Hühnchen*."

„Ich bin kein Hühnchen!"

„Du hast dich eben noch selbst so bezeichnet."

Sie verdrehte die Augen. „Du weißt genau, wie das gemeint war."

Er zog sie wieder in seine Arme und streichelte ihr sanft übers Haar. „Ich weiß nur, dass mir ein Hühnchen, ob nun dumm oder verrückt, wesentlich lieber ist als die distanzierte und unnahbare Melanie, die vor drei Wochen hier angekommen ist. Die war zwar schon verdammt heiß und hat mich fasziniert, aber in das verrückte Hühnchen habe ich mich verliebt."

„Alex …" Ihr Herzschlag beschleunigte sich erneut, und sie verspürte das dringende Bedürfnis, die Flucht zu ergreifen.

Das ließ er jedoch nicht zu. „He, he, hiergeblieben. Entspann dich, Melanie. Ich habe dir nicht mit dem Tod gedroht, also besteht kein Grund zum Davonlaufen. Ich erwarte keinerlei Antwort von dir darauf oder irgendeine Reaktion. Aber ich dachte, du solltest es wissen, nur für den Fall, dass du irgendwann noch einmal glaubst, wegen irgendetwas verlegen sein zu müssen. Das brauchst du nicht. Ich bin für dich da und ich freue mich, dass du mich um dich sorgst. Das bedeutet nämlich, dass ich dir auch nicht ganz gleichgültig bin."

„Das habe ich auch nie behauptet." Ihre Worte klangen dumpf, weil sie ihr Gesicht gegen seine Schulter gepresst hatte.

„Gut." Er drückte seine Lippen auf ihr Haar. „Wie wäre es dann jetzt mit einem gemütlichen Frühstück? Oder musst du gleich in den Laden?"

Sie schluckte ein paarmal, um ihre Stimme unter Kontrolle zu bringen. Den Aufruhr in ihrem Herzen bekam sie damit allerdings nicht in den Griff. „Ich kann Deana anrufen und ihr Bescheid sagen, dass ich ein bisschen später komme."

KAPITEL 22

Nachdem es den gesamten Samstag über kühl und windig gewesen war, kam am Sonntag die Sonne wieder hervor und brachte das Sommerwetter zurück. Melanie beschloss deshalb, sich im Garten zu beschäftigen, in dem nach den ergiebigen Regenfällen das Unkraut überhand zu gewinnen begann. Alex bot ihr an, ihr zu helfen, doch da er ebenfalls nur am Wochenende Zeit für die Renovierung seines Hauses hatte, lehnte sie ab und bestand darauf, dass er sich um sein Anwesen kümmerte. Seinen Vorschlag, am Abend gemeinsam zu essen, nahm sie jedoch gerne an. Sie verbrachten sowieso inzwischen fast jede freie Minute miteinander.

Obwohl seine Liebeserklärung sie nach wie vor verunsicherte, fühlte sie sich in seiner Gegenwart so wohl wie bei niemandem sonst. Abgesehen vielleicht von Christina, die täglich bei ihr vorbeischaute, meistens auf einen kurzen Plausch bei Eistee oder Limonade. Oder Deana, mit der sie inzwischen richtig gerne zusammenarbeitete. Oder Lotti und Elke, die ihr stets fröhlich zuwinkten, wenn sie an ihrem Hof vorbeiging oder -fuhr. Auch die beiden waren immer gerne für ein Schwätzchen zu haben. Aber das war etwas anderes. Das waren alles Freundschaften, die sich irgendwie ergeben hatten. Alex hingegen … Sie wusste nicht, was sie für ihn empfand. Sie hatte ja überhaupt nicht vorgehabt, Gefühle für ihn zu entwickeln, und nun kämpfte sie dagegen an, dass sie sich womöglich vertieften und die ganze Angelegenheit noch mehr verkomplizierten.

Dabei konnte es eigentlich kaum noch komplizierter werden. Er war in sie verliebt, und sie war unfähig, das Wort Liebe auch nur zu denken, geschweige denn auszusprechen.

Inkompatibel, dachte sie. Wir sind absolut inkompatibel. Trotzdem genoss sie seine Nähe, seinen Humor und seine bodenständige, ungekünstelte Art. Nun ja, und der sexuellen Anziehung, die von ihm ausging, konnte sie sich erst recht nicht entziehen.

Sie schleppte gerade einen Sack Erde aus dem Schuppen zur Terrasse, als Schoki fröhlich bellend ums Haus zum Gartentor rannte.

Besuch, Besuch, da ist Besuch! Wie schön, hallo, kommt doch herein!

Wenig später tauchten Anke und Evelyne auf, die offenbar mit ihren Fahrrädern gekommen waren. Beide trugen eckige Fahrradkörbe bei sich; einer gefüllt mit Gartenutensilien und -handschuhen, der andere enthielt etwas, das in Alufolie eingewickelt war. Vermutlich Kuchen.

„Du liebe Zeit, da kommen wir ja gerade richtig!" Anke stellte ihren Korb rasch auf der Terrasse ab und half Melanie beim Schleppen des Sacks. „Huch, Schoki, pass auf, wohin du läufst! Ich möchte dir nicht auf die Pfoten treten."

Keine Sorge, ich passe schon auf. Ich freue mich doch nur so, euch wiederzusehen. Ihr wart so lange weg.

„Ich freue mich auch, dich wiederzusehen, meine Süße."

Nachdem der Sack abgestellt war, ging Anke in die Hocke, um Schoki gebührend zu begrüßen.

In der Zwischenzeit war auch Evelyne näher gekommen, stellte ihren Korb neben den von Anke und streichelte die Hündin ebenfalls. „Meine Güte, was ist denn mit der Dachrinne am Schuppen passiert? War das der Sturm von neulich?"

Melanie nickte. „Ja, leider. Hinnerk Pettersson will am Dienstag kommen und sie reparieren. Er wollte schon vorgestern damit anfangen, aber er hat kein passendes Fallrohr mehr bekommen. Anscheinend war die Nachfrage nach dem Unwetter überall so groß, dass die Baumärkte erst nachordern mussten."

„Kein Wunder. Wir haben in den Nachrichten gehört, wie schlimm es hier war. In Hamburg hat man von dem Sturm kaum noch etwas gemerkt. Nicht wahr, Anke, da wehte höchstens ein kräftiger Wind, mehr aber auch nicht."

„Du hast recht, wir hatten Glück in Hamburg. Hier an der Küste ist das Wetter immer unberechenbar, daran gewöhnst du dich aber, Melanie." Anke lächelte ihr mütterlich zu. „Du erlaubst doch, dass wir zum Du übergehen? Es redet sich so viel leichter. Du wirst sicherlich schon bemerkt haben, dass wir hier in Lichterhaven nicht so förmlich sind. Jedenfalls nicht unter Freunden."

„Ähm, ja, gerne, von mir aus können wir Du sagen." Ein wenig merkwürdig kam sich Melanie vor, denn sie war immer noch dabei, sich zu wundern, dass die beiden Frauen überhaupt hier aufgetaucht waren. „Entschuldigt, aber ich hatte nicht mit Besuch gerechnet."

„Da gibt es nichts zu entschuldigen. Immerhin haben wir uns einfach selbst eingeladen." Evelyne tätschelte Melanies Arm. „Wir dachten, du könntest ein bisschen Hilfe im Garten gebrauchen, weil du doch neulich erwähntest, dass du mit Pflanzen und Gartenarbeit nie viel am Hut hattest. Und jetzt besitzt du plötzlich diesen wunderschönen großen Garten, der natürlich gepflegt werden will. Man sagt, der Garten will seinen Herrn jeden Tag sehen. Nun ja, in den vergangenen Tagen war das Wetter ja ausgesprochen mies, aber du siehst gleich, dass das Unkraut diese Gelegenheit nutzt, um die Oberhand zu gewinnen. Also machen wir uns mal daran, Sybillas Werk auf Vordermann zu bringen. Gemeinsam macht die Arbeit einfach noch mal so viel Spaß."

„Das ist wirklich nett von Ih… von euch, aber ich kann doch nicht verlangen, dass ihr einfach so in meinem Garten arbeitet. Ihr habt doch selbst ein großes Grundstück."

„Ach, dann revanchierst du dich einfach bei Gelegenheit mal. Wo ist das Problem?"

Ja, wo war das Problem? Offenbar sahen weder Anke noch Evelyne eines. Doch Melanie war es nicht gewohnt, dass Fremde oder flüchtige Bekannte ihr so einfach ohne Wenn und Aber zur Hand gingen.

„Nun mach nicht so ein Gesicht, Melanie." Anke stieß sie sanft mit dem Ellenbogen an. „Wir helfen dir gern, wirklich. Und es gibt uns die Gelegenheit, einander ein bisschen besser kennenzulernen. Wie wir hörten, sind du und Alex in der letzten Zeit regelrecht unzertrennlich gewesen."

„Woher …? Ach, vergesst es. Die Buschtrommeln scheinen ja wirklich alle Neuigkeiten rasend schnell zu verbreiten. Ihr seid doch noch gar nicht lange wieder zurück." Melanie kämpfte gegen eine erneute Welle der Verlegenheit an. Immerhin standen hier Alexanders Mutter und Großmutter vor ihr.

„Lange genug, um über alle wichtigen Geschehnisse informiert zu werden." Evelyne lachte und griff nach einem Paar Gartenhandschuhen. „Dazu muss man nur einmal zur Bäckerei, zum Metzger und in die Drogerie gehen."

„Oder die richtigen Leute auf der Straße treffen." Anke kicherte. „Dabei fängt man dann auch gleich noch die schönsten Gerüchte auf. Aber damit wollen wir dich jetzt überhaupt nicht quälen. Erzähl uns lieber, wie du und Schoki miteinander ausgekommen seid."

Wir beide? Wir sind ein Dreamteam! Ich liebe Mel, und sie mich auch. Jawohl. Das weiß ich ganz genau.

Melanie streichelte automatisch über Schokis Kopf, als diese sich beim Klang ihres Namens erhob und an sie drückte. „Es ging einfacher, als ich dachte. Schoki ist wirklich lieb."

O ja, bin ich. Danke, dass du es mal aussprichst. Du bist auch lieb.

„Sie scheint dich ja sehr gern zu haben." Evelyne schmunzelte, als Schoki sich praktisch auf Melanies Füße setzte und sie anhimmelte. „Offenbar hat sie dich als ihr neues Frauchen adoptiert."

Habe ich. Absolut.

Melanie biss sich auf die Unterlippe. „Ich weiß, ich sollte eigentlich nur ein paar Tage auf sie aufpassen, aber … Ich habe mich ziemlich schnell an sie gewöhnt. Leider weiß ich noch nicht, wie das werden soll, wenn ich nach Köln zurückkehre …"

„Ach, das zu entscheiden, hat doch noch ein bisschen Zeit, Melanie." Gelassen winkte Anke ab. „Wo ein Wille ist, ist auch immer ein Weg, du wirst schon sehen. Wenn du Schoki behalten möchtest, würden wir uns sehr freuen. Ich bin sicher, sie hat es sehr gut bei dir. Sieh nur, wie sie dich anschaut. Ganz verliebt."

Bin ich ja auch. Mel ist mein absoluter Lieblingsmensch auf der ganzen Welt. Na ja, Alex mag ich auch sehr und Christina und dich und Evelyne und … Euch alle. Aber Mel ist Mel. Meine Mel.

Schokis freudiges Wedeln und das breite Hundelächeln brachten alle zum Lachen.

„Ich schwöre, sie versteht jedes Wort." Melanie schüttelte amüsiert und verwundert zugleich den Kopf.

Natürlich tue ich das! Warum sollte ich auch nicht?

„Sie ist eben eine sehr kluge Hündin." Inzwischen hatte Evelyne sich auch noch eine Gartenschürze umgebunden und sah sich eingehend im Garten um. „Ich mache mich mal an die Blumenbeete. Da wuchert der Löwenzahn wie verrückt. Anke, aus der Vogelmiere im Gemüsebeet könnte man einen Salat für zehn Personen bereiten."

„Du hast recht." Anke griff ebenfalls nach einem Paar Gartenhandschuhen. „Hast du schon mal Salat mit Vogelmiere probiert, Melanie? Nicht? Das ist sehr lecker. Evelyne hat so ein Wildkräuterkochbuch zum letzten Geburtstag geschenkt bekommen. Seitdem kriegen wir immer mal wieder Salat mit Vogelmiere, Löwenzahn und Gänseblümchen vorgesetzt. Schmeckt hervorragend."

„Die Blüten der Kapuzinerkresse sind auch nicht zu verachten." Evelyne, die sich bereits im Blumenbeet zu schaffen machte, drehte sich kurz zu ihnen um und deutete auf die zarten Ranken, die sich am Gartenzaun entlangwanden. „Bis sie blühen, dürfte es nicht mehr lange dauern. Mitte Juli müsste es spätestens so weit sein, und dann hast du bis zum Frost Freude daran. Sie sehen toll aus und schmecken gut. Ich habe sogar gelesen, dass man die Samen im Herbst wie Kapern einlegen kann. Das werde ich auch mal versuchen. Ist bestimmt eine tolle Alternative, wenn ich meine berühmten Königsberger Klopse mache."

So plauderten sie eine ganze Weile fröhlich und unbefangen miteinander. Während Evelyne und Anke Unkraut jäteten, füllte Melanie die Erde aus dem Sack in zwei Gartenkübel und pflanzte die beiden kleinen Heidelbeersträucher hinein, die Lotti ihr gestern geschenkt hatte. Danach kappte sie Geiltriebe an den Beerensträuchern beim Zaun, wie sie es in einer von Sybillas Gartenzeitschriften gesehen hatte, und verteilte noch einmal gehäckseltes Stroh, das sie von Elke bekommen hatte, als Mulch zwischen den Erdbeeren. Einige der leuchtend roten Früchte waren inzwischen reif. Sie legte sie in eine hölzerne Schale und freute sich am intensiven Erdbeerduft, der von ihnen ausging.

„Die könntest du heute Abend als Nachtisch mit Sahne servieren." Ankes Vorschlag ließ Melanie überrascht den Kopf heben. „Alex erwähnte heute Morgen, dass er vorhat, Steaks zu grillen. Das kann er besonders gut, wie du ja weißt. Erdbeeren mit Sahne passen als Nachtisch immer, aber ganz besonders, wenn es um Alex geht. Er hat eine Schwäche dafür." Sie blinzelte Melanie vielsagend zu.

„Tatsächlich?" Melanie räusperte sich, als ihr der Ausflug auf dem Segelboot einfiel, bei dem unter anderem auch Erdbeeren mit im Spiel gewesen waren. „Äh, ja, stimmt, er isst sie wohl recht gerne."

„Ganz zu schweigen davon, dass man sich damit herrlich gegenseitig füttern kann." Evelyne erhob sich und reckte sich ein wenig. „Mein Kreuz ist auch nicht mehr das, was es mal war. Was soll's. Jedenfalls, als Norbert und ich frisch verheiratet waren, haben wir uns oft gegenseitig mit Erdbeeren gefüttert. Mit und ohne Sahne. War das romantisch! Manchmal auch, wenn wir spazieren gingen, mit Walderdbeeren. Die sind zwar winzig klein, aber oft viel aromatischer als die gezüchteten. Ich halte Erdbeeren seitdem ja auch für ein Aphrodisiakum."

„Evelyne!" Halb empört, halb erheitert schüttelte Anke den Kopf. „Was erzählst du denn da?"

„Warum?" Evelyne hatte eine Unschuldsmiene aufgesetzt, die ihre Schwiegertochter zum Lachen reizte. Auch Melanie musste schmunzeln. „Wir sind doch alle erwachsen, oder etwa nicht? Oder glaubst du vielleicht, Alex und diese hübsche junge Frau hier verbringen ihre Zeit nur damit, Händchen zu halten und den Sonnenuntergang zu bewundern?"

Abwehrend hob Anke beide Hände, lachte dabei aber herzlich. „Womit die beiden ihre Zeit verbringen, ist ganz allein ihre Sache. Das geht uns überhaupt nichts an. Hauptsache ist doch, dass sie glücklich miteinander sind. Das seid ihr doch, nicht wahr, Melanie?"

Die Frage traf sie vollkommen unerwartet. Was sollte sie darauf antworten? War sie glücklich mit Alex? War das überhaupt eine Option, die für sie infrage kam? Glücklich sein mit einem Mann?

Ehe sie etwas sagen konnte, fuhr Marcos' Wagen vor und hielt nach einem kurzen Hupen. Schoki, die sich im Schatten eines Stachelbeerstrauchs ausgestreckt hatte, kam mit einem Satz auf die Füße und rannte bellend zum Tor.

Noch mehr Besuch! Silvana und Marcos, kommt rein. Was habt ihr denn da mitgebracht? Das riecht wie Kuchen. Lecker. Anke und Evelyne haben auch schon welchen mitgebracht, Wenn ihr jetzt so viel davon habt, kriege ich doch bestimmt auch was ab, oder? Bitte, bitte. Der riecht so lecker!

„Hey, Vorsicht, Schoki, du wirfst mich ja um! Nein, das ist nicht für dich." Silvanas fröhliches Lachen erklang, als sie versuchte, sich an der aufgeregten Hündin vorbei zum Garten vorzuarbeiten.

Marcos folgte ihr auf dem Fuße und nahm ihr schließlich den in Papier von der örtlichen Bäckerei gewickelten Kuchen ab, bevor er ihr aus den Händen rutschen konnte. „Nanu, da scheinen wir ja mitten in die größte Gartenarbeit hineinzuplatzen." Er nickte den Frauen freundlich zu. „Marcos Costales. Guten Tag, die Damen."

„Hallo, Marcos, hallo, Mama, was für eine Überraschung."

Melanie hatte nicht damit gerechnet, dass die beiden heute hier aufkreuzen würden. „Ich dachte, ihr wolltet nach Sankt Peter-Ording rüberfahren."

„Wir haben uns kurzfristig anders entscheiden." Silvana nahm sie strahlend in die Arme und drückte sie, dann wandte sie sich den beiden anderen Frauen zu. „Guten Tag, Frau Messner. Vielleicht erinnern Sie sich noch an mich?" Sie streckte die Hand aus, die Anke sogleich mit herzlichem Lächeln ergriff.

„Selbstverständlich erinnere ich mich, Silvana. Und ich weiß auch noch genau, dass wir schon mal bei den Vornamen angekommen waren. Auch wenn es schon ziemlich lange her ist. Sie sehen gut aus. Und das ist also Ihr frisch gebackener Ehemann? Da sind ja wohl noch Glückwünsche angebracht."

„Danke." Silvana hakte sich bei Marcos unter. „Schatz, das sind Anke Messner, die Mutter von Alex, und ihre Schwiegermutter Evelyne. Nicht wahr, den Namen habe ich mir doch korrekt gemerkt?"

„Haben Sie." Auch Evelyne schüttelte ihr die Hand. „Willkommen zurück in Lichterhaven."

„Ich war schon viel zu lange nicht mehr hier." Mit einem leichten Achselzucken sah Silvana sich im Garten um. „Ihr seid ja richtig fleißig, da kommt eine kleine Pause doch bestimmt wie gerufen, oder? Oh, ich sehe, dass ihr schon Kuchen habt."

„Das macht doch nichts, wir schneiden die Stücke einfach kleiner, dann können wir von beidem etwas probieren." Anke winkte lachend ab. „Oder noch besser, einer von uns geht rasch rüber zu Alex und sagt ihm Bescheid. Bestimmt hat er auch nichts gegen eine Pause mit Kaffee und Kuchen."

„Alex? Ist er denn in der Nähe?" Suchend sah Silvana sich um.

Evelyne nickte. „Er ist drüben im Birkenweg in seinem Haus und vermutlich dabei, Wände aufzustemmen oder Böden zu verlegen."

„Ach ja, Melli hat mir erzählt, dass er Ihr ehemaliges Wohnhaus gekauft hat und renoviert." Fröhlich schüttelte Silvana ihr Haar. „Ich muss schon sagen, Anke, Ihr Sohn hat sich gemacht. Anwalt, handwerklich begabt und gut aussehend, dass es einem den Atem verschlägt. Sie müssen unglaublich stolz auf ihn sein. Wenn ich daran denke, wie oft ich mich damals bei Ihnen beschweren musste, weil er Melli mal wieder gepiesackt hatte. Ich hoffe, das ist heute nicht mehr notwendig." Sie stieß Melanie scherzhaft an. „Das mit dem Piesacken hat sich wohl ein für alle Mal erledigt, oder? Obwohl einen die Männer ja schon manchmal auf die Palme bringen können. Aber ich glaube, Alex ist schon recht, so wie er ist. Nicht wahr?"

Melanie antwortete lieber nicht darauf, sondern entschuldigte sich, um rasch Kaffee und Tee aufzusetzen. Als sie nach einigen Minuten mit den vollen Kannen nach draußen zurückkehrte, hatten sich die Frauen bereits um den Tisch gesetzt und plauderten angeregt miteinander. Sie sah sich suchend um. „Wo ist denn Marcos?"

„Oh, er hatte die Idee, uns einen netten Frauen-Kaffeeklatsch zu ermöglichen. Er hat ein paar Stücke Kuchen mitgenommen und geht hinüber zu Alex, um sich das Haus anzusehen und ein bisschen mit ihm zu fachsimpeln." Silvana klopfte einladend auf die Sitzfläche des Gartenstuhls neben sich. „Komm, mein Schatz, setz dich. Wir schwelgen gerade in Erinnerungen. Weißt du noch, unser erster Ausflug ins Watt? Das war vielleicht was, sage ich Ihnen. Melli hatte sich eine Tüte mitgenommen, weil sie Muscheln sammeln wollte. Das hat sie dann auch, aber fragen Sie nicht, wie viele! Sie hat sich regelrecht damit abgeschleppt, aber glauben Sie, sie hätte auch nur eine Muschel liegen lassen wollen? Selbst die, die zerbrochen waren, mussten unbedingt mit in die Tüte."

Melanie nickte. „Natürlich erinnere ich mich. Das war, als ich mir den Fuß verletzt habe. An einer Glasscherbe oder so was."

„Stimmt, ich musste dich den ganzen Weg zurück tragen."

Lachend goss Silvana den anderen Tee ein. Sie selbst nahm Kaffee. „Aber glauben Sie nur ja nicht, dass die Kleine die Muscheln zurückgelassen hätte. Nein, die mussten mit, auf Gedeih und Verderb. War ich vielleicht sauer!"

„Du hast mich doch die ganze Zeit getröstet." Verblüfft sah Melanie ihre Mutter von der Seite an.

„Natürlich habe ich das. Du hast geweint und geblutet. Was sollte ich denn machen? Du konntest ja nichts dafür, dass die Scherbe da lag. Aber trag du mal eine Neunjährige über einen Kilometer übers Watt. Ich bin fast zusammengebrochen. Und du hast dich wie eine Ertrinkende an diese Muscheltüte geklammert, die mir dauernd im Weg war." Silvana streichelte ihr kurz mit den Fingerspitzen über die Wange. Eine Geste, die Melanie noch aus ihrer Kindheit kannte. „Später, als dein Fuß verarztet war, haben wir dann mit Sybilla zusammen die schönsten Muscheln herausgesucht, und du hast sie in einem Fantasiemuster auf eine Holzplatte geklebt, die Sybilla für dich gefunden hat. Das Bild habe ich heute noch."

„Wirklich?" Melanie traute ihren Ohren kaum. „Wo denn? Ich dachte, das hättest du längst entsorgt."

„Entsorgt? Das Kunstwerk meiner Tochter? Ich habe alle deine Bilder und Bastelarbeiten aufgehoben. Sie sind im Moment noch in meinem Kellerabteil von meiner alten Wohnung. Aber wenn ich endlich alle meine Habseligkeiten in Marcos' Haus gebracht habe, werde ich die Kiste mit den alten Schätzen mal in Ruhe durchsehen."

„Ich hätte nicht gedacht, dass du sie behalten hast." Melanie war geradezu erschüttert.

„Melli, wenn du selbst mal Kinder hast, wirst du begreifen, dass man sich von solchen Schätzen niemals trennt, wenn man nicht dazu gezwungen wird." Silvana wandte sich an Anke und Evelyne. „Stimmen Sie mir da nicht zu?"

„O ja, absolut." Anke nickte ernst. „Ich habe auch noch alles, was meine Kinder mir mal geschenkt haben. Sogar die manchmal recht wunderlichen Muttertagsgeschenke."

„Da sagst du was!" Evelyne lachte. „Weißt du, was dein Mann mir mal zu Muttertag geschenkt hat? Da muss er zehn oder elf Jahre alt gewesen sein ..."

Melanie lehnte sich in ihrem Gartenstuhl zurück und lauschte verblüfft dem Gespräch der drei Frauen, die sich auf Anhieb so gut verstanden, als wären sie sich nicht zuletzt vor zwanzig Jahren begegnet, sondern seit Ewigkeiten beste Freundinnen. Gleichzeitig dachte sie an den Spaß, den sie gehabt hatte, als sie jenes Muschelbild geklebt hatte. Sie hatte keine Hilfe von den Erwachsenen annehmen wollen, und Tante Sybilla hatte das fertige Werk in den höchsten Tönen gelobt und sie eine kleine Künstlerin genannt.

Sie selbst sah sich nicht als künstlerisch begabt, aber vielleicht sollte sie mal wieder ein paar Muscheln sammeln und ein kleines Mobile daraus basteln. So eines, wie sie es in der Gartenzeitschrift gesehen hatte ...

KAPITEL 23

Das ruhige, warme Sommerwetter war erstaunlich beständig und lockte in den folgenden beiden Wochen neben den in Lichterhaven untergekommenen Touristen auch viele Tagesausflügler aus der Umgebung an. *Sybillas Schatztruhe* wurde von ihnen gut frequentiert, was dazu führte, dass sich das Warenlager zusehends leerte.

Zunächst hatte Melanie versucht, nicht weiter darüber nachzudenken, und die Dinge einfach ihren Lauf nehmen zu lassen. Sie hatte inzwischen richtig Spaß an der Arbeit im Laden, verbrachte ihre Freizeit entweder mit Schoki und Christina oder in ihrem Garten. Alex hatte sich angewöhnt, abends nach der Arbeit bei ihr vorbeizukommen. Entweder gingen sie dann noch aus oder aßen eine Kleinigkeit in ihrer Küche. Manchmal kochte er, ab und zu aber auch sie. In den Nächten genossen sie ihre gegenseitige Nähe. Wurden nicht müde, einander zu erforschen und das Feuer zu schüren, das jedes Mal zwischen ihnen aufflammte, sobald sie zusammen waren.

An den wenigen Abenden, die Melanie allein verbrachte, weil Alex zu einer Sitzung oder einer Feuerwehrübung musste, vertrieb sie sich die Zeit mit Lesen oder langen Spaziergängen auf dem Deich.

Ihre Mutter und Marcos waren inzwischen wieder abgereist, jedoch nicht ohne zu beteuern, dass sie spätestens im kommenden Sommer erneut herkommen und einen Teil ihres Urlaubs in Lichterhaven verbringen würden.

Obwohl die beiden ausgesprochen glücklich miteinander zu sein schienen, war Melanie skeptisch, ob dieser Plan verwirklicht werden würde. Sie gönnte ihrer Mutter alles Glück der Welt, doch ohne, dass sie es wollte, stiegen trotzdem die Zweifel in ihr auf, ob Silvana es wohl lange genug mit ihrem neuen Ehemann aushalten würde, um den nächsten gemeinsamen Sommerurlaub überhaupt zu erleben. Vielleicht tat sie ihrer Mutter damit unrecht, doch jahrzehntelange Erfahrungen auf diesem Gebiet hatten Melanie geprägt. Sie konnte aus ihrer Haut nicht heraus und glaubte auch nicht an Wunder. Deshalb hatte sie die überschwänglichen Versprechungen, die Silvana ihr und auch Anke, Alex und seiner Großmutter gegenüber gemacht hatte, geflissentlich ignoriert und den beiden nicht mehr und nicht weniger als alles Gute gewünscht. Dies allerdings von ganzem Herzen.

Das Ausklammern aller Gedanken, die sich um ihre bevorstehenden Entscheidungen drehten, funktionierte gut, weil weder Alex noch sonst jemand sie darauf ansprach. Alle schienen die Situation einfach so zu nehmen, wie sie war.

Als sich jedoch eine weitere Woche dem Ende zuneigte, empfing Deana sie eines Morgens im Laden mit ernster Miene. „Guten Morgen, Melanie." Ganz gegen ihre Gewohnheit schloss sie die Tür wieder ab, obwohl die Öffnungszeit in einer knappen Viertelstunde begann. „Wir sollten uns einmal unterhalten."

Melanie leinte Schoki ab, die sich sogleich auf ihren üblichen Kontrollgang durch den Laden aufmachte, hängte ihre Windjacke an die Garderobe und folgte Deana nach oben in die Küche, in der es nach Kaffee und den frischen Croissants duftete, die Deana vom Bäcker mitgebracht hatte. Obwohl Melanie sofort wusste, worum es ging, wartete sie, bis Deana weitersprach.

„Du wirst gemerkt haben, dass sich unser Warenlager inzwischen ziemlich geleert hat. Wenn das Wetter so bleibt und die Touristen weiter nach Lichterhaven strömen wie bisher, sind unsere Bestände spätestens Mitte der kommenden Woche ausverkauft. Schon jetzt bemerken die Kunden, dass einige der leeren Ausstellungsplätze von uns nicht mehr aufgefüllt werden. Vor allem die leeren Stellen an den Wänden, wo sonst unsere Bilder hängen, machen einen trostlosen Eindruck, wie ich finde."

„Ich weiß." Melanie seufzte. Sie wusste, sie musste handeln – auf die eine oder andere Weise – und das bald, denn ihr blieb sowieso nur noch eine Woche, bis ihre Bedenkfrist abgelaufen war. Doch das bedeutete, sich mit mehr Aspekten ihres Hierseins auseinanderzusetzen als nur der *Schatztruhe*. Leichte Panik stieg in ihr auf. „Übers Wochenende werde ich mir Gedanken machen, wie es weitergehen soll."

„Du hast die Entscheidung vor dir hergeschoben. Ich verstehe das. Es ist nicht einfach, sich darüber klarzuwerden, ob man das alte Leben gegen ein neues eintauschen soll oder nicht." Mit ernster, aber durchaus freundlicher Miene lehnte Deana sich gegen die Spüle und studierte Melanies Gesicht.

„Du wirkst erholt. Als du hier ankamst, schienst du sehr gestresst und verkrampft zu sein. Sicherlich hat das auch etwas damit zu tun, dass du nicht nur deine Großtante verloren hast, sondern gleichzeitig in einem Ort voller Fremder gezwungen warst, dich mit Dingen auseinanderzusetzen, von denen du bis dahin keine Ahnung hattest. Du hast verschreckt gewirkt, wie ein Reh im Scheinwerferlicht eines näher kommenden Autos. Erstarrt. Entschuldige, wenn ich das so deutlich sage, aber ich habe den Eindruck, dass etwas von der Schockstarre mittlerweile von dir abgefallen ist. Auch wenn ich sicher bin, dass irgendwo tief drinnen immer noch die Furcht sitzt, etwas falsch zu machen." Einen Moment lang hielt Deana inne und wartete offenbar auf eine Reaktion.

Melanie wusste nicht, was sie darauf sagen sollte, also schwieg sie lieber, bis Deana schließlich weitersprach.

„Ich habe mir in den vergangenen Wochen sehr viele Gedanken gemacht. Sybilla wollte, dass du hier ein Zuhause findest und ihren Laden weiterführst. Aber sie wusste auch, dass sie dich nicht zwingen kann. Dieses Erbe war ein Angebot an dich, und es liegt an dir, zu entscheiden, ob du es annehmen möchtest und damit ganz sicher dein bisheriges Leben komplett auf den Kopf stellst. Was das Haus angeht und Schoki, kann ich dazu nichts sagen. Aber der Laden, weißt du, der ist inzwischen auch mein Leben, ebenso wie er Sybillas Leben gewesen ist. Ich bin keine reiche Frau, und erben wollte ich den Laden nicht, aber ich denke, du solltest wissen, dass ich, wenn du ihn schließen willst, alles daransetzen werde, ihn zu retten. Ich weiß, er soll dann wie das restliche Erbe an eine wohltätige Organisation gehen. Mit Alexanders Hilfe werde ich versuchen, die *Schatztruhe* von dieser Organisation zurückzukaufen. Wie genau das funktionieren wird, steht noch in den Sternen, aber ich kann nicht anders. Es wird nicht einfach, denn ich habe lediglich mein kleines Häuschen am Stadtrand als Gegenwert für die Hypothek und das Geld, das Sybilla mit hinterlassen hat. Als Startkapital ist das nicht viel, doch selbst wenn ich den Kredit bis an mein Lebensende abzahlen und mich dafür krummlegen muss, werde ich es versuchen."

„Deana ..." Melanie wusste nun erst recht nicht, was sie darauf antworten sollte.

„Nein, Melanie, sag jetzt nichts dazu." Deana schüttelte vehement den Kopf. „Das ist allein meine Entscheidung, und ich habe sie dir nicht mitgeteilt, um dich unter Druck zu setzen. Im Gegenteil. Du sollst wissen, dass *Sybillas Schatztruhe* irgendwie weiterbestehen wird. Und wenn ich ein anderes Ladenlokal suchen und das Geschäft aus eigener Kraft neu eröffnen muss. Wenn es nicht dein Traum ist, ist das vollkommen in Ordnung, aber dann soll er dennoch nicht sterben." Entschlossen stieß Deana sich von der Spüle ab und setzte ein heiteres Lächeln auf. „Und nun schließe ich die Tür auf, denn die ersten Kunden werden nicht lange auf sich warten lassen."

Sprachlos blickte Melanie ihr nach und spürte, wie sich in ihrer Magengrube ein heißer, harter Knoten bildete. Alle schienen zu wissen, was sie wollten, und unbeirrt ihren Weg zu gehen. Deana, die die *Schatztruhe* retten wollte, Alex, der hier sein Leben und seine Wurzeln hatte. Christina, die sich die größte Mühe gab, ihre Hundeschule zum erfolgreichen Unternehmen zu machen. Selbst Schoki hatte ohne Zweifel für sich entschieden, für wen ihr treues Hundeherz schlug. Nur sie – Melanie – trieb ziellos umher wie eine Feder im Wind.

Sie riss sich von diesen Gedanken los, als sie gleich mehrere Stimmen aus dem Laden vernahm. Offenbar waren tatsächlich bereits Kunden hereingekommen. Bei Weitem nicht alle kauften etwas, aber betreut werden musste jeder von ihnen mit gleicher Sorgfalt und Freundlichkeit. Damit Deana das nicht alleine stemmen musste, beeilte Melanie sich, ihren Anteil an der Arbeit zu übernehmen.

***

Als Melanie gegen sieben Uhr abends nach Hause kam, staunte sie nicht schlecht, denn an ihrer Haustür lehnte ein hüfthohes flaches Paket, das offenbar vom Postboten dort hinterlassen worden war. Als sie im Absenderfeld den Namen ihrer Mutter las, ahnte sie bereits, was sich in dem unhandlichen Karton befand. Mit klopfendem Herzen trug sie das Paket ins Haus und öffnete es vorsichtig.

Die Holzplatte war schwer. Silvana hatte sie in mehrere Lagen Noppenfolie gepackt, damit die Muscheln nicht beschädigt wurden. Glücklicherweise waren sie mit Spezialleim aufgeklebt, sodass sich keine von ihnen gelöst hatte.

Schweigend stand Melanie vor dem Kunstwerk ihrer Kindheit und fragte sich, weshalb mit einem Mal ihre Augen derart brannten. Es war doch nur ein Bild, aus Hunderten Muscheln zusammengeklebt. Jetzt, da sie es betrachtete, konnte sie sich wieder daran erinnern, mit wie viel Geduld sie sich damit beschäftigt hatte. Auf den ersten Blick konnte man kein bestimmtes Muster erkennen, doch je länger sie darauf blickte, desto deutlicher erkannte sie die Umrisse eines vierblättrigen Kleeblatts. Sie wusste noch, dass sie mit Christina damals viele Stunden damit zugebracht hatte, auf den Wiesen am Deich nach vierblättrigen Kleeblättern zu suchen. Keine von ihnen hatte je eines gefunden.

Wenn sie genau hinsah und ihre Fantasie anstrengte, wandelten sich die einzelnen Muschelblütenblätter in unregelmäßige Herzformen. Sie konnte nicht mehr sagen, ob das Absicht gewesen war oder ob sich dieses Muster zufällig ergeben hatte.

Doch sie begriff jetzt, weshalb Sybilla so von dem Bild begeistert gewesen war.

Als sie die Noppenfolie einsammelte, um sie zur Mülltonne zu bringen, fiel ihr ein gefalteter Briefbogen in die Hände, den ihre Mutter der Sendung beigelegt hatte. Sie ließ die Folie einfach zu Boden fallen und setzte sich mit unterschlagenen Beinen auf die Couch.

Was machst du denn mit der ganzen Knisterfolie? Wollen wir damit spielen? Nein? Schade. Aber du guckst ein bisschen komisch. Ich bleibe vorsichtshalber mal in der Nähe.

Während sie den Brief auseinanderfaltete, bemerkte Melanie, wie Schoki an der Folie schnupperte und kratzte, sie fragend ansah und sich dann mit aufmerksamem Blick neben sie setzte. „Schon gut, ich bringe die Plastikfolie gleich nach draußen.“ Sie kraulte Schoki hinter den Ohren und las die Zeilen, die ihre Mutter in ihrer schwungvollen Schrift hingeworfen hatte.

Meine liebste Melli,

genau genommen hast du mir das Muschelbild nie geschenkt. Ich habe es lediglich aufgehoben, weil es so wunderschön ist. Als ich es mir heute ansah, dachte ich, dass es ganz wunderbar in dein kleines Büro in Sybillas Haus passen würde. Oder ins Schlafzimmer. Bist du nicht auch dieser Meinung?

Im Nachhinein bedauere ich es sehr, dass ich Tante Sybilla nie wieder besucht habe. Ich weiß auch nicht, warum ich den Kontakt abgebrochen habe. Vermutlich aus demselben Grund, aus dem es dir schwerfällt, ihr Erbe anzunehmen.

Ich habe dir noch gar nicht erzählt, um was für ein Angebot es sich handelt, das Marcos mir gemacht hat und das ich nicht ausschlagen konnte. Natürlich nicht, denn ein Teil von mir schämt sich in Grund und Boden, weil ich so eine schreckliche Mutter gewesen bin. Du hast immer versucht, ganz anders zu werden als ich. Hast immer einen kühlen Kopf bewahrt, wenn es an mir gewesen wäre, diesen Part zu übernehmen. Es schmerzt mich, dass all deine Versuche, das Gegenteil von mir zu werden, gescheitert sind. In den wenigen Tagen, die ich bei dir in Lichterhaven verbringen durfte, ist mir klar geworden, dass du, auch wenn du es jetzt ganz bestimmt abstreiten wirst, genauso bist wie ich. Du hast Angst.

Angst vor Bindungen, vor der Verantwortung, die sie mit sich bringen, und vor dem Schmerz, den ihr Verlust hervorrufen kann.

Liebe Melli, es tut mir unsagbar leid. Ich hätte dir das persönlich sagen sollen, aber du kennst mich ja. Ich bin nicht gut mit Worten, jedenfalls nicht, wenn es sich um Herzensdinge handelt. Sie aufzuschreiben gibt mir mehr Zeit und Gelegenheit, sie richtig zu formulieren, als wenn ich dir gegenüberstehen würde. Vielleicht holen wir das aber irgendwann einmal nach. Ich bin ja lernfähig. Das behauptet Marcos zumindest.

Er macht mir übrigens die meiste Angst. Weißt du warum? Weil ich ihn liebe und es zum ersten Mal ausgesprochen habe. Und es lebe. Manchmal habe ich regelrechte Panikattacken deswegen. Aber ich werde nicht mehr weglaufen, Melli, auch wenn es mir manchmal noch sehr schwer fällt. Ich habe nämlich begriffen, dass wegzulaufen das Leben nicht einfacher macht, sondern leerer. Außerdem hat Marcos mir gedroht, dass er mich zurückholt, und wenn er mich dafür um die ganze Welt verfolgen müsste.

Du lachst? Das habe ich auch erst. Ich hielt ihn für vollkommen übergeschnappt. Dann habe ich begriffen, dass er es ernst meint. Und damit wären wir wieder bei dem Angebot, das er mir gemacht hat:

Er legt mir die Welt zu Füßen, wenn ich akzeptiere, dass eine Trennung zu keinem Zeitpunkt, weder jetzt noch ir-

gendwann später, eine Option sein kann. Er hat mich sogar einen Vertrag unterschreiben lassen, in dem das steht. Im ersten Überschwang der Gefühle (und der Hormone, das gebe ich gerne zu) fand ich das irrsinnig romantisch. Du weißt ja, wie ich bin.

Dann war ich plötzlich verheiratet und habe erkannt, dass er von dieser Vereinbarung nicht einen Millimeter abrücken wird. Er ist ein Mann, der zu seinem Wort steht und der, was sexy und Furcht einflößend zugleich ist, über genügend Intelligenz und Mittel verfügt, um sie durchzusetzen.

Aber weißt du was, mein Schatz? Ich liebe ihn wirklich, und inzwischen ist mir die Welt, die er mir versprochen hat, vollkommen egal. Er ist das Einzige, was mir an dem Deal wichtig ist.

Melli, ich habe verdammt lange gebraucht, um jemandem zu begegnen, der mich mit meinen Fehlern konfrontiert und mich trotzdem nicht mehr gehen lässt. Ich wünschte nur, ich hätte nicht so viele Fehler gemacht, was dich und dein Leben angeht. Ich kann nur hoffen, dass du sie nicht wiederholst.

Bis hoffentlich bald! Ich habe dich unendlich lieb.

Deine Mama

Der Kloß in Melanies Hals schnürte ihr fast die Luft ab. Ihr Herz pochte schnell und hart gegen ihre Rippen, und in ihren Augen brannten heiße Tränen.

Hastig warf sie den Brief auf den Couchtisch und sprang auf.

Hey, was ist denn los? Geht es dir nicht gut?

Mit einem überraschten Bellen folgte Schoki ihr ins kleine Gästebad, wo Melanie sich über das Waschbecken beugte und sich kaltes Wasser ins Gesicht schaufelte.

Schwer atmend blickte Melanie in den Spiegel. „Ich muss hier raus.“ Sie nahm kopfschüttelnd zur Kenntnis, dass sie wieder einmal Selbstgespräche führte. „Ich brauche frische Luft.“ Sie verließ das Bad und nahm Schokis Leine und Geschirr vom Haken an der Garderobe.

Oh, wie schön, gehen wir spazieren? Das ist toll!

Melanie war beinahe zur Tür hinaus, als ihr einfiel, dass sie für acht Uhr mit Alex verabredet war. Der Gedanke an ihn ließ den Kloß in ihrem Hals erneut anschwellen. Sie konnte ihn jetzt unmöglich treffen. Also nahm sie ihr Handy und schrieb ihm eine SMS:

Kann dich heute nicht sehen. Melde mich irgendwann.

Schon hatte sie auf Senden geklickt, besann sich dann aber und schickte ein *Es tut mir leid!* hinterher. Dann schaltete sie das Mobiltelefon aus und schloss die Haustür hinter sich ab.

***

Alex trat gerade aus der Dusche, als sein Handy piepste und eine SMS ankündigte. Er trocknete sich rasch ab und schlüpfte in Jeans und ein dunkelblaues Freizeithemd, bevor er nach dem Telefon griff. Er vermutete eine Nachricht von Christina oder möglicherweise von einem seiner Freunde oder Bekannten, doch als er den Absender sah, runzelte er überrascht die Stirn. Die Nachricht, oder vielmehr die zwei Nachrichten, waren kurz und bündig – und versetzten ihm einen regelrechten Schlag in die Magengrube.

Melanie hatte keinerlei Erklärung angefügt, weshalb sie das Date absagen musste. Er kannte sie aber inzwischen gut genug, um zwischen den wenigen Worten eine ausgewachsene Panikattacke herauszulesen. Irgendetwas war vorgefallen, und nun zog sie sich wie im Reflex in ihr Schneckenhaus zurück. Er wusste, wenn er jetzt versuchen würde, sie zu erreichen, würde er sich bestenfalls ein blaues Auge holen. Dennoch kribbelte es ihm in den Fingern, sie anzurufen.

Schon hatte er ihre Nummer gewählt, gelangte aber nur auf ihre Mailbox. Natürlich. Wahrscheinlich hatte sie ihr Handy abgeschaltet.

Seufzend schob er das Mobiltelefon in seine Hosentasche, band seine noch feuchten Haare zu einem Zopf und überlegte, was er nun mit sich anfangen sollte. Unter die offensichtliche Enttäuschung, den Abend nicht mit der Frau verbringen zu können, die er liebte, mischte sich Wut. Er wusste, er musste ihr Zeit geben, aber sie schien nicht einmal ansatzweise gewillt zu sein, sich ihm zu öffnen.

Nachlaufen würde er ihr nicht, ein gewisses Maß an Selbstachtung wollte er sich doch bewahren. Was in aller Welt konnte sie jetzt schon wieder bewogen haben, sich zurückzuziehen? Die wenigen Worte ihrer SMS verursachten ihm geradezu körperliche Schmerzen.

Um sich abzulenken, war es wohl das Beste, sich mit anstrengender Arbeit einzudecken. Also wechselte er seine Kleidung noch einmal und machte sich auf den Weg zu seinem Haus. In den oberen Räumen mussten die Wände aufgestemmt werden, um Kabelkanäle zu verlegen. Das war jetzt genau das Richtige für ihn.

KAPITEL 24

Hallo, Melanie, hallo, Schoki!" Heftig winkend kam Lynn Dennersen auf Rollerblades herangesaust und stoppte mit elegantem Schwung, um die Hündin zu streicheln. In ihrem Gefolge waren drei weitere Mädchen im Alter von etwa zwölf bis vierzehn Jahren, die genauso gewandt auf ihren Rollerblades fuhren. Kichernd scharten sie sich um Schoki und streichelten sie ausgiebig.

Hallo, ihr Lieben! Das ist aber eine nette Begrüßung. Ich stehe gerne im Mittelpunkt.

Lynn richtete sich wieder auf. „Macht ihr einen Spaziergang? Ihr seid aber schon weit gelaufen."

Melanie nickte und bemühte ich um ein ebenfalls fröhliches Gesicht. „Der Abend ist so schön, geradezu ideal für einen Spaziergang. Aber sag mal, seid ihr nicht auch ziemlich weit außerhalb der Stadt? Dürft ihr um diese Zeit noch so weit rausfahren?"

Lynn nickte grinsend. „Wenn wir alle zusammen fahren, dann schon. Aber wir müssen hier oben auf dem Deich bleiben."

„Wir kehren jetzt aber wieder um." Ein schlankes blondes Mädchen lächelte Melanie an. „Auf dem Rückweg haben wir nämlich Gegenwind, das wird ganz schön anstrengend."

Wie zur Bestätigung stöhnten die anderen Mädchen theatralisch und kicherten erneut.

„Schoki ist ja total süß." Die Blonde beugte sich noch einmal zu der Hündin hinab.

Danke. Ihr seid aber auch nett.

„Ich hätte auch gerne einen Hund, aber meine Eltern sagen, das wird erst mal nichts, weil wir zwei Katzen haben und das reicht. Na ja, vielleicht irgendwann mal. Komm, Lynn, wir wollen wieder los."

„Ja, klar, komme schon. Tschüss, Melanie. Kommst du bald mal wieder mit Schoki zu uns, um Eier und so zu holen?"

„Bestimmt." Melanies Antwort kam ganz automatisch, obwohl sie im Moment nicht wusste, ob sie nicht doch vielleicht heute Nacht noch zurück nach Köln fahren sollte.

„Cool. Bis bald!" Winkend und giggelnd fuhren die Mädchen wieder los.

Nachdenklich sah Melanie ihnen hinterher. Vier Freundinnen, wie sie sie selbst nie gehabt hatte. Energisch versuchte sie, diese trübsinnigen Gedanken abzuschütteln. Über die Vergangenheit nachzugrübeln brachte überhaupt nichts – mal abgesehen von gemeinen Kopfschmerzen und einem unangenehmen Klumpen im Magen.

„Komm, Schoki, wir kehren auch um."

Klar, warum nicht? Ich habe ein bisschen Durst. Vielleicht können wir irgendwo unterwegs einen Schluck Wasser auftreiben?

Melanie ließ die Hündin an der langen Leine und rief sie nur immer zu sich, wenn ihnen Fußgänger entgegenkamen, für den Fall, dass jemand sich vor Hunden fürchtete. Die meisten Leute, die ihnen begegneten, grüßten jedoch nur freundlich und zeigten keinerlei Angst.

Sie waren tatsächlich weit gelaufen, hatten die gesamte Länge von Lichterhaven passiert und noch ein wenig mehr. Auf Höhe des Hafens verlangsamte Melanie ihren Schritt. Es war bereits kurz nach neun Uhr, doch im Hafen und in der Stadt tummelten sich noch immer unzählige Touristen. Einige auf der Suche nach einem späten Imbiss, andere verließen gerade das Lokal ihrer Wahl und waren auf dem Weg zu ihrem Hotel, zu einer der Kneipen oder Diskotheken, oder sie machten schlicht noch einen Bummel durch die Innenstadt, den Hafen oder an der Strandpromenade entlang. Überall wurde gelacht, Pärchen schlenderten Arm in Arm, Familien plauderten, Kinder hüpften und rannten fröhlich umher und genossen die Freiheit, in den Ferien so spät noch unterwegs sein zu dürfen.

Aus einem Impuls heraus stieg Melanie die Stufen am Deich hinab und steuerte die Lichterhavener Hauptstraße an. Schoki hielt sich brav an ihrer Seite. Sie wusste genau, dass sie in der Stadt nicht vorpreschen durfte.

Als sie an *Sybillas Schatztruhe* ankam, blieb Melanie stehen und betrachtete eine Weile die Auslagen, die inzwischen großzügiger hinter den Schaufenstern verteilt waren, weil einfach nicht mehr genügend Waren vorhanden waren. Deana hatte recht, noch ein paar wenige Tage und der Bestand war ausverkauft.

„Guten Abend, Melanie!" Eine grauhaarige, etwas mollige Frau um die sechzig winkte ihr zu. „Na, kleiner Abendbummel?"

Freundlich nickte Melanie der Frau zu. „Guten Abend, Frau Leuthaus. Wie geht es Ihrem Mann? Ist der Ischias besser?"

„Ein bisschen, danke der Nachfrage. Und nennen Sie mich doch bitte endlich Inge. Sie sind schließlich inzwischen Stammkundin in unserer Bäckerei. Theo kriegt jetzt wieder Krankengymnastik. Das gefällt ihm gar nicht, aber er merkt ja selbst, dass es ihm hilft. Zum Glück haben wir Silke und ihren Mann, die in der Backstube kräftig mithelfen. Ab morgen gibt es übrigens wieder mal zehn Brötchen im Sonderangebot." Inge zwinkerte ihr zu. „Soll ich Ihnen für Sonntag wieder welche vor die Tür legen lassen? Kevin fährt gerne auch bei Ihnen vorbei."

„Äh, nein, diesmal nicht, danke. Ich bin noch versorgt."

„Aber am Montag kommen Sie doch bestimmt wieder rein, nicht wahr?"

Melanie nickte vage, kam aber nicht dazu, etwas zu antworten, weil Inge ihr bereits einen schönen Abend wünschte und weiterging. Erneut wandte sie sich dem Laden zu, zuckte aber zusammen, als eine Frauenstimme ihren Namen rief. Überrascht drehte sie sich um und sah die Inhaberin des Eiscafés *Eisträume* schräg gegenüber einladend winken.

Neugierig ging sie auf die offene Ladentheke zu, von der aus Gabriella und ihr amerikanischer Mann Johnny ihre mindestens zwanzig hervorragenden Eissorten an Passanten verkauften.

Natürlich konnte man drinnen auch gemütlich sitzen, ebenso wie an den Tischen vor dem Eingang, doch viele Leute holten sich ihre Eishörnchen natürlich auch gerne einfach im Vorbeigehen auf die Hand.

„Magst du meine neue Kreation probieren?" Die attraktive Mittvierzigerin mit den zu einem schicken Knoten gebundenen schwarzen Locken deutete auf einen der fast leeren Eisbehälter in ihrer Kühlauslage. „Ein Rest ist noch da, und Johnny möchte gleich schließen. Angeröstete Pistazie mit Keksstückchen und Schokosplittern und einem Hauch Meersalz."

Melanie war zwar nicht in Eisstimmung, doch beim Anblick der leckeren Eissorten konnte sie nicht widerstehen. „Gerne." Sie wollte schon nach ihrer Geldbörse greifen, doch Gabriella winkte ab. „Lass stecken, Mel. Ich lade dich ein. Immerhin hast du mir jetzt schon dreimal Briefmarken von der Post mitgebracht. Da muss ich mich doch mal revanchieren."

„Das hast du doch schon längst." Melanie nahm die Waffel mit der großzügigen Eisportion lächelnd entgegen. „Mit deinem Macadamia-Sahnetraum, dem Amaretto-Käsekuchen … wie war das noch mal?"

„Konzert. Amaretto-Käsekuchen-Konzert." Gabriella lachte. „Stimmt, und mit der Mandel-Eierlikör-Scharade. Aber egal, ich nehme dein Geld heute jedenfalls nicht an. Dafür musst du mir ehrlich sagen, was du von der neuen Sorte hältst."

Melanie kostete von dem Eis und verdrehte verzückt die Augen. „Gut. Nein, geradezu sündhaft! Verrat mir mal, wie du bei so viel leckerem Eis so schlank bleibst."

Gabriella kicherte. „Ein genialer Stoffwechsel, jeden zweiten Morgen Yoga und Jogging und möglichst viel Sex."

„Aha." Melanie schmunzelte, als hinter Gabriella wie aufs Stichwort Johnny auftauchte. Er war ebenfalls Mitte vierzig, schlank und schwarzhaarig und sah mit seinem kurz gehaltenen, modischen Vollbart und den strahlend blauen Augen eher irisch aus als amerikanisch. „Habe ich da gerade etwas von Sex gehört?" Sein Akzent war einfach herrlich, wie Melanie nicht zum ersten Mal feststellte. „Da würde ich gerne mitmachen, wenn es dich betrifft, Honey." Er legte von hinten seine Arme um Gabriella und küsste sie aufs Ohr.

„Siehst du, der Mann ist einfach unersättlich." Gabriella kicherte, lehnte sich aber gegen ihn und zwinkerte gleichzeitig Melanie zu. „Da kommen die Kalorien gar nicht erst dazu, anzusetzen, weil sie gleich wieder verbrannt werden. Hey, Johnny, hör auf, das kitzelt! Ich muss hier noch aufräumen und sauber machen. Aber erst mal kriegt Schoki noch eine Schale Wasser, sonst stibitzt sie Mel noch das Eis aus der Hand."

„Danke, das ist nett von dir. Ich wollte gerade danach fragen." Melanie trat zur Seite, damit Gabriella den Wassernapf auf dem Boden abstellen konnte.

Schoki stürzte sich sofort auf das kühle Nass.

O ja, ich bin am Verdursten. Danke!

Da Gabriella ihn nicht weiter beachtete, zog sich Johnny mit gespielter Empörung wieder zurück ins Café, und Melanie sah der Eisdielenbesitzerin dabei zu, wie sie die Eisbehälter verschloss und diejenigen, die leer waren, ineinander stapelte, um sie zur Spülmaschine zu bringen.

Gabriella und Johnny hatten sich vor vier Jahren im Urlaub hier in Lichterhaven kennengelernt. Es hatte gleich gefunkt, und sie hatten spontan beschlossen, hierzubleiben und zusammen eine Eisdiele zu eröffnen.

„Hast du übrigens schon gehört, dass Kai Sörensen und sein neuer Freund, du weißt schon, der Jüngste von Hankefurths Tankstelle, sich verlobt haben sollen?"

„Tatsächlich?" Melanie knabberte an ihrer Eiswaffel und dachte an die beiden jungen Männer, die sie schon mehrmals zusammen gesehen hatte und über die in Lichterhaven die wildesten Gerüchte kursierten.

Gabriella nickte. „Ja, aber ich glaube da nicht dran. Also kann schon sein, dass die beiden schwer verliebt sind und so, aber ich kann mir nicht vorstellen, dass der Björn sich jetzt schon fest binden will. Er ist erst zwanzig. Und Kai ist auch noch ein bisschen jung zum Heiraten, finde ich. Na gut, sie müssen es ja selbst wissen, aber ich habe Björn eigentlich immer eher für einen Draufgänger gehalten. Was meinst du?"

„Keine Ahnung." Melanie zuckte die Achseln. „Ich kenne ihn so gut wie gar nicht."

„Wenn das stimmen sollte, wäre ich doch sehr skeptisch, ob das gutgeht." Gabriella reichte ihr eine Serviette, als Melanie den Rest ihrer Waffel in den Mund schob und sich die Fingerspitzen ableckte. „Sehen wir uns morgen, oder ist Deana den Samstag über allein im Laden?"

„Das weiß ich noch nicht genau. Ich habe noch ein paar Dinge zu ... erledigen."

„Na, dann bis spätestens Montag. Grüß Alex von mir. Und Christina. Meine Nachbarin, die Tine, ist total begeistert von der Hundeschule. Sie ist mit ihrem Irischen Wolfshund dort in einem Kurs und schwärmt in einer Tour, wie schnell Bonnie lernt und wie gut Christina erklären kann."

„Ich sage es ihr, falls ich sie treffe."

Sie verabschiedeten sich, und Melanie und Schoki gingen zurück zum Deich, um den Rest des Rückwegs anzutreten. Als sie jedoch oben auf dem Deichrücken angekommen waren, stand gerade ein älteres Ehepaar von der Parkbank neben den Stufen auf. Spontan setzte Melanie sich und ließ es zu, dass Schoki neben ihr auf die Bank sprang und sich an sie kuschelte. Sie legte der Hündin einen Arm um den Rücken, und Schoki lehnte ihren Kopf vertrauensvoll an Melanies Schulter.

Das mag ich, Mel. Ist schön, so mit dir zu kuscheln.

Still blickte Melanie hinaus aufs Meer. Die Flut hatte sich bereits weit zurückgezogen. Vereinzelt waren noch Spaziergänger im Watt zu sehen. Möwen kreisten über dem Ufer und stießen dabei immer wieder ihre hohen, spitzen Schreie aus. Irgendwo in der Ferne spielte Sambamusik, vermutlich in einer der Kneipen, deren Türen weit offen standen, um die laue Sommerluft hereinzulassen. In der Nähe weinte ein übermüdetes Kleinkind.

Über allem lag das leise, stetige Rauschen des Windes, der die Fähnchen und Wimpel an den Strandkörben und den Kassenhäuschen flattern und die Signalflaggen am Ufer knattern ließ.

Ungebeten, doch ohne dass sie etwas dagegen ausrichten konnte, kreisten die Worte ihrer Mutter durch ihren Kopf und ließen sie ratlos und verunsichert zurück. Noch nie hatte Silvana sich derart direkt für ihr Versagen als Mutter entschuldigt. Seltsamerweise fühlte es sich für Melanie nicht richtig an. Sie hatte immer versucht, sich in das Gegenteil ihrer Mutter zu entwickeln, damit hatte Silvana recht. Doch war es wirklich richtig, ihr allein die Schuld daran zu geben?

Nein, entschied Melanie. Ihre Mutter mochte ein schwieriger Mensch sein und viele Fehler gemacht haben. Doch die Art und Weise, wie Melanie ihr Leben führte, beruhte hauptsächlich auf ihren eigenen Entscheidungen, die sie freilich schon sehr früh und unter dem Eindruck ihrer Erlebnisse mit Silvana getroffen hatte. Sie hätte auch einen anderen Weg wählen können, hatte sich aber für denjenigen entschieden, der ihr als am sichersten erschienen war.

Fühle nichts, dann kannst du auch nicht verletzt werden. Liebe niemanden, dann brauchst du dich niemals verlassen zu fühlen. War ihr Leben deshalb leer?

Melanie dachte an Gabriella, Inge, Deana. An Lynn, Elke und Lotti. An Anke und Evelyne, Christina und Luisa. So vielen Menschen, wie sie in der kurzen Zeit hier in Lichterhaven kennengelernt hatte, war sie in den letzten fünf Jahren in Köln nicht nahegekommen. Jedenfalls nicht nahe genug, um sie wirklich gern zu haben.

Und was ist mit Alex?, fragte eine gemeine, hinterhältige Stimme in ihrem Kopf. Wie nah traust du dich, ihn an dich heranzulassen?

In spätestens zwei Wochen würde sie nach Köln zurückkehren. Endgültig, so war es, wenn sie ehrlich zu sich war, von Anfang an ihr Plan gewesen. Sie hatte nie ernsthaft in Betracht gezogen, hierher ans Ende der Welt überzusiedeln. Das wäre auch vollkommen verrückt. Sie hatte eine gute Stellung, die aufzugeben Irrsinn wäre, besaß eine Wohnung in Köln, ein Leben. Oder etwa nicht?

„Sieh an, das Fräulein Melanie. Guten Abend."

Melanie erschrak, als die dunkle Männerstimme sie ansprach. Schoki hingegen wedelte nur mit dem Schwanz und leckte einmal über die Hand des alten Herrn.

„Herr Messner, guten Abend." Melanie wollte sich schon erheben, doch Alexanders Großvater hielt sie mit einer kurzen Handbewegung davon ab.

„Bleiben Sie ruhig sitzen, Melanie. Aber vielleicht darf ich mich ein bisschen dazugesellen? Ich komme gerade von einer Stadtratssitzung. Arno sitzt im Rat, wie Sie sicherlich wissen, nicht wahr? Ich habe mir den öffentlichen Teil angehört, aber nun läuft noch der nicht öffentliche. Arno nimmt mich später wieder mit; ich hoffe, es wird nicht allzu spät." Er setzte sich auf den verbliebenen freien Platz neben Melanie und musterte sie von der Seite. „Sie sitzen hier ganz allein herum, anstatt das Nachtleben mit meinem Enkel unsicher zu machen? Wie kommt's?"

Unauffällig wischte Melanie sich eine Träne aus dem Augenwinkel. „Mir ist heute nicht nach Gesellschaft. Ich meine, entschuldigen Sie, das sollte nicht heißen …" Verlegen brach sie ab.

„Schon gut, min Deern. Sie sehen traurig aus. Ich will hoffen, dass nicht mein Enkelsohn dafür verantwortlich ist. Falls er sich danebenbenommen haben sollte, sagen Sie es mir ruhig. Er ist noch nicht zu alt für eine großväterliche Abreibung. Wenn auch nur eine verbale."

Überrascht hob Melanie den Kopf. „Nein, nein, so etwas ist es nicht. Alex ist … Er hat keine Schuld."

„Aber trotzdem bedrückt Sie etwas, und es hat mit Alexander zu tun, sonst würden Sie jetzt nicht rot werden. Ich mag ja alt sein, aber meine Augen sind noch vollkommen in Ordnung. Auch in der Abenddämmerung. Also, was hat der Tunichtgut angestellt?"

„Nichts." Sie schluckte. „Ich sagte doch, es ist nicht wegen ihm. Oder vielmehr … Ich bin selbst schuld."

„Mhm." Norbert Messner nickte bedächtig. „Selbsterkenntnis ist der erste Schritt zur Besserung. Also, was haben *Sie* angestellt?"

„Angestellt?" Sie lachte, merkte aber selbst, wie bitter es klang. „Gar nichts. Wahrscheinlich ist das das Problem. Ich stelle nie etwas an. Und falls doch, plane ich es vorher bis ins Detail."

„Sie sind also ein Kontrollfreak." Norbert lächelte leicht. „Das war mir auf den ersten Blick klar, damals auf der Grillparty und noch mehr, als Alex sie am Sonntag darauf zum Abendessen mitgebracht hat. So verkrampft, wie Sie waren, hätte man meinen können, Sie hätten einen Besenstiel verschluckt."

Verblüfft sah Melanie den alten Mann an, in dessen Augen der gleiche Schalk aufblitzte wie in denen von Alex. Rasch blickte sie wieder hinaus aufs Watt, das allmählich mit der hereinbrechenden Dunkelheit verschmolz. „Sie können mich nicht leiden, oder?"

Diesmal war es Norbert, der verblüfft den Kopf hob. „Wie kommen Sie denn darauf?"

„Sie waren nicht gerade freundlich zu mir, auf dem Grillfest, meine ich. Und bei dem Familienabendessen auch nicht."

„Du liebe Zeit! Hat Alexander Sie deshalb seither nicht mehr mitgebracht? Er müsste es doch besser wissen. Also, min Deern, schlagen Sie sich diesen Unsinn mal gleich wieder aus dem Kopf. Wenn ich jemanden nicht leiden kann, sage ich es ihm auf den Kopf zu. Ohne Umwege und schnellstmöglich, damit die Fronten gleich geklärt sind." Er lehnte sich wieder auf der Bank zurück und blickte ebenfalls in Richtung Watt. „Meine Frau und meine Schwiegertochter haben mir zwar schon den Kopf gewaschen, weil ich angeblich ein bisschen übers Ziel hinausgeschossen bin, aber dass Sie gleich glauben, ich könne Sie nicht leiden … Viel Selbstvertrauen besitzen Sie wohl nicht, wie? Daran sollten Sie aber dringend arbeiten. Sie sind doch klug, hübsch, sympathisch. Nun ja, zumindest, wenn Sie mal auftauen." Er lachte heiser. „Alexander hat sich nicht umsonst in Sie verguckt. Guten Geschmack hat er ja, das muss man ihm lassen." Erneut studierte er von der Seite ihr Gesicht. „An Ihrem Pokerface sollten Sie auch noch feilen, min Deern. Ihre Gedanken stehen Ihnen geradezu ins Gesicht geschrieben."

„Was?" Erschrocken sah sie ihn an.

Norbert legte den Kopf ein wenig schräg und nickte dann. „Sie sind zusammengezuckt, als ich Alexanders Gefühle für Sie erwähnte. Da, schon wieder. Da liegt also der Hund begraben. Nichts für ungut, Schoki."

Was? Wie? Ach, hätte ich euch zuhören sollen? Oder doch nicht? Ich genieße gerade Mels Nähe. Redet ihr nur weiter über Menschensachen.

Nervös räusperte Melanie sich. „Ich möchte nicht darüber reden. Es ist kompliziert und ..."

„Und Sie würden jetzt am liebsten abhauen, wenn das nicht furchtbar unhöflich einem alten Mann wie mir gegenüber wäre. Schön, wenigstens sind Sie gut erzogen." Er lachte wieder heiser. „Vergessen Sie mal Ihre Scheu, Melanie, ich beiße nicht. Und ich reiße Ihnen auch nicht den Kopf ab, weil Sie sind, wie Sie sind. Sie vergessen, dass ich Sie und auch Ihre Frau Mutter bereits kannte, als Sie noch ein kleines Mädchen waren. Wir sind einander nicht oft begegnet, vermutlich erinnern Sie sich überhaupt nicht mehr daran, aber Ihre Mutter habe ich das eine oder andere Mal erlebt. Sie, min Deern, waren damals ein entsetzlich schüchternes kleines Ding. Das sind Sie heute noch, nur können Sie es inzwischen ein bisschen besser verbergen. Sind Sie in Alexander verliebt?"

Der Schreck, der sich auf ihrem Gesicht abzuzeichnen schien, ließ den alten Mann erneut lachen. Sie schluckte krampfhaft. „Das ist eine sehr indiskrete Frage."

„Ich weiß. Trotzdem hätte ich gerne eine Antwort."

Konnte dieser Abend noch seltsamer werden? Sie wich seinem Blick aus. „Ich weiß es nicht."

„Sie wissen es nicht?“ Norbert rieb sich übers Kinn. „Wie kann man so etwas nicht wissen?“

„Ich sagte doch, es ist kompliziert.“

„Nein, Melanie, Sie machen es kompliziert. Entweder Sie sind in meinen Enkelsohn verliebt oder Sie sind es nicht. Also?“

„Ich fahre bald wieder zurück nach Köln.“

„Was hat das mit Ihren Gefühlen für Alexander zu tun?“

Der Kloß in ihrem Hals drückte erneut auf ihre Luftröhre. „Ich lebe in Köln, Herr Messner. Ich habe dort meinen Job, meinen Lebensmittelpunkt …“

„Soso.“ Bedachtsam rieb Norbert erneut über sein Kinn. „Lassen Sie mich Ihnen eine Frage stellen, min Deern. In den vier Wochen, die Sie jetzt hier sind, wie oft haben Sie da an Köln gedacht? An Ihren Job, an Ihre Wohnung, Ihren Lebensmittelpunkt, wie Sie es nennen? Wie sehr freuen Sie sich darauf, nach Ihrer Zeit hier dorthin zurückzukehren? Vermissen Sie etwas davon? Haben Sie Heimweh? Ich weiß, das waren jetzt sogar mindestens vier Fragen, aber denken Sie mal darüber nach. Und dann fragen Sie sich bitte mal, wie es umgekehrt sein wird, wenn Sie Ihr Leben in Köln wieder aufgenommen haben. Wird Lichterhaven Ihnen fehlen, oder werden Sie es als einfachen Sommerurlaub abhaken?“ Ohne auf ihre Reaktion zu warten, erhob er sich und nickte ihr freundlich zu. „Ich werde mal zurück zum Rathaus gehen. Die Sitzung sollte allmählich beendet sein, und ich will nicht, dass mein Sohn nach mir suchen muss. Ich wünsche Ihnen noch einen schönen Abend, Melanie.“ Erstaunlich vitalen und flotten Schrittes entfernte er sich.

Wie vor den Kopf gestoßen, blickte Melanie ihm nach.

KAPITEL 25

Zum zweiten Mal an diesem Abend trocknete Alex sich nach einer ausgiebigen Dusche ab. Er hatte sich mithilfe seines Bohrhammers ordentlich abreagiert und die Schlitze für Leitungen in zwei Zimmern gestemmt. Danach hatte er zu seiner Wohnung fahren wollen, doch dann war er doch lieber in seinem Haus geblieben. Morgen war Samstag, er würde also nicht in die Kanzlei müssen, sondern konnte gleich an der Stelle weiterarbeiten, an der er heute aufgehört hatte. Wenn er nicht vorher verrückt geworden war.

Beinahe gewaltsam hatte er versucht, alle Gedanken an Melanie zu verdrängen. Das funktionierte aber nur so lange, wie er sein Radio auf volle Lautstärke drehen und sich mit etwas beschäftigen konnte. Jetzt stand er, nur mit seinen schwarzen Boxershorts und einem gleichfarbigen T-Shirt bekleidet, an seinem Schlafzimmerfenster, ein frisch geöffnetes Bier in der Hand, und starrte in die nächtliche Dunkelheit hinaus.

Vor etwa einer Stunde hatte der Wind aufgefrischt und leichter Regen eingesetzt. Der Wetterumschwung überraschte ihn wenig, denn er war an solche Kapriolen seit seiner Kindheit gewöhnt. Irgendwo in der Ferne blitzte und donnerte es. So, wie der Wind im Augenblick stand, würde das Gewitter in spätestens einer Viertelstunde über Lichterhaven angekommen sein.

Er war so in Gedanken versunken, dass er das Klopfen an der Haustür beinahe überhört hätte. Überrascht stellte er die Bierflasche auf dem Fensterbrett ab und beeilte sich, nach unten zu kommen.

Als er die Tür öffnete, verschlug es ihm im ersten Moment die Sprache. Gleichzeitig durchfuhr ihn ein Stich, der in seiner Magengrube begann und mitten in seinem Herzen endete.

„Hallo, Alex. Dürfen wir reinkommen?"

Melanie und Schoki waren triefend nass und sahen beide nicht besonders glücklich aus. Wobei Schoki noch etwas heiterer wirkte und ihn freudig wedelnd begrüßte.

O gut, dass du zu Hause bist. Ich weiß nicht, was mit Mel los ist. Sie ist stundenlang mit mir herumgelaufen, dabei wirkt sie genauso müde auf mich, wie ich es bin. Hast du ein Handtuch für mich zum Abtrocknen und ein Kissen zum Schlafen? Beides brauche ich ganz dringend. Und mach irgendwas mit Mel. Ich bin mit meinem Hundelatein am Ende.

„Hast du geweint?" Forschend sah Alex in Melanies Gesicht, auf dem ein merkwürdiger Ausdruck von Entschlossenheit lag, gepaart mit etwas anderem, das er nicht identifizieren konnte.

„Ein bisschen." Ihre Stimme klang hohl.

Wie bitte, nur ein bisschen? Sie hat plötzlich damit angefangen und gar nicht mehr aufgehört. Ich habe alles versucht, um sie zu trösten, aber irgendwie ist es nur schlimmer geworden. Sie hat sich erst beruhigt, als wir hier ankamen.

Schoki stieß ein protestierendes Jaulen aus, woraufhin Alex sie und Melanie endlich ins Haus ließ. Rasch holte er zwei Handtücher, reichte eines davon Melanie und begann, mit dem anderen Schoki abzutrocknen.

Oh, danke! Danke, das war nötig. Ach, da drüben ist ja das Schlafkissen von Benni und Zora. Entschuldigt mich, ich gehe jetzt schlafen.

Während sie ihre Haare notdürftig trocknete, sah Melanie der Hündin nach, die zu dem Hundekissen trottete und sich erschöpft darauf fallen ließ. „Tut mir leid, Schoki." Ihre Stimme war nur ein Murmeln, doch die Hündin hatte sie vernommen.

Ach, schon gut. Ich hoffe, du bist jetzt bei Alex in guten Händen. Ich jedenfalls bin es. Gute Nacht.

„Was ist passiert, Mel?" Alex nahm Melanie das Handtuch ab und ebenso ihre triefnasse Jacke, die er zum Trocknen über einen Küchenstuhl hängte.

„Nichts. Nein, das stimmt nicht. Alles Mögliche ist passiert." Sie blickte an ihm vorbei auf einen Punkt irgendwo an der Wand. „Ich kann nicht darüber sprechen. Nicht jetzt."

„Warum bist du dann hier?" Er trat nah an sie heran und hob ihr Kinn ein wenig an, bis sie gezwungen war, ihm in die Augen zu sehen. Erneut durchfuhr ihn ein fast schmerzhafter Stich. Irgendetwas war anders, aber er bekam nicht zu fassen, was es war.

Da sie keine Antwort gab, änderte er seine Taktik. „Du wirst dich erkälten, wenn du die nassen Sachen anbehältst. Geh nach oben und nimm eine heiße Dusche. Ich sehe nach, ob ich irgendwas an Kleidern hier habe, das du anziehen kannst."

Sie nickte nur und ging ohne Widerrede oder erkennbare Reaktion hinauf ins Obergeschoss. Alex sah ihr besorgt hinterher. Als sie im Bad verschwunden war, wandte er sich an Schoki. „Was ist denn bloß geschehen?"

Schoki klappte nur ein Auge auf.

Frag mich was Leichteres. Mel ist furchtbar traurig. Warum, das kann ich dir nicht sagen. Aber jetzt sind wir ja hier, dann wird bestimmt alles wieder gut.

Ratlos stieg Alex die Treppe hinauf und suchte in dem Haufen Kleidungsstücke, der sich neben den Matratzen stapelte, nach etwas Passendem für Melanie. Mehr als eine Jogginghose, die sich in der Taille zusammenbinden ließ, und ein sauberes T-Shirt fand er allerdings nicht. Fürs Erste würde es reichen. Er sammelte ungefragt ihre nassen Kleidungsstücke ein und hängte sie in der Küche über weitere Stühle. Mit etwas Glück würden sie bis zum Morgen getrocknet sein.

Ob sie überhaupt vorhatte, die Nacht hier zu verbringen? Nach ihrer seltsamen SMS bezweifelte er, dass zwischen ihnen noch alles in Ordnung war. Wenn es das überhaupt je wirklich gewesen war.

Er kehrte ins Schlafzimmer zurück und lauschte dem leisen Rauschen des Wassers in der Dusche, das sich mit dem des Regens draußen vermischte. Das Gewitter kam mit grollendem Donner näher.

Nach einer gefühlten Ewigkeit verstummte die Dusche. Er vernahm leises Rumoren, dann die Badezimmertür. Als er sich umdrehte, stockte ihm zum zweiten Mal an diesem Abend der Atem. Melanie hatte – vollkommen nackt – das Schlafzimmer betreten und stand ihm nun mit ernstem Gesicht gegenüber. Ihre Augen waren noch immer leicht gerötet, ein deutliches Zeichen dafür, dass sie Tränen vergossen haben musste, und nicht wenige.

Alex kämpfte die spontane Reaktion seines Körpers nieder, so gut es ging, und trat einen Schritt auf sie zu. „Mel, was ist los mit dir?"

Ihre Wangen röteten sich leicht, doch sie hob nur die Schultern. In nächsten Moment schlang sie die Arme um seinen Hals und presste sich an ihn. Er spürte ihre Lippen an seiner Halsbeuge, ihren warmen Atem auf seiner Haut und wurde hart.

„Mel …" Die plötzliche Welle der Lust, die ihn erfasste, ließ ihn taumeln. „Mel, um Himmels willen …"

„Liebe mich." Ihre Stimme klang gepresst, so als kämpfe sie gegen einen ihrer Panikanfälle an. „Liebe mich, Alex."

Der Stich, der ihn diesmal durchfuhr, zwang ihn beinahe in die Knie. Niemals hätte er vermutet, dass ihre Worte, diese simple Aufforderung, eine derartige Wirkung auf ihn ausüben würden. Sein Herz hämmerte in seiner Brust, gleichzeitig erregte ihn ihre Nähe, ihre weiche, nackte Haut so sehr, dass ihm heiß und kalt zugleich wurde. Als sie den Kopf von seiner Halsbeuge löste und anhob, fanden ihre Lippen unverzüglich zueinander. Er war versucht, seine Augen zu schließen, wie sie es immer tat, wenn sie einander nah waren. Doch er unterließ es, denn noch immer wollte er wissen, was mit ihr geschehen war. Ihre Augenlider flatterten mehrmals, während ihre Münder einander so viel gaben, wie nur möglich war. Ihre Zungen rangen miteinander und fachten die Glut immer mehr an. Alex ließ seine Hände über Melanies Körper wandern, fühlte jede Erhebung, jede Vertiefung, die ihm mittlerweile so vertraut war. Und doch war heute etwas anders. Sie schien nichts mehr zurückzuhalten. Ihre Hände zerrten ungeduldig an seinem T-Shirt, bis er es hastig abstreifte. Die Boxershorts folgten nur Augenblicke später. Es war, als störe sie jeder Fetzen Stoff und jedes kleinste bisschen Luft, das ihre beiden Körper voneinander trennte.

So fest, wie ihr Körper sich an seinen drängte, blieb ihr seine Erektion nicht verborgen. Er stöhnte und rang um Beherrschung, als sie ihn begierig umfasste und noch weiter erregte. Vor seinen Augen begann es zu flimmern. „Mel, großer Gott, wenn du so weitermachst …“ Er kam nicht dazu, den Satz zu beenden, denn sie verschloss seinen Mund mit dem ihren und zog ihn mit sich bis zu seinem Matratzenlager, sodass er halb auf ihr landete. Sogleich schlang sie ihre lange Beine um seine Hüften und drängte sich ihm entgegen.

Schwindel erfasste ihn, seine Erregung war zu groß. Wenn er sie sofort nahm, wonach sein Körper geradezu schrie, wäre es zu schnell vorüber. Mit einiger Mühe löste er sich von ihr und vernahm prompt einen protestierenden Laut, der ihn unter anderen Umständen schmunzeln lassen hätte.

Wieder griff sie nach ihm, versuchte, ihm wieder näher zu kommen. Es kostete ihn einige Mühe, dieser unmissverständlichen Aufforderung nicht doch sofort nachzukommen. Stattdessen schob er sich ein wenig an ihr hinab, bis er mit den Lippen ihre Brüste erreichen konnte. Die rosigen Spitzen waren bereits aufgerichtet. Als er eine von ihnen zwischen die Lippen nahm und mit der Zunge darüberstrich, verhärtete sie sich. Gleichzeitig sog Melanie hörbar die Luft ein und krallte sich mit einer Hand in seine Schulter, mit der anderen in die Decke, auf der sie lagen.

Er fuhr fort, ihre Brüste zu verwöhnen, und ließ, weil er selbst nicht länger widerstehen konnte, seine rechte Hand zwischen ihre Schenkel gleiten. Die Bereitwilligkeit, mit der sie ihm ihren Unterleib entgegenhob, stellte seine Selbstbeherrschung erneut auf eine harte Probe. Sie war heiß und feucht und brachte ihn damit fast um den Verstand. Er hatte keine Ahnung, was hier vorging; so hatte er Melanie noch nie erlebt. Er reizte ihre pulsierende Mitte, bis sie sich verzweifelt wand und nurmehr keuchend nach Atem rang.

Sie versuchte, sich ihm zu entziehen, doch er hielt sie wie immer mit Leichtigkeit an Ort und Stelle. „Alex, bitte!“ Sie klang regelrecht verzweifelt. „Ich kann nicht … Ich will … brauche …"

Er wusste genau, was sie wollte und brauchte, aber er würde es ihr noch ein wenig vorenthalten, auch wenn es ihn selbst fast umbrachte. Entschlossen schob er sich noch weiter an ihr hinab, schob ihre Beine weit auseinander und kostete sie.

Der hilflose Laut, der sich ihrer Kehle entrang, heizte sein eigenes Blut erneut an, bis es in seinen Ohren rauschte und wie Lava in seinen Adern brannte. Sie bäumte sich mehrmals auf, drängte sich ihm entgegen. Er konnte spüren, wie sie sich immer mehr anspannte, bis ihr gesamter Leib ein einziges Vibrieren war. Dann stürzte sie über die Klippe. Er hörte ihren erstickten Schrei und konnte sehen, wie die Wellen des Orgasmus sie erfassten. Rasch sah er sich nach der Kondompackung um, die seit einigen Wochen zur Standardeinrichtung gehörte. Mit fliegenden Fingern öffnete er eines der Tütchen und streifte sich das Kondom über. Während Melanie noch mit dem Beben ihres ersten Höhepunktes kämpfte, hatte er sich, so hoffte er zumindest, so weit im Griff, dass er vollenden konnte, wonach es sie ursprünglich verlangt hatte.

Langsam und träge ließ er seine Hände erneut über ihren Körper gleiten und seine Lippen der Spur folgen. Sogleich spannte sie sich wieder leicht an. Sie war noch immer erregt. Als sein Mund ihre Brüste erreichte und er leicht an ihnen saugte, konnte er sehen, dass ihre Augenlider erneut flatterten. Ihre Hände hatten sich in die Decke verknäult, ihr Atem beschleunigte sich wieder vernehmbar.

Als sich ihre Beine diesmal um ihn wanden, konnte er der Aufforderung nicht mehr widerstehen. Langsam drang er in sie, bis er sie vollständig ausfüllte. Die feuchte Hitze, mit der sie ihn umfing, war fast mehr, als er ertragen konnte. Die Muskeln in ihrem Inneren schlossen sich immer wieder rhythmisch um ihn, und er hielt für einen Moment ganz still, um sich nicht doch frühzeitig zu verausgaben.

Melanies Atem ging jetzt in flachen, leicht abgehackten Stößen, wieder sah er ihre Lider leicht zittern. Als er endlich glaubte, sich wieder beherrschen zu können, bewegte er sich sachte in ihr und beobachtete dabei unverwandt ihr Gesicht, auf dem neben der Lust, die er ihr bereitete, nach wie vor ein anderer Ausdruck lag, der irgendwo zwischen Panik und Entschlossenheit lag.

„Mel?" Er küsste sie zärtlich auf die Lippen und spürte sogleich, wie sie erschrocken zusammenzuckte. Überrascht über diese Reaktion, behielt er seinen leichten, wenn auch nicht weniger erregenden Rhythmus bei und behielt ihr Gesicht genau im Auge. Wieder senkte er seinen Mund über ihre Lippen, berührte sie jedoch nicht, sondern raunte erneut ihren Namen. Sie atmete zittrig ein und wieder aus, was ihn ermutigte.

Er verlagerte sein Gewicht eine Winzigkeit, hörte jedoch nicht auf, sich in ihr zu bewegen. Die Empfindungen, die das bei ihm selbst auslöste, machten ihm zu schaffen, doch er hörte nicht auf, sondern küsste sie erneut zärtlich, diesmal jedoch einen Moment länger, bis sie die Lippen öffnete, um den Kuss zu vertiefen. Ihre Zungen berührten sich kurz, was eine Art Stromstoß durch ihn hindurch schickte. Er löst seine Lippen wieder von ihren.

„Mel."

Sie schluckte hörbar und spannte sich leicht an. So tief, wie sie miteinander verbunden waren, konnte er jede noch so winzige Reaktion ihres Körpers wahrnehmen.

„Mel, sieh mich an."

Für einen Moment hörte sie ganz auf zu atmen. Ihre Augenlider zitterten, flatterten. Er senkt seinen Mund wieder über ihren, ganz kurz. „Öffne die Augen."

Sie sog die Luft scharf ein, schluckte. Er vermeinte, ein leichtes Kopfschütteln zu erkennen. Sie umklammerte seine Schultern mit den Händen. „Ich habe Angst."

***

Melanies Herz schlug so schnell und hart in ihrer Brust, dass sie annahm, Alex müsste es hören. Er hatte getan, worum sie ihn gebeten, nein, was sie von ihm verlangt hatte. Trotzdem – oder gerade deswegen – kämpfte sie gerade mit einer ausgewachsenen Panikattacke. So vertraut, so intim wie in diesem Augenblick war sie ihm noch niemals nah gewesen. Genau das hatte sie gewollt, als sie mitten in der Nacht bei ihm aufgekreuzt war. Sie hatte sich selbst auf die Probe stellen wollen.

Sie war in Alex verliebt, so viel hatte sie sich nach Stunden des Grübelns endlich eingestanden. Doch würde sie den Mut aufbringen, dieses Gefühl auch zuzulassen? Allein auszusprechen, dass sie sich fürchtete, hatte sie bereits größte Überwindung gekostet.

Als Antwort auf ihr Geständnis vernahm sie einen langen Moment nur Stille. Dann spürte sie Alex' Lippen, die sachte über ihren Mundwinkel glitten und danach über ihre Wange, hinauf zu ihrer Schläfe und wieder hinab bis in ihre Halsbeuge. Eine Gänsehaut durchrieselte sie. Dann war sein Mund wieder nah an ihrem. Langsam, beinahe träge und doch elektrisierend bewegte er sich in ihr. Sein warmer Atem streifte ihre Wange; seine Stimme klang tief, fast wie ein Grollen, und rau: „Wovor? Melanie, wovor hast du Angst?" Seine Lippen berührten die ihren kurz. „Was kann schlimmstenfalls passieren?"

Das wusste sie selbst nicht so genau. Sie hatte sich auf die Probe stellen wollen und musste nun feststellen, dass sie ein elender Feigling war.

Sie spürte Alex' schnellen, harten Herzschlag an ihrer Brust, sein Gewicht, mit dem er sie gefangen hielt, fühlte, wie er sie tief und besitzergreifend ausfüllte. Und sie wusste, dass sein Blick fest auf ihrem Gesicht ruhte.

Wieder glitten seine Lippen federleicht über ihr Gesicht hinweg. „Melanie." Seine linke Hand strich an ihrem Arm entlang, bis er ihre Hand erreicht hatte. Er drückte sie in das Kissen neben ihrem Kopf und verschränkte seine Finger mit ihren. Dann tat er das Gleiche mit ihrer anderen Hand, sodass sie unter ihm wie gefangen und gleichzeitig in mehrfacher Hinsicht mit ihm verwoben war.

„Sieh mich an." Seine Stimme schwankte leicht; sie wusste, dass er mit seiner Beherrschung kämpfte. Noch einmal streiften seine Lippen ihren Mund und verharrten dann dort. „Ich liebe dich, Melanie."

Sie war so erschrocken, dass sie ganz unwillkürlich die Augen öffnete. Als sie seinem dunklen, intensiven Blick begegnete, durchfuhr sie ein schmerzliches und zugleich unwiderstehliches Ziehen, das sich rasend schnell von ihrem Magen bis hinauf zum Herzen ausbreitete. Es fühlte sich an, als würde sie unter Strom stehen und er mit ihr.

Ohne ihr zu gestatten, den Blickkontakt zu brechen, verschloss er ihren Mund mit seinen Lippen und beschleunigte den Rhythmus, mit dem er sich in ihr bewegte. Dann löste er seine Lippen wieder von ihren und studierte mit ernster, konzentrierter Miene ihre Augen. Sie hielt diese Mischung aus Erregung und Intimität kaum noch aus, war aber jetzt, da es einmal geschehen war, nicht mehr fähig, ihren Blick von seinem zu lösen. Ihre Hände verschränkten sich immer fester ineinander, je schneller und kraftvoller er in sie stieß.

Sie rangen beide unkontrolliert nach Atem. Melanie spürte, wie sie sich erneut jener Klippe näherte, über die er sie vorhin schon einmal gestoßen hatte. Diesmal, so wusste sie, würde sie ihn mit sich reißen. Und ihm dabei in die Augen sehen.

KAPITEL 26

Die Sonne war gerade erst dabei aufzugehen. Melanie lag dicht an Alex gedrängt, den Kopf an seiner Schulter, und lauschte seinem Atem und dem ruhigen, stetigen Schlagen seines Herzens. Er schlief tief und fest, hatte aber einen Arm fest um ihre Mitte gelegt. Diese instinktive Geste ließ ihr eigenes Herz schneller schlagen. Trotzdem löste sie sich ganz vorsichtig von ihm und glitt aus dem Bett, ohne ihn zu wecken. So leise wie sie konnte, huschte sie auf der Suche nach etwas zu schreiben durch den Raum. Schließlich fand sie auf der Fensterbank einen Bleistift und einen Notizblock. Sie kritzelte eine kurze Nachricht, legte sie neben Alex auf das Kopfkissen und machte, dass sie die Treppe hinabkam.

In der Küche fand sie ihre Kleider, die glücklicherweise nur noch ganz wenig feucht waren. Eilig zog sie sich unter Schokis verwunderten Blicken an und bedeutete ihr dann mit Flüstern und Handzeichen, ihr zu folgen.

Was ist denn nun schon wieder? Warum schleichen wir uns denn so früh am Morgen aus dem Haus? Ich bin eigentlich noch ziemlich müde, Mel. Aber bitte, wenn es sein muss. Wenigstens regnet es nicht mehr. Da vorne über den Bäumen glitzert sogar schon die Sonne. Es wird bestimmt ein schöner Tag.

Als Melanie auf der Straße stand, sog sie tief die noch frische, aber klare Morgenluft in ihre Lungen. Es roch nach dem nächtlichen Regen und nach Sommer. Die Vögel in den Bäumen ringsum gaben ein vielstimmiges Frühkonzert. In den Sträuchern am Wegesrand und im Gras auf den Wiesen glitzerten Regentropfen im Licht der frühen Sonne.

Mit ausholenden Schritten und einem neuen Plan im Kopf strebte Melanie dem Kastanienweg zu. Auf halbem Weg kam ihr Kevin Leuthaus, der älteste Enkel von Inge und Theo, auf dem Fahrrad entgegen. Hinter sich zog er einen kleinen Anhänger her, in dem ein Berg Brötchentüten lag.

„Moin, moin, Frau Brenner." Er drosselte sein Tempo und

hielt neben ihr an. „Sie sind aber schon früh unterwegs. Wollte Schoki unbedingt jetzt schon spazieren gehen?"

Froh, dass der Vierzehnjährige nicht ahnte, woher sie gerade kam und wie sie die Nacht verbracht hatte, nickte sie und hoffte, die kleine Notlüge würde niemandem schaden. „Es ist ein wunderschöner Morgen, nicht wahr? Viel zu schade, um im Bett zu bleiben."

„Na ja, ein bisschen länger würd ich schon gern schlafen." Kevin grinste und entblößt dabei eine entzückende kleine Lücke zwischen den vorderen Schneidezähnen. „Aber Papa wirft mich ja immer schon vor den Hühnern aus der Kiste."

„Na ja, irgendjemand muss schließlich die Brötchen ausfahren, nicht wahr?"

„Mhm, ja. Bin ich froh, wenn mein Bruder alt genug ist und auch mal an die Reihe kommt. Jetzt muss ich aber los, sonst schaff ich die Runde nicht rechtzeitig." Er fuhr langsam wieder an. „Grüßen Sie bitte Alex von mir, ja? Er schuldet der Jugendfeuerwehr noch eine Kiste Fassbrause. Erinnern Sie ihn bitte daran?"

„Eine Kiste Fassbrause?" Melanie bemühte sich, nicht erschrocken zu sein, dass offenbar sogar die Lichterhavener Jugend genauestens über ihr Liebesleben im Bilde war.

„Fußballwette." Kevin winkte noch mal grinsend und fuhr davon.

Als sie ein paar Minuten später ihr Haus erreichte, fand sie auf der Stufe vor dem Eingang einen Korb mit einem Eierkarton, einem Stück in Folie gewickelten Speck und einem Glas Leberwurst. Der Eierkarton war ganz nass, offenbar stand der Korb schon seit dem vergangenen Abend vor der Tür und hatte seinen Anteil am Regen der Nacht abbekommen. Ein durchweichter Zettel klemmte unter dem Wurstglas.

Liebe Melanie,
anscheinend habe ich dich verpasst. Du bist bestimmt schon bei einem romantischen Date mit Alex.

Der Hofladen ist am Samstag wegen Großreinemachen geschlossen. Damit dir dein Vorrat nicht ausgeht, hier ein paar Eier und Speck. Schließlich musst du einen hungrigen Mann füttern, nicht wahr? Die Leberwurst ist ganz frisch und geht aufs Haus. Den Rest rechnen wir beim nächsten Mal ab.
Liebe Grüße
Elke

Das warme Gefühl, das Melanie durchströmte, verunsicherte sie im ersten Moment, doch dann lachte sie. Wenn sich so Glück anfühlte, wollte sie unbedingt mehr davon. Rasch schloss sie die Haustür auf, leinte Schoki ab und verstaute die Lebensmittel im Kühlschrank. Dann ging sie hinauf ins Büro und zog gleich eine ganze Reihe von Aktenordnern aus dem Regal. Dabei vermeinte sie, einen Hauch von Rosen- und Nelkenduft um sich herum wahrzunehmen.

***

Alex wusste, dass Melanie fort war, noch bevor er richtig wach war. Ungläubig starrte er auf die leere Betthälfte neben sich. Das war doch wohl nicht ihr Ernst, oder? In hilfloser Verzweiflung schloss er die Augen und ballte die Hände zu Fäusten. Er hatte geglaubt, dass die vergangene Nacht das Eis endlich gebrochen hätte. Und jetzt das – sie lief einfach wieder davon?

Als er den Kopf drehte, sah er einen Zettel neben sich auf dem Kopfkissen liegen. Stirnrunzelnd griff er danach und las die wenigen Worte, die sie offenbar in Hast darauf gekritzelt hatte.

Alex, es tut mir leid. Ich muss einfach weg. Es ist einiges zu regeln. Ich habe mich entschieden.
Komm bitte gegen neun Uhr zur Kanzlei.
Ich liebe dich.
Mel

Er zerknüllte den Zettel und hieb mit der Faust auf das Kissen ein. Diese Frau brachte ihn um den Verstand, das stand fest. Aber so leicht ließ er sie nicht davonkommen, das stand ebenfalls fest. Er kam mit einem wütenden Laut auf die Beine, wusch sich in Windeseile und zog das nächstbeste Paar Jeans und ein graues Flanellhemd an, das er normalerweise bei der Arbeit trug.

Den Weg zu Melanies Haus legte er im Laufschritt zurück, innerlich brodelnd, doch als er dort ankam, war ihr Wagen fort. Wider besseres Wissen klopfte er, doch es öffnete niemand.

„Melanie ist vor einer halben Stunde weggefahren." Lotti hielt mit ihrem Fahrrad neben dem Gartentor. „Meine Güte, du siehst aber wütend aus, Alex. Stimmt etwas nicht?"

Er bemühte sich um eine neutrale Miene. „Nein, alles okay. Weißt du, wohin sie wollte?"

„Nein, ich hab sie nur vorhin vorbeifahren gesehen."

„Okay, danke. Man sieht sich." Er ging zurück zur Straße und machte sich – zu Fuß, weil er seinen Wagen am Vorabend vor seiner Wohnung stehen gelassen hatte – auf den kürzesten Weg in die Stadt.

***

Als Melanie vor dem Eingang von Alexanders Kanzlei stand, hatte sich ihr Puls enorm erhöht, doch diesmal mehr vor Aufregung denn vor Panik. Die Tür war nur angelehnt, und als sie eintrat, sah sie Alex im Vorzimmer zu seinem Büro stehen. Er trug verwaschene und an den Knien eingerissene Jeans und ein graues Flanellhemd, was angesichts der Umgebung, in der sie sich befanden, ein wenig deplatziert wirkte. Ihrem Herzen war das allerdings vollkommen egal. Sowie er den Kopf hob und sie ansah, beschleunigte es seinen Takt derart, dass ihr fast schwindlig davon wurde.

„Guten Morgen, Alex." Ihre Stimme klang ein wenig kratzig,

deshalb räusperte sie sich. Wenn sie allerdings gedacht hatte, dass er ihr lächelnd entgegenkam oder ihren Gruß erwiderte, hatte sie sich getäuscht. Er blickte sie lediglich finster an.

Verunsichert hielt sie inne. „Stimmt etwas nicht?"

Er verschränkte die Arme vor der Brust. „Sag du es mir."

Verblüfft trat sie auf ihn zu. „Was soll ich sagen?"

„Du liebst mich?"

Sie schluckte krampfhaft und kämpfte die nun doch wieder aufwallende Furcht nieder. „Ja."

„Und du hast dich entschieden?"

„Ja, aber das scheint dich nicht zu freuen."

„Ich soll mich auch noch darüber freuen, dass du vor mir wegläufst?"

„Dass ich was?" Sie zog die Stirn in Falten. „Was meinst du denn damit?"

„Das weißt du doch wohl besser als ich. Du warst es doch, die mir den entzückenden Liebesbrief auf dem Kopfkissen hinterlassen hat. Was war das heute Nacht überhaupt? Ein Abschiedsgeschenk oder was?"

Jetzt verstand sie überhaupt nichts mehr. „Warum bist du so böse? Ich habe doch bloß …" Als sie seinen fuchsteufelswilden Blick auffing und seine Worte endlich registrierte, begriff sie. „Du meine Güte. Hast du etwa geglaubt, ich würde …" Lachen stieg in ihr auf, das sich nicht unterdrücken ließ, obwohl sich Alex' Blick daraufhin noch mehr verfinsterte. Rasch, um die Situation nicht noch zu verschlimmern, trat sie auf ihn zu und umfasste sein Gesicht mit beiden Händen. Dann küsste sie ihn und sah ihm dabei in die Augen. So verharrte sie, bis er sich spürbar entspannte und die Arme um ihre Hüften schlang.

Das Nächste, was sie bemerkte, war seine recht eindeutige Reaktion auf ihre Nähe. Schmunzelnd löste sie ihren Mund von seinem. „Was für ein Glück, dass wir Samstag haben und Elvira nicht hier ist." Auf seinen verwirrten Blick hin rieb sie ihren Unterleib leicht an seinem, und er verstand.

Diesmal war es an ihm, sich zu räuspern. „Also, was sollte diese dämliche Notiz?"

„Also, dämlich würde ich sie aber nicht bezeichnen." Sie kicherte. „Höchstens vielleicht ein bisschen missverständlich formuliert."

„Ein bisschen? Es hätte mich beinahe umgehauen, wenn ich nicht schon gelegen hätte."

„Tut mir leid." Sie gab ihm einen Kuss. „Ich war ein bisschen in Eile, weißt du, weil ich die Papiere gleich zusammensuchen wollte. Ich bin nicht so gut darin, spontan zu handeln. Normalerweise nehme ich mir ewig Zeit, um jeden Schritt im Voraus zu planen. Dann musste ich auch unbedingt noch in den Laden, weil die Unterlegen von Tante Sybilla fast alle dort sind. Außerdem wollte ich noch mit Deana sprechen. Schoki habe ich für ein Weilchen bei ihr gelassen, damit wir meine Entscheidung in Ruhe besprechen können."

Alex atmete tief ein und wieder aus. „Wie genau sieht deine Entscheidung denn jetzt aus?"

Sie sah ihn mit schräg gelegtem Kopf an. „Kannst du dir das nicht denken?"

„Ich würde es gerne von dir hören, Mel."

„Also gut." Nun musste sie tief einatmen. Doch das Herzrasen, das sie erfasste, fühlte sich diesmal ausgesprochen gut an. „Ich bleibe hier. In Lichterhaven. Natürlich muss ich noch mal zurück nach Köln, um zu kündigen …" Sie atmete noch einmal tief durch. „Und meine Wohnung aufzulösen und so. Aber das sollte nicht allzu lange dauern. Und dann möchte ich versuchen, *Sybillas Schatztruhe* mit Deanas Hilfe weiterzuführen. Ich hätte gerne, dass sie meine Teilhaberin wird. Wie das genau geht und ob wir damit noch das Jahr warten müssen, das Sybilla in ihrem Testament veranschlagt hat, weiß ich nicht. Aber dafür habe ich ja dich, nicht wahr?"

„So, du hast mich also?" Um seine Lippen spielte ein fast unmerkliches Lächeln.

„Das will ich doch hoffen." Fragend musterte sie ihn. „Oder

willst du es dir lieber noch mal anders überlegen? Immerhin bin ich ein Freak, das hast du selbst gesagt. Und ein verrücktes Huhn obendrein."

Nun lächelte er endlich freimütig. „Den Teufel werde ich tun. Wenn ich bedenke, was es mich gekostet hat, mit dir an diesen Punkt zu gelangen – da wirst du mindestens fünfzig Jahre brauchen, um das wiedergutzumachen."

Ihr Herz hüpfte ein wenig in ihrer Brust. „Was, nur fünfzig? Das sollte machbar sein."

„Ach tatsächlich? Keine Angst mehr?"

Sie wurde wieder ernst und legte den Kopf an seine Schulter. „Doch, und wie. Aber ich hatte gehofft, dass du mir dabei hilfst, sie zu überwinden."

Er drückte sie fest an sich und presste seine Lippen in ihr Haar. „Nichts lieber als das, Mel. Wenn du versprichst, niemals wegzulaufen."

Eine Gänsehaut rieselte ihr Rückgrat hinab. „Okay."

„Ich würde dich sowieso zurückholen, also wäre jeglicher Fluchtversuch sinnlos."

„Du würdest mich zurückholen?" Ihr Herz schien sich in ihrer Brust auszudehnen und mit Wärme zu füllen.

„Ich habe sicherheitshalber schon eine Reisetasche im Auto."

Zärtlich legte sie ihm eine Hand an die Wange. „Du wirst sie nicht brauchen. Es sei denn, du möchtest mich nach Köln begleiten, um mir beim Packen zu helfen."

„Darüber ließe sich verhandeln." Er legte seine Hand sanft über die ihre. „Über das andere allerdings nicht, das muss dir klar sein."

„Ist es. Meinetwegen können wir das sogar schriftlich fixieren."

„Schriftlich?" Seine Augenbrauen wanderten in die Höhe.

Melanie lachte leise. „Bei meiner Mutter scheint es zu funktionieren." Sie hielt inne und wurde wieder ernst. „Übrigens muss ich mich noch bei deinem Opa bedanken."

„Bei meinem Opa? Warum das denn?"

Alex' ratloser Gesichtsausdruck erheiterte sie. „Er hat mich gestern Abend ziemlich unsanft wachgerüttelt. Gemeine Fragen stellen kann er jedenfalls gut."

„So, welche denn?"

Sie holte tief Luft. „Ob ich in dich verliebt bin zum Beispiel."

„Das hat er dich gefragt?"

„Ja."

„Und was hast du ihm geantwortet?"

„Ich weiß es nicht."

„Du weißt nicht, was du ihm geantwortet hast?"

Melanie grinste. „Nein, ich habe *Ich weiß es nicht* geantwortet und genau dafür muss ich mich bei ihm entschuldigen. Das war nämlich gelogen."

„Du lügst meinen Großvater an?" Er ging auf ihren spielerischen Tonfall ein, doch sein Blick blieb ernst und erwartungsvoll auf sie gerichtet.

„Es war eine verzeihbare Notlüge. Ich war in Panik."

„Kann ich mir vorstellen." Nun grinste auch er. „Und was ist nun die Wahrheit?"

Sie spürte, wie es in ihrer Magengrube flatterte. „Haben wir das nicht vorhin schon geklärt?"

„Nicht, dass ich wüsste. Ich habe dich wegen eines missverständlichen Notizzettels zur Rede gestellt, an mehr kann ich mich nicht erinnern."

Sie schluckte. „Leicht willst du es mir nicht machen, oder?"

„Auf gar keinen Fall, mein Schatz."

„Also gut." Etwas zittrig atmete sie ein und nahm all ihren Mut zusammen. „Die Wahrheit ist: Ich liebe dich."

„Genug, um mich zu heiraten?"

Ihr stockte der Atem. „Machst du mir gerade einen Antrag?"

„Sieht so aus. Das erscheint mir als der sicherste Weg, dich an der Flucht zu hindern, vor allem, weil du gerade selbst vorgeschlagen hast, die Sache schriftlich zu besiegeln." In seinen Augen glitzerte es vergnügt.

Sie zog die Augenbrauen zusammen. „Du hast mit Marcos gesprochen.“

„Ein sehr aufschlussreiches Gespräch. Ich gebe zu, ich mag ihn.“

„Ich auch. Er hat dich also angestiftet.“

„Inspiriert, würde ich es nennen. Also? Wie lautet deine Antwort?“

Sie reckte sich und küsste ihn zärtlich auf die Lippen. „Ja.“

„Ja?“ In seinen Augen leuchtete es auf.

„Ja, wenn du mir versprichst, dass du genauso hartnäckig auf der Einhaltung der Vertragsbedingungen bestehst wie Marcos.“

Er umfing mit beiden Händen ihr Gesicht. „Das lässt sich einrichten.“ Zärtlich küsste er sie. „Immerhin bin ich Anwalt.“

„Und Notar“, fügte sie lächelnd hinzu.

DREI MONATE SPÄTER

Ich danke euch. Fürs Daumen- und Pfotendrücken. Es hat mir wirklich Glück gebracht. Ich habe jetzt wieder ein Frauchen. Und ein Herrchen gleich mit dazu.

Das war gar nicht so einfach, du meine Güte, aber das wisst ihr ja selbst. Die Menschen sind manchmal wirklich schwierig und für uns Hunde schwer zu verstehen. Doch jetzt bin ich einfach nur glücklich, dass Mel für immer bei mir bleibt und ich bei ihr.

Eine kleine Veränderung gibt es bald aber doch noch. Mel hat mir erzählt, dass wir nicht mehr lange in Sybillas Haus wohnen werden. Wir ziehen nämlich um, in das große Haus, in dem momentan noch so viel Staub und Schmutz herumliegt, weil Alex und Mel darin etwas machen, das sich renovieren nennt. Sie behaupten, wenn es fertig ist, werden wir uns alle pudelwohl darin fühlen. Na ja, ich für meinen Teil fühle mich ja lieber labradorwohl. Das versteht ihr sicher.

Sybillas Haus wollen sie aber trotzdem behalten, schon wegen des schönen Gartens, und es an Leute vermieten, die mit ihren Haustieren Urlaub machen möchten. Das könnte spannend werden. Leute mit Haustieren sind eigentlich immer nett. Jedenfalls die, die ich kenne.

Im Augenblick wohne ich übrigens wieder mal bei Anke und Arno und Benni und Zora. Aber nur für zwei Wochen, bis meine geliebte Mel und Alex aus ihren Flitterwochen zurück sind. Keine Ahnung, was das ist. Vor ein paar Tagen waren wir alle in dem großen Haus mit dem Turm, in dem es jeden Tag mehrmals läutet. Kirche heißt das wohl. Alle waren ganz festlich angezogen, und es gab eine Zeremonie, bei der vor allem die Frauen alle geweint haben, obwohl sie dabei total glücklich aussahen. Danach gab es ein schönes Fest in der Seemöwe. *Da habe sogar ich ganz viele Leckerchen bekommen. Und Leberpastete. Und ein leider viel zu winziges Stückchen Torte. Daran könnte man sich gewöhnen.*

Am nächsten Tag sind die beiden weggefahren. Ich vermisse sie jetzt schon wie verrückt, aber Anke hat gesagt, dass die zwei Wochen schneller vergehen werden, als ich Wau sagen kann. Na ja, vielleicht nicht schneller.

Sobald Mel wieder hier ist, gehen wir auch wieder jeden Tag zu Deana in den Laden. Mel sagt, ich gehöre schon zum Inventar und die Leute erwarten, dass ich sie dort empfange. Auf der Internetseite des Ladens – fragt mich nicht, wozu die gut ist – hat sie jetzt sogar ein Foto von uns dreien eingestellt.

Mel, Deana und Schoki, das Dreamteam aus Sybillas Schatztruhe. *Klingt gut oder?*

Aber was das Beste überhaupt ist: Wenn Alex und Mel aus ihren Flitterwochen zurückkommen, darf ich endlich wieder raus ins Watt. Ich weiß wirklich nicht, warum keiner von den anderen mit mir dorthin will. Mel macht es überhaupt nichts aus, wenn wir hinterher ganz nass und schlammig sind. Sie ist eben mein absoluter Lieblingsmensch, ganz wie ich es mir gewünscht habe.

Sybilla hatte also recht, Wünsche können in Erfüllung gehen, für Menschen, aber auch für uns Hunde. Wau.

TANTE SYBILLAS WATTWURMKEKSE

Zutaten:

(Reicht für ca. 45–55 Kekse)

125 g Butter oder Margarine
50 g Zucker
1 Msp. Salz
1 Ei
1 TL geriebene Zitronenschale
1/4 TL Vanille
1–2 Prise(n) Muskatnuss (nach Geschmack)
75 g Zuckerrübensirup
250 g Mehl

Zubereitung:

Die Butter oder Margarine mit dem Zucker und dem Salz in einer großen Schüssel mit dem Handmixer (Rührstäbe) schaumig schlagen.

Das Ei hinzufügen und weiterschlagen, bis eine gebundene Masse entstanden ist.

Muskat, Vanille und Zitronenschale hinzufügen, zuletzt den Zuckerrübensirup. Alles gut unterrühren.

Zum Schluss das Mehl hinzufügen und ca. 1 Minute weiterrühren.

Teig in einen Spritzbeutel mit mittelgroßer Lochtülle geben. (Bei zu kleiner Öffnung wird das Spritzen zum Kraftakt.) Alternativ kann als Spritzbeutel auch ein Gefrierbeutel benutzt werden, bei dem man in einer Ecke ein winziges Stück der Spitze abschneidet.

Auf zwei mit Backpapier ausgelegte Backbleche verkringelte Kekse aufspritzen, die aussehen wie die Hinterlassenschaften der Wattwürmer.

Im vorgeheizten Backofen ca. 12–15 Minuten bei 180 °C (Umluft) bis max. 200 °C (Ober-/ Unterhitze) backen. Nicht zu dunkel werden lassen. Auf einem Gitterrost auskühlen lassen.

Die Wattwurmkekse halten sich in einer gut schließenden Dose mehrere Wochen. Falls sie nicht vorher schon alle verputzt worden sind …

TANTE SYBILLAS ZITRONENLIMONADE

Zutaten:

50 g Rohrohrzucker (alternativ weißer Zucker)
100 ml kochendes Wasser
2 Zitronen
3/4 Liter kaltes Wasser
1/4 TL Salz
Eiswürfel nach Geschmack
Zitronenscheiben zum Dekorieren nach Geschmack

Zubereitung:

Zucker in ein Glas oder eine Tasse füllen, mit 100 ml kochendem Wasser aufgießen und so lange rühren, bis sich der Zucker vollständig aufgelöst hat und das Wasser wieder klar ist.

Anschließend die Zitronen auspressen und den Saft in eine Karaffe oder Glasflasche füllen. Die Zuckerlösung hinzufügen und alles gut umrühren. Dann mit 3/4 l kaltem Wasser auffüllen und das Salz hinzufügen. So erhält die Limonade keinen bitteren Beigeschmack.

Wer möchte, kann die Limonade vor dem Kaltstellen auch noch durch ein Sieb gießen, um das Fruchtfleisch aufzufangen.

Bis zum Servieren im Kühlschrank kalt stellen. Zusammen mit Eiswürfeln und Zitronenscheiben in Gläsern servieren.

Die Limonade lässt sich auch mit frisch gepresstem Orangen- oder Grapefruitsaft herstellen und mit Minze, Zitronenverbene oder anderen Kräutern verfeinern.

„In Touch" mit MIRA!
Das Verlagsprogramm elektronisch abrufbar
Interaktiv dabei sein: Buchbesprechungen, Gewinnspiele, Aktionen, Leseproben und vieles mehr.
Folgen Sie uns auf Twitter, Facebook, Instagram, Pinterest und google+
www.mira-taschenbuch.de
mtb
MIRA TASCHENBUCH
MIRA Taschenbuch
Robyn Carr: Hand in Hand in Virgin River
Facebook
Tweets

Lesen Sie auch von Petra Schier:

Band-Nr. 25880
9,99 € (D)
ISBN: 978-3-95649-242-6
eBook: 978-3-95649-496-3
304 Seiten

Petra Schier
Kleines Hundeherz
sucht großes Glück

Eine warme Küche und zwei Menschen, die ihn umsorgen – so stellt sich der kleine, weiße Mischlingshund Amor das Glück vor! Als er eines kalten Winterabends in der städtischen Sozialstation auftaucht, lässt er sich von der schüchternen Lidia und dem Sozialarbeiter Noah das Ohr kraulen. Glücklich erkundet Amor daraufhin die Küche, schnüffelt am köstlichen Schokokuchen – und stibitzt Lidias Geldbeutel. Noah und Lidia versuchen, ihn einzufangen, und scheinen sich dabei sogar näherzukommen … Amor sieht seine Chance, die Liebe in ihr Leben zu bringen und ein echtes Zuhause zu finden. Doch werden seine Weihnachtswünsche wahr? Ein wundervoller Weihnachtsroman, der voller Gefühl und Humor auf das Fest der Liebe einstimmt.

Tanja Janz
Krabbe mit
Rettungsring

Band-Nr. 25930
9,99 € (D)
ISBN: 978-3-95649-568-7
eBook: 978-3-95649-544-1
304 Seiten

War es wirkliche eine gute Idee, an einer Abnehm-Show teilzunehmen? Das fragt sich Mittdreißigerin Nina, als sie in Seenot im kalten Wasser vor St. Peter-Ording treibt. Und das nur, weil ihre blöde Weight Fight-Kollegin Silke mit den Katzenfoto-Shirts ihre Surfkünste maßlos überschätzt hat. Können Nina und ihr Team nun noch gewinnen? Und warum muss ausgerechnet Rettungsschwimmer Veit sie aus dem Meer fischen, der die Abnehmer abschätzig „Krabben mit Rettungsring“ nennt? Ja, sie sind alle füllig und sie haben vielleicht zu lange in der Sonne gebrutzelt. Aber sie wird es ihm und allen anderen zeigen – zusammen mit Silke, Paul und Edwin, der besten Abnehmtruppe der Welt.

Band-Nr. 25947
9,99 € (D)
ISBN: 978-3-95649-588-5
eBook: 978-3-95649-901-2
304 Seiten

Cathrin Moeller
Die Spreewaldgurkenverschwörung

Das Universum hat sich gegen Helene verschworen: Die Chefin nervt, der Bruder steht mit einem Bein im Gefängnis … und nun wird die gutmütige Apothekenhelferin auch noch des Mordes verdächtigt! Dabei ist sie doch nur zufällig beim Medikamenteausliefern über eine Leiche gestolpert und dann hat sie halt dummerweise das Messer rausgezogen … Aber so leicht gibt sich Helene nicht geschlagen. Nimm dies, Universum! Mit der Unterstützung ihrer schönen und unerträglich perfekten Schwester, der Staatsanwältin Lisa, macht sie sich auf die Suche nach dem wahren Mörder. Eine heiße Spur führt die ungleichen Geschwister in den scheinbar idyllischen Spreewald. Doch im brandenburgischen Dickicht lauern außer blutrünstigen Mücken noch weitaus gefährlichere Gegner und das Chaos ist stets nur ein Gurkenglas entfernt …